中國古代四大美女傳

金斯頓◆著

王昭君

王昭君態如飛艷，她鄙視賄賂、昏庸與諂媚，
自願遠嫁匈奴，讓青春和美放出異彩。
她就像美的光源，一踏上大漠，整個草原便為她燃燒，
大地山川鼓動著向她致意，連天上的大雁也不敢自傲，
甘心落到地上，向她的美敬禮。

序——《中國古代四大美女傳》

張同道

北方有佳人，絕世而獨立。
一顧傾人城，再顧傾人國。
寧不知傾城與傾國，
佳人難再得！

——漢・李延年

女人是人類的風景，美女是風景的花朵。一個沒有美女的民族是荒蕪的，擁有美女而不敬愛呵護則是野蠻。在歐洲，美女海倫點燃了雅典的一場世紀大戰，美女維納斯用斷臂爲無數年代與國度的愛美的人們圓了一輪美夢。在中國，春秋時代的詩人就熱烈地讚美女性：

手如柔荑，膚如凝脂，
頸如蝤蠐，齒如瓠犀，
螓首蛾眉，
巧笑倩兮，美目盼兮。

這是孔夫子堅持放逐，斥為淫聲的衛風《碩人》。其實，孔夫子自己也終於去見南子，不管他如何對子路發誓，他出於公心，否則，「天厭之，天厭之！」此後讚美女性的詩賦裊裊娜娜，不絕如縷，陶淵明願意變作衣領、裙帶、眉黛、枕席、鞋子或蠟燭，以期親近美人，李太白也寫下了「名花傾城兩相次，長得君王帶笑看」的佳句。

更為引人自豪的是，中國數千年美女中的四顆珍珠：西施、王昭君、貂蟬和楊玉環。人們用沉魚、落雁、閉月、羞花來形容她們的美，連動物、植物和天上的月亮也都在她們美的光輝裡不敢正視，以雲掩面，含羞不語。

西施——這位江南女子是水的精靈，罩著一個含露的霓夢。她像一道彩虹，升起在春秋的天空，洞穿了歷史漫長的幽暗，把整個時代裝扮得五彩繽紛，也把范蠡、勾踐、夫差、伍子胥、文種，這些燦若星斗的名字點綴得更加燦爛奪目。

王昭君鄙視賄賂、昏庸與諂媚，自願遠嫁匈奴，讓青春和美放出異彩。她就像美的光源，一踏上大漠，整個草原便為她燃燒，大地山川鼓動著向她致意，連天上的大雁也不敢自傲，甘心落到地上，向她的美敬禮。

貂蟬是一道迷離的色影，閃爍在三國的刀戈烽煙裡。她是月宮仙子，皎潔，嬌艷，一塵不染。貂蟬愛英雄也引得英雄競折腰：董卓、呂布、袁術……這些名利之徒的勾心鬥角一次又一次地讓她失望，最後，她選擇了眞正的英雄——寶劍。

楊玉環是一朵含露盛開的牡丹，一道媚魂，高華瑰麗，儀態萬方。一代雄主唐玄宗為她癡迷、燃燒、顫慄，重歸青春，像個初戀少年，她們迷醉在靈與肉的交融裡。大唐國的舞臺上，皇帝李隆基擊鼓、詩人李白塡詞、歌手李龜年奏樂，楊玉環獨自高舞《霓裳羽衣曲》。

中國古典四大美女爲千古的東方美韻增輝，日月星辰、山川湖海、英雄王侯、花鳥蟲魚，在周圍翩躚起舞。

美女不老，因為美不會老去。
美女不死，因為美不會消逝。

西施與范蠡一葉扁舟隱遁於太湖煙波之中；王昭君在月光下撫琴而去；貂蟬撲劍升仙，一道色影重歸月宮；楊玉環從梨花樹下一縷香魂飄洋過海。美人們永遠年輕、美麗、嬌媚，像天上的彩虹，像人間的月色。她們的美艷化作一縷芳韻，活在中國人世世代代的魂魄裡。

留在史書上的女人是烈女、貞婦、孝女、才女、女皇、皇后、公主、賢母等，或者被稱作禍水的女人，如褒姒、妹喜，然而，留在人們心裡的卻是美女，關於西施、王昭君、貂蟬和楊玉環的民間傳說宛若春季數不盡的花朵，愛美的人們用這些美麗的名字命名世界上一切美好的事物：西施魚、貴妃菊、貂蟬冠、昭君帽……

史官不願把篇幅留給她們，民間傳說又支離破碎，爲了復活這些東方美艷的精靈，再現她們的青春、愛情與風采，金斯頓以現代歷史小說的筆法創作了這套《中國古代四大美女傳》，力求還一個活人，還一個女人，還一個美人，讓這些絕代美人重返人間，因爲：

美人不死，美人永遠年輕！

本書作者金斯頓是一個富有藝術才情與想像力的年輕作家群，由傑出的思考者王志新召集。參與本書創作的還有郭寶亮、楊鵬、鄭勇、趙金慶等青年作家，這些積極參與美的創造者與美同在。

飛艷—王昭君前言

一個秋日的下午，一向風流自詡的元帝劉奭正在一群美人的簇擁下觀看圍獵。一隻莽莽巨熊撲出了圍欄，眾人驚退，只有馮婕妤挺著嬌弱的身子擋住了巨熊。元帝厭倦了後宮的庸脂俗粉，下令大臣石顯帶著大隊人馬分赴各地搜羅美女，充實後宮。石顯在南郡秭歸選中了王昭君。

王昭君告別家鄉的香溪水，踏上赴長安的漫漫長路。途中遇到表兄遊俠宇文成。到了長安，金碧輝煌的漢宮讓昭君驚嘆。她在紅燭下夢到了意中情人。畫師毛延壽對王昭君垂涎三尺，索賄不成欲行非禮，被昭君嚴辭拒絕。毛延壽隨意塗抹，致使丹青誤佳人。寂寞無聊的漢宮春秋，王昭君被迫學習德言工容。一個浪漫的夏日，王昭君在太液池邊初見攜美女、吹洞簫的元帝劉奭，笙歌聲聲，使她徹底地失落、絕望。她讀司馬相如的《長門賦》更加傷情。

她決心飛出這令人窒息的後宮，像天上的大雁那樣投入自由的天空。

匈奴呼韓邪單于來長安求親，卻爲昭君跳出漢宮提供了一個契機。昭君報名請行，願隨單于到美麗的草原。元帝亂點美人圖，恰好就選中了昭君。王昭君靚妝豐容，大殿上徘徊顧影，美艷傾倒了漢匈的文武。元帝後悔不迭，呼韓邪一見鍾情。盛怒之下的元帝抓來畫師毛延壽，當場對質後，秘密處斬了誤他好事的黑心畫師。元帝對昭君難以忘情，終於在昭君離宮前的一個月夜悄悄來到昭君住處，與昭君一夜風流，又對月傷懷，相約在月圓之夜彈琵琶、吹洞簫以寄相思。未央宮上，昭君與呼韓邪成了大禮，昭君被封爲「寧胡閼氏」。元帝送了一程又一程，在灞陵灑下了他一生中最複雜的淚水。

離別長安的昭君，在送親正使蕭育、送親侯王龍以及呼韓邪、烏禪慕、溫敦等人的陪同下，向北進發。性格粗豪的呼韓邪沒有覺察出蕭育對昭君細緻入微的體貼中包藏的深深戀情。

昭君陷入對故鄉和長安的沉沉回憶之中。暮色蒼茫，昭君彈起了琵琶，幽怨淒切的樂聲改變了雁陣的隊形。雁群中一隻頭雁徐徐墜地。送親的隊伍在荒嶺中遭到匪徒截擊。蕭育血戰退敵。江湖豪俠在北地郡雲集，他們要截擊昭君車隊，與蕭育率領的衛隊展開激戰，遊俠宇文成趕來助戰。西部劍俠方笑天乘亂盜走了昭君隨身攜帶的御賜金牌。宇文成擊潰了衆俠，卻得到一個驚人的消息：溫敦正率所部在長城一帶製造事端，並伺機消滅逐漸接近塞上的昭君車隊。長城烽火臺狼煙四起，烏禪慕知道可怕的事情已經發生，火速調集單于龍庭鐵騎軍南下平定邊事。當單于龍庭鐵騎趕到，一場血戰已近尾聲。昭君終於化險爲夷，王龍被流矢射中，亡命荒原。昭君在盤桓往復的琵琶聲中穿越長城。

王昭君來到了陰山腳下的大草原，草原上的人都跑來看大漢的公主，昭君的美麗照亮了大漠。單于的后妃薩仁閼氏對王昭君心懷偏見，但不久終於同昭君和好。昭君在春天裡學會了騎馬。單于寵愛著昭君，特地爲她在海子湖畔建造了一幢江南小木屋。海子湖畔，方笑天、宇文成和昭君，一塤一簫一琵琶，情意綿綿。宇文成與方笑天的仇敵追蹤而至，大漠中展開一場混戰。溫敦和左賢王的騎兵在蕭育回長安的路上派兵攔截，又嫁禍於蕭育，單于在一次冬獵中受了風寒，臥病不起，孤獨、哀傷的昭君在雪野中又彈起了琵琶。

呼韓邪單于帶著對昭君的無限懷戀走出人間。憂鬱的昭君在海子湖邊上又彈起了琵琶，宇文成突然出現在她面前。昭君拒絕了宇文成，這些被躲在一旁的復株累全看在眼裡，復株累無法忍受愛情的煎熬，跪在地上向昭君傾訴了自己多年的戀情。昭君不知如何待他，頓時亂了方寸。阿達慕盛會上，昭君鼓足勇氣坐在了那把鮮花裝飾的花椅上，復株累欣喜若狂。在廣袤的大草原，復株累緊緊地抱住了昭君。

他們生了一個可愛的小女兒。女兒滿月的慶祝會上，一個瞎了眼的青衣人搶走了他們的女兒，宇文成爲換回昭君的女兒被迫挖出了自己的雙眼。昭君的女兒漸漸長大成人。在一個大雪茫茫的夜晚，王昭君一曲《長相知》喚來了一直深深愛著她的宇文成和方笑天。王昭君懷抱琵琶，含笑閉上了雙眼。她的魂魄飛渡關山，回到了故鄉的香溪水……

目錄

中國古代四大美女傳
王昭君

第一章　巫山嬌女

款款美人莽莽熊

漢代的陽光灑在都城長安的宮殿上，這是秋天的下午，西風鼓嘯著，旌旗獵獵，猛士們手執戈矛，圍繞長楊宮獵場站了一圈，像是一排挺拔的白楊樹。獵場正北設了一座高高的看臺，漢元帝身著獵裝，頭上紮了一條紅纓，在風中飄動著，他的身邊左有傅昭儀，一襲藍色長裙罩住修長的身段，耳環在陽光裡熠熠生輝；右有馮婕妤，薄施粉黛，一道藕色絹製披肩隨風輕舞。再往外，後宮佳麗約有一百餘人綿延展開，以元帝為中心，築成一道五彩繽紛，香氣逼人的人牆。宮女之外，文官身著官服，頭戴冠冕，垂手肅立兩旁。高台之下，武將們一身戎裝，手執弓箭，騎在馬上，威風凜凜，彷彿整裝待發。

咚咚咚，三通鼓響，大臣石顯走出隊列，高聲說道：「圍獵開始！」

話音未落，武將們縱馬入場，向獵場中央跑去，那裡已經放出了大群的鹿、虎、熊等野獸。這些野獸平時被阻隔在獵場的一角，待皇帝狩獵時才打開柵欄，放到場中。武將們看野獸從對面奔騰而來，拼命打馬向前，距離漸近，有人拉弓射箭，一頭小鹿中箭跌倒，校役慌忙撿起小鹿去臺上向元帝獻禮。

「好箭法，眞是英雄！」

元帝高興地讚美猛士，回首說道：「賜美酒一斗，豬腿兩條。」

獵鹿者上前接過酒肉，跪在地上謝恩之後，便大口將酒肉吞下，準備再去場中射獵。

獵場上煙塵滾滾，人和獸攪在一起，嘶喊聲、鼓角聲與馬蹄聲響成一片。美女們在兩旁尖聲呼叫或細聲交談，興奮異常，宛若一群小鳥。她們平時難得看到這種場面。突然，從虎場那邊傳來一陣響亮的馬蹄聲，的的來到台下，一員武將翻身下馬，跪在地上向臺上說道：「啓稟萬歲，小臣獲虎一隻，獻與陛下。」

說話之間，四名校役抬著一隻老虎到台下，虎是黃色的，一道道黑色斑紋，金碧輝煌。元帝一陣驚喜，忙說：「賜壯士美酒二斗，牛肉十斤。」

元帝驚喜的不是壯士的英勇，而是虎。自從春天與馮婕妤纏綿交歡，晝以繼夜，龍體大虛。調養了一個多月之後，精神略有恢復，不過，腳下還覺有點軟，看到這隻金碧輝煌的猛虎，他想到那根紅通通的虎鞭——那才是他興奮的交點。

壯士在台下狼吞虎嚥，傳昭儀和馮婕妤交換了一次鄙視後，一起勸元帝喝酒。元帝揮揮手，大聲說道：「不喝了，待回去烤了野味朕再痛飲一場！你們隨朕去看壯士狩獵。」

美女們一片歡呼，笑聲像一群鴿子飛向藍天。元帝率領紅粉縱隊越過臺階，緩緩向熊場移動。剛下高臺，便聽到從熊場中傳來的馬蹄聲，透過煙塵，元帝彷彿看見了萬馬奔騰的壯麗場面，不禁想起高祖留下的詩句：

大風起兮雲飛揚

威加海內兮歸故鄉
安得猛士兮守四方

突然，煙塵中騰起一隻黑影，迅速向他們逼過來。

「誰獵了黑熊？」元帝激動地問道。可是，無人答應。

數年之後，當元帝與王昭君揮淚作別時，還回想起那個遙遠的下午，他第一次體味著一個詞的眞正含義：驚心動魄。而當他見到王昭君時，他第二次重溫這個詞。

黑影漸行漸近，元帝一行人猶豫地停下了腳步。忽然，一名文官帶著哭音喊了出來：

「黑熊，快跑呀，黑熊！」

聲音未落，美女們扭頭奔跑，伴著尖叫聲，有人的裙子被踩住了，倏地滾倒在地。

「救命呀！救命呀！」

喊叫間，有的人絆在地上，還拼命拉住身邊的一條腿，兩個人扭打在一起。文官們的帽子，女人們的飾物，撒了一地。傅昭儀早已不見蹤跡，元帝呆呆地站在那裡，幾乎痲木了，像一截呆木頭，嘴裡喃喃道：「熊，黑熊，熊，黑熊。」

馮婕妤往回跑了幾步，轉身一看，皇帝不見了。忙停住腳步，發現皇帝還待在那裡，黑熊吼叫著奔騰而來。

「噢……」

黑熊一聲狂呼，引起一陣尖叫，彷彿水面上一石投下，激起萬波浪花。

馮婕妤幾步跑回去，將元帝推倒，壓在皇帝身上。她閉上眼睛，等待黑熊一口將自己撕碎，血肉淋漓。

「噢……」

黑熊又是一聲驚吼，馮婕妤知道，最後的時刻已經來臨。她抱緊元帝，閉緊眼睛。當時她一點兒也沒有料到，這是她擊敗傅昭儀的一塊法寶。黑熊遲遲沒有咬她，她感到納悶，忍受時間推移的折磨，這時，一陣嘈雜的聲音在耳邊響起：

「臣等救駕來遲，陛下恕罪。」

馮婕妤睜開眼睛，發現一班武將跪在地上，搗蒜一樣叩頭，同時也發現自己還趴在皇帝身上，急忙滾下來，低頭問元帝：「陛下沒事吧？」

元帝滿臉是土，坐起來，搖搖頭，用手抹抹灰塵，奇怪地看著馮婕妤，握住她的手緩緩站起來。黑熊一來他就雙腿發軟，動彈不得，待馮婕妤把他推倒，索性伏在地上一言不發，一動不動。他不明白馮婕妤爲什麼不逃命，便問：「愛姬，你爲什麼不逃命？」

馮婕妤穩穩地答道：「臣妾聽人說，猛獸抓人，抓住了人就停住。臣妾怕牠抓了陛下，就掩住陛下，讓牠抓就抓臣妾。」

「那——你就不怕死？」

元帝驚訝於這個女子的從容不迫。

「死，臣妾也怕。可是，如果一定得有人死，就讓臣妾死算了。臣妾只不過是一普通女子，死不足惜，可陛下卻只有一個，神人共主，社稷安危繫於一身。天下可以沒有臣妾，天下不可以沒有陛下呀！」

元帝一點兒不懷疑馮婕妤的話——這畢竟是從死亡的邊緣撿回來的聲音，他的心一陣絞痛，止不住的淚水奔騰而出，泣聲說道：「愛姬，你救朕一命，朕當報你。」

「臣妾不敢。」

馮婕妤連忙跪下，說：「臣妾為陛下效命，理所應當，望陛下勿以為念。」

此時，傅昭儀已經簡單梳整過，來到元帝面前，關切地問：「陛下龍體無恙吧？」

元帝用眼角的餘光斜射了一下，沒有講話，轉臉扶起馮婕妤走開了，甩下傅昭儀呆立在那兒。

回宮之後，皇帝細細洗了個澡，還特別傳旨，今晚由馮婕妤侍寢。

晚飯桌上沒有擺出今天的獵品，御膳房擔心皇帝看見這些回想起白天的驚險場景，誰知元帝特別問道：「今天的野味怎麼沒上？」

御膳房連忙烤了一隻山雞、一隻野兔送來，皇帝笑著撕下一隻雞腿放在馮婕妤的盤子裡，一面說：「愛姬辛苦了，多加餐。」

一面又撕下另一隻雞腿，自己啃起來。「眞香！誰烤的？賞他一隻雞翅。」

皇帝說完，黃門小太監急忙去御膳房宣廚子大胖面聖。大胖一聽面聖，不由嚇了一跳，今天烤雞時不小心多放了胡椒粉，這下皇上怪罪下來，死路一條。大胖一見皇帝便伏地猛叩了三個響頭，連連求饒：「萬歲爺饒命，都怪小人一不小心多放了胡椒粉。」

說著，自己打起了自己的耳光。皇帝忙令小太監攔住他，笑著說：

「大胖，你的胡椒粉沒放多，卻很香，朕賜你一隻雞翅。」

大胖連呼萬歲爺聖明，謝恩之後接過雞翅，馮婕妤在一旁說：

「既然陛下賜你雞翅，我再賞你一壺美酒吧！」

「謝娘娘。」

大胖接了酒，緩緩退去。

晚飯過後，元帝和馮婕妤走進皇帝的臥室。過去，這張龍床由傅昭儀和馮婕妤分享，此後，這張龍床便歸馮婕妤獨占了。皇帝深情地抱起馮婕妤，放在床上，馮婕妤從未領略過皇帝的這般溫柔，感動得熱淚暗流。

元帝把馮婕妤升爲昭儀。消息一公開，傅昭儀心裡就不是滋味，卻不便對皇帝表示，一時不知該如何處置，信步走到了後花園。秋天的善園裡，荷葉依舊碧綠，托起一支支蓮蓬，池塘裡游來一對鴛鴦，一邊戲水，一邊划行，一對美好的愛情伴侶。她正看得出神，忽然聽見有人說：「昭儀，請這邊走，那裡路險。」

傅昭儀覺得有人在喊她，正在納悶，回頭一看，一團紅霧從眼前升起，來者正是馮昭儀。她感到一股壓不住的火苗往上湧，脫口罵道：「我說怎麼這麼臭，原來是隻媚狐子！」

馮昭儀連連受御幸，正在興頭上，陶醉在一派讚美聲中，哪裡忍得下這口惡氣，當即臉色轉陰，厲聲問道：「你罵誰？」

「罵你罵你，你個狐狸精，一天到晚纏著皇上，騷貨！」

馮昭儀臉色變黑，氣沖沖地喝道：

「傅昭儀，你個貪生怕死的膽小鬼，有什麼資格罵我？」

傅昭儀也不答話，走上前去一把扭住馮昭儀的衣領，使勁兒扯過來，一手撕馮昭儀的裙子。馮昭儀自幼生長於鐘鳴鼎食之家，哪裡見過這種陣勢，放聲大喊，幾名宮女慌忙上前拉開傅昭儀，擁著馮昭儀回去了。

第二天，元帝傳令傅昭儀到後花園的娛美亭。傅昭儀一到便發現皇帝與馮昭儀摟抱著躺在亭心的床上，馮昭儀喝了一口酒嘴對嘴送到皇帝口中。傅昭儀低著頭，不敢正視，只聽元帝冷冷說道：「傅昭儀，把衣服脫下。」

傅昭儀一愣，以爲皇帝要同她們二人玩樂，迅速褪下裙子，只剩一件內衣和胸衣，偷眼看了一下皇帝，找不到一點兒往日的溫情，心裡知道事情不好了。

「都脫下。」

皇帝再次下命令，傅昭儀不敢抗旨，只得把內衣和胸衣一起褪下，光赤赤地站在亭子裡，秋天的涼風在她細嫩的肌膚上擦來擦去。

這時，皇帝和馮昭儀停止了飲酒，雙雙寬衣解帶，在錦被裡互相撫摩。傅昭儀不敢正視面前的這一幕，低著頭，暗暗後悔，忽然，皇帝又喝道：「傅昭儀，跪下，看著這裡。」

傅昭儀含淚跪下，抬起頭，發現皇帝已經和馮昭儀摟作一團。

元帝很快結束了與馮昭儀的蜜月，他需要新的刺激。於是在太液池邊修了一座宵遊宮，宮內的陳設一律黑色，選來宮女按迷宮陣法排列其中，一律不穿內衣，只披一件黑衣紗綃，每個宮女手執一支紅燭，光線細而微弱，幽幽閃爍。元帝從門口進宮，走入迷陣，宮女們立即變幻陣法，燭光影動，黑紗飄飄，元帝在迷陣中左右衝突。當他找到出口時，便當場御幸守門的宮女，回頭站好，重新開始，然後，再一次御幸其他守門的宮女。

中秋節的晚上，元帝和宮女們進入宵遊宮，只把宮南面的一個窗口打開，讓月光射進來。元帝讓宮女們將手裡的蠟燭排成月亮的圖案，放在四周擺好陣法，元帝執一根紅燭在微光裡探索。他從艮門入，坤門出，誰知一進迷宮便亂了陣法，找不到門在哪裡。他嘗試了幾次都沒有成功，一抬頭，發現月亮從窗口射進來，像一根光柱，順著光柱衝去，正是坤門。他興奮地扯去黑紗，將守門宮女抱起，正要御幸，忽然發現月光裡飄來一道艷影，羽衣舒展，風帶翩翩，明麗的微笑在月光裡像閃電一樣飛去，眼睛裡是一束銷骨溶魂的柔波。元帝呆呆地望著月亮發愣，宮女們不知道元帝怎麼了，一動不動。

那是誰？

元帝撤了宵遊的宮女，獨自躺在龍床上望著月亮——這麼多年來，他第一次沒有抱著女人獨眠。那一道艷影是誰？

元帝被這一道艷影迷住了，夜不成眠，偶爾抬起頭，月光裡時常會閃過這一道艷影。可是，當他定睛細看時，卻又什麼也看不到，只有如水的月光灑在宮中。

數年之後，當他與王昭君灑淚告別時，才猛然醒悟：那一道艷影正是她。

元帝意識到，有一位佳人在等他，那裡，他可以寄託一生的愛情；那裡，他可以尋到最後的歸宿。於是，他傳令大臣石顯率幾位隨從去全國各地選美。

白鶴翩翩望月樓

秭歸是典型的江南水鄉，寶坪是秭歸的一顆珍珠，香溪河從村口流過，東邊是鳳凰嶺，西邊有烏龍洞。鳳凰嶺上有座山台，人稱「妃台曉月」，是紀念王昭君的，至今，人們看見金色光線把鳳凰嶺顯現在天空時，仍不忘說一句：「那是昭君繡的鳳凰展翅。」

這時，漢朝的月亮已經升起來。元帝在長安未央宮正在疑惑那道豔影是誰，而昭君卻在望月樓上彈琵琶。

望月樓的窗子面對香溪，河面上潮濕的風穿過欄杆，撫摸昭君十七歲的少女的臉頰。琵琶悠悠揚揚，飽含少女的迷惘與企盼，散布在秋日的夜風中，一輪月華天如水。

琵琶剛剛在空中停穩，昭君便聽到簫聲從香溪對岸傳過來，簫聲中隱含著激情與渴望，一個小夥子的聲音。昭君知道，吹簫人便是她的表兄宇文成。昭君和宇文成從小就熟識，常常一起玩耍。年齡大了，他們在一起的時間就少了，猛然一見，心還不覺「砰砰」跳幾下，不知爲什麼，兩人顯得更客氣了。於是，他們的交談方式變爲音樂對話。

今天是中秋節，月亮格外清圓。下午，昭君採回一抱雪白的菊花，插在書案上，現在正釋放著淡淡的香氣。於是，簫聲一停，她便彈起了《採菊》，一個少女悠閒地走在花叢中，一會兒停步觀賞，一會兒採過一朵，邊走邊唱，隨手把菊花插在髮髻上。她一停手，便聽到對面的簫聲響起，是《鹿鳴》。小鹿在林中奔跑，一陣小雨灑下，小鹿一邊跑一邊叫，急忙尋找避雨的地方。一不小心，被葛藤絆倒了，小鹿站起來，小心翼翼地往前跑，當牠終於找到山洞時，小雨也停了。

昭君彈奏一曲俏皮的《蝸牛爬樹》，文成吹了一曲《牧牛郎》，昭君又變作《鳳凰游》，文成配上《百鳥朝鳳》，到最後，兩人一起演奏了《蝴蝶飛》，描述兩隻彩蝶翩翩飛舞，突然一陣風來，兩隻蝴蝶失散了，急急忙忙互相尋找，他們飛呀飛呀，在花叢中迴旋，終於相遇了，一起向花叢深處飛去。

滿天明月白如霜，香溪河上浮起一層白濛濛的水霧，簫聲停止的地方，昭君看見一個隱隱約約的身影飄過去，消失在濛濛水霧中。突然之間，她覺得悵然若失，心中升起一股淡淡的無以名狀的憂傷，從身體內部散播著一種湧動的力，促使她想表達，卻又不知表達什麼，將琵琶掛在牆上，急急地跑下樓去，沿著香溪漫步。

許多年之後，當她和呼韓邪單於在大漠月夜散步時，猛然想起這個中秋夜——這是她最後一次在故鄉過中秋節。

稻田在薄霧下沉默不語，像一位期待傾訴的少女，月光灑在稻田與河流上，靜靜地流著。昭君信步走著，月光將她的影子留在河堤上，一首歌輕輕升起：

昭昭素明月　輝光燭我床

憂人不能寐　耿耿夜何長
微風吹閨闥　羅帷自飄揚
攬衣曳長帶　屣履下高堂
東西安所之　徘徊以彷徨

雜亂繽紛的思緒漸漸集中，好像是在思念一個人，一個從未相見的人，一個生命中注定要相互承諾的人。然而，這個人在哪裡？

昭君不知道，也無法知道，只覺得身體在膨脹，彷彿一股火焰要噴射。突然，她望望身邊的香溪，想下河洗個澡——這時夜深人靜，正是好時光。月光瀉在昭君白皙的肌膚上，漸漸隆起的乳房聳立在胸前，黑髮順著水面平托著，漸漸沉下去，一條美人魚在河裡靜靜地游。在香溪，昭君第一次覺察到什麼是眞正的孤獨。昭君穿好衣服，正要往回走，忽然，田裡驚起兩隻白鶴翩翩飛去。

第二天早晨，昭君很晚才起床，昨天她失眠了。迷迷糊糊中，她感到一雙火辣辣的眼睛在望著她，等待她。媽媽的聲音把她從睡眠中帶回：「昭君，吃飯了。」

昭君不情願睜開眼睛，看見兩隻白鶴立在樓前的欄杆上，她以爲眼花看錯了，忙睜大眼睛仔細審視：確實是一對白鶴，羽毛如雪，長頸尖嘴，丹頂玉睛。

白鶴安詳地立在欄杆上，望著昭君，悠悠叫了三聲，頭一點展翅而去。昭君覺得這是個象徵。象徵什麼，她也不知道。

早飯的餐桌上，媽媽忙著把粥盛上，昨天沒吃完的月餅又打開，爸爸抽完最後一口煙，把煙鍋往腳邊磕了一下，悠然地說：「咱村裡來了朝廷大官。」

「朝廷大官來咱村做什麼？」

媽媽不解地問道。沒等爸爸回答，昭君急忙把早上的事講了出來：

「爸爸，你說怪不怪，早上一醒來，兩隻白鶴立在欄杆上，還朝我點了點頭。」

爸爸不以爲然地說：「還不是餓了，想找食物唄！」

正說著，突然從天上飛來兩隻白鶴，在空中盤旋了一圈，停在昭君家裡的梧桐樹上，嘴裡還銜著一枝鮮艷的草。昭君認得，這正是早上那兩隻白鶴，興奮地跳起來，說：

「爸爸，就是這兩隻鶴，你看牠嘴裡含的是什麼呀？」

老漢捋了捋發白的鬍子，瞇住眼睛，凝視了一會兒，頭搖了幾下又點了幾下，用帶哭的聲音喊道：「靈芝，牠嘴裡銜的是靈芝，昭君，那是靈芝。」

老漢說完，又疑惑地往家裡環視一周，不解地說：「是不是咱家要出什麼喜事了？」

昭君只聽爸爸講過靈芝，卻沒見過，只知道靈芝是一種吉祥的象徵。她靜靜地看著那兩隻白鶴，只見牠們一張口，將靈芝丟在昭君面前，展翅而去。

昭君回過頭，發現爸爸的臉上老淚縱橫，激動地說：

「昭君，咱家有喜事了。靈芝獻瑞，只有大福大貴的人才能見到啊！」

媽媽一直沒講話，她被這件突然的事情弄懵了，不知道有什麼事發生，淡淡地說：

「什麼喜事不喜事，我只想這樣平平安安地過日子。」

昭君和父親一樣激動，她已厭倦了這樣平淡的日子，長這麼大，還沒有走出過秭歸，外面是個什麼樣的世界呀！這是個謎，也是誘惑。

一家人繼續吃飯，媽媽說：「瞧，我都老糊塗了。昨天有人來給昭君提親，說是一個大戶人家，公子識書達理──」話還沒講完，被昭君截斷了。

「媽──我不嫁人，我要一輩子守著媽媽、爸爸。」說著，昭君臉上飛起一片紅雲。

「昭君，這是個正經事，你都十七歲了，也該找個婆家了。」

正在這時，里正叩響了柴門。爸爸忙招呼里正坐下，里正也不坐，告訴他，皇上派人來選美女，通知十五到二十歲的姑娘都去參加。爸爸高興地說：「咳，你們看，我說要有喜事發生了，怎麼樣，我們昭君肯定能選上，以後咱家就跟皇帝是親戚了。」

老漢只顧自己激動，不知昭君已放下碗筷，一個人跑回樓上去了。他不知怎麼回事，忙上樓來，看見昭君一個人對著窗子發呆，忙問：「昭君，你怎麼了？」

「爸爸，我不願意去選美。」

「爲什麼？」這個問題顯然超出了老漢的想像。

「我不想進皇宮。從書上看到多少女孩子到了宮裡，一輩子都見不到皇上，老死後宮，還不如在家裡自由自在地過日子。」

老漢視女兒爲掌上明珠，不願違背女兒的意願，可是，皇命難違。他突然想到，皇上的岳父可以不聽皇命，可又一想，自己還不是皇上的岳父呀，安慰女兒也安慰自己說：

「昭君，你和她們不一樣，我的女兒漂亮、聰明，皇上肯定會喜歡你。」

「誰稀罕他喜歡？皇帝性格無常，今天喜歡，明日不喜歡，喜歡時要什麼有什麼，不喜歡時打入冷宮。爸爸難道不知道，伴君如伴虎，誰願意和老虎在一起？」

爸爸無言以對，可是，選美是必須參加的，何況，昭君的美貌是遠近數十里有名的，怎麼逃得過去？「孩子呀，皇命難違，無論如何，你總得去一趟。」

昭君一時沒有辦法，一個人撫弄著琵琶，信手彈去，也不知是什麼曲子。琴聲傳布在秋天的風裡。

大臣石顯奉旨選美，先到了秭歸。秭歸令不急爲皇上選美，先爲這位欽差大臣置辦了美色，石顯將三名少女留在驛館，一夜春風幾度，興奮異常。第二天，秭歸令告訴石顯，寶坪村有位昭君姑娘，琴棋書畫精通，人是方圓百里獨一無二的美人。如果昭君選不上，秭歸就沒有別的美女可選了。

石顯對於夠不上朝廷級別的美女盡情享受，但是，遇上絕色佳人還得讓皇帝自己去享用，難保她日後成爲昭儀、皇后，還是自己的主子呢！石顯一行人來到寶坪村，不敢直接驚動昭君，讓里正去通知一下，準備今天午後到社場上挑選。早飯之後，石顯興沖沖地率領二名僕從到河邊散步，只見香溪河寬闊平緩，鳳凰嶺秀麗優美，知道這是塊寶地。忽然，從河對面的樓上傳來一陣琵琶聲，幽怨、纏綿卻又情趣橫生，憑著他的音樂水準，聽不出是哪支曲子，只覺得這曲子有一股特別的韻味。

石顯聽了一會兒，決定親自拜訪這位琵琶彈奏者，也許就是昭君姑娘。追著琴聲走到一個柵欄前，石顯輕輕叩了幾下，從屋裡走出一位老漢，一雙眼睛打量著石顯。

「老人家，我們執行公務，路過這裡，口渴了，討口水喝。」石顯客氣地說。但是，他的形象已經告訴老漢他在說謊，一個執行公務的人竟雙手空空，連僕從都沒帶任何行囊。老漢意識到這一點，但沒有點破，他感到，這大概就是從都城來的欽差大臣。

「客官請進。」

老漢一邊讓石顯一行進屋，一邊忙吩咐老伴泡茶待客。清茶端上來，屋裡散布著一陣清香。寒暄了幾句，石顯試探性地問道：「老人家，樓上彈琵琶的是什麼人？」

老漢想，果然是他，卻又不知該如何遮掩，只得如實講道：「小女昭君胡亂彈彈鄉語野曲。」

「老人家過謙了。我剛在河邊行走，聽到樓上琴聲悠揚，韻高曲雅，才叩門打擾。請問老人家，能否讓我們見令嬡一面？」老漢無奈，只得讓老伴上樓喚昭君下來。

不一會兒，昭君一身素白綢衣，裊裊而來，低首一揖，說：「民女昭君見過諸位客官。」

石顯一見昭君，便像觸電一般，通體痲木，待昭君轉身之間，看到她一雙芳目射出嫵媚而尖銳的光芒，這目光使石顯一輩了都無法忘記。石顯振作了一下精神，澀澀地咳了一聲，把兩位僕從拉回陸地，將老漢拉到一旁說：「老人家，不瞞您說，在下正是欽差大臣石顯，受皇上之託來江南選美。在下久聞昭君姑娘大名，今日一見，果然名不虛傳。三天之後，下官回京，屆時將昭君姑娘帶到皇宮，不知老人家意下如何？」

老漢聽完，一下跪倒在地，說：「大人駕到，草民不知，請大人恕罪。小女昭君是個野孩子，恐怕懂不得宮裡的規矩，草民心中想高攀，可是不敢辜負了皇上的聖恩啊！」

「老人家所言差矣。下官聽說昭君姑娘幼讀詩書，孔信有度，琴棋書畫，無所不通，老人家何必推辭呢？」

「豈敢，豈敢！只是小女脾氣倔，我不敢獨自作主，需要同她商量商量再說。」

「老人家請便。我們再等一等，明天再來聽您老人家的回話。」

石顯一行走後，爸爸急忙同昭君商議。昭君本來無心進宮，可是，事到如今，不去也無處逃避，出路只有一條：進宮。何況，昭君心裡也在想，以她的美貌和智慧，肯定會獲得皇上的歡心，何愁沒有出頭之日，這樣，她就點頭答應了。

三天之後，寶坪村像慶典節日一樣，鑼鼓喧天，人們聚集在村口的碼頭上，鬧鬧嚷嚷。

今天，是昭君離家進宮的日子。

石顯一行人上了船，幾名侍衛來接昭君。昭君正和父母告別，老漢強作歡顏，臉上掛著不穩固的笑容，老太太已忍不住淚水的衝擊，嗚嗚哭起來了。昭君見父母這種模樣，鄉親們熱情相送，不禁一陣酸楚，兩行清淚簌簌滾出。

秋天的風涼涼的，飽含著水的溫潤，稻田一派沉默，船夫使勁兒一推，船兒離岸了。一片手的海洋在翻騰。昭君本以爲宇文成會來送行，然而，直到船出發，始終沒發現他的影子，昭君說不清心裡是追悔還是遺憾。

秋水渺渺，船兒越行越遠。昭君此時還不明白，這是她和故鄉永遠的告別。

第二章　寂寞漢宮

長安路上吹簫人

坐在輦車裡，穿行在群山萬壑之間的王昭君，眼看著她熟悉的風景正離她而去，心情漸漸地由激動轉為消沉，由消沉轉為迷惘，由迷惘轉為絕望。當這種絕望緊緊地攫住昭君那顆尚顯稚嫩的心靈時，一行不尋常的女兒淚早已在她的臉上劃出一道深深的溝痕。

這原本是美麗而又殘忍的十月。大隊人馬揚起的車塵將路邊綻放著的山花弄得土頭灰臉。昭君感到一種莫名的倦怠。她閉上了那又酸又澀的雙眼，不忍再觀賞這江南秀麗的景色。突然，一陣隱約的簫聲將她從半寐半醒之中喚醒，這簫聲是那麼纏綿、低徊，像嗚咽的山泉，又像林間清朗的風。但仔細分辨，低徊的簫聲又不乏悲壯，不乏慷慨，充滿著一種寬雄的陽剛之氣。昭君昏沉的神智不禁為之一振。她循聲追尋這簫聲的來源，撩開了輦車飾金的黑色車簾。

一位頭戴黑色巾幘、雄武威風的青年進入了她的視野。他正在專注地吹奏著那支黑色的洞簫，簫的一端垂下一條紅色纓穗。昭君知道，那支能淌出動人樂音的洞簫還是一種很厲害的殺人武器。昭君已經認出了他，那位青年人顯然也注意到了這華貴的車隊中的這輛非凡的輦車，因爲他也正往昭君這裡看著，他用熟悉的目光打量著昭君，嘴邊的洞簫流出的是溪水般明快的節奏。昭君原本由於旅途勞頓而稍顯蒼白的臉上升起一片紅雲。她稍一遲疑，想到了自己才十七歲，正走在通向長安漢宮的路上，便放下車簾。

這時，她聽到車隊越走越慢，漸漸停了下來。「宇文兄，你怎麼離開秭歸，來到這裡？」另一個聲音沉了沉，回答道：「我性本散淡，素喜浪跡天涯，管天下不平之事，殺天下該殺之人。近聞北方匈奴犯我邊境，擾我邊民，成身爲七尺男兒，若不能保護婦幼不受侵害，豈不讓人罵死。」昭君坐在車裡，不用掀開簾子，就聽出這答話者就是那個吹簫人——表哥宇文成。車子又走了很遠，很遠，她再無倦意，竟怎麼也揮趕不去他的目光，耳畔仍迴盪著那纏綿、低徊的簫音，她感到他的目光印在了她的臉上、頸上和羅裙上，她感覺那簫音正從容地追隨著她，再也沒有離去。

關山飛渡，經過一個多月的漫漫長途，車隊終於到達了漢朝的都城長安。早有長安城的官兵儀仗在此迎接，因爲元帝盼望這支隊伍已經到了望眼欲穿的地步，再加上這是朝廷重臣石顯率領的，官員更不敢怠慢，互相見過禮之後，長安城門洞開，車隊緩緩地進入長安城。

昭君還是第一次見到長安。以前她僅僅是聽人說到長安都城各色人等雲集、人們揮汗成雨、摩肩接踵的情景，今日到了長安，自然要好好看看。她小心翼翼地打起車簾，只見街上熱鬧非凡，店鋪一個挨著一個，小商小販的叫賣聲此起彼伏，人群擁著人群，車子前後相接，那長長的街道竟一眼看不到頭。她想起自己住了十幾年的南郡秭歸寶坪，和長安一比，眞是微不足道。道路兩旁，栽種著清一色的石榴樹，青翠欲滴的葉子中間，點綴著含苞待放的石榴花蕾。昭君從未見過石榴樹和石榴花，因爲長安的石榴樹是從西域引進的種子，寶坪自然沒有。

面對這陌生、擁擠、繁華的長安，昭君既感到新鮮有趣，又感到陌生、惶惑。她不明白自己爲什麼會被朝廷的官員選中，爲什麼要離開她山明水秀的故鄉，她開始感到自己身如飄萍，命中注定要到處漂泊。而她也知道自己一個村姑與這裡的氛圍是多麼不合，她知道自己不屬於這座城市，三年後在她對這座城池徹底失望之時，她仍然記得她初入長安時的這一天。這麼想著的時候，車隊戛然而止，她抬眼一看，一座仙境一般、富麗堂皇的宮殿正矗立在眼前。

這就是建章宮。

上林苑內建章宮

上林苑是秦朝興建的，並隨著秦國的擴張越建越大。每消滅一個國家，秦王就命人畫圖臨形，描下宮室，照原樣在咸陽北阪再造一個。六國在秦的大風中消失了，上林苑的各種宮室卻滿山架嶺，星羅棋布，殿屋複道，周閣相屬。各國搜掠來的美人、鐘鼓、珠寶，充實著這些形狀各異的建築。

建元三年，初登龍基、年輕氣盛的漢武帝喜歡微服私行，在北至池陽宮、西至黃山宮、南到長楊宮、東到宜春苑方圓數百里的範圍內馳騁遊獵。每次外出，武帝總是自稱平陽侯，命侍中、武騎等人帶上新釀的美酒，並與隴西、北地所來的以騎馬射箭爲業的紈袴少年相約，以半夜壁漏十刻爲準，在未央宮的期門集合。天色將曉，眾人浩浩蕩蕩馳下終南山，射殺鹿狐，手格熊羆。由於文帝、景帝曾開放上林苑，讓民耕種，因此，在武帝時，上林苑中除皇家宮室、苑囿宮池之外的空地，都由農民種上水稻等農作物。武帝諸人在圍獵時只顧痛快，早忘了蹄下的禾苗，在莊稼地裡縱橫馳騁。痛心的農民大聲叫罵，並告到縣衙，縣令接報後率兵追捕，竟被武騎攔住去路。縣令大怒，喝令拿下，直到他們掏出皇室憑證，仍被扣留了好一陣子才得以脫身。

又有一次，武帝圍獵樂而忘返，回來走到長安城一個叫柏谷的地方，想請求亭長借宿。亭長拒不接納，請他們滾出去。眾人只好走進一家客棧。客棧主人見武帝等人進來，就說：「看你這麼高大的一條漢子，不參加生產勞動，卻帶劍聚眾夜行滋事，不是強盜，便是賊淫。」武帝請求上酒，老者輕侮地說：「酒沒有，尿倒是有一壺。」坐了半晌，仍不見酒飯上來，武帝警覺，派人偵伺，發現老人邀集了一夥手持刀劍、肩背弓矢的壯年人，正要收拾他們。幸虧此家主婦見武帝相貌不凡，以酒灌醉了老人和其他青年，武帝才脫此大難。經過數次歷險之後，武帝稍稍謹慎了些，除多帶侍從外，又在宣曲宮以南，設置了十二個更衣所，以備日夕休息。

上林苑是宮殿、園林和天工巧合的大型皇家園林。苑中有各種奇花異草、珍禽怪獸。爲了製造野趣，這些野獸可以到處亂跑。一次，中郎將郅都隨景帝到上林苑，賈姬去上廁所，突然，一頭野豬也鑽了進去。景帝示意郅都前去救護，郅都裝作沒看見。景帝非常著急，欲身持兵器衝入廁所救愛姬。郅都見狀忙上前跪倒：「死一愛妃不要緊，天下像賈姬這樣的女人太多了。您以皇帝之尊與野豬相搏，萬一出錯，於國家何益？爲了一個女人，致使社稷臨危，值得嗎？」後來竇太后知道了此事，賞賜郅都黃金百斤。馮婕好挺身飼熊救元帝之事，也發生在上林苑。

上林苑中最雄偉最豪華的宮殿就是建章宮。當年武帝巡幸渤海歸來，方知柏梁台遭火焚。公孫卿說：「當年黃帝造青靈台，完工十二日，也被大火燒掉，但黃帝不灰心，又重建了明庭。」勇之也說：「粵人之俗，屋宇凡被火燒，必須重新建造。第二次修建，又必須超過原來的規模，以壓倒火牆。」武帝覺得有理，便開始在長安城西的上林苑中營造建章宮。造建章宮時，漢朝正值鼎盛之期，財力雄厚，國庫充盈，規模大大超過了未央宮。未央宮高踞龍首之巔，可俯視整個長安城，而建章宮在平地建造，並可下視未央，故而建章宮顯得尤其巍峨壯觀。建章宮的南門是正門，高二十五丈，取名「閶闔」，「天門」之意，又因其門以玉石裝飾爲主，故也稱壁門。壁門是在風闕之間連以屋頂而成，飛簷上反，翹角如翼，日影可折入殿內。由壁門進裡，就是金碧輝煌的玉堂殿。殿內設十二門。又有飾以黃金的五尺高的鳳凰豎立在屋頂之上，下有轉樞，迎風若翩然飛去。前殿東北有鳳闕，高二十餘丈，西北有神明台，築累萬木，轉相交架、疊而百層的土木高臺。臺上有一銅柱，柱上有一巨大的銅仙人舒掌捧銅盤、玉杯，以承接雲外之露水。這就是承露盤。神明台高五十丈，是建章宮，也是整個上林苑中最挺拔、最高聳的建築，臺上有九室，常住九天道士一百人，承露盤高三十丈，大七圍，用銅做成。這些道士除祭祀外，就是煉丹並收集承露盤上的露水，用玉屑和之，供武帝服用。後來，漢明帝派人拆運承露盤時，銅盤摔在地上，清脆的響聲在十幾里之外都能聽得到，那金銅仙人臨上車時，竟潸然淚下。

上林苑中這些離宮別館彌山跨谷，處處都有，有的高踞山岡，聳入雲天；有的隈居山曲，自成幽境；有的室中湧出甘泉，通流爲川。像這樣的地方數以千計。它們由長廊和可以乘輦而行的複道連結起來，沿著四通八達的長廊和複道前行，即使走上一整天也到不了盡頭，必須在中途住宿。在每一住宿處，都有隨時供奉天子的庖廚、宮女和臣僚。

上林苑實質就是皇帝尋歡作樂的一個大園林。元帝時，他將從全國各地搜集來的美女幾乎全部都集中在建章宮。元帝又別出心裁，將先朝的后妃八品擴展到十四個等級。其中昭儀爲元帝所創。

王昭君在建章宮前下了車。一個多月的旅途使她飽受奔波之苦。正午的陽光照在建章宮的宮門前，玉石裝飾的宮門在陽光下閃著白光。加上它的高大挺拔，昭君看了有些頭暈。她不相信人工能建造出如此龐然大物，她覺得人間不可能存在這些仙境般的宮闕。站在高聳入雲的天門下，她感到一種說不出的森嚴和陌生。旁邊有人提醒了一句：「看什麼，快進宮啊！」她才回過神來，跟著大隊人馬，穿過武士們的刀戟，進入宮門。

金碧輝煌的玉堂殿蹲伏在她的眼前。故鄉的烽火臺，也不及這玉石砌成的臺階高。昭君以爲這就是她今後要住的地方，心中不禁一陣激動：又可以憑窗望月了，她想。然而，這不是她住的地方，因爲引導的人並沒有停下腳步。

他們穿過玉堂殿，繼續朝前走。昭君看見了一座比宮門還要高出一半的高臺。她還不知道這就是神明台。而台上烏光閃閃地站著的銅人，一手持盤，一手持杯。昭君不解這是何方神聖，只是覺得那銅人站在如此高的臺上，難免替他擔心。

他們又繞過一個圓形的大池，最後在池邊的一排低矮的房子前停了下來。房子太多了，昭君也數不清有多少間。這些房子被分隔成一個個小巧玲瓏的庭院，分列在大池兩翼。昭君由一位四十歲左右的老宮女領著，進到一個庭院之中。

老宮女將昭君領到正中的一間房子前，說：「這三間就是你今後的臥房，北面的廂房裡住著你的兩個侍女，一個叫春蘭，一個叫秋菊，有事你儘管吩咐她們。如果你還有什麼要求，就找我好了。人們都管我叫李夫人。」

這時，春蘭、秋菊從外面進來，給昭君請安。昭君在家什麼活都是自己幹，見專門有兩個侍女跟著，還怪彆扭的，就說：「你們去吧，有事我會叫你們。」

李夫人也說：「你先熟悉一下這裡的環境。不過，宮裡有規定，一般不准跨出這院子的大門。」說罷就走了。

春蘭、秋菊回到了廂房裡。院子裡靜悄悄的，連小蟲的叫聲都聽不見。昭君推開臥室的門，右邊的房子裡，設著一張床，床上掛一雙層紗帳，外面是白紗，裡面是粉色的錦帳，錦帳上描著龍鳳圖案，還有鴛鴦戲水。昭君看著禁不住一陣耳熱心跳。床邊設一案，案上擺香爐，是團形，香團是用來冬天取暖的，外層是金屬鏤空圓罩，內設機關三層，中部是燒灼的火珠，香團晃動時，火珠便可在其中滾動。香團的旁邊是一燭臺，燭臺上插著一根嶄新的紅燭，看來還沒有用過。床下放著玉製的伏虎溺器。

昭君又來到左邊的那一間，這一間裡沒有床。只有臨窗的一案，一椅。這是書房。案上放著一堆書簡。昭君走過去，小心翼翼地翻了翻；見是《論語》、《中庸》、《大學》和《孟子》，還有《詩經》、屈原和宋玉的辭賦。靠牆對著窗子的那面牆上，掛著一把團扇。團扇又叫合歡扇，圓如滿月，用精製的紗帛製成，上面繡著一雙黃蝴蝶，正在上面飛著。春天要過去，夏天來了就用著這把扇子了。昭君想。牆上還掛著一支洞簫，昭君對著洞簫看了好一陣子，車馬揚起飛塵，路邊站著一個英俊的吹簫人，他的洞簫吹得多麼好啊！昭君心知走到這個院子後，就等於永別了吹簫人，吹簫人還會想著她嗎？她不知道。她眞想摘下洞簫，吹奏一曲，轉念一想，自己初來乍到，還是規矩點好。便轉回右邊的臥室，鋪開錦被，讓自己疲憊的身子先歇息一會兒。

昭君躺著躺著竟睡著了，她實在太累了。春蘭和秋菊端著晚飯進來叫醒了她。外面的天色已經黃昏，月亮還沒有出來。昭君第一次吃這麼可口的菜，吃得還眞不少。吃過飯，春蘭姑娘抱著一疊新衣服進來，放在昭君的床上，說：「姑娘，熱水已經準備好了，請洗浴更衣吧。」

昭君就隨著春蘭進入南邊的廂房。春蘭將衣服放在旁邊的一張小床上，帶上門出去了。昭君看到浴盆上飄浮著一層熱氣，透過熱氣，昭君隱約看到浴盆裡有幾葉花瓣。怪不得這麼香呢。昭君一件件地、緩緩地褪去裙裳，邁進浴盆。她用手撩著水，水珠從她的秀髮上、肩頸上迅速地滾落下來。她警覺地向門那邊望了望，大門緊閉，不會有人突然闖進來。偌大的一間房子裡，只有那支紅燭，閃著黃色的光焰。昭君匆匆地擦乾身體，換上一件嶄新的黑裙，外邊再披上一件大紅披風，從廂房裡出來。

昭君覺得房子裡太悶了，她想在院子裡透口氣，院子正中是一個池塘，邊上有玉雕的欄杆，還有已經綠色蔥蘢的垂柳。「昔我往矣，楊柳依依」，昭君不禁脫口吟道。這依依的垂柳，惹起昭君一片情思。這池塘，像極了她故鄉望月樓前的放生池，還有那條小鯉魚，每想到那條小鯉魚，昭君的思緒就回到那個夏夜，昭君就禁不住臉上一陣燥熱。昭君努力地不去想這些，想保持一份好心情。她緩緩登上池塘邊的小亭，亭子上有一石桌，石桌上放著一架古琴，幾個繡墩錯落有致地分布在亭子裡的石板上。此時的昭君忍不住伸出纖纖素手，全然忘了這是在漢朝的宮廷，彈起了一首她熟悉的曲子。隨著她明快的節奏，一輪桔黃色的月亮，從她寢宮後面，悠悠地升了上來，整個庭院頓時籠罩在柔和的月輝之中。

廂房裡的春蘭、秋菊，聽到這仙樂一般的聲音，雙雙跑到亭子上，對昭君說：「你彈得眞好！以後教教我們吧！」昭君欣然答應。又問了她們一些宮中的情況，春蘭、秋菊都如實地告訴了她。她們又在外面坐了很長一段時間，月亮已經升到中天了，昭君感到一陣涼意，這涼意躲在微微的春風裡。

昭君回到了房裡。春蘭搶先一步，替昭君鋪開了錦被。春蘭是個快嘴、心靈的姑娘，今年十五歲。她見昭君人也和氣，又有才藝，便大膽地和昭君開了個玩笑：「姐姐如果有朝一日被皇上看上，我們可就不容易見到你了。」昭君又問：「你見過皇上嗎？」春蘭很遺憾地說：「沒有。不過，聽人說，皇上脾氣很好，精通詩文，吹得一口好簫，是個風流儒雅的大好人。」「他也喜歡吹簫？」昭君問。「是的。見過他的人都這麼說。當年司馬姬死的時候，皇上很痛苦；整天一人在花園裡吹簫，連太后也勸不動。」聽到這裡，昭君怦然心動，想：這皇上倒也是個重情重義的人。

昭君這一夜睡得很沉。在疲憊的夢中，許許多多的人交替出現，許多陌生的熟悉的場景輪番上演。她夢見了父母，他們在女兒離開後傷心欲絕，茶飯不思；她夢見了望月樓，和掛在樓簷上的那輪圓月，月光的清輝灑在她身上，向她傾訴著一些話語，她一句也沒有聽清；她夢見香溪，夢見香溪裡的小鯉魚在沙灘上喘氣，眼裡含著淚水；她夢見了元帝，一個風度翩翩的君王，夢見元帝牽著她的手走進了一個有紗帳的房間，房間裡有一支紅紅的蠟燭，元帝抱住了她，想解開她的上衣，她有些忸怩，最終還是元帝吹熄了蠟燭，他們一起鑽進錦被裡，元帝的嘴唇貼在她的胸上，她幸福地閉上了眼睛；她夢見了那個吹簫人，吹簫人的簫聲吸引著她，蠱惑著她，她循著簫聲跑出了宮門，路上的武士一個也沒有攔她，她看見了宮門外的吹簫人，他騎著一頭高大的白馬，吹簫人見她跑來翻身下馬，將她抱上馬背，隨後他也翻身上馬，緊緊地摟著她，她則緊緊地抓住那支洞簫，生怕再失去他。他躍馬揚鞭，飛出了長安，飛到了一個美麗的地方……猛然間，她覺得身邊有人呼喚：「昭君姐姐！昭君姐姐！」原來是春蘭站在身邊，太陽光已經從窗櫺鑽到房裡，瀉在錦被上，使錦被上的那些龍鳳圖案更加惹眼。春蘭說：「昭君姐姐，剛進來時，看你的嘴上掛著笑，滿臉的幸福，準是正做一個好夢，我不忍叫醒你，不過做好的飯菜快要涼了。」昭君這才緩緩地穿上衣裳，起床梳洗。

春蘭說：「我來給你梳頭。」

昭君問：「你會梳什麼花樣？」

春蘭調皮地說：「不告訴你，我這還是跟李夫人學的。」

春蘭將昭君長長的秀髮向上梳起，用手挽成一個髻，又把一種膏狀的東西抹在頭髮

上，再把剩下的頭髮繞著髮髻纏起來，然後繫上。對昭君說：「這種『新興髻』，眼下在宮裡最時興。聽說當年馬皇后還把髻壓得偏向一邊，叫『墜馬髻』，把皇上迷得不行。」待梳完了，昭君對著鏡子一看，果然添出不少風韻。

見昭君如此喜愛，春蘭乾脆說：「我再來給你化妝。」春蘭拿起眉筆，將昭君的彎月一般的蛾眉描得更細更長，並說：「這叫『遠山黛』。」又在昭君的臉上撲上一層薄粉，然後再在臉頰上略施朱色，淡淡的一層，若隱若現，就像一抹永不消逝的紅雲。春蘭說：「這叫『慵來妝』。」昭君本來就生得肌膚細膩，身材合度，再經春蘭這一番巧妝，更像仙女一般。春蘭又說：「皇上若見到你這嬌嫩欲滴的樣子，不渾身都酥了才怪。」昭君臉色更紅了，輕輕地打了她一下，說：「貧嘴。」

元帝的心情從來沒有像今天這樣好過。春天使整個漢宮顯出一種迷人的氣息。元帝激動地走在未央宮的花園裡，復又折回大殿，對宦官說：「叫石顯來。」

石顯來到了大殿，見元帝已經擺上了酒席。元帝見石顯給他行禮，就說：「愛卿免禮，快入座。」石顯說：「皇上今天爲什麼請微臣來？」「先喝了這杯酒再說。」元帝說道。

石顯端起酒杯一飲而盡。元帝這才說：「愛卿此番選美，功勞不小啊！」石顯忙說：「都是皇上洪福齊天。這次共從各地選取美女四千人，超過了秦王和武帝時的總數。陛下儘管慢慢享用就是了。」

元帝本來就是個風流情種，常常是左擁右抱，離了美女睡不著覺的那種皇帝，不過去年元帝大病一場，在色上未免謹慎了點。聽到石顯這次又弄來四千美人，一方面心裡癢癢，恨不能挨個臨幸一遍，一方面又對自己的身體心存顧慮。於是說：「這麼多的美女，我如何照顧得過來？」

旁邊的馮昭儀近來頗受寵愛，斗膽插話：「臣妾倒有一計，請高級畫工爲這些美人畫像，送給陛下觀賞，陛下看畫要比一個個地看那些美人要省力得多。再說，陛下看畫時看中了哪位，即叫來臨幸，這樣豈不更加有趣？」

元帝聽了，拍案叫好。接著又皺起了眉，說：「上哪兒去找這樣能畫得維妙維肖的畫工呢？」石顯聽到這裡，忙說：「臣倒認識一人，叫毛延壽，畫飛禽走獸，幾欲亂眞。然而他最擅長畫人物肖像，許多想學畫的人都拜他爲師。」元帝忙說：「快召他進宮。」石顯說：「陛下放心，臣馬上安排。」

昭君來建章宮轉眼過了十天。這天，昭君心情特別好，春蘭又給她精心打扮了一番。秋菊則在一邊彈著箜篌，還是昭君剛教給她的那一段。三個人在昭君的房裡正說說笑笑，這時李夫人從門外進來，背後還跟著一個男人。春蘭、秋菊馬上不敢出聲了。

昭君打量著這個陌生的男人，估計他有四十歲左右，一雙小眼賊亮，嘴上無鬚，身穿黑色衣服，手裡還提著一個包袱。李夫人說：「昭君姑娘，這位是皇上請來的畫師毛延壽。毛畫師的畫畫得非常好。這次就是來給你畫像的，畫完了要送給皇上，皇上如果看了畫後有好感，你的出頭之日就不遠了。」說罷，就領著春蘭、秋菊一塊出去了。

昭君領著毛延壽走進她的書房。昭君在前邊走時，能感到背上有一雙眼睛在那裡滾動，她覺得身上像黏上什麼小東西似的，渾身不舒服。昭君請毛延壽坐下，自己就坐在他的對面，保持著一定的距離。

毛延壽打開包袱，展開絹帛，拿出筆，那雙賊眼又在昭君的臉上滾動，接著又滾到胸上、腿上和腳上。昭君覺得一陣噁心，但又想到他是皇上派來的，而且畫了還要送給皇上，便不好發作，裝出一副和氣的笑容，大大方方地坐在那裡，讓他畫。

「姑娘今年多大啦？」

「十七歲。」

昭君是問一句就答一句。毛延壽又讓她站起身，在他面前走幾步。昭君便站起來，款款地走了幾個來回。那毛延壽看得嘴再也合不上，向一邊傾斜的嘴角上，一汪涎水搖搖欲墜。昭君這樣走了幾步，又回到自己的座位上。

畫了有半個時辰，像基本畫好了。這時，毛延壽又拿出一張絹，又對著昭君畫了一會，昭君正覺得納悶，但也不願意問他。

過了一會兒，毛延壽說：「好了」。抬抬手示意昭君過去看看。

昭君走了過去。毛延壽拿出先畫的那一張，昭君看後暗暗稱奇。「畫得太像了！」昭君脫口而出。況且，昭君覺得比在鏡子中看到的自己更添一份韻味，昭君滿心歡喜，並爲自己剛才對此人的討厭而感到慚愧。但是，他爲什麼又要畫一張呢？

毛延壽又將第二張像拿上來讓昭君看。昭君再看這張，比第一張差得太遠，眼神黯淡、呆滯，面色白裡透黃，這不是我！昭君想。但她仍不明白他爲什麼要畫兩張呢？

毛延壽彷彿看透了昭君的疑惑，慢悠悠地說道：「姑娘，你覺得哪一張像像你？」

「當然是第一張。」昭君答道。

毛延壽又說：「我們這些畫畫的，自然比不上你們這些宮女。你們一旦被皇上看上，吃的穿的喝的用的，什麼都有了。而且有享不盡的富貴榮華，甚至父母兄弟也跟著封王封侯。而我們呢？皇帝用著的時候不敢不來，皇帝用不著的時候不敢心存怨恨。全憑畫畫掙幾個錢養家糊口，眞不容易啊！因此，姑娘，你看，如果你想得到皇上的恩寵，我就給皇上看第一張，如果你不想受寵，那我只好奉上第二張嘍！」

昭君這時已經聽出了弦外之音。便說：「大人有什麼要求，只要我能做到的，絕不推辭。」

「要求也不算高。只要你能拿出五十兩黃金，作爲酬謝，那我就將第一張呈上。如果你不肯花錢，那我就只好對不住你了！」

昭君有些著急，面帶難色，說：「我本是一農家姑娘，家裡勉強能吃得上飯，根本就沒有什麼餘錢。再說我剛剛進宮，皇帝的面還沒見過，更無什麼賞賜。請大人念我出身貧寒，就將第一張呈給皇上吧！」

毛延壽站起來，作出要走的樣子，說：「既然你沒有錢，那我只好將第二張呈上啦！」說罷轉身往外走。

昭君見狀很著急，說：「大人，難道你就如此重財輕義？請大人再考慮考慮，有沒有迴旋的餘地？」

毛延壽停下腳步，一雙色瞇瞇的眼睛盯著昭君的臉，說：「迴旋的餘地倒是有，就看你肯不肯了。」說著挨得昭君更近了。

昭君出於本能，往後退了退，還是說：「大人請講。」

毛延壽又挨過來，抓昭君的手，低聲說：「姑娘，你看這屋子裡就咱們倆個人，李夫人她們都出去了。只要你肯……」說著就伸出另一隻手來摟昭君的腰。

昭君全明白了。她氣得渾身發抖，使勁甩開毛延壽的手，並用力推開他，大聲罵道：「無恥！」

毛延壽也有所忌憚，恨恨地看了昭君一眼，說：「好，好，那你就等著皇上來臨幸你吧！」說罷奪門溜走。昭君使勁地摔了一下門，跑回臥房，趴在被子上大哭不止。哭了一會兒，昭君漸漸地恢復了平靜。她想，憑自己的天生麗質，不愁被皇上發現。只可恨遇見了這麼一隻癩皮狗。又想，若被李夫人或春蘭她們知道了也不妥，於是就坐在梳妝檯前，擦去淚痕，重新化了妝。

春蘭、秋菊回來了，都問畫好了沒有。昭君與她們敷衍過去。春蘭發現昭君有點不大高興，不知爲什麼，就與秋菊使了個眼色，悄悄退了出去。

寂寞無聊習禮容

經歷了這次事件後的昭君，就在一顆憧憬的心靈上蒙上了陰影。她把一切想得太理想了。春天拍拍手走了，夏天也捱過去了。冬天裡，昭君就躲在那小院的書房裡，一手摟著香團，一手翻看著那些辭賦。好不容易又盼到春天，楊柳又招搖，飛絮又來牽惹情思，幾隻黃鶯，叫得昭君意亂心煩。昭君走出了書房，在池塘邊的垂柳下，毫無目的地走來走去，清香流溢、溫柔如髮的柳絲輕輕地在昭君臉上拂來拂去，春蘭在院子裡嬉鬧著，秋菊還在亭子上練琴。走在瀰漫的春風裡，昭君心中那團將要熄滅的火重又燃燒起來。然而，令昭君望眼欲穿的元帝，你怎麼還不來呢？你又如何來理解這十八歲南國女兒的情懷呢？

笙歌從宮的北邊悠悠飄來，一會兒遠，一會兒近，一會兒模糊，一會兒清晰。春蘭雀躍著說：「太液池那邊又熱鬧起來了！」說著伸出腦袋側耳細聽。這笙歌在昭君的耳際繞來繞去，弄得昭君無法平靜。但是，一年的後宮生活，昭君早已知道那熱鬧的笙歌與這小院的靜寂根本就是水火不容。她索性折回書房，重又捧起那些不知翻了多少遍的書簡，然而，在萬物復甦的春天裡，昭君再也靜不下心來，坐了半晌，一行字也看不進去。

這時，春蘭走了進來，說：「李夫人來了。」李夫人是專門負責管理宮女的女官。她在這宮裡生活了二十多年，知道許多宮中的秘聞，比如某某后妃又偷情啦，某某宮女上吊自殺啦，等等，她也熟悉後宮的繁冗的禮儀，因此宮女都要經過她的訓練才能見到皇上，她知道一個宮女要想晉升需要哪些門路，打通哪些關節，因此，宮女們都有些怕她。但是，她覺得昭君是個挺有前途的姑娘，昭君也善解人意。她很喜歡昭君。一年來，她爲昭君說了不少好話，她希望將來有一天昭君能成爲昭儀、婕妤什麼的，她也得到升遷。

李夫人進了昭君的房門，對昭君說：「這麼好的春光，憋在屋裡太可惜了，昭君，咱們到院子裡去。」一邊說一邊拉著昭君往外走。出了房門，她用手擋住嘴角，對著昭君的耳朵，神秘地說：「昭君，我給你辦了一件大好事。」四周望望，只見春蘭和秋菊在身邊，又嚴厲地對她們說：「你們誰也不准講出去。」

昭君正想著心事，也無心去問。李夫人怪怪地看著她說：「這麼大的事，你怎麼不問問我呢？」昭君回過頭，淡淡地說：「您講吧。」

李夫人這才將事情說了一遍：「昭君，我給你辦了一件好事——你就要高升了。這事按宮裡的規矩是不准對外講的。昭君，你雖然和皇后同姓一個『王』字，然而她會想到你嗎？不過，宮裡也都是這樣，有人得寵，就得有人失寵。從一般宮女到婕妤、昭儀，直到正宮皇后，都希望皇上萬千寵愛集於一身。因此，后妃們之間都是明爭暗鬥，表面上姐呀妹呀的，一團和氣，實際上都怕別人得寵，沒了自己的份。

再說，這事也是，宮裡眞正的男人只有一個——那就是皇上，侍候嬪妃的黃門太監當然不算男人啦。皇上一個男人，卻要把寵愛分成千萬份，這當然做不到。所以，后妃們都用盡心計去接近皇上，去表現自己，一旦被皇上寵幸，那寂寞的日子也就熬到頭啦。」

李夫人見昭君不動聲色，又問：「你怎麼不高興啊，要高升了，就意味著離皇上更近了一步，接近皇上的機會就更多了一點。」

昭君說：「我還不知道您說的高升是什麼呢？」

李夫人這才說：「告訴你，讓你高興高興——你就要升為『美人』了！」

昭君聽了，也理解李夫人的一片好意，就勉強作出一個笑臉，對李夫人說：「多虧了您老人家的周旋。」

李夫人見昭君終於露出笑容，又說：「升了『美人』，你就要多學些禮儀。上次我給你講到哪兒了？」

昭君：「您講到了『德言工容』。」

這時春蘭沏好了茶，放在亭子上的石桌上。

李夫人說：「對，就講到了『德言工容』。」又對春蘭、秋菊說：「你們也坐下，聽聽。這對你們有好處的。」

李夫人開始講：「『德言工容』的『德』，就是道德的德。就是女子的德行。女子的德行是什麼呢？就是目不斜視，耳不旁聽，口不亂問，心不亂想。一言以蔽之，就是女人要像個女人的樣子。昭君，你來漢宮也快一年了，這些都不會不知道。你早晚是要見皇帝的人，一旦皇帝見到了你，喜歡上你，你就是有盼頭的人了。就要做萬民之母，天下之后。

這麼重要的位子，無德能勝任嗎？因此，昭君，既然你將要升爲『美人』，就要從今天起，練習目不斜視，身不亂動，心不亂想，一旦見了皇帝，就做出那副柔柔順順的樣子，那樣皇帝就會喜歡你，就會疼愛你！」

春蘭插話說：「李夫人，我怎麼聽人講皇上都喜愛那些眼角眉梢都含情，走起路來像風吹楊柳，說起話來像百靈啼囀那樣的嫵媚女子呢？」

李夫人說：「瞎說！像你說的那樣的狐媚子，也許能一時迷住皇上，但最後沒有一個落得好下場的人！你小小年紀，竟敢往這邪路上想，看我以後不教訓你！」

春蘭噘著小嘴，心裡有些不服。

李夫人接著往下講：「講女子的德，心不亂想，最重要！心不亂想，就是不去想那些亂七八糟的亂性的人和事！心不亂想，不是什麼也不想，要想，就只能想一個人——皇帝。你一天到晚就只能存著一個念頭——皇帝。昭君，你聽見了嗎？」

昭君腦子裡，那個吹簫人打馬一晃而過。聽見李夫人問她，怔了怔，忙說：「聽見了。」

春蘭又說：「我和昭君姐姐在這個院子裡都住快一年了，我們天天說皇帝呀，想皇帝呀，每天早晚都說，說得嘴上起了泡，想得心裡生了病，然而，皇帝怎麼還不來呢？」

李夫人長嘆一口氣，又板著臉說：「眞笨啊，死丫頭！咱們後宮有嬪妃美女四千人，皇帝一下子照顧得過來嗎？還不是要一個個地輪流。」

春蘭又扳著手指算了算：「照一天輪一個算……嗯……這四千人需要輪近十年呢，那我們昭君姐姐若不走運，輪到最後，還不就快三十歲了！」

李夫人差點沒笑出來說：「傻丫頭，正因爲要一個個地輪，所以要爭取先輪到啊，你昭君姐姐成了『美人』，輪得就更快了！說不定等不上一年半載的，就輪到你昭君姐姐了！」

昭君聽到這些，想笑，但是那笑容卻怎麼也喚不出來。她轉過臉去，對著青天上的白雲出神。好悠閒的雲喲，昭君的心裡充滿羨慕。

這時，隔壁院裡孫美人幽幽的歌聲飄了過來，伴著清越的琵琶聲，絲絲縷縷，將昭君紛亂的思緒，攪成一團亂麻。

昭君忍不住讚嘆：「唱得眞好，就像個清純無瑕的小姑娘。」

春蘭說：「小姑娘？她六十多歲了，聽說，宣帝的時候她就進了宮，比元帝還大二十多歲。她不想皇帝嗎？做夢都想，都想得忘了吃飯，都想瘋了。按理，也該輪到她了，怎麼她就沒被輪上呢？」

李夫人說：「這叫『輪空』，也就是輪不著。輪子外邊的，輪子裡邊的，輪的，不輪的，都沒有她。這你小小年紀還不懂，我看就你話多。對了，這『德言工容』的第二個，講的就是言。言，本來指說話，不過對於女子，言，就是少說話，甚至不說話。人家說『好』，你不要說『好』，你就說『哦』；人家說『不好』，你也不要說『不好』，你就說『啊』，然而最好，還是一個字也別說。所說的禍從口出，就是這個道理。女子要學會用眼神說話，這個道理你可聽懂了，昭君？」

昭君有些不耐煩，說：「聽見了。」

李夫人又說：「有了『德』，有了『言』，就剩下『工』和『容』了。這『工』嘛，不用說，不重要，因爲你一旦成了貴妃，就用不著自己做『工』了，不過現在學這些，你一定明白，是爲了消磨時光的。『容』就是修飾、打扮，不過打扮不是像剛才春蘭說得那樣，弄出那種妖狐狸的騷情樣子來，勾引皇帝，而是要打扮得大方，有氣度，這不用說，非常重要——」

春蘭插話說：「這是爲了讓皇帝看了喜歡。」

李夫人說：「你這小機靈鬼，讓你猜對了，今天講的這些都不是我瞎編，是聖人早就說過的，有出處的，出在——出在——」

「《周禮》。」昭君不耐煩地說，又覺得很好笑。李夫人接過話頭，說：「昭君，你很聰明，書讀得也多，我這輩子沒啥指望了，就盼你有一天能出人頭地，到時候別忘了我這老媽子就行了。好了好，我該走了。」

昭君起身相送，李夫人將她按在繡墩上，春蘭、秋菊兩人恭恭敬敬地將她送出院門。

昭君望著青森森的宮牆陷入了遼遠的愁思。白天還好一些，昭君最怕的是晚上，宮漏的滴答聲敲得她心疼。她懷念故鄉寶坪，雖沒有這錦衣玉食，玉階珠簾，但是，那裡卻有她自由的天空。她總是陷在一個相同的夢境，夢見自己披著潔白的窗簾，在這院子裡冉冉升起，升得比金銅仙人還要高。接著，一陣南風吹來，將她吹到一片茫茫草原，她落到地上，在羊群旁跑來跑去，遠處傳來嘹亮的歌聲……

畫船笙歌惹怨情

建章宮的季節彷彿忘記了運轉，即使醉人的春光也顯得那麼步履蹣跚。昭君從院子的北邊走到南邊，再從南邊走回到北邊，一次次地燃起希望，又一次次地眼看著這希望漸漸成灰。花朝與月夜，春色與春風，昭君都懶得去想一想，去看一看。嘆息太多了，最後連嘆息也沒有了。就這樣，春天終於還是走過去了。

這年夏天，六月十五日，元帝破例放假一天，允許宮女出院，但不許出宮。當春蘭將這個消息告訴昭君時，昭君激動地試試這條留仙裙，穿穿那條紫雲英裙，竟折騰了一夜沒睡好。

六月十五終於盼到，一大早，昭君化好妝，穿了一襲白紗裙，帶著春蘭、秋菊，打開院門，在宮裡的池畔，穿來穿去，撒下一路歡快的笑語。快中午了，昭君就像出籠的鳥兒，不願意回到那囚籠般的小院去。她和春蘭、秋菊乾脆坐在大池邊上的石凳上乘涼。

一片鐘鼓聲傳來，挾著喧天的笙歌。她們一起朝熱鬧的地方看，見一條大龍舟從大池的那一端搖曳著朝這邊划來，旁邊還跟著幾條小一點的船。春蘭眼尖，從石凳上跳起來，拍著手對昭君說：「昭君姐姐，快看！大船！說不定皇上就在那條船上！」

說話之間，大船緩緩地駛到了池的中央，並向昭君她們所在的方向駛來。這時，船上的音樂仍然不斷，有宮女們的歌聲清晰地傳來：

羅袖動香香不已，
紅蕖裊裊柳煙裡。
輕雲嶺下乍搖風，
嫩柳池邊初拂水。

歌聲越來越歡快了，小船上的宮女又一起唱了一曲：

龍舟抱曳東復東，
彩蓮湖上紅更紅。
波淡淡，水溶溶，
奴隔荷花路不通。

這些火辣辣的歡歌傳到昭君耳朵裡時，昭君的臉上先是騰起一片紅暈，接著又覺得奇怪：宮裡怎麼還唱這樣的曲子？

昭君這麼胡思亂想的時候，大船越來越近了。她看清了大船甲板上站立的那個人：頭戴九寸通天冠，身穿日月星辰，山龍華蟲等十二章彩服，湖風吹來，彩服獵獵抖動，周圍一群嬪妃像眾星捧月一般簇擁著他，有的蹙著蛾眉，有的蝤領低垂，有的粉靨微紅，有的香氣撩人，有的則像一枝帶雨的梨花，有的則裊娜著楊柳的細腰。昭君的心跳得更快了。

因為她從服飾上判斷，這就是皇帝。更使她堅信不移的是，那人手上拿著一支洞簫。昭君在心裡與她夢中的皇帝做了比較，夢中的那個更年輕，眼前的這一個顯得更成熟，更有魅力；而且，昭君覺得眼前的皇帝比她想像的要瘦一些，然而她覺得這樣更風度翩翩。她少女的心裡，一直悄悄地塑著心上人的形象。

這時，鐘鼓之聲戛然而止。元帝緩緩地舉起手中的洞簫，吹奏了一支歡快的曲子，旁邊的宮女們就跟著伴唱：

九池九曲遠相通，
楊柳絲牽兩岸風。
長似江南好風景，
畫船來往碧波中。
內人追逐彩蓮時，
驚起沙鷗兩岸飛。
蘭棹把來齊拍水，
並船相鬥濕羅衣。

在這醉人的簫聲和歌聲裡，昭君也覺得忘了寂寞和無聊。他的簫吹得多麼好啊！婉轉、悠揚、纏綿、含情。心想：如果此時此刻我坐在他身邊，一定為他彈上一曲，讓他高興高興！就在她這麼想時，簫聲停，歌聲落，大船轉了個彎，轉到別處去了。昭君這才如夢方醒，為自己剛才的歡樂而痛恨。她想：皇帝雖近在眼前，不過皇帝卻並不知道有她這麼一位宮女。

想到這裡，昭君就感到一盆冷水兜頭澆下，那種砭入骨髓的冷。她捂著臉，再也不願意看到這一切，扭轉身向小院跑回去。打開院門，衝進臥房，趴在被子上痛哭。春蘭她們覺得奇怪，一聲聲地呼喚她，她竟然一聲也沒有聽見。

經歷了這次打擊，昭君徹底從幻想中醒來，她不再抱著希望，不再做夢。彷彿一夜之間，昭君看到了籠罩在溫情面紗之下的宮廷生活的殘忍。她要與這種無情抗爭，與這種絕望抗爭，她要靠自己來解救自己。

這一天，她不知從哪個角落裡搜出那麼多書簡，她貪婪地讀著，找到了對話的方式：

新裂齊紈素，鮮潔如霜雪。
裁為合歡扇，團團似明月。
出入君懷袖，動搖微風發。
常恐秋節至，涼飆奪炎熱。
棄捐篋笥中，恩情中道絕。

她雖然沒有浸潤過雨露，承受過恩澤，但她讀懂了棄婦的情懷，自己不就是一個棄婦嗎？躲在小院的一隅，捱過漫長的春夜、夏夜、秋夜、冬夜，孤枕的淚水重重疊疊，鏡中的紅顏無人憐惜。當她讀到那首《長門賦》時，淚水就更加止不住地往外流：

失何一佳人兮，步逍遙以自虞。
魂踰佚而不反兮，形枯槁而獨居。

言我朝往而暮來兮，飲食樂而忘人。
心慊移而不省故兮，交得意而相親。
……

讀著讀著，昭君覺得司馬相如彷彿不是寫的長門阿嬌，而是寫的她——形容枯槁、獨居一隅無人問。她忘卻一切，接著一口氣讀完。

昭君讀完了這篇《長門賦》，早已泣不成聲。那阿嬌尚有一個司馬相如來給她寫賦，可是自己呢？在那些漫長如歲的夜晚，昭君一次次地走出房間，質問天上的星月，然而星月無法憐惘她。她的相思樹上開出的花朵，開了又謝，謝了又開。在這種難以忍受的孤寂中，昭君終於決心不再去想別人，她要憐惜自己的青春，她要走出這富麗堂皇又令人窒息的漢宮。

欲逐大雁上青天

時光又轉過一圈。時光的車輪碾碎了昭君的所有幻想，她在第三個宮廷裡的春天姍姍降臨時，已經表現出與她十九歲的妙齡不相稱的沉靜與老成。時光帶走了那些永遠也不會到來的，也將她內心深處埋藏的一個念頭沖洗得越來越清晰。

王昭君在院子裡靜靜地彈她的琵琶。這是一支從未彈過的曲子，旋律開始像一條蛇，在地上蜿蜒游動，而後就像一縷青煙，裊裊地飄出小院，飄過金銅仙人手中的承露盤，飄到遼遠開闊的晴空，到最後，那旋律就像吹著楊柳的微風，環繞著那棵柳樹，透出固執和堅定。春蘭在一旁靜靜地聽著，似乎聽出了什麼，似乎又沒全部聽懂；秋菊則望著池中的碧水發呆，柔平如鏡的水面上，映出她和垂柳的影子。

這時，院牆外邊的甬道，一輛宮車滾滾而過，接著又是一輛，又是一輛……

昭君停下了手中的琵琶，樂音嘎然而止。春蘭飛快地跳到院門邊，扒著門縫往外看，秋菊彷彿什麼也沒聽見。昭君抬頭望天，似乎若有所思。

「外邊真熱鬧。過去了這麼多輛宮車。昭君姐姐，咱們偷偷出去看看熱鬧吧？」春蘭祈求的目光望著昭君。見昭君不語，春蘭又說：「你聽，外邊吹吹打打的，宮人們都跑到大池邊去看熱鬧了。聽說是匈奴的大單于要來呢。」

這時，牆外鐘鼓齊鳴，笙歌連天。又聽到隆隆的鐘鼓重重地敲了幾下，有人喊道：「肅靜！肅靜！匈奴大單于車駕就要進宮，車駕已到未央宮前，後宮肅靜！」

春蘭在門縫裡正看得眼紅：「喲！這麼多人！這麼多儀仗！快來看哪！聽說大單于趕了幾千里路來咱長安，要娶漢朝公主。皇上開恩，賜天下大吃大喝三天，長安的人都跑到了街上，爭著看我們漢家皇帝的女婿，就你們倆人沒勁！」

秋菊說：「李夫人說了，不准我們私自跑出去。還說，如果讓大單于看中了，一輩子再也見不到長安了！」

「怕什麼！你倒是住在長安，可是你在這院子裡住了快三年了，出過幾次門？看了幾丈遠？」秋菊無言。昭君仍然一動不動。

春蘭又以為昭君不高興，就跑過來和她說話：「昭君姐姐，您怎麼又半天不說話呢？心裡悶，跟我們說說也清心啊！」

「我在想一件事。」昭君若有所思。

「什麼事啊？說給我們聽聽。」

「我在想，一個永遠也想不通的事。你說：人一輩子能活幾年？能做幾件事？人又為什麼活著？」昭君像是說給春蘭聽，更像是說給自己。

「幾年？也就七八十年吧。能做幾件事？能做好一件就算挺不錯了。為什麼活著？為了活著而活著唄。我一貫都是這樣，想做什麼事，也不去多想。想得越多了，煩惱就越多。人活一輩子也沒幾年，弄那麼多煩惱，給自己苦吃，給自己罪受，實在划不來。」春蘭想都沒想就說出這番話。

昭君又像自言自語：「對，爲了活著而活著。可是，我們關在這院子裡都三年了，當初我爲什麼要進來？」

春蘭說：「爲什麼，天子選美，選中了你，你就得進來。李夫人還跟我私下說過，她看你的相貌，是命中注定要當皇后的。」

昭君冷笑一聲：「命中注定？我看是命中注定要在這院子裡死去的。隔壁的孫美人怎麼樣？六十多歲了，還不是沒見過皇上長得啥模樣的？我在想，現在從這宮裡走出去還有希望，況且，我要堂堂正正地從這宮門走出去，哪怕作個平民百姓，也強似這寂寞無聊的後宮千萬倍。」

春蘭聽到這裡，有些驚異：「昭君姐姐，您不是在說夢話吧。我看您是在這院子裡憋瘋了。」昭君說：「我是瘋了，但我要出去，一定要出去。我才十九歲呀！」說著，撿起一塊石頭，用力地投向池塘，池塘裡發出撲通的聲響，靜靜的池水泛起一圈一圈的漣漪，再也沒有了剛才的平靜。

突然，春蘭說：「不好了！隔壁的孫美人朝我們這院走來了！」昭君聽了，鎮靜地說：「迎接她進來。」

按規矩，先皇封過的「美人」，是要跪接的，春蘭、秋菊雙雙跪下。王昭君也行了禮。

孫美人是怎麼出來的呢？春蘭推測，一定是看門的宮女一心想著看熱鬧，忘了鎖門，孫美人就遊遊蕩蕩地出來了。

她已經六十多歲了，穿戴的還是五十年前的宮妝。幽閒沉靜，打扮得很艷麗。頭髮已經全白了。但她的心情和神態，一舉一動好像還是一個安靜的、令人愛憐的少女。她彷彿從地下宮殿中挖出來的一個女人，又像是從已逝的時光中凝固下來的一個文物。顯然她的談吐裝束都和在場的幾位大不一樣，但她渾然不覺。她活在自己的世界裡，活在一種永遠春光明媚，等待皇帝宣召的世界裡。

春蘭說：「六十多歲的人了，喲，穿的戴的跟我祖奶奶差不多！」

這時，孫美人用那種雍容的笑，望了望她們，點了點頭，緩緩地走向池邊。她優雅地說：「池水多麼藍啊，沒有一絲風的水面，就像緞子似的，眞平啊！」邊說邊對著水面理著雲鬢。

孫美人問昭君：「你十幾了？」

「十九了，」昭君答道。「十九？」

「你幾月的生日？」「五月。」「那你還是我的姐姐呢！」孫美人驚訝地說。一邊伸出手，要捉空中飄悠著的楊花柳絮，一邊走進昭君的臥室。

「她的確是個很好看的美人！」王昭君沉思著說。她突然有一種想唱歌的強烈欲望。就對春蘭說：「給我拿琵琶來。」

昭君亮開嗓子，彈著琵琶，深情地唱著：

上邪！
我欲與君相知，
長命無絕衰。
……

春蘭聽著聽著，就急了，說：「昭君姐姐，您怎麼能唱這個？叫掌管刑罰的太監聽見了，是要殺頭的！快別唱了，有人從門口走過！這可是掉腦袋的情歌呀！」

昭君不聽，越唱越動情。最後，琵琶聲嘎然而止，昭君別轉過頭，掩面哀泣。又轉過頭來，對著春蘭淒婉地苦笑，搖搖頭。天空中有雁叫聲，從容掠過。昭君嘆口氣，說：「天又暖了，南飛的大雁，又要向北去了。我如果能長出一雙翅膀，像天上的大雁那樣，在碧藍遼闊的青天裡自由地飛翔有多麼好！」

這時，從外面走進來一個年老的黃門，後面跟著一名宮女，拿著衣包和琵琶。春蘭覺得奇怪，就去問那宮女何故。宮女說：「在墳裡的先皇帝，說是給當今皇帝托了夢，說他在墳裡寂寞得很，要人去陪，並點名要從前的美人。」春蘭說：「去陪先皇帝，這下可好了，進宮一輩子，也沒見過皇帝，這次眞的被皇帝叫去了。」

宮女見著孫美人，說：「請美人更衣登輦。」孫美人這時在屋裡已經穿好了王昭君艷麗的紅羅裳。宮女見狀，說：「孫美人，請上車吧。車駕等著呢。」

孫美人對王昭君說：「再見了，我的好姑娘。我要是得了寵，我在皇帝面前一定替你說好話，我是不會嫉妒你的。」旁邊的鸚鵡在叫著：「孫美人，你好看，你年輕。」

春蘭陪著孫美人，朝院門口走。後面跟著老黃門和宮女。王昭君送她們出去。一會，春蘭抽泣著從外面跑了進來。懷裡抱著孫美人的琵琶。王昭君感到詫異，問春蘭究竟怎麼了。

春蘭說：「孫美人，她，她死了！她出門剛一上車，就問『到哪裡？』黃門就說：『去見皇帝！』她歡喜過度，一下子就斷了氣。」

又舉著琵琶對昭君說：「這是她的琵琶，上車前，她對我說要送給那個好姑娘的。她說鸚鵡也送給你了。」昭君似乎沒有聽見，拾起地上斷了的玉簪，望著出神——那是孫美人剛才掉到地上的。

這時，李夫人怒氣沖沖地從門外闖進來，見到昭君，劈頭就問：「你說，十天前你是不是到掖庭令那裡去了？」

昭君見李夫人已經知道了內情，就打定主意，說：「去了。皇上有旨，後宮人、待詔等，願意去匈奴跟隨單于的，都可以請行。」

李夫人怒氣未消，問：「你知不知道只要報名請行，說不定就會被匈奴大單于把你點去？你知道你一旦去了就再也不能回長安了！」

昭君平靜地說：「知道。」李夫人更來氣了，說：「你跟別人一樣嗎？你生下來的時候，滿屋子噴香，月亮鑽進你媽媽的懷裡，才有了你。人們都說你天生就是作皇后的命，你怎麼能離開漢宮，到那整日風吹雨淋的大漠去呢？我看你是讀書讀昏了頭，你說，是屈原讓你去的，還是司馬相如讓你去的？」

昭君說：「是莊子讓我去的。莊子說，大鵬一日乘風上天，一飛就是九萬里。也是司馬相如讓我去的，司馬相如說，漫漫的長夜，度夜若年；鬱鬱的情懷，無人知曉。我就是聽了他們的話才拿定主意要去的。」

李夫人見昭君態度堅決，就換了一副面孔。說：「昭君啊，這三年來我為你跑前跑後的，好不容易給你弄了個『美人』的缺。當上了美人，一個月就是兩千石的米呀！這還不算，當上了『美人』，你就有機會見到皇上了，見到了皇上，那才是你說的『大鵬乘風九萬里』，看在我一片苦心的份上，好孩子，你自己去把請行的帖子取回來吧，啊？」

昭君說：「我不去取。你看，天上的大雁，還能自由地飛呀飛。大雁從南方回來了，都回到北方去了，我也要走了。我要飛出這熬死人的宮殿，這沒人味的庭院，我要到大漠去，守護著牛羊，在青青的草地上，騎馬、射箭、打獵，我要跟隨大單于，永不回來！」

李夫人絕望了，最後只有一招了，她說：「那好，你不去取，我替你去取。」昭君嚇唬她說：「皇帝要挑選宮人到匈奴去，違抗聖旨是要殺頭的。」

李夫人恨到了極點，賭氣說：「我不怕死！」說著，就往外走。這時院門外鼓號齊鳴，一位年老的，非常威嚴的黃門捧著聖旨，前面小黃門提著香爐，後面跟著宮廷武騎，一行人來到昭君的院前。香煙繚繞，喊聲傳來：「聖旨到！」

李夫人登時驚呆了。

老黃門大聲說：「接旨！」眾人跪下。

「漢胡和好，天地同春。單于來長安求親，良家女子王昭君仰體天恩，自願請行。王昭君德行昌懋，聰慧知禮，可爲單于閼氏備選，即令上殿陛見。」

宣旨完畢，大黃門對昭君說：「王姑娘，恭喜恭喜。立刻穿戴後宮大禮，前往未央宮朝見。不過我提醒你一句，你見的不是一般人，一位是漢朝皇帝，一位是匈奴單于，你要舉止合度，一步一語，小心謹慎才是。萬一出了差錯，可是性命攸關啊。好了，王姑娘，接旨吧。」

王昭君站著不動。李夫人回過神來，過來說：「老哥哥，我們王姑娘，皇上已經封了她『美人』了，是當今天子的臣妾，當然不能接旨了。」春蘭、秋菊見狀，也一起對王昭君跪下，叫道：「王美人。」

王昭君沉吟片刻，猛然抬起頭，掃視了一眼。眾人的神情各異。她大聲地說：「這裡有過孫美人、趙美人、張美人，但永遠不會有王美人的！」說罷走近黃門，撲通跪倒在地，說：「良家女子王昭君，接旨奉詔。」老黃門將聖旨遞給王昭君，昭君隨即站起，轉身對春蘭說：「春蘭，把我最漂亮的衣服拿出來，我要好好地化妝，打扮，去見皇上，去見大單于。」

過了半個時辰，王昭君打扮妥當，儀態萬方地走出屋門。音樂聲喧鬧起來。老黃門在前邊引路，昭君後面跟著，昭君後面是一大群衣飾輝煌的宮女。

昭君的前腳已經跨出了院門。她知道，跨出了這一步，就別想再收回來。三年時間等待的這一刻終於來臨。昭君甚至不願意再回過頭看一眼這她住了三年的庭院。就像三年前她踏上輦車離開故鄉時那樣，這次她又義無反顧地踏上了早已等在門外的輦車。

第三章　豔驚未央

呼韓邪長安求親

春陽懶洋洋地瀉在未央宮的飛簷上。這座宮殿的主人，元帝劉奭正和後宮的嬪妃們飲酒取樂。

這裡是元帝的逍遙殿，逍遙殿是仿照秦二世的寢宮建造的。房裡設一張寬大的床，可供十幾個人同時睡覺。床邊擺著五花八門的玩具，供元帝在同宮女嬪妃們玩樂時助興用的。四面的宮牆上，繪著春風蝴蝶圖，圖中的嬌蝶與嬌花，栩栩如生，那種嬌情與蕩態會勾起人無盡的遐想。元帝自從登了龍基，就命人建了這座逍遙殿。

元帝正同十幾個粉白黛綠的宮女飲酒嬉樂。元帝的這座秘宮中藏著不少名酒，其中九丹金液、紫紅華英、太清紅雲之漿都是武帝留下來的，那時武帝終日夢想著成仙，長生不老，就讓道士們給他釀製了這些玉液瓊漿。然而元帝最喜歡喝的還是蘭生酒和百末旨酒，後者是採百草花末雜在酒中醞釀而成的。百末旨酒滋陰壯陽，每天晚上他都要喝上幾杯才去同妃子們睡覺。此外還有馬乳釀成的馬酒，以及西域大宛國進貢來的葡萄釀造的葡萄美酒。葡萄美酒深受帝王們的寵愛，只有當外地番王們來時，元帝才肯拿出這種珍品。

元帝先喝了一杯百末旨酒，臉上紅光奕奕。妃子們見元帝心情好，都像肉屏一般圍過來，有的趴在元帝的肩上，有的摟著元帝的頭，她們蜂擁著，你推我撞，擠來擠去，都爭著爲元帝把盞。元帝此時已有三分醉意，色瞇瞇地說：「不要搶，不要搶！一個個地來！」身邊的那個宮女，一側身，將裊裊婷婷的柳腰一擺，就坐到了元帝的大腿上，元帝趁勢用手將她攬在懷裡。宮女笑得像一朵經風的牡丹，忙抽出手來，端起酒杯送到元帝的嘴上，另一隻小手則輕輕地托著元帝的下巴。元帝一飲而盡。宮女們一陣嬉笑。這時元帝酒情已有點亂了，輕輕地推開坐在懷裡的宮女，說道：「下、下一個。」另一個宮女一閃身輕巧地坐在了元帝另一條腿上，元帝又將剛才的動作重演一遍，宮女早已紅霞朵朵。過了一會兒，元帝說：「好了，好了，朕已經喝得不、不少了，你們再、再開始喝。」宮女們哪敢不從，便自斟自飲。三杯酒下肚，一個個開始東倒西歪，都斜著眼睛，嫵媚地看著元帝。元帝正與幾個宮女滾在一起，幾個宮女的嬌喘聲一浪高過一浪……

這時，一黃門衝進來。元帝和宮女們的遊戲並沒有停下來。黃門見狀，進也不是，退也不是。但事情緊要，不可不報，就高聲地嚷道：「啓奏陛下，匈奴大單于呼韓邪等人已到了建章宮，現在在宮門口候見。」

元帝迷迷糊糊地只聽到「呼韓邪」三個字，覺得事關重大，酒意頓時消了一半，騰地坐起來，拉大嗓門對黃門道：「趕快迎接！趕快迎接！不，先讓他們在前殿稍歇，我馬上就到！」

黃門應聲退下。宮女們見狀，個個都嚇得不敢吭聲，這才發現都披著頭髮，袒著胸，露著腿，趕緊整理收拾。元帝望著她們，無可奈何地搖搖頭，說：「你們退下吧。」宮女們這才一個個又變得換了個人似的，柔柔順順地悄悄退出。

呼韓邪一行在大臣蕭育的陪同下，在未央宮的前殿靜靜地等著元帝。同行的還有他的岳父，七十五歲的骨突侯烏禪慕，還有烏禪慕的兒子大將溫敦等人。

四十七歲的呼韓邪，是在馬背上統一整個匈奴的。高高的身材，面如秋月，臉上一雙光燦燦的眼睛含著無限的威嚴。連年的征戰，將他的兩鬢染得斑白。嘴角上向上挑著的髯鬚給人一種威猛雄悍的感覺。然而，當他與人說話時，他又總是面帶微笑，顯得那麼謙和。不說話的時候，他彷佛總是在悲哀地沉思著什麼，平常他總是沉默寡言，到了關鍵的時候，他又像倒懸的黃河，滔滔不絕。他環視著漢朝這富麗堂皇的宮殿，思緒卻又綿綿地飛回到三年前……

那是漢建昭三年，呼韓邪被他的對手郅支打得大敗，大漢皇帝見呼韓邪情勢危急，派西域郝護騎都尉甘延壽、副校尉陳湯出擊郅支，援助呼韓邪。

郅支見漢朝悍護呼韓邪，不肯幫助自己，便扣留了漢朝使者，並派遣使者要求大漢皇帝放回他的侍子。元帝准許他的侍子回國。並特意派遣衛司馬谷吉護送，郅支見了谷吉，不但不致謝，反將他百般侮辱後殺死。元帝這才大怒，派武將甘延壽、文士陳湯出兵攻打郅支。郅支逃到西域康居國。康居國王將自己的女兒許給了郅支，郅支也將自己的女兒嫁給了康居王，倆人互爲翁婿。甘延壽、陳湯得知郅支逃往康居，便將大隊人馬兵分六隊，三隊從南道翻越葱嶺，經由大宛繞往康居；三隊由甘、陳二人親自率領，從北道烏孫國，進人康居。陳湯率領的部隊截殺了康居副王抱闐，將截獲人口、牲畜全部送給了康居貴人屠墨，並與屠墨歃血爲盟，向郅支所在地進發。

郅支見漢兵殺來，驚慌失措。但他料定漢軍遠道而來，必缺糧草，只須閉城堅守，用緩兵之計困住漢軍。於是下令手下將士，閉門守城，無論漢軍如何挑戰，堅守不出。郅支在城上高懸五色彩旗，命令數百名士兵披掛立於城牆，又叫壯士數百人，沿城門設陣，城下布置游騎數百人，往來巡邏，單等漢兵前來攻打。

漢兵不敢拖延，便喊叫著衝了上來，城下的游騎縱馬來擋，陳湯早已料到這一招，吩咐弓弩手亂箭齊發，頓時一片箭雨遮天蔽日，胡騎紛紛敗退。漢兵追到城下，見胡兵在城牆上來回走動，便衝過去，用箭仰射胡兵，不少胡兵從城上墜下。郅支所居之城分內外兩層：外層是木城，內層是土城，陳湯下令用火攻，木城一片火海。胡兵又紛紛逃入內城。

漢兵正想借雲梯登城，突然康居王發來一萬多兵馬，來援救郅支，陳湯爲了避免兩面作戰，下令暫緩攻城。又悄悄地命部下率領一支人馬，繞到康居兵後，舉火爲號，夾擊康居兵馬。夜半時分，康居兵正沒防備，忽然殺聲震天。康居兵一下子亂了陣，進退不得，只好任漢兵左右衝突，康居兵馬折損八九，抱頭鼠竄。甘延壽與陳湯見時機已到，抓緊攻城。郅支本來已逃進內宮，見漢兵縱火焚宮，只好硬著頭皮，拼命出戰，結果被漢兵團團圍住，先被砍去了一隻手，郅支疼得躺在地上。軍侯杜勛見機衝上前去，一刀砍下了郅支的頭，飛快地跑到甘延壽那裡報功。甘延壽、陳湯他們這一仗打得太漂亮了，收降胡兵逾千人。甘、陳二人大賞將士，並將繳獲的牲畜押運回長安。捷報傳到長安，元帝大喜，認

爲終於除了郅支這塊心病，封甘延壽爲義成侯，官長水校尉，賜陳湯爵關內侯，官射聲校尉。當時，滅掉郅支的消息傳到呼韓邪那裡，呼韓邪高興異常，覺得去除了最大的一個敵手，對漢朝也就十分感激。

呼韓邪的思緒從三年前的情景中回來，再看看這麼大的漢室，更加堅定了與漢家和好的大計。他在經歷了坎坎坷坷、風風雨雨之後，進一步認識了這一大計的重要。

十八年前，也就是漢甘露三年，那時在位的是元帝的父親——宣帝，他來過長安，宣帝熱情地接待他，並將他列在諸侯之上。已經是第三次來長安了，他通曉漢朝的風俗，認識漢文，他對漢朝都城長安的文化充滿著嚮往。幾十年來，他與漢朝的聯繫從未中斷過，況且，他對漢廷在他危急時的任何幫助都銘記在心。他厭倦了連年的混戰，他希望看到漢族和匈奴邊境上自由往來，牛羊在邊境上自由地奔跑的和平景象。他決心與漢朝結好。

一年前，他心愛的玉人閼氏，也就是烏禪慕的女兒離他而去了。一年來他一直過著孤寂的生活。這次他帶了岳丈、老臣烏禪慕，就是想娶一位漢朝的公主，與漢家結爲姻親，這樣漢匈兩家就有了血緣關係，甚至子孫後代也都將這種關係承傳下去。他在心裡默默祈禱著，讓他能遇到一個像玉人閼氏那樣賢慧、溫柔、漂亮的公主，他甚至想到了他與這位漂亮、年輕的公主在草原上縱馬馳騁的情景。

就在呼韓邪陷入沉思的時候，元帝也正在犯愁。他已從下屬那裡知道了呼韓邪此行的目的。難就難在上哪兒去找這麼一位公主呢？就是找著了公主，她願意跟隨呼韓邪到那荒荒大漠裡，承受那凜凜寒風嗎？而且，人家單于就等在前殿裡，等著去接見，自己若心裡沒底，讓人家問起來豈不是很尷尬？

元帝在後宮裡走來走去，絞盡腦汁。當年高祖採納婁敬和親之計，想要將自己的女兒許給匈奴大單于，呂后知道後大罵婁敬，哭哭啼啼地對高祖說：「我與你一輩子，就這一男一女，陛下你當年打天下顧不得家，我與子女相依爲命。如今你得了天下，又要拆散我們母女，將女兒送到天邊的匈奴，我不能從命。」高祖當時見她淚水漣漣，心中也是不忍，便將曹夫人的一位義女，詐稱公主，糊裡糊塗地嫁給了冒頓單于，那單于只想著漢家女的嬌媚，竟渾然不知此女不是皇帝公主。

元帝想到這裡，又暗暗思忖：「從前我朝偷偷地用宗室女子冒充公主，派遣使者隆重地送過去，歷朝歷代，還從沒有敗露過，眼下呼韓邪帶著親信侍從，親自來到都城，並住在這裡，隨從人等中又有不少耳目，若按前朝的辦法，肯定會露出破綻，如果失信於單于，以後就不好說話了。如果以自己的女兒嫁過去，又不想讓她去大漠裡活受罪。」想到這裡，元帝更覺得此事須特別慎重。

在一旁陪著元帝的馮昭儀見元帝走來走去的，愁眉不展，就試探著問：「陛下臉上挺緊張的，莫不是有什麼煩心的事？」元帝就把眼下這樁事，細細地告訴了馮昭儀。馮昭儀聽元帝講完，噗哧一笑，對元帝說：「我以爲什麼大事，讓你如此憂心，這太簡單了！」元帝忙說：「你既然說不難，就請你說說你的對策。」

馮昭儀說：「這次呼韓邪等人前來求親，比不得前朝。三年前陛下派甘延壽、陳湯斬了郅支，消滅了他的對手，他對大漢朝自然心裡感激不盡，這是其一；陛下幫他消滅了對手，他又怕將來陛下危及他自身，所以主動請求娶親，這是其二。這兩點就說明呼韓邪單于此行的目的卻不一定非得娶個漢朝公主，只要陛下在名份上稱公主就是了，我想那呼韓邪單于等人一定不敢深究此事。只要明白了這一點，後邊的事不就好說了嗎？眼下咱後宮的宮女三四千人，十有八九是沒見過陛下一面的，陛下要臨幸哪個宮女，按著慣例總是按圖索驥，看看毛延壽他們畫的美人像，看中了哪個就讓哪個前來侍寢。照這個辦法，就是陛下您聖壽萬年，到頭來也還是有些宮女臨幸不到，前些日子您不是頒過旨，讓那些願意跟隨匈奴大單于走的，報名請行嗎？據我了解，已經有不少宮女看著臨幸沒指望，報名請行了。這裡放著的一摞美人像，就是從美人圖中揀出來，願意跟隨匈奴大單于的宮女像，陛下只需翻翻這些美人圖，從中隨意挑出一人，讓她裝扮成公主模樣，明日在大殿上當面賜給呼韓邪，這事不就結了嗎？」

元帝恍然大悟，說：「你看這事我倒給忘了，十天前我下過這麼一道旨。」轉身又一皺眉：「我就怕這班宮人當中，沒有相貌出眾的。萬一當場被呼韓邪識破，大家都沒面子，甚至追到前朝，翻起舊案，那如何收場？」

馮昭儀又笑了：「這事您就交給臣妾去辦好了，保證讓您滿意。」說著將那班報名請行的美人圖遞給元帝，說：「您就從裡面挑一個吧。」元帝見這麼一大摞，哪有功夫細細挑選，就翻了翻，隨便一指，說：「就是她吧！不過你一定要親自叮囑她們，要裝扮得漂亮，得體，千萬不要露出馬腳。」

馮昭儀接過那張美人圖，親自傳諭宮娥，讓她們和大黃門一道，前去關照此人。元帝這才長舒了一口氣，這才想起呼韓邪他們還在前殿等著呢，趕緊換上朝服，叫上太監，朝前殿走去。

元帝到了前殿，早有黃門太監搶先一步，大聲叫道：「皇上駕到！」呼韓邪等人還在那裡環視著大廳，聽見喊聲，慌忙整理衣冠，見到元帝，行禮道：「臣呼韓邪見過陛下。」

元帝急忙將他扶起，說：「怠慢了。我們是老相識、老朋友了。你忘了嗎，我在長安見過你兩次，那時我還是太子呢？」

「一晃二十幾年就過去了，世事的變化用漢朝的俗語說就叫『滄海桑田』吧？」元帝微微頷首，兩人都有些感慨。

呼韓邪又說：「此次來長安覲見，主要是想娶一位漢朝公主，效法先朝的作法，讓漢匈永結百年、千年之好。」說著又有些傷感，略一停頓，才說：「我最心愛的玉人閼氏一年前就過世了。這一年，漢朝對匈奴的幫助使我度過了不少難關。我在孤寂中看到希望，想娶一位美麗、賢良的漢家女子，終生相伴，也算報答大漢王朝對我的深恩。」說罷，探詢的目光在元帝的臉上搜尋著。

元帝沉吟了一會，說：「我崇信儒家治國之道，對邊境戰爭深惡痛絕。先朝高祖時爲我們開了個好頭，如果漢匈不和，甚至刀兵相見，我眞是愧對漢家宗祠啊！單于此次來求親，正與我所見相同，朕已經通知黃門太監，讓公主精心梳洗打扮，前來見過單于。就恐單于要求太高，恐不能令單于滿意。」

單于說：「陛下不必過於謙虛。臣能娶到漢家公主，自然是十分榮幸的事。再說陛下

教導有方，公主也定會通情達理。就怕大漠朔風，黃沙衰草，辱沒了公主。」

元帝說：「單于不必過於憂心。待明日見過公主再說罷。」隨後命侍役大擺筵席，拿出上等的葡萄美酒和各種佳肴，設筵款待呼韓邪。

漢朝的大臣與匈奴的隨行人員分列大廳兩旁，元帝與呼韓邪坐於正中。呼韓邪屬於性情豪爽的那種人，元帝命宮人一連給他斟三大盞，呼韓邪一飲而盡，嘴裡咂摸著醇郁的酒香，連聲說：「好酒，好酒啊！」

元帝也十分開心。畢竟匈奴勢力削弱，呼韓邪又一心向漢，邊境上再也不用勞神擔心了。他見呼韓邪如此豪爽，話也就多了起來：「單于，這葡萄酒還是先祖武帝時西域進貢來的呢。」

呼韓邪又喝了三大盞，酒意正酣。他的海量使漢朝的文官武將大爲震驚，他們還是第一次見到這麼善飲的人。元帝酒量不大，喝了兩盞已經臉色泛出桃花，只見他說：「奏樂，歌舞！」

話音剛落，一群宮女翩翩地游進了大廳，音樂聲從小到大，從清到濃，宮女們舒廣袖，探腰枝，眼角含情，嘴角含笑。音樂越來越歡快，宮女們的動作也越來越快。呼韓邪單于看得高興，竟然忘了這是在漢朝的未央宮，拍了一下桌子，大叫：「好！」引得文武百官都朝他這邊看。

王昭君艷驚未央

那天早上，王昭君隨著黃門太監和宮娥離開了建章宮她住了三年的那個小院，卻沒有直接到未央宮大殿去見元帝和單于。他們從建章宮出來，穿過連接建章宮和未央宮的複道，按照馮昭儀的布置，直接去了馮昭儀的寢宮。

馮昭儀見了王昭君，不禁大吃一驚，她疑心自己弄錯了，又找出那張美人像，反覆對照著看了半天，仍滿心狐疑，問道：「你就是王昭君？」王昭君說：「正是賤妾。」馮昭儀仍不相信這是眞的。

她的確太漂亮了。那這張美人圖又是怎麼回事呢？

馮昭儀見過毛延壽，也見過他繪的人物像，以他的功力，絕不至於將貌若仙子的王昭君畫得這樣一塌糊塗。「這其中定有詐。」馮昭儀暗想。轉眼又一思忖，多虧元帝還沒有見過這樣的美人，如果讓風流成性的元帝見了，還不整天摟在懷裡怕飛了，含在口裡怕化了。那萬千的寵愛還不全落到這昭君身上？那自己還有今天嗎？還有馮昭儀嗎？想到這裡，她拿定主意，不動聲色。心想，趕快將這位仙子打發走了，也去了一個競爭的對手，將來這昭君到了大漠，不幾年就被風刀霜劍雕成個粗人了，況且一旦她邁出這個宮門，今生就別想再吃這回頭草了。於是馮昭儀又暗自慶幸。

「昭君，你一定要記住你的身分：你不是後宮的宮女，而是漢皇的公主。待會見了皇上和單于，要舉止大方，不要畏畏瑣瑣的；說話要有分寸，不可亂講些不合適的話。」昭君心裡自有主張。嘴裡卻應道：「知道了，昭儀。」

馮昭儀又說：「我這有一些衣服，你穿穿試試，合身的你就穿上，千萬別讓人家笑話咱大漢的公主。」

昭君又應聲：「知道了，昭儀。」

馮昭儀說：「好了，你去梳洗打扮，打扮好了就去大殿見過皇上和單于。」

昭君就在宮女的引導下進入內室。更衣完畢，昭君更顯得光彩照人。馮昭儀看了，心裡也禁不住自慚形穢。昭君這次上邊穿了一件緊身小衣，下邊穿的是大練裙。腰間束了一條寬寬的紅腰帶，更顯得隆胸細腰。上衣和裙子都是柔軟的白帛製作的，頭上束起高高的髮髻，插了一支玉簪，髻旁戴了一朵小黃花，臉上薄薄地施了一層脂粉，更顯得容光煥發。裝扮妥當的昭君，身材更顯修長，婀娜的腰身輕輕扭著，邁著細碎的步子，前面兩個黃門手執鳳羽豹尾，後邊兩個黃門托著香煙繚繞的香爐，昭君的身後跟著四個靚妝的宮娥。一行人朝未央宮大殿緩緩走來。

呼韓邪和元帝都等得有些著急了。這時，太監報告說來了。元帝命撞鐘擊鼓，奏樂吹笙，頓時音樂聲喧囂。

昭君從從容容地邁上玉石的臺階。走進大殿，黃門和宮娥閃在一邊。昭君看見了坐在正中的元帝和呼韓邪，也看見了分列兩旁的漢匈的文武大臣。她不慌不忙，緩緩地上前行禮：「臣女王昭君叩見天子陛下。」元帝說：「還不給大單于見禮？」昭君又向著呼韓邪，說：「見過大單于。」元帝見了，說：「你站起來回話。」

王昭君款款地站起來，退到一旁，眼神掃視了滿朝的文武，文武大臣的眼光都被她那萬千的風艷吸攝了過去。他們被這種絕倫的美艷驚呆了，元帝和單于只顧了貪看，忘了下文。整個大廳靜默著，只有昭君那雙會說話的眼睛閃爍著異彩。

站在昭君對面的匈奴老臣烏禪慕長嘆一口氣，悄悄地說：「見了這樣的女人，不說好看的，是瞎子；見了這樣的女人，不愛上她的是傻子；聽了這女人的聲音而不心動的，是聾子。」

漢朝的大臣蕭育說：「臣活了五十多歲，後宮的美女見了不下萬千，卻從沒有見過這樣美妙的人兒，尤其是那雙眼睛，簡直能攝人魂魄。」又悄悄地說：「陛下啊陛下，你眞糊塗啊，你六宮的三千粉黛，也不及一個王昭君啊！」

呼韓邪的眼前也放出了從未有過的光亮。他覺得就像暗夜的草原，陡然升起一輪月亮那樣，她太美了。能得到這樣的女子，縱然讓我用整個匈奴來換，我也願意。

元帝呢？他老半天才回過神來。他不相信，自己的後宮裡還藏著這樣的佳麗。轉念一想，此女既然讓呼韓邪看了，又見那呼韓邪如此癡迷，一定是被昭君的美貌吸引上了，看來已沒有迴旋的餘地；眾人仍然盯看王昭君看，嘖嘖讚嘆聲不絕於耳。元帝看到這些，痛苦地閉上上眼睛。心想：「我眞是糊塗啊！爲什麼不事先見她一面呢？」

昭君依然婷婷地站在那裡，顧盼神生。她的光彩，她的儀容，她的聲音，她的身材，她的腰，她的手，她的臉，使這座金碧輝煌的大殿黯然失色。與她的靚麗比起來，文武百官顯得那麼呆板，就像沒有生命的泥胎一般。他們有的身經百戰，馳騁沙場，有的運籌惟幄，雄才大略；有的滿腹經綸，舌燦蓮花；但是，今天，站在他們面前的這個不尋常的女子，卻給他們上了啓蒙的一課：是非成敗，如春夢般短暫；世事滄桑，如雲煙般易逝；功名利祿，如浮雲般淺薄，只有這樣的女人，這樣的不屬於人間的美，才是眞正流芳溢彩，萬古不朽的啊！

元帝睜開痛苦的眼睛，看一眼昭君又低下了頭，因爲他的目光碰到了昭君那彷彿春艷一般幽怨的目光，他此刻是愧悔、內疚、怨恨、愛慕、心疼五味俱全，他覺得自己身爲帝王是多麼荒誕啊！派人出去搜尋美女，好不容易才收攏到後宮，滿以爲占盡了春光，囚住了全國的美艷，誰知，誰知，誰知這唯一漏網的才是眞正的美女啊。然而，他迅速地感到了這是在大殿，不是在他的寢宮，這裡有文武百官，還有匈奴的呼韓邪大單于，他不好過於失態，他費了好大的勁才堆出一點勉強的笑容，澀澀地問呼韓邪：「單于，覺得此女可合意？」呼韓邪正用刷子一般的目光在昭君的白練衣裙上刷來刷去的，一雙眼睛又黏又澀，最後竟黏在昭君那秋月一般的粉臉上再也挪不動了。元帝又問了他一句，他怔了怔，半晌才回過神來，慌慌地答道：「好啊，好啊。」元帝又說：「單于若看著不順眼，再換一個來。」呼韓邪聽到這裡，急得直打手勢，連聲地說：「不用，不用。若陛下肯割愛，那她以後就是我大漠的閼氏了。」元帝無可奈何地苦笑了笑，搖搖頭，生怕讓呼韓邪看到。其實，呼韓邪是不會看到的，因爲他的魂已經被玉立在那裡的那個少女攝去了。但是，所有在座的人當中，有一個人用仇恨的目光盯著王昭君，這個人就是匈奴大將、呼韓邪的內弟、烏禪慕的兒子溫敦。

今年三十五歲的溫敦是呼韓邪單于的左右手。二十年來，他隨著呼韓邪東奔西突，南征北戰，在統一匈奴的戰爭中立下了不少功勞。但他的位置並不算很高，僅僅是一個左大將，他是呼韓邪的妹婿，同時，又是呼韓邪的內弟。在匈奴人眼裡，他是個能征善戰、驍勇剽悍的將領。但他極度忠誠的外表掩飾不了他的野心。從呼韓邪進入漢宮的那一天起，他就一臉的不高興，手不住地撫摸他那把「經路」寶刀的刀柄。

但是溫敦看起來濃眉大眼，生得一表人材。仔細端詳他，他的眉宇間甚至有些俊俏。這一刻他正被不滿的妒火熊熊燃燒著，削薄的嘴唇，在他那鷹鉤的鼻子下面劇烈地顫抖，他的牙根咬得咯咯直響，像是要把所有的仇人都用他的牙齒碾成碎末。他總是背著人暗暗發恨，恨他的才智不能施展，但他又怕他的野心在時機未成熟時過早地暴露出來，他甚至在睡覺的時候都儘量避免睡得沉熟。

此刻，他眼睛盯著王昭君，心裡卻想起另一個人，他的妻子，呼韓邪單于的妹妹——阿婷潔。單于非常鍾愛他的妹妹，才將妹妹許給了他。他說不上怎麼愛阿婷潔，但有些怕她，怕在同床時酣睡中說夢話，泄漏深藏的心思。他是父親烏禪慕最寵愛的小兒子和老人暮年的拐杖，他的兩個哥哥都在二十年的戰爭中陣亡了。

溫敦的臉上橫劃著一道鮮明的刀痕，這是他在為呼韓邪取得龍庭寶座的征戰中留下的光榮。他根本不相信漢朝對待匈奴的誠意，看不起長安的文化。在他父親面前，他是個桀驁不馴的孩子。他的殘忍和刻毒，常在老人面前顯露出來。老人知道自己窩裡藏著一個能夠毀滅一切的「梟鳥」，但是老人不敢講，甚至連對自己都不敢承認。

他盯著王昭君看時，仇恨的眼裡噴出兩道火。剛來漢宮時，他就對呼韓邪說過這樣的話：「鞭打著我們的馬，朝著富裕的地方跑，叫漢朝百族都向天地所生、日月所置的匈奴大單于跪倒。我們要踩著他們的屍首，搶來牛群、馬群和好手藝的奴隸，這就是祖先定下的家規！不戰不能立，不奪不能富。什麼『漢匈和好』，『漢匈一家』，這些都是黑天的月亮，早晨的露水，長久不了的。單于，回去吧，不要再想娶漢朝女人，不要讓漢朝女人來管住我們的手腳！」當時他跪在地上向單于請求，遭到單于的怒斥。眼下，他見到昭君這麼一個美人，心中湧起的不是愛憐，而是仇恨。他相信，這個魅力無邊的女人，會很快取代他姐姐玉人閼氏在呼韓邪心目中的位置，呼韓邪會瘋狂地愛上這個女人的。他又看到王昭君飄蕩、美艷的眼睛裡含著一股藏而不露的機智和聰敏，他知道他以後做什麼事會更加困難，他知道以後他不會逃出那雙機敏的眼睛。因此，溫敦在思考著對付這樣一位漢家女子的辦法。

元帝這時的心中說不上是一種什麼滋味。他見到呼韓邪沉醉春風的樣子心裡酸溜溜的。想到這裡，他像是說給呼韓邪聽，又像是自言自語：「眞是一塊未曾雕琢的美玉啊！」

元帝貪婪地看一眼昭君，低下頭，又捨不得放下，好像一塊心愛的寶貝被人要走似的，給也不是，不給也不是，他揮揮手，大廳裡的音樂停了下來，說：「王昭君，你就給我們唱一段『鹿鳴』之曲，來歡迎單于吧。」

昭君聽了，盯著元帝那裡看，眼中似含著無限的柔情，說：「臣女昭君沒有學過『鹿鳴』之曲，但臣女願意唱一支比『鹿鳴』之曲還要盡興的歌子。」

「什麼歌子？」元帝好奇地問。

「『長相知』。」王昭君從容地答道。

這時殿下一片嘩然。

元帝的內弟、王皇后的弟弟王龍厲聲喝道：「大膽！這裡是天子朝廷，不是鄉間的山野小路，這等鄉野下民的情歌，怎麼能在天子面前唱呢？況且還有匈奴的大單于在座。這樣粗鄙不堪的歌曲還不是侮辱聖上的耳朵？」

大臣蕭育也搖搖頭：「這姑娘眞是有點出人意料！」

元帝又揮揮手，殿下又恢復平靜。他有些吃驚，但沒有發脾氣，仍和顏悅色地看著昭君：「哦，『長相知』，『長相知』是什麼曲子？」

「『長相知』就是『長相知』。陛下如果感興趣，臣女願意唱給大家聽。」王昭君越發從容了。

元帝見狀，也不好回絕，看看單于，似乎也沒有生氣的意思，就說：「好，你唱吧。」又掃了一眼群臣，「有人伴奏嗎？」

殿下無人回答。鴉雀無聲。這時呼韓邪的隨從，一個叫苦伶仃的老奴，從旁邊站了出來，同時從腰間抽出一支胡管，慢悠悠地吹起來。

王昭君運氣凝神，唱了起來：

上邪

我欲與君相知，

長命無絕衰。

山無陵，江水為竭，

冬雷震震，夏雨雪，

天地合，乃敢與君絕。

……

王昭君唱得有聲有情，悠婉動人，清脆、明亮，飽含深情的聲音在大廳裡迴旋，然後飛出了去，飛到了天外。元帝用手輕輕地打著拍子，隨著歌聲，用心地領會每一句詩的含義。「這是一個癡情的女子」，元帝想。再看呼韓邪單于，聽得如醉如癡，彷彿聽著從草原上飄來的火辣辣的民歌，但這歌聲又那麼高貴，注滿著深情，他也在用心咂摸著每個詞的含義，這些詩他還是能聽懂的。

王昭君一曲唱畢，餘音仍繞梁盤旋，不絕於耳，文武大臣們唏嘘再三，嘖嘖讚嘆。他們還是第一次聽到有人將民歌唱得這麼華美、動人，催人淚下。王昭君朝著元帝，款款地扭動柳腰，折身跪拜。

元帝說：「唱得好。唱得好哇！這是天上的音樂，是人間無福聽到的。平身。」昭君這才抬起頭，道：「謝陛下謬讚。」站起身來。

元帝忽然又想起一個問題：「但是，你不覺得你有罪嗎？」

昭君趕忙走到前面，跪下道：「昭君死罪。昭君不該違拗聖意，沒有歌唱陛下的御作，反而自作主張。昭君自知罪不容誅。」

元帝見昭君有些害怕，又心中不忍，說：「朕不怪你違拗朕之意，朕也不要求你一定逢迎朕之意，但是，你在這樣的場合，在這樣的嘉賓面前，唱這樣兒女的情歌，不是失禮了嗎？」

王龍也跟著一旁起鬨：「對啊，違拗聖上，唱這樣卿卿我我的兒女之歌，就應該交給掖庭令，砍頭示眾。」呼韓邪在一旁聽了，有些著急，想站起來爲昭君辯解，又覺得不合適，就不動聲色地觀察著。

王昭君仍跪在那裡，但她不慌不忙地申辯，目光仍盯著元帝的眼睛，看得元帝的眼神只想閃到一邊。她恢復了從容，平靜地說：「陛下請容臣昭君一言，再殺也不遲。」元帝哪裡捨得殺這麼一個可人兒，只不過想試試她的辯才，想看她如何應對。就說：「好吧，你說說看。」昭君又說：「陛下，如果能容昭君一言，這樣的話是要站著說的。」元帝點點頭，說：「好，你就站起來說。」

昭君不卑不亢地站起來，環視了一眼大廳，神態自若、飛揚，侃侃說道：「陛下，有句話陛下肯定熟知，詩歌乃『發乎情，止乎禮義』，這正是禮發於誠，聲發於心，行出於義。天生聖人都是本著『義』和『誠』這樣的大道理來治理天下，安撫眾民的。今天，漢匈一家，情同手足，手足之間，唇齒之間，不就要長相知，天地長久嗎？長相知，才能長不疑；長不疑，才能長相知。長相知，長不斷，難道陛下和單于不想『長相知』嗎？難道單于和陛下不要『長不斷』？長相知啊，長相知！這又怎麼能只是區區的男女之情，碌碌的女兒之意呢？陛下，不知我的話說清楚了沒有？」

元帝聽到昭君侃侃大論，不慌不忙，心下更是愛慕，又聽她分析得頭頭是道，能自圓其說，將漢匈兩家的關係講得如此明瞭，忍不住連連點頭，說：「好！好！」呼韓邪也忍不住讚嘆：「啊，陛下，這眞是說得好極了！」剛才綳得很緊的全朝氣氛也一下子鬆馳下來，變得歡快，輕鬆。

元帝又對昭君說：「你叫什麼名字？」王昭君說：「臣女早已告訴過陛下，王昭君。」元帝一遍遍地說著這個名字：「王昭君，王昭君。你恰恰說到我們的心上去了。」

元帝又看了一眼那個匈奴的老奴苦伶仃，問道：「可你怎麼也會吹這個調子呢？」苦伶仃說：「啓奏萬歲，塞上胡漢兩家百姓都會唱這個歌子的。」元帝點點頭。這時大廳裡的氣氛十分活躍。

元帝拉著呼韓邪的手說：「剛才王昭君說得太好了，咱們漢匈兩家就要像親兄弟那樣，長相知，不相疑。爲了我們漢匈一家，漢匈和好，乾杯！」

樂聲喧天，大殿裡的文武百官都舉起了手中的酒杯。

元帝怒殺毛延壽

醉眼朦朧的元帝，拉著呼韓邪的手說：「單于遠道而來，不必急著回去。長安雖然鄙陋不堪，人數還是全國最多的，各地商販聚於此城的也不少。單于可到街上隨便逛逛，一來看看長安這二十年有什麼變化，再者也可以消遣散心。至於王昭君，待三日後我與你們成了大禮，再派使者護送你們離開長安。這樣安排不知單于可願意？」呼韓邪也已經有了一半酒意，覺得元帝如此盛情，心中感激不盡，嘴裡說著：「全憑陛下安排。」

酒筵撤掉後，元帝命大臣蕭育安排呼韓邪一行人到驛館休息，命王昭君仍回建章宮候旨，三日後與呼韓邪成大禮。元帝宣布退朝。

退朝後回到寢宮的元帝，應酬了一天，竟毫無倦意，命黃門太監：「傳馮昭儀。」馮昭儀正在自己的寢宮忐忑不安，因爲當初這畫圖索人之計即爲她所出，她怕元帝悔恨，一怒之下將她治罪，一邊妝扮妥當，一邊思考著應對的措詞，專等太監前來傳她。

果然，太監來了，說道：「聖上傳諭，召見馮昭儀。」馮昭儀早有準備，匆匆地隨太監來到元帝寢宮。

元帝正在那裡後悔呢，他從頭至尾將此事的一切環節想了一遍，不知道錯在哪裡。突然他一下子想到了那張美人圖。恰好馮昭儀從外面進來了。太監們見有要事商量，悄悄退出。元帝見了馮昭儀，劈頭就問：「那張美人圖呢？」

馮昭儀是有備而來，忙陪著小心翼翼的笑臉，說：「臣妾知道陛下肯定要這張圖，特地帶來了。」說著從上衣袖中抽出了那張畫在白絹上的美人圖，恭恭敬敬地遞給元帝。

元帝飛快地接過那張美人圖，仔細端詳了半天。又閉上眼睛回憶王昭君在大殿上靚妝豐容、光彩照人、顧影徘徊的形影，覺得判若兩人。又翻翻身邊那一摞美人圖，再對著他幸過的宮女的圖像來看，覺得畫中人都神采飛揚，宛若仙人，而臨幸時卻覺得不怎麼出眾。回過頭來再看看王昭君的畫像，目光呆滯，腰身臃腫，看上去比今天大殿上見著的王昭君至少老十歲。元帝登時氣得臉色鐵青，說不出話來。

馮昭儀見狀，估計元帝已將怒氣全集中在了毛延壽身上，暗自替自己慶幸。她走到元帝的身邊，輕輕地用纖手撫弄著元帝的背說：「陛下息怒，犯不上為這事傷這麼大的心，依臣妾之見，肯定是毛延壽這般畫工從中搗的鬼。」元帝怒氣稍稍緩減，問道：「王昭君那幅畫像是不是毛延壽畫的？」馮昭儀小心地說：「估計是毛延壽所為。臣妾這就派人去王昭君那裡證實一下。」說罷叫來貼身宮女，對她耳語一番，宮娥悄悄退出。

過了一會，宮娥回來了，她的彙報證實了王昭君那幅畫像確實是毛延壽所畫。元帝聽了，再也按捺不住，下令太監：「帶幾個武士，將毛延壽拿來。朕要親自審訊。」

再說那毛延壽自從從宮廷接了給宮女畫像這個美差，眞是一步登天。原來他靠賣畫糊口，實在吃不上飯時就靠徒弟們湊幾個錢勉強維持生計。自從他受宮廷之命給宮女畫像，他拿了一份官俸還不算，另外他自己又琢磨出一個生財之道：利用手中的這支畫筆向宮女索賄。不少宮女是王侯之女，家中有的是錢財，爲了使自己的像漂亮一些，就暗地裡送給毛延壽一些錢財。毛延壽得了錢財，手中那支禿筆一留情，醜的就變成了美的，臉上有點小小的毛病也就掩飾了過去。後來，毛延壽乾脆向宮女索要，如果給錢，就給你畫得美艷如桃花，如果不給錢，就將你畫得臉若核桃，腰如桶粗。這樣一來，交了錢的宮女，醜的變美了；沒有錢的宮女，美的也就只好變醜了。三千多宮女畫了一遍，毛延壽的錢財堆成了山。毛延壽再也不是從前那個窮酸樣子了，穿著綺羅綢緞，出則車馬揚揚，入則妻妾成群。鄰居都覺得奇怪：這毛延壽眞是士別三日，刮目相看。看不出這毛延壽尖嘴猴腮的，竟有這樣的造化！言語之中充滿著羨慕。

這天，毛延壽正在家裡擁著美妾飲酒呢，幾個徒弟畢恭畢敬地在一旁侍坐。那毛延壽正在那裡神吹海聊：「宮女們見了我，簡直就跟皇上差不多。爲什麼？我手裡掌握著她們一輩子的前途和命運，畫得好了，讓皇帝看上了，睡上一覺，一輩子不用愁了；畫得不好，皇帝看不上，一輩子就得獨守空房，就是哭瞎了眼皇帝也不知道……，因此，你們看，她們敢不拿出點來孝敬孝敬我？哈哈……不過，還眞有一個女子，南郡秭歸的，人長得眞是賽過天仙，連我這曾經滄海的人看了都不免心動，唉，誰知那傻女竟不買我的賬，好，那沒辦法，我就不客氣了，一張醜女圖送了上去，怎麼樣，你就在你那院子裡待一輩子罷。哈哈哈，哈哈……」正在那裡得意地大笑不止。

太監帶著幾個武士，闖了進來。毛延壽登時嚇得直往桌子底下鑽，幸虧幾個美妾使勁拽住，他還不知是怎麼回事呢。太監將手中的拂塵一甩，輕蔑地問：「你就是毛延壽？」

那毛延壽早已嚇得渾身篩糠，嘴裡說不出話，只是不住地點頭。太監看準了，喝道：「拿下！」幾個武士飛身過去，像提小雞那樣，將毛延壽又乾又瘦的身子提離了地面，提了過來，二話沒說，回頭就走。出了門，將毛延壽扔進停在門口的一輛馬車上，幾個武士看著他，朝未央宮飛奔而來。

元帝正坐在大殿裡等著，幾個武士提著毛延壽進來，將毛延壽往地上一扔，肅立在兩旁。元帝厲聲問道：「你就是毛延壽？」毛延壽見是皇上，早已嚇得魂不附體，哆嗦了半天，才說：「微臣正是。」

元帝的氣稍稍消了些，換了個口氣，怪聲地問：「那王昭君長得怎麼樣啊？」毛延壽聽到這裡，已明白了幾分，賊眼飛快地轉了幾圈，仍低著頭，小聲答道：「那王昭君的確長得很美。」

「美到什麼程度？你說說看。」

「貌若天仙。」毛延壽眼皮上翻，偷偷地看了元帝一眼。

元帝聽到這裡，怒氣灌頂，刷地將案上的昭君像扔在毛延壽跟前，厲聲喝道：「你再仔細看看，這就是貌若天仙的王昭君？」

毛延壽見元帝眞的發怒了，急忙撒了個謊：「罪臣畫王昭君時，正値黑夜，沒看太清楚，難免草率了點，罪該萬死！」

元帝聽了冷笑：「恐怕不是黑夜，不過是有些黑心罷！」

毛延壽聽了，在地上連連叩頭，像小雞啄米，嘴裡還不停地叨念著：「臣罪該萬死！臣罪該萬死！」

元帝哪裡還聽得進去，說：「好端端的一個美女，竟讓你那一支臭筆糟蹋得如此醜劣，眞是死有餘辜啊！本來你索賄罪可饒恕，但是你卻活活地斷送了一個美女的青春和前程，壞了朕的好事。左右，拉出去，斬首示眾！」左右迅速地拖了仍在地上叩頭不止的毛延壽，往門外走。元帝腦子一閃，眉頭一皺，覺得不妥，說了聲：「回來！將這廝照斬不誤，就不要示眾了。」武士應聲出去。

元帝這樣做是爲了怕引起呼韓邪他們的疑心。追究起來反而不好解釋。左右出去後，元帝長長地嘆了一口氣，心情稍稍好了些。

離漢宮一夜風流

元帝殺了毛延壽，去了心頭上的一個大疙瘩。他甚至有些得意：我畢竟是帝王之尊，愚弄我的人，出路只有一條，就是死！雖然他一向主張以王道治國，用孔孟之道，即位後也減免了不少刑罰，曾有過幾次天下大赦。然而這一次他殺了毛延壽，卻感到從未有過的輕鬆、痛快。對付這樣的無恥之徒只能用屠刀，想到這裡，他又情不自禁地冷笑了。

但是他無論如何也揮趕不去今天大殿上颯動的那個麗影。元帝一向以風流自詡，自認爲能夠憐香惜玉，所以他想到那種嬌艷絕倫、嫩柳扶風般的美麗就一陣陣地心疼，剛才殺掉毛延壽的愉快很快就逃得無影無蹤。

這天夜裡，元帝在床上翻來覆去，輾轉反側睡不著，想叫馮昭儀來侍寢，又覺得沒情緒，頭有些疼，一些畫面交替出現。直到過了半夜，他才迷迷糊糊地睡著。恍惚中，有一女子在身旁輕輕地倚著他，他一翻身，攬在懷裡，一陣愛撫，仔細看那臉龐，原來是白天在大殿上所見的麗人，元帝更加愛不釋手，柔情繾綣。然而那女子婉拒讓元帝，口中說道：「陛下不是將臣妾送給呼韓邪了嗎？一女不能侍二主，若陛下再行非禮，我可要叫了。」元帝又是愛戀，又不能得手，情急之中，一下子驚醒過來。原來是一個香豔的夢。

元帝再也睡不著，乾脆擁著錦被，在床上呆坐，閉上眼睛，繼續剛才那個甜夢。想著想著，元帝忽然清醒了：對呀，那王昭君已經被我許與呼韓邪了，我再胡思亂想自然屬於非分的了。然而又覺得不甘心。就這樣，元帝苦苦地坐著，直到窗外的雞鳴聲四起。

第二天來臨了。元帝起了床，草草地梳洗一遍，早飯也沒吃多少。馮昭儀卻地走了過來，給元帝請安。她見元帝一臉的疲倦，心裡就明白了八九。嘴裡卻說：「陛下昨夜睡得可好？」元帝搖搖頭，長嘆一聲。馮昭儀移動著小蓮步，過來偎著元帝，輕輕地說：「陛下已經殺了那毛延壽，難道還有什麼心事不成？」

元帝臉上充滿著悲戚，轉而又變爲憤怒：「都是這個雜種，壞了我的好事，把一個好端端的美人給斷送了。眹眼看著一個如花似玉的妙人兒從眼皮子底下給溜走了，你說能叫人不氣嗎？」

馮昭儀見狀，又說：「陛下以帝王之威，看上一個女子還不是小事。呼韓邪此番來朝，比不得前朝，聽說那王昭君竟然自稱是後庭王昭君，呼韓邪居然也不指出來，假裝糊塗。看來呼韓邪不敢違抗聖命。因此，陛下若實在喜歡那女子，再換一個宮女隨呼韓邪出塞，將王昭君留下，陛下慢慢享用不就是了。」

元帝說：「你哪裡知道，那呼韓邪本在大漠，見了漢家如此絕豔的一個妙女，魂都被攝了去。還許我說，日後她就是大漠的閼氏了。如此，若用掉包計再換一個女子，呼韓邪肯定大怒，那我的一番努力豈不等於白白付之東流了嗎？」

馮昭儀又說：「那陛下就肯看著她從你身邊飛到大漠裡去嗎？」元帝無可奈何地說：「又有什麼辦法呢？眞是紅顏薄命，帝王無福啊！」說著說著，淚水就像要下來的樣子。

王昭君呢？自從大殿上見了元帝、單于，心裡就像一陣春風吹過，溫暖、和煦。她回憶起三年來在這個小院裡度過的寂寞的時光，不免又勾起無限傷感。三年裡，陪伴她的只有這個小院，以及小院裡的幾棵垂柳、一翼小亭和半池碧水，噢，還有那些書簡、古琴和琵琶。她又想起她作過的那些大體相同的夢，今天在大殿上見到她的夢中人，她的內心實際上激動得發抖，那個掌握著天下生殺予奪大權的人，並不是一副凶神惡煞的樣子，而是十分謙和，甚至有些男性的溫柔和兒女情長，這些昭君都看在了眼裡，她的少女之心為他蕩漾。然而，在那樣的時間，那樣的地點，她又不能失態，只好從容應對，只好用一雙眼睛與元帝對話。她看出了元帝眼中的愧悔，但她覺得為時已晚，看來是此生無緣了，這眞是命運。她想。

那呼韓邪單于給她的印象也不壞。呼韓邪並不像王昭君想像中那麼蠻悍、無禮。但她感到那雙火辣辣的，在她臉上、胸上滾動的那硬硬的目光。她覺得她應該喜歡呼韓邪，因為若不是他來長安求親，為她提供了這麼一個千載難逢的機會，那她也許就得在那個小院裡待到三十歲、四十歲、五十歲，直至最後枯萎、凋謝、死去，花瓣落入泥土，了無痕跡。因此，她覺得應該將自己的一切，無私地奉獻給這位迢迢千里而來的單于。但這並不表明她對元帝就絕了情，元帝畢竟是她「初戀」的情人，雖然這個情人並沒有跟她說過一句話，更沒有什麼肌膚之親，但是元帝占有了她的夢想，是她夢幻花園裡的英雄。她因此覺得如果一走了之，今後再也無緣見到此人，今生難免是一件無法彌補的憾事。昭君就這樣，心裡惦量著這兩個男人的份量，可怎麼也擺不正這兩個男人應處的位置。

春蘭過來，見昭君陷入沉思，想問問她，又不好意思打亂她的思緒，就陪著她坐了一會。過了半晌，見昭君仍不說話，就忍不住問道：「昭君姐姐，你真的要跟著那匈奴大單于，遠遠地嫁走了嗎？你走了以後，會不會想長安，想建章宮，想這個小院？嗯？」昭君似乎無心回答，只模模糊糊地說：「是的。我要走了。」

「那你願意帶我和秋菊一塊去嗎？」春蘭又問。

「只要你們願意跟我去，我就向皇上請求，帶上你們。」昭君道。

春蘭聽了，高興地拍手。

春蘭見昭君有些疲乏，就替她鋪開錦被，說：「昭君姐姐，今天你去大殿見皇上和單于，一定很累了，早點歇著吧。」說罷帶上門出去。

昭君確實感到有些累了，她靠在被上，衣不解帶就進入了夢鄉，夢中人來人往，十分嘈雜，昭君醒來，全然不記得夢中的事。她實在是有些累了。

第二天，昭君心情漸漸變得晴朗。

第三天，昭君開始收拾東西。明天到未央宮與呼韓邪成大禮，就要離開長安，離開漢朝，遠赴大漠了。意識到這些，昭君甚至懷戀這個灑滿她女兒情懷的小院，彷彿一木一石、一桌一凳都充滿著深情，挽留她。然而，她要走了。誰也挽留不住。昭君此刻的心裡，一絲興奮一陣悵然，各種念頭，紛至沓來。

這一天過得眞快。她已經將東西收拾得差不多了。古書要多帶上幾捆，因爲匈奴那邊畢竟不好找這些書；衣服也帶上幾套，這些她少女時代穿過的衣服，將來即使不穿，看一眼也是一種欣慰；最後，她忘不了最重要的：琵琶。十九年了，琵琶弦上灑滿了相思、哀怨和激情，還有淚水。她不能沒有琵琶，琵琶上寫著她全部的愛和恨。只要她一撥那些彷彿帶著靈性的弦，所有的一切都會隨著那美妙的聲音連翩而至。她不能沒有琵琶。琵琶是她的少女之魂。

黃昏悠悠地來了，夜晚就要來臨。「今夜該是個月圓之夜」，昭君想。她打定主意，在這個夜裡，什麼也不做，只是靜靜地看著月亮，度過她在漢宮最後的夜晚。

太陽從建章宮大殿的飛簷邊滑到了宮牆上，又滑到宮牆後面，沉到了地平線下。月亮這時還沒有出來。

一頂黑色步輦悄悄地從未央宮的一個寢宮裡出來，沿著通往建章宮的複道，疾步而來，步輦前後跟著幾個穿黑色便服的人，他們步履矯健，卻不時地左右看看，眼神很是機警。步輦很快就來到了建章宮，又迅速沿著大池，停在一個小院的門前，這時，天色已黑。步輦裡走出一個同樣穿著黑色便服的人，這個人就是元帝劉奭。元帝悄聲吩咐侍從將步輦抬走，又叮囑另外幾個侍從在門邊守著，然後悄然推門而入，直奔正面的臥房。

昭君正坐在床上出神。她已吃過了飯，等月亮出來。她猛然見門口閃進一個黑影，朝她這邊走過來，她嚇了一跳，繼而斗膽厲聲地問：「誰？」

元帝說：「是我。」衝著昭君溫和地笑著。

昭君一見是元帝，不敢相信是真的，又驚又喜，愣了半晌，才撲通跪倒在地：「王昭君沒有迎接聖上，望聖上恕罪。」

元帝趕忙攙扶起昭君，笑道：「平身。這不怪你，是朕沒有事先通知你。」這時春蘭冒冒失失地闖了進來，她看見門口有人走動，特地來通知昭君。

春蘭闖進來，嚷道：「昭君姐姐，門口好像有人走動。」說話間看見昭君身邊站著一個黑衣人，她也嚇了一跳，迅速將這人打量一番，昭君見狀，急忙低聲提醒：

「春蘭，還不給皇上行禮？」

春蘭一聽「皇上」二字，登時嚇得兩腿發軟，趁勢跪在地上，慌忙說：「賤婢該死，衝撞了皇上。」元帝平和地說：「起來吧。」春蘭這才嚇得呆立一旁，不敢出聲。

元帝又對春蘭說：「你去端幾樣小菜來，朕要在這裡先給昭君送個行。」春蘭彷彿獲得了恩赦，一陣風溜出了門。

不一會，春蘭端來四樣小菜，還有一瓶酒。昭君已經點上了蠟燭，室內頓時籠罩在一片紅光之中。春蘭擺開酒菜，跪在一旁。元帝說：「你去吧，這裡沒你的事了。」春蘭又是叩頭，告退出去。

昭君這時已來不及細想這一切，元帝的到來完全出乎她的意料，她原本是打算獨自對月，度過這漢宮的最後一個晚上的。這時，元帝說話了：「昭君愛卿，今晚朕來找你，實在是因為難以割捨。今晚這裡沒有別人，就不要拘於什麼君臣之禮，你就隨便好了。」昭君見元帝如此平和，也就大大方方地坐在元帝對面，不過頭還有點低，眼睛也不敢直視元帝。

這樣呆坐了一會，昭君便爲元帝斟酒。元帝端著酒盞，對昭君說：「是朕對不起你。」昭君聽到這裡，又勾起傷心往事，淚水像斷線的珠子，從腮上滾落。元帝素來心善，最見不得女人眼淚，忙說：「好了，那毛延壽已被我斬了，就算是爲朕爲你出這口氣吧。」

昭君漸漸止住了抽泣。那種嬌花照水、盈盈欲滴的樣子，更惹得元帝十分愛憐。

元帝也是心中鬱悶，三盞酒下肚，已經有五分醉意。他見昭君仍低著頭坐在那裡，便說：「愛卿，明日你就要遠行到大漠了，喝了這杯酒，就算朕爲你壯行，日後在無聊之時也好念及朕，及朕與你度過的這個夜晚。」昭君從小到今天從沒有飲過酒，便用懇求的目光望著元帝，元帝目光堅決，昭君又想起漢宮寂寞三年，明日又要遠行，就接過元帝遞過來的酒杯，一飲而盡。酒太辣、太嗆，昭君臉上頓時憋得通紅，一陣咳嗽，胸脯也跟著一顫一顫的。元帝在一旁看了，禁不住欲心大動，然則他也不著急，自己又飲了幾杯。

又過了一會兒，昭君喝下去的那杯酒漸漸滲入四肢，臉上升起一朵桃花，恍惚如置身夢境。元帝見時機差不多了，就伸出手，握著昭君的小手說：「愛卿，讓朕好好看看你。」說著手下用力將昭君拉進懷裡，用手捧著那張粉紅色的嫩臉，越看越愛，禁不住就將一張嘴壓在那張紅唇上。

昭君還沒有接觸過男人，她在這個男人的親吻和愛撫下只覺得四肢乏力，她微微地掙扎了一下。

元帝將昭君橫抱著，放到床上。他像對待一件最心愛的寶物那樣，小心翼翼。

他們緊緊地擁抱著，直至夜半月到中天。溫涼的月光灑在他們的錦被上，昭君輕輕地說：「陛下，這麼好的月光，咱們出去賞月吧。」說完兩人穿衣起來，昭君抱了琵琶，又將牆上那支洞簫摘下來，遞給元帝，兩人手挽手來到院中的小亭上。

他們就坐在小亭裡的繡墩上，都出神地望著那月亮，竟然誰也沒有話可說。

半晌，元帝先說了：「愛卿，這個夜晚是咱們的。莫辜負了這美麗的月色，給我彈一曲罷。」

昭君輕攏慢拈地彈了起來，調子竟是那麼憂傷、哀怨，元帝聽著聽著，淚水早已模糊了雙眼。他舉起了洞簫，和著昭君的調子，嗚嗚地吹了起來，那低沉的簫聲，彷彿比那如泣如訴的琵琶聲還要悲傷，昭君也禁不住痛哭失聲。

元帝乾脆扔了洞簫，將抽泣不止的昭君攬在懷裡。一個是至高無上的帝王，一個是曠代絕倫的美人，兩個人在這月圓之夜，雙雙陷入了鋪天蓋地的憂傷之中。

帝王清淚灑灞陵

這是一個陽光燦爛的日子。未央宮參差錯落的大殿籠罩在一片祥和幸福的氣氛中。春陽下的未央宮大殿顯得更加金碧輝煌。殿頂的琉璃瓦在陽光下閃爍。殿前漢朝天子的旌旗在和風中輕輕抖動。太液池裡宮女們划舟的號子聲愉快地傳過來。武士和儀仗在殿前的玉階兩旁精神地站著。天空中飄來悠揚的笙歌。這是一個不平凡的日子。

元帝早早地就來到了大殿上。昨夜他與昭君一夜柔情繾綣，對月傷懷，今日有點倦意。然而今天的大禮他是不能缺席的。他正在理著紛亂的思緒，又強打起精神，掃視著大殿兩旁的文武。這時，傳報說呼韓邪單于駕到。

呼韓邪今天顯得特別精神、興奮。他大踏步地走上大殿，給元帝施禮，元帝讓他坐在早已準備好的座位上。

元帝關心地問道：「單于這幾天在長安玩得可好？」

呼韓邪欠了欠身子，畢恭畢敬地答道：「多謝陛下關照。長安這二十年來變化眞大啊！百姓生活安定富足，一片祥和平靜的景象。這都是陛下治理有方啊！」

元帝說：「單于過獎了。不過，以後漢匈成了一家，商旅來往就更多了，長安也會變得更加繁華的。」

呼韓邪說：「希望陛下多派人到匈奴去傳播文化，多派商人到匈奴做生意，漢匈互通有無，百姓安居樂業，那樣才是萬民之福啊。」

元帝接著說：「這次王昭君隨單于入塞，我就打算讓商人等隨同前往，看看匈奴缺什麼，只要漢朝有的，匈奴也得有。不知單于意下如何？」

單于道：「臣正想提出這個要求呢！還是陛下想得周到。以後匈奴的一切，就全要仰仗漢朝的鼎力支援了。」

元帝說：「既然我們成了一家，那就不用客氣了。」

說話間，王昭君姍姍來到大殿。昨夜的雨露滋潤，使她臉上更加散發出光彩。她儀態萬方地走上大殿，先給元帝行禮：「王昭君叩見皇上。」

元帝自昭君進殿的那一刻起，心裡就一緊，見昭君嬌聲地拜見他，又想起昨夜的風情和傷感，險些落下淚來——這元帝原本就是一個多情的皇帝。他不忍再看那風可吹破的嬌臉，轉過頭，說：「平身，平身。」昭君又拜見呼韓邪單于：「王昭君叩見大單于。」

呼韓邪見今天的昭君更加嬌艷，當然不知昨夜的故事，只是越看越愛，忙不迭地說：「快起來，快起來。」昭君款款地站起身，退在一旁。

元帝見時間差不多了，就問呼韓邪：「單于覺得這王昭君如何，如果單于沒有別的想法，看來這王昭君就是單于未來的閼氏了。」

呼韓邪聽了，立刻離座向元帝施禮，說：「臣感謝天子的美意，奏請封她爲寧胡閼氏。臣將帶著她回到大漠，並不損傷她一絲一髮，以後子子孫孫，永遠是天子的臣民。」

大臣蕭育聽了，走出來向呼韓邪施禮：「恭賀單于殿下選了閼氏。」

元帝也說：「恭賀單于，萬福吉祥，單于的閼氏，吉祥如意。」

這時，全朝上下，文武百官一片歡騰。殿外有人高喊著：「單于和親，千秋萬歲！」「單于和親，千秋萬歲！」歡呼聲久久不絕。

溫敦卻氣得臉色鐵青，強壓著內心的憤怒，裝出一副笑臉，走向元帝，跪倒在地說：「啓奏陛下，溫敦該死。溫敦有一事不明白：不知我們這位新閼氏是天子的哪家公主？」

元帝聽了，轉身對著王昭君，說：「王昭君聽封。」

「臣昭君在。」王昭君回答道。

元帝說：「漢天子劉奭，御封王昭君爲昭君公主。」眾人聽了又是一陣歡呼。

元帝接著說：「佩紫綬金印，鸞旗鳳輦，儀同漢朝王妃。」王昭君聽了，說：「王昭君恭謝聖恩。」

元帝又說：「蕭育、王龍聽旨。」蕭育、王龍應聲站出來，跪倒在地。

「蕭育是輔弼大臣太傅蕭望之子，多次出使匈奴，建立了不少功勛。這次再命大臣蕭育持節匈奴，爲漢天子送親正使。並將匈奴所需絲綿、鐵器、糧食、文物等如數送往匈奴龍庭，作爲昭君公主的嫁妝，並連年輸送，長此不斷。」蕭育聽了，謝恩領旨退下。

「王龍是朕王皇后的幼弟，是漢家國舅。現封王龍爲昭君公主之兄，並封送親侯，爲作蕭育副使。」王龍謝恩退下。

元帝見時間差不多了，說：「怎麼樣？大單于，昭君公主都請更衣吧，就等著你們舉行大禮了。」呼韓邪和王昭君正要應聲去更衣，突然一個年老的大黃門手裡拿著羽檄匆匆來報：「啓奏陛下！邊境雞鹿寨十萬火急，羽書傳到長安，請聖裁。」

元帝聽了，略一沉思，說：「蕭卿代讀。」

蕭育展開羽書，讀道：「雞鹿寨都尉祁連將軍、雲中太守陳昌等急奏天子陛下：『昨夜匈奴騎兵，突然襲擊，放兵搶劫漢朝商隊，將貨物一掃而空，又乘風縱火，大火將關市燒毀。臣等急派兵馬，胡騎迅速逃遁，不知下落……』元帝聽到這裡，示意蕭育，說：「不要念下去了。」

呼韓邪聽到這一消息，大驚失色，怒氣沖沖地走到溫敦面前，厲聲責問：「溫敦，這是怎麼回事？」

溫敦小聲地囁嚅說：「消息太突然了，小臣也不知道怎麼回事。」

元帝見狀，拿著羽書，掃視了一眼眾人，笑著說：「你們說，正在這個節骨眼上，這個緊急軍報就來了。你們說奇怪不奇怪？大單于你說呢？」

呼韓邪面帶難色，走到元帝面前，惶恐地說：「陛下，……」

神色有些緊張了。元帝說：「這豈不是太荒唐了？」

元帝忽然轉身向王昭君：「昭君公主，你那天唱的那支曲子叫什麼來著？」王昭君答道：「叫『長相知』。」

這時，元帝又將臉對著呼韓邪，臉上掛著寬容的笑，說：「對，長相知。什麼叫長相知，昭君那天講得好，長不疑，才能長相知。弟兄朋友之間，這是最重要的。」說到這裡，走下龍座，來到呼韓邪面前，說：「單于啊，邊塞上的事情出人意外，總是免不了的。但是對我們天長地久的昆弟、翁婿之歡，這不是一樁微不足道的小事嗎？請單于放心。依朕之推測，匈奴剛剛走向太平，會有一些不臣之徒在找單于的麻煩，趁你在長安求親之時，給你製造難堪。但是，中原的人難道連這點小伎倆還看不出來嗎？我們還會上這樣愚蠢的當嗎？眞是天下的笑話。」

一席話說得呼韓邪抬起了頭，望著元帝，充滿感激之情，說：「中原天子如此厚待於我，臣永遠不能忘記，回去之後，臣定要嚴厲查清此事，懲處滋事的不臣之徒，爾後稟報天子。」

元帝說：「好了，我們不管這些了。你們不是要更衣行大禮嗎，快去更衣。」呼韓邪與王昭君退下。

王龍這時著急地走過來，說：「陛下，雞鹿塞關市被搶，這明顯是匈奴蓄意搗亂，意在威嚇長安，侮辱天子的聖威。這肯定是呼韓邪背後主使，借機向陛下示威。微臣以爲朝廷對他，輕則緩辦和親大事，重則扣住呼韓邪，他若不服，就殺了他，除了匈奴這一隱患，以示天子武威。」

元帝聽了，厲聲訓斥道：「簡直是昏話！你這點年紀，知道什麼？以高祖當年的武威，尚且對匈奴懷遠和親，這是漢家建基以來摸索出的一個道理。」王龍有些不服，又想申辯：「陛下……」

元帝揮了揮手，說：「算了算了，眞不知皇后是怎麼教訓你的。這些事蕭愛卿都很清楚。你到匈奴去，要言語謹慎，事事多問問蕭育。」又轉身對著蕭育，說：「蕭愛卿，朕叫他隨你到匈奴去歷練歷練。不然，封他爲侯，朝廷的御史大夫們又要說朕看重外戚了。」

蕭育應著。

這時，宮樂大作。呼韓邪與王昭君從便殿盛裝走上大殿。

呼韓邪來到元帝面前，深施一禮，說：「陛下的深情厚意，臣永遠銘記在心。」

王昭君也來到元帝跟前，一雙幽怨的眼睛盯了一下元帝，別有深意地說：「臣王昭君永遠感激陛下的深恩。」元帝揮揮手，頭轉向一邊。

呼韓邪、王昭君雙雙向元帝行大禮。音樂的喧鬧幾乎淹沒了元帝的祝詞：「祝你們幸福美滿，安康長樂！」群臣又是一陣歡呼。

呼韓邪轉過身來，深情地望著昭君，說：「昭君公主，讓我和你一同去到北方，那美麗的大草原就是你的家了。」

昭君聽到這裡，卻有些傷感，眼中的淚水轉來轉去，她努力克制住，低著頭掩飾著，說：「謝謝大單于錯愛。」呼韓邪還以爲是昭君害羞呢，便越覺得喜愛。

呼韓邪和昭君面對面，相互緩緩施禮。可是他們各自的心裡，卻關心的不是同一個人。大禮完畢，元帝又大擺筵席，爲昭君和呼韓邪單于送行。

元帝下詔天下大赦，黎民百姓，各級官員，全國上下慶祝三天。

元帝剛喝了兩杯就有點頭疼。輪到單于向他敬酒了，他又非喝不行，也就借酒澆愁，一飲而盡。話已經說盡了，元帝也覺得意興闌珊，便推說頭暈，請蕭育陪著呼韓邪喝酒，自己就返回寢宮。呼韓邪正喝得酣熱，也沒注意到元帝情緒不大對勁，就恭送元帝回去。

元帝走後，漢匈兩家的文武百官捉對而飲，大家喝得十分痛快。呼韓邪覺得得了昭君這樣一個美女，簡直就像是上天特意爲他準備的一樣，加上元帝寬宏大量，對邊塞上的事沒有深究，所以十分高興，喝得也十分盡興。

元帝回到寢宮，便躺在床上閉上了眼睛。昭君那含有深意的眼神他當然看到了，只是沒法表白。儘管他與昭君已有了一夜風流，但是他眼看著她就要遠走高飛，跟著呼韓邪一輩子，他就覺得他這個帝王當得有點窩囊。但是爲了江山，爲了漢家基業，爲了邊境太平，理智地想一想，他又覺得這樣做沒有什麼不對的。然而他又如何割捨得下那個聰慧、機敏、美艷、善解人意的可人兒呢？如果不是想到他是漢家帝王，如果讓他用他的全部所有，去換來與這個女子的終身廝守，他也會幹的。那呼韓邪可眞有福氣，四十七歲的人了，娶了這麼一個十九歲的如花似玉的妙人，回去後不愛得要死才怪。想到這裡，元帝甚至有些嫉妒。

元帝不願意想那些不愉快的事了，就想想昭君罷，也算一種補償。那一夜，昭君不勝嬌羞的樣子又浮現在眼前。他們互相擁抱的時候，昭君對他說：「陛下，我走了之後，您會把我忘了吧，後宮那麼多美女。再過幾年，我在大漠裡風吹雨淋，雪打霜浸的，難免要老去，那時就是陛下想著我，我也絕不肯回來見陛下了。」元帝托著那一頭秀髮，將她抱得更緊，好像生怕她就要從身邊飛了似的：「愛卿，朕一輩子也忘不了你。和你比起來，後宮的三千粉黛在朕眼裡不過是一些庸脂俗粉。論才論貌，她們合起來也不如你的一根手指。在朕的眼裡，你永遠那麼年輕，就像今天這個夜晚。」昭君又說：「妾也捨不得離開陛下，若不是這呼韓邪來求親，哪裡有今天，今夜。」元帝更加慚愧：「不用說了。這些都是朕的過錯。不過幸好我們還算有緣，有此一夜，勝過後宮百年，朕雖不能將你留在身邊，日後回憶起來，也夠朕回味半生的了。」說著又有些傷感。

倆人相對，四目相碰，昭君忽然流下淚來，說：「如果賤妾在大漠思念陛下時，就會在月圓之夜彈起琵琶，我相信那通曉人情的樂音會在月下飛到陛下的宮殿，傳到陛下的耳朵裡。我也解除了一點相思之苦。」元帝替昭君擦去臉上的淚珠：「那朕就在月圓之夜給你吹簫，簫聲就會穿越大漠，就會伴你度過那個想思之夜，朕的痛苦也許會減少許多。」元帝傷感地說出這些話時，聲音也有點發顫。

元帝正在這裡沉入回憶之中，太監來報：「呼韓邪單于請行。」一聲呼喚將元帝從纏綿悱惻的回憶中喚醒，元帝匆忙整理衣冠，又來到大殿上。

呼韓邪單于酒足飯飽，臉上神采奕奕，旁邊站著王昭君。元帝看到他們並肩站在一起，心裡又酸酸的，不是滋味。呼韓邪說：「臣再次感謝天子的盛情，時候不早了，臣這就告辭了。」

元帝忙說：「且慢!朕要親自送你們出長安。」呼韓邪又致謝意。

元帝登上了早已準備好的一輛大馬車，呼韓邪單于和王昭君、蕭育、王龍等人也都上了各自的馬車。前面有武士開道，後面跟著天子的儀仗。天子的旌旗獵獵飄揚。大隊人馬逶迤出了漢宮。

呼韓邪單于從車上下來：「天子請回吧。今日天子操勞過度，回去休息吧。」

元帝說：「不，我要送你們出城。」呼韓邪不好違拗了元帝的一番厚意，心中萬分感激。坐在旁邊馬車裡的昭君聽見了這話，知道元帝是在送她，淚水又險些跌落下來。

大隊人馬緩緩地從長安城穿過。百姓們都站在街旁觀看。他們嘖嘖稱讚著，說從沒有見過這麼浩浩蕩蕩的場面。大隊人馬漸漸出了長安城。

呼韓邪又從車上下來，認爲元帝說送出城的，就到此作別吧，就說：「天子盛情，臣已經領受了。車隊已出了長安城，天子請回吧。」

元帝態度堅決，似乎不容違抗，說：「不，朕再送你們一程。」

隊伍又走了一會，轉眼就到了灞陵。元帝這才停下車，從車上下來。元帝有意選擇了灞陵作爲分別的最後一站。眾官見元帝下來了，都跟著從車上跳下，大臣們跪倒在元帝面前，請求元帝回去。呼韓邪和王昭君就跪倒在元帝前面。元帝停了片刻，揮揮手，說：「上路吧，多保重。」昭君這時緩緩地起來，又扭頭深深地看了一眼，登上了車，回過頭去。眾人也都上車。呼韓邪一行人打馬如飛，灞陵上揚起的飛塵很快模糊了元帝的視線。

元帝站在那裡，眼中的淚水悄悄灑落。無人能理解那複雜的淚水，和淚水中閃爍的陽光。

第四章　琵琶遣魂

昭君怨歌驚落雁

午後的陽光給旌旗招展的送親隊伍染上一層灼目的金色光澤，坐在儀同公主的華美車輦中的昭君，隔著淺紫色的窗紗向遠處隨意張望。她隱隱地感到有點異樣。在晨曦中離別長安未央宮的時候，她還能從送親儀仗隊列中，體味到春天蓬勃的生機和無言的喜悅，而現在，當都城長安的繁華市景，遠遠地消逝在背後灰濛濛的、霧靄籠罩下的視野盡頭時，昭君心裡明顯地覺出了深秋的涼意，任憑怎樣排遣，這種怪異的感受都像藤蔓一樣緊緊地纏繞著昭君的整個心靈、整個身體。

崎嶇不平的路面使車輦嚴重地震蕩了一下，昭君禁不住打了個冷顫。額邊沁出了細汗。一直跨馬仗刀、緊隨在車輦右側的送親正使蕭育，一邊迅速地探出一隻臂膀撐住車輦的護欄，一邊關切地向車窗內望了望：「公主，不要緊吧！」

昭君沒有側臉，但她能感到蕭育深邃敏銳的目光正在注視著自己的面龐。從長安北門出來以後，這種溫和而又冷峻的目光似乎總像早晨的陽光一樣倔強地照著昭君的面頰、身體，昭君輕輕地欠了欠身，似有似無地應了一聲，也不知道蕭育聽見了沒有。

在昭君眼中，蕭育似乎是從來不奢望別人回應自己問話的怪人。三年前，天昭君帶著無限的離愁別恨和忐忑不安的心，辭別了美麗的故鄉，千里迢迢地被引進長安宮廷，莊嚴肅穆的樓臺殿宇曾一度使她感到新奇，富麗堂皇的宮廷和尊貴美艷的后妃曾引起她對未來生活的憧憬，但不久以後，寂寞無依的生活使昭君徹底陷入了苦悶之中。被後宮禁律壓抑得不敢哭笑的昭君終於忍受不住了，似乎也是在一個陽光朗潤的卻有些陰晦氣息的下午，她一個人偷偷地跑到掖庭後面的小花園裡，躲在一座假山下面失聲慟哭。淚影之中，她彷彿又回到了秭歸，彷彿又看到了母親含淚無語的慈愛面容，彷彿又看到了那雙頑皮又多情的眼睛和素白飄逸的書生裝束，……想到這些，昭君越發悲抑難當，一時忘了自己是在森嚴的後宮裡，哭聲更大了，靜謐的花園裡，花草似乎都爲昭君傷神，在風中幽怨地顫動。

此時，忽然傳來一個低沉的、帶有幾分童腔的聲音：「侍詔姑娘，爲什麼這樣悲傷？」

昭君還恍惚在夢中，悲哀無望的情緒使她有點無力自拔了，突如其來的問話，好像是從幻境中傳來，是死去的父親？不，父親的聲音是渾厚的；是出走的哥哥？不，哥哥的聲音總是歡快的。昭君止住哭聲，但並沒有打算掩飾什麼。難道這個陰沉沉的皇宮眞要活活把人窒息死嗎？難道連傷心哭泣的自由都要被剝奪嗎？

金色的陽光裡泛著血紅的光暈，逆著陽光站在昭君面前不遠處的人在微風中暗暗失神。昭君抬眼望了望這個在淚光和陽光中變得有點含糊不清的人，他的面龐給昭君一種似曾相識的感覺，但是昭君又分明地感到這是個陌生人。

昭君含著疑問的目光並沒有使蕭育感到不安，這個入宮快十年的內侍，早已習慣了宮廷生活中撲朔迷離、複雜難言的種種糾結，他對這一切似乎早已都熟視無睹了。在後宮充滿情仇愛恨、明爭暗鬥，許多宦官都抱著陰險的目的、急不可待地來往奔忙。蕭育是唯一超然於外的人，誰也不知道他內心隱藏著什麼秘密，是曾有過的飽含著恥辱的創傷經歷使他變成了一個從內到外都麻木不仁的人了嗎？還是他在等待著什麼渺茫遙遠的希望？

然而，蕭育又不可避免地被拉進後宮鬥爭的漩渦裡，這不僅因爲他沉默寡言的性格使人們感到一種可靠的信賴感，更因爲蕭育是宮廷內外的武士中武藝最高超的，許多后妃和寵臣都竭力想拉攏引誘蕭育，想把這個冷漠的蕭力士變成自己的得力鷹犬。對於身爲內侍的蕭育，美色的引誘是無濟於事的，許多后妃和寵臣暗地裡給蕭育送了許多珍寶財物。誰知道，這個表面上木訥的蕭育竟坦然自若地把這些賄賂全都原封不動地轉呈給漢元帝，惹得元帝對許多后妃和寵臣都很不滿意。蕭育並不在乎這樣做是不是會使元帝對自己更加信任，他內心深處是不大欣賞元帝這個終日沉浸在創制樂譜、研習音律的皇帝的。但是，不管蕭育是否在意，許多原先看重蕭育武功和人品的后妃、寵臣都有點惱羞成怒，開始對蕭育心存嫉恨了。

掖庭的後花園上空飛過了一行南歸的大雁，雁影像漣漪一樣從昭君和蕭育身上漾過。

「你看，高飛的雁群多麼自由快樂，悲傷的眼淚雖然是美麗的，但它不能換來自由。」蕭育特別的聲音像花影一樣在昭君心頭晃動。

昭君情不自禁地仰臉凝望，雁群已經被巍峨的宮牆隔斷了，只剩下隊列末尾的幾隻大雁還在湛藍的天幕裡款款移動，很快，雁陣就完全消失在宮牆那一邊，再也看不見了。昭君仍然出神地凝望著深曠遼遠的藍天，似乎想像大雁一樣翱翔於其中，把自己的血肉和靈魂永遠消融在美麗幽深、無邊無垠的藍天裡。

「也許這個地方的陽光和春色過於吝嗇了，但是侍詔姑娘，請你相信，這裡也會有盛開的月季和牡丹，有皎潔動人的月光。」蕭育的目光已經停留在甬道邊的花圃中，含苞欲放的月季和牡丹正在微風中相倚頷首。

昭君在天空中遨遊的心靈猛然受到了觸動，她想起母親曾說過，她出生的那天夜晚，母親夢見一輪明月墮入懷中，她降生時滿屋飄溢奇異清雅的芳香。多少年來，昭君癡愛著月宮清輝，每逢心情抑鬱時，總要獨自登高，在靜夜中聆聽皎潔如水的月華傳送來的神奇天籟，而她獨有的芬芳體香卻伴隨她度過了十九歲韶華，不僅使昭君自己引以爲驕傲，而且因此使眾多品格俊雅、富有才情的子弟對昭君的美貌更加仰慕。昭君聽到蕭育說起「月光」，心裡不由地砰然一動：想不到在這絕情寡義的宮牆之內，還有這樣多情善感的人物！

當昭君臉上現出稍稍舒緩開朗的神色時，皇宮深處隱隱傳來了悠揚的鐘聲，掖庭的後牆上已經被晚霞映出了淡淡的、火樣的紅光。

蕭育早已不知什麼時候就離去了。

儘管在以後的三年裡，昭君還多次在不同場合遇到過蕭育，但除了從蕭育冷峻深邃的目光中讀出一種不可言說的關愛之外，昭君似乎再也沒有聽到過蕭育那平靜含情的傾述。

昭君這些年來好像一直在期待著一個杳無希望的機會——和一個眞正傾心相知的男子傾心交談。但是這個理想中的男子總是那麼虛無縹緲，不可捉摸、不可接近，想尋覓，卻無處可尋；想呼喚，卻無人可應。

一開始，昭君模模糊糊地覺得這個男子應該是位列天尊、統馭四海的漢元帝。後來，長久得不到元帝幸見的事實逐漸地把這種感覺磨滅了，期盼變成了絕望，絕望之中，她想起了從小疼愛自己的父親。父親並不是達官貴人，也不是滿腹經綸的文人墨客，他只是長江邊上深情淳厚的土地滋養成的一塊拙樸的璞玉，儘管他的情感是粗糙的，但卻是眞摯濃烈的，他懂得如何愛撫自己心愛的女兒，他曾背著不滿周歲的昭君，登臨巫山神女峰，讓不諳世事的女兒親身感受人間絕勝之地的奇趣；等昭君長大後，他又經常帶著昭君去江上撒網，在順流而下的扁舟上，爲小女兒盡情地抒唱古老的楚歌；即使是在他北上戍邊的那些日子裡，他也無時無刻不在掛念著自己正値豆蔻年華的女兒，只要有驛馬回內地，他總要托人把自己平時節省下來的錢捎到秭歸，希望能給女兒買一些喜愛的東西。

昭君還沒有接到父親托人輾轉送來的第一份禮物，就被選入宮中了。不久，消息傳來，父親早於半年前戰死在邊塞。昭君在喪父之痛中曾經一度失去了繼續活下去的信心。但在似海深宮中，她又不甘心像冷宮中的那些白頭宮女一樣無聲無息地死去。

昭君也曾在夢中幾次見到那位在進宮途中邂逅的遊俠宇文成，他動人心魄的簫聲、炯炯有神的雙眸、銀白如雪的裝束經常閃現在她的心海之中，但是昭君竟然連一點有關這位知音的消息都得不到。萍蹤不定的遊俠啊，他能知道一個宮女子的纏綿情思嗎？

有許多次，昭君幾乎抑制不住自己的衝動，想方設法去找蕭育，很想把滿腹無從說起的憂怨傾吐給這個同樣鍾情明月的人。

但是每當昭君走出掖庭，看到花園裡的假山，看到寂寞盛開或枯落凋零的花草時，她又止不住猶豫起來了。昭君不明白，爲什麼蕭育那天要悄悄地離去？難道這個外表冷漠的人，內心也冷若冰霜嗎？難道那次花園中的傾訴是白日作夢嗎？

昭君坐在北上的車輦中，感覺到一陣陣的秋涼。也許是因爲逐漸遠離了長安，越往北走天氣越冷；也許是單調落寞的旅程使人容易生出淒婉哀傷的思緒吧。

夕陽把血紅色的餘輝塗抹在整個大地上，通向北方的大路上前後寥無人跡，清早在長安城寬闊的街道上顯得氣勢煊赫、浩浩蕩蕩的送親隊伍，此時在靜得讓人生疑的荒野土路上，變得人馬稀落，彷彿是從遙遠的古代走來的一隊茫無目的的遺民。

馬蹄和車輪挾帶起的細塵在夕照之中成爲金色的薄霧，悄悄地和著馬蹄聲和車輪聲輕輕地上揚，然後又隨著人、馬的呼吸落在人、馬的頭和臉上。

送親隊伍中唯一保持著始終不懈的熱情和欣喜的是呼韓邪單于，他忠厚而威武的面孔上被均勻地覆蓋了一層細密的黃土，但這絲毫掩蓋不住他喜形於色的神情。

他粗黑整齊的短髯在晚霞的輝映下泛著亮光，訴說不清的一種喜悅、激動交織的情緒，在他寬厚的胸懷中像流沙一樣湧動不息，竟使這個一向不擅闊論，卻很喜歡熱鬧的人，大半天忘記說一句話。

呼韓邪的全部身心好像還沉浸在未央宮中初見昭君的場景當中。當凌晨時分，漢元帝親自主持儀式爲他和昭君送行時，他簡直不敢相信這是眞的。

已經在送親路上顚簸了好幾個時辰，呼韓邪還似乎處在一種亦眞亦幻的境界中。

一陣從遠處山谷中吹來的寒風把呼韓邪從不著邊際的遐想中拉了出來，呼韓邪忽然覺察出四下裡過分寂靜了，他興致勃勃地招呼眾人：

「爲什麼沒有歌聲和笑聲？世上最美的姑娘應該在歡歌笑語的陪伴下到達單于龍庭。」骨突侯包禪慕在馬上欣然回應：「讓我們爲大單于和閼氏的幸福歌唱吧！」

說完帶頭取出羯鼓，奏響歡快的樂曲，幾個匈奴兵將也紛紛取出胡笳，吹起悠揚的曲調。霎時間，優美而又沉鬱的樂聲在廣袤的原野裡飛揚起來。

烏禪慕朗聲高歌：

巫山下美麗可愛的女兒，
千里迢迢，飛越關山，
深情的草原歡迎你啊，
高尚優雅的姑娘，
恩澤大漠的閼氏。
冰山在你溫柔的目光裡消融，
河水滋潤著乾涸的荒原，
養育著單于的子民和他們的牛羊。
天空從此升起明珠一顆，
驅走千年的蒼涼和悲哀，
照亮寂寞憂鬱的匈奴人的心房，

祝福你，大單于，
祝福你，寧胡閼氏，
矯健的駿馬奔馳不息，
聖潔的光芒萬年閃亮。

呼韓邪單于聽著聽著，也禁不住隨著烏禪慕一齊高聲唱起來。

過了一會，忘情的呼韓邪順手奪過烏禪慕手裡的羯鼓，親自奏響節拍，引吭高歌：

第一次見她，她的眼光像春天的湖水，
年輕美麗的公主啊，
你的眉宇仁慈開朗，
你的神情牽動我的肝腸，
你的性情忠實剛強，
自從第一次見到你，
就願你永遠守在我的身旁，
草原有多麼廣闊，
我對公主的愛戀就有多麼廣闊；
天空有多麼深沉，
我對公主的忠誠就多麼深沉。
美麗的漢家公主，

我最稱心的閼氏，
我的駿馬能夠奔騰的地方，
都是你安享歡樂的家鄉。

激昂的歌聲迴盪在漸漸變暗的天空中，變得無比高亢，這歌聲也像熾烈的火焰一樣撩動著昭君心底鬱結已久的情愫。

已近二十歲的昭君，雖然曾在故鄉秭歸的江畔遠遠地聽過船夫高唱情歌，自己也曾彈著琵琶學唱過樂府《長相知》，但還從未當面聽到一個男子這樣粗獷熱烈地借歌聲來袒露對自己的愛慕和讚美。難道他就是那個我期待已久的男子嗎？

暮色靜靜地從車輦四周潮水般升起，昭君默默地望著窗紗沉思。呼韓邪的銀色盔甲把這一天最後一點天光反射進車內，倏地從昭君胸前一閃，就消失得無影無蹤了。

當昭君的手指輕輕撫到琵琶冰涼光滑的琴柄時，窗紗外傳來蕭育溫和的聲音：

「請公主下輦用膳、歇息。」

黎明中鼓樂齊鳴、號角震天的長安城的的確確已經變得很遙遠了，一路上經過的那些喧鬧的小市鎮也變得很遙遠了，午後的異樣的陽光同樣也變得很遙遠了，元帝、父親、宇文成也很遙遠了，昭君佇立在窗前，望著漆黑五月的夜空，禁不住黯然傷神，長長地嘆了口氣。

窗外迴廊盡頭的黑暗中，也有一個人正在仰天長嘆。今夜他將徹夜守護在這裡，但是當他抬頭望天時，卻發現今夜是個陰天，月亮和星星都隱沒在濃密的烏雲背後了。

這對習慣了通宵不眠爲人仗刀守夜的蕭育來說，簡直是最掃興的一件事。過去在宮裡，蕭育經常與皓月爲伴，徜徉在夜色籠罩下的未央宮和建章宮之間。與其說是帶班守夜，不如說是借機賞月。

那個時候，在蕭育的心目中，似乎有月的日子要遠比無月的日子多。他經常在月華如水銀般瀉滿宮牆內外的子夜時分，走近掖庭，徘徊在與昭君第一次邂逅的花園裡，長久地望著月光下的草木怪石出神。他感到只有在掖庭附近，他的身心才能獲得憩息和安寧，但是昭君的淚眼和啜泣總是讓他在片刻的寧馨中感到一種莫名其妙的恐慌和隱憂。他常常望著燈光早已熄滅的掖庭，生怕聽到一點點的低泣聲。

蕭育自認爲是一個早已流不出眼淚的人，但他卻不忍心看著昭君這樣冰清玉潔的姑娘傷心落淚。可是他能有什麼辦法使昭君眞正地快樂起來呢？

當元帝下詔敕封昭君爲「寧胡閼氏」時，站在殿下的蕭育，一時間竟悲憤得幾乎無法控制自己的情緒。

爲什麼？這到底是爲什麼？

蕭育內心有一個聲音在厲聲質問元帝，但是蕭育絕不能讓這個聲音衝出自己的肺腑。

多年來，在各種場合裡，人們已經習慣地把蕭育當作一個沒有表情、少言寡語的衛士，只不過他忠心耿耿、武藝高強，隨時都可能拔出刀來懾服那些膽敢僭越犯上的逆臣。

但是，誰也沒有料到，就是這麼一個冷冰冰的、看似鐵石心腸的人，卻也有忍無可忍、慨然陳辭的時候。

「陛下——」，蕭育這一聲從容不迫的呼喚，不僅使元帝吃了一驚，就連分列殿旁的文臣武將都覺得有點意外。

元帝詫異之餘，看看蕭育一臉安詳平靜的神色，也覺得沒有什麼反常，於是就和顏悅色又帶有幾分饒有興味的口吻說：「蕭力士，你有什麼事要講給朕聽呀？」

「臣請求充當寧胡閼氏的送親特使，護送她去單于龍庭。」蕭育的話十分簡潔。

「哦？」元帝不由地把蕭育打量了一番，好像剛認識他似的。

文官當中有幾個人頓時交頭接耳、竊竊私語起來。正在沉吟的元帝皺著眉頭瞪了那幾個人一眼：「怎麼？你們莫非有什麼不便讓朕聽到的機密嗎？」

一句話驚得幾個人連忙倒身謝罪：「臣等知罪。剛才絕不是私下議論什麼機密，而是想聯名保舉蕭力士出任送親正使。這次陛下英明決斷，與匈奴和親修好，事關重大，非派一個得力驍勇的將軍護送昭君公主不可，否則自長安北上單于庭，迢迢萬里征程，道路凶險，恐怕萬裡有一，發生什麼閃失。蕭力士赤膽忠誠，何況又武功精湛，滿朝武將，無出其右，擔當送親正使的重任，非他莫屬。懇請陛下明斷！」

元帝正因爲拱手把昭君送給單于的事鬱鬱寡歡，聽到這夥人說「陛下英明決斷」，不由地有點惱怒，差點喝止住這夥人的話頭，聽到後來，才知道他們是想力薦蕭育做送親正使，才漸漸把火氣平息下來。

元帝轉念一想，昭君出塞的事，木已成舟，無法挽回了，不如派一名心腹陪伴在昭君身旁，也算是對昭君的一點補償，自己心裡也能得到一些寬慰。

想到這裡，元帝覺得蕭育眞不愧是自己的忠實衛士，不僅武藝高超，而且粗中有細，善解人意。元帝一邊爽快地答應了那幾個文官的請求，一邊竟不由自主地走下龍座，來到蕭育身旁，撫著蕭育的肩膀，叮囑起來：「這次遠去匈奴，蕭力士要多受勞苦了。漢匈和親，惠及兩方。一路上務必要悉心照料昭君公主，確保她平安到達單于庭，顯示我大漢朝廷的浩蕩垂恩。」

直到王龍忿忿不平地從武將行列裡走出來請求自任送親正使時，元帝才猛然覺得，自己在朝堂上兀自跑到殿下與臣下攀談，實在是有點失態了。

王龍自恃是王皇后的胞弟，根本看不起宦官出身的蕭育，每當有人稱道蕭育武功蓋世時，他就覺得自己受到了污辱。這回，他看見好幾位朝廷重臣都聯名保薦蕭育任送親正使，還盛讚蕭育武藝精湛，無人可出其右，王龍正想發表一點異議，卻不料元帝已經應允下來，尤其可氣的是，元帝竟然手撫其背，不顧失禮，和蕭育平身站立，親熱交談。

「陛下，臣願護送昭君出塞，保證萬無一失，蕭力士身爲大內侍衛之首，理應時刻陪王伴駕，不宜出宮遠行。」說著，王龍還用眼角瞟了一下蕭育。

元帝聽了，有些不悅，只是默默地看著蕭育。

蕭育又恢育往常的姿態，冷面肅立，掃視著殿下文武官員的行列，沒什麼反應似的。

元帝緩緩地開口說道：「既然這樣，朕封蕭育爲送親正使，王龍爲送親侯，兼掌送親副使之職，希望蕭、王兩位將軍同心協力，完成送親重任，早日班師告捷。」

王龍還想辯解什麼，元帝已經拂袖退朝了。退朝出宮的路上，王龍忿忿不平地質問那幾個聯名推舉蕭育的文官：「諸位大人以爲王龍與蕭力士相比，武功如何？」

幾個文官相視失笑：「王將軍，你以爲我們眞是想力薦蕭力士榮任高官嗎？難道王將軍眞以爲送親是什麼關係社稷的大事？長安到單于庭，萬里之遙，征途艱險倒還罷了，只怕是人禍不止，想要借送親建立奇功，談何容易！恐怕要貪天功不成，反累及身家性命呢！」

王龍一聽，不由地心頭一沉，後悔不迭，但又有苦難言，推拒不得，只好自認倒楣了。

蕭育並不想知道那幾個文官保舉自己出任送親正使的眞實意圖。在他看來，在送親這件事情上，別人的心機和他的考慮是毫不相干的，這正如他對待昭君的態度一樣。他僅僅希望自己能夠幫助這個美麗聰穎、仁慈善良的姑娘爭取到更自由、歡暢的生活，使昭君珍珠般的光澤幻成中天明月似的光輝，照徹大地。至於他自己是否也能夠在昭君至眞至美的光環中享受到某種回報，他是從來也不敢多想的。

蕭育在行宮的迴廊上，這樣漫無邊際地想著，忽然一陣寒風低嘯，使蕭育不由地有點警覺起來。這時候，昭君房間的窗櫺上已經沒有了燈影。

究竟不是在長安了，究竟不是在建章宮的掖庭了。蕭育感慨著，想起三年前在花園裡和昭君傾心交談的事，恍若隔世地遙遠。難道這個天生麗質的漢家姑娘，眞要遠嫁到大漠連天、茹腥逐膻的蠻荒之地了？多少天來，蕭育是多麼不願意相信這個已經無法改變的事實啊！

極其細微的房瓦破裂聲像尖厲的鋼針一樣刺痛了在黑暗中逡巡的蕭育的耳鼓，他全身的神經竦然緊張起來，右手迅速地握住刀柄，不待分辨清發出聲音的方位，蕭育整個人已經躍到屋簷上，雪亮的寶刀閃電一樣橫飛出鞘，橫端在手中。

站在房頂上依稀可辨清瓦棱的輪廓，卻不見人影。蕭育躡手躡腳，使出水上漂的輕功，旋風般地在房頂上周密地巡察了一遍，發現屋脊中央有兩塊舊瓦碎裂了。蕭育展身躍上行宮的最高處，向四處瞭望了一陣，不見什麼動靜，這才稍稍安下心來。

這一夜，格外地漆黑，湮沒在黑暗中的行宮顯得有些孤苦伶仃。蕭育刀不歸鞘，來來回回、上上下下地巡視在昭君所住的房間周圍，像一個不慎丟失了什麼寶物的人一樣焦灼不安。不眠之夜，五月之夜。天光見亮的時候，蕭育感到自己像是熬了十幾天夜似地困乏無力。這對武功修養很深的蕭育來說，是十分少見的現象。

天色陰晦。送親隊伍行進的速度和天色的變化一樣緩慢。車輦中的昭君彷彿在經歷一個無比漫長的早晨，又好像是在經歷一個永遠不到頭的黃昏。

車輦兩邊的景色似乎是凝固不變的，坐在車輦中的昭君驀地產生了一個乘舟漂流的感覺。那是兒時的昭君，沐浴在父親慈愛溫暖的目光裡，倚在篷船船幫上，低頭注視著流淌不息的江水，看得久了，流水也彷彿不動了，只有倒映在水波裡的山色在緩緩地變化。父親那粗獷渾厚的歌聲飄揚起來：

暾將出兮東方，照吾檻兮扶桑，

扶余馬兮安驅？夜皎皎兮既明。

青雲衣兮白霓裳，

舉長矢兮射天狼。

操餘弧兮反淪降，

援北斗兮酌桂漿。

撰余轡兮高馳翔，

杳冥冥兮以東行。

昭君默誦著這些歌詞，忽然痛楚地想到：孤身戍邊的那些日日夜夜，父親是不是也會常唱起這些歌呢？已經無從知道了。

車輪轔轔。

昭君在恍忽中又彷彿神遊到從秭歸到長安的山道上。

那是一個月華皎潔、清風習習的夜晚，獨坐在車輦中的昭君睹明月而傷懷，輕撫琵琶，哀怨的樂聲中，低聲歌唱：

上邪！

我欲與君長相知，

長命無絕衰，

山無陵，江水？竭，

冬雷震震，夏雨雪，
天地合，乃敢與君絕，
長相知，長相知。

正是在這支歌曲中，昭君聽到了那誘人心魄的簫聲，它像一股清洌透亮的泉水，潺潺地流進了昭君的心田，靜靜地滋潤著被憂憤哀怨灼燒得快要爆烈的心房。那是宇文成，他曾和著昭君的琵琶樂調，遠遠地送來動人的歌聲：

呦呦鹿鳴，食野之萍。
我有嘉賓，鼓瑟鼓琴。
鼓瑟鼓琴，和樂且湛。
我有旨酒，以燕樂嘉賓之心。

昭君的思緒漸漸地飛翔起來，衝破了陰沉的雲層，盤桓在燦爛的雲霞和奪目的陽光之中。悠揚的樂曲早已從昭君手中的琵琶上春水般傾瀉出來，漸漸地漫遍大地，洶湧奔騰，在濃雲翻滾的天宇下濺射出無數浪花。

一列北飛的大雁在橫空掠過天空。

昭君幽怨的歌聲在琵琶樂聲中裊裊上升。

秋木萋萋，其葉萎黃。
有鳥處山，集於苞桑。
養育毛羽，儀容生光。

既得升雲，上游曲房。
離宮絕曠，身體摧藏。
志念抑沉，不得頡頏。
雖得委食，心有徊徨。
我獨伊何？來往變常。
翩翩之燕，遠集西羌。
高山峨峨，河水泱泱。
父兮母兮，道裡悠長。
嗚呼哀哉！憂心惻傷。

被這哀婉淒楚的歌聲感染得黯然動容的送親隊伍裡的每一個人都目睹了一幕奇異的場景：

歌聲中，雁陣忽然改變了隊形，在昭君車輦上方盤旋不止。曲終歌絕的一剎那，頭雁突然在飛旋中劃出一道驚人的弧線，徐徐墜落在曠野之中。

當時，送親隊伍裡的每一個人都感到這一幕是自然而然的。

時隔多年之後，他們才懂得：這一幕具有怎樣曠絕古今的神奇和撼人心魄的力量。

俠侶簫聲動芳心

環江是一條寂寞得快被人忘記的河流，它千百年來默默地橫穿北地郡，流動著，也嘆息著。

當混沌不清的夜色一點一點地從陰沉的天空中滲向大地的時候，環江哀婉的奔流聲顯得格外清晰起來。

這單調乏味的流水聲飄進了昭君的車輦中，使昭君的兩名侍女，春蘭和秋菊都昏昏欲睡起來。就在一個時辰以前，善於察顏觀色地製造熱鬧氣氛的春蘭還纏著昭君，不著邊際地詢問關於匈奴生活的種種情況：

「公主，你說，我們去的單于庭是不是也像長安一樣熱鬧？那裡是不是有許多雪白的金頂穹廬，裡面也像未央宮一樣寬敞？？能不能在裡面跳舞？……

見昭君只是微笑，並不答話，春蘭又說：

「聽說，草原上景色非常美麗，比漢宮的大花園還要美麗，特別大，大概有一萬個，不，十萬個花園那麼大吧。草原上還有很多駿馬，跑起來比閃電還要快。公主，你說，我們是不是都要學習騎馬呀？會騎馬就好了，到時候我們騎上最快的駿馬，一天就可以跑到長安，兩天就可以跑到秭歸，我們就再也不會想家了。」

說到最後幾句話，春蘭忽然覺得喉嚨裡一陣哽咽，眼淚不知不覺在眼眶裡打起轉來。

「唉，就知道胡思亂想，騎馬？單于不是騎著馬嗎？，三次來長安迎娶公主，還不是一走就是半年？人一輩子能有幾個半年？」秋菊倚著後車窗，用手支著腮幫，傷感地說。

昭君剛剛開朗的臉色又閃過一層憂鬱。她輕輕地吁了一口氣，下意識地撫弄起琵琶的絲弦來。陰天潮濕的空氣使琴弦的聲音變得有點古怪，好像帶了一點抑不住的泣聲。

這時候，只聽見車外一個沙啞的聲音在怒氣沖沖地吆喝：

「廢物！這麼多人連一塊石頭都挪不動，耽誤了行程，小心本侯爺收拾你們！」

一路上，這個悶聲悶氣的啞嗓子總是這樣氣勢磅礴地發號施令，況且來得叫人猝不及防，好像是故意想在安靜的時候引起人們特別的注意。

吆喝聲顯然是不大奏效的，每次都要反覆多遍才能止住，更多的時候，倒是能夠把車輦中睡思昏盹的主僕三人吵醒，惹得春蘭經常探出頭責怪：「誰又在嚷嚷？把公主都吵醒了！」

正在輿頭上的送親侯王龍被一個侍女沒頭沒腦地搶白幾句，很想發作一番，但這裡卻不是長安，春蘭的語音剛落，車駕前面的呼韓邪、車駕右側的蕭育就會循著聲音，不約而同地側目怒視王龍。

王龍只能銜著兵士低低地咒罵幾句，洩一洩心頭的怒火。

不過，這一回王龍好像沒有嘩眾取寵的意思，車駕前方的路面正中，不偏不倚地臥著一塊半人多高，足有兩輛馬車那麼寬的青石，完全擋住了去路。送親隊伍早已散開，一百來人圍著巨石，七手八腳地用臂膀、用矛、用刀、撬的撬，推的推，巨石就是紋絲不動。

好幾十名膀大腰圓的將士已經累得大汗淋漓，紛紛脫去了鎧甲、上衣，裸著膀子靠在巨石上氣喘吁吁。

天色更加陰暗。

好像今夜只能暫時歇息在這巨石旁邊了。

天邊滾過一陣悶雷，隱隱約約還劃過幾道青白色的閃電。刺厲呼嘯的冷風從不遠處的密林中吹來，盤旋在一座並不高大的土山腳下，大路上塵土飛揚，山後彷彿有難以辨清的禽獸的哀鳴此起彼伏。灰白色的環江漸漸模糊在密林邊上，實際上，江水和樹林相距很遠，夜色使景物之間的距離縮短了。

王龍策馬來到巨石旁邊，一邊喋喋不休地喝斥著兵士，一邊皺著眉頭想對策。

匈奴左大將、骨突侯烏禪慕的兒子溫敦，這時候無聲無息地帶馬來到王龍身旁。儘管這個剽悍驍勇的匈奴武將從內心深處並不怎麼看得起漢朝的將軍，他對漢人抱有一種說不清楚的敵意，但在長安的日子裡，他還是很快地在漢朝送親隊伍裡找到了王龍這個意氣相投的朋友。溫敦總是覺得，在昭君出塞這件事情上，他和王龍雖然立場不同，但兩個人心裡對這件事的看法都和其他許多人不一樣，至少，他們都不像別人那樣特別希望這件事進展得十分順利。

溫敦的這種心思，不僅呼韓邪不以爲然，就連溫敦的父親烏禪慕也十分不理解。呼韓邪曾經用寬厚的話語來勸導溫敦：「冰山也有融化的時候，你對漢人的態度怎麼就不能改變呢？岩石也會用熱量報答太陽的照耀，你對大漢朝廷的恩澤怎麼就無動於衷呢？」

溫敦的固執常常使骨突侯烏禪慕暗暗擔憂。烏禪慕不知道比岩石還頑固的溫敦，是否會招來什麼意想不到的災禍，他只能在心裡祈求仁慈寬厚的大單于能夠赦免兒子可能犯下的罪惡。

「王將軍，看情形，不如稟報大單于和蕭正使，就在這裡紮下人馬，歇息一夜吧！」溫敦說話的時候，兩眼緊盯著王龍的表情。

王龍本來也有這樣的打算，現在聽溫敦說，要稟報單于和蕭育，才能決定，反而生出一股惡氣，心裡暗罵：蕭育算什麼東西！

「不行啊，你看，天色突變，風雨欲來，荒山野嶺的，公主車駕可不能困守在這裡，受露宿之苦。還是請蕭正使設法除去路障，加緊趕路吧，好在北地郡不遠了，順利的話，今夜還可以安歇在北地郡行宮呢。」王龍用輕鬆的口氣說完這番話，心裡莫名其妙地有點高興起來。

溫敦似乎猜透了什麼，意味深長地說了一句：「北地郡的夜晚眞是有意思啊！」

當蕭育陪著呼韓邪，策馬來到巨石面前時，已有幾點雨滴打在蕭育白淨的面頰上。

蕭育跳下馬在巨石面前來回走了幾步，又低頭察看了一下路面，然後重新上了馬：

「請單于吩咐匈奴兵將和我們送親兵將一道，掘開路面，挖出一道深溝，然後就地把這塊巨石埋在地下，路障就可以清除了。」

呼韓邪聽了，覺得主意很妙，連忙傳下令去。大家按蕭育的建議行動起來。

地溝挖到一半的時候，平地颳起一陣疾風，豆大的雨點劈劈叭叭地打在兵將們的盔甲上。

端坐在馬上的蕭育一直警覺著路旁亂草叢生的山坡上的動靜。天色越來越暗了。蕭育把視線移到昭君車輦的窗紗上，心裡默默地說：昭君啊，昭君，難道這一路上，你眞要歷盡千辛萬苦嗎？

蕭育握著冰涼刀柄的手是火熱的。

當車輦緩緩地通過剛剛掩埋了巨石、還不太平整的路段時，風聲把一種怪異刺耳的微響送到蕭育耳畔。

不好！

蕭育來不及循聲張望，本能地探出身軀側在馬上，用身體庇護住車輦靠近山坡的一面。寶刀帶風，隨著蕭育的右臂閃在車輦後窗紗外。

一支閃著寒光的箭迎頭撞在刀面上，迸濺出火花，噹啷一聲折爲兩截。

蕭育乘勢收回寶刀，正要側臉探問車輦內的昭君，眼角餘光裡又躍入一點亮光。

蕭育雙腿夾蹬帶馬，稍稍一撤身，探左臂，展左手，兩指恰好卡住一支飛箭的箭杆。

這支箭在蕭育的食指和中指間，輕脆地折成兩截，緊貼著昭君靠近的窗紗外邊，栽落進地上的污泥中。

山坡上驟然一陣騷動，星星點點的火把次第亮起，照亮了半山腰。火把的亮光映出送親隊伍中一張張驚恐疲憊的面孔。

號角長鳴，鑼鼓交響。

蕭育擔心的事情終於發生了。

無數條黑影嗷嗷嚎叫著從山坡上衝了下來。

送親隊列在夜色中顯得人單力孤，像稀稀落落的迷途羔羊遭到了狼群的包圍和襲擊。

當蕭育在混戰之中接連砍倒了幾十名如狼似虎的土匪頭目之後，他才稍稍穩住了心神，手裡的刀和胯下的馬，似乎也顯得縱逞自如多了。看來，來勢洶洶的敵人不過是些臨時糾集到一起的烏合之眾，儘管人多勢眾，但並不是訓練有素的漢軍的對手。

蕭育對自己率領的這支由部分御林軍改編成的護親隊伍是十分信賴的，何況，還有呼韓邪單于隨行帶領的兩、三百名匈奴兵將，也都是些久經沙場、英勇善戰的武士。這麼一想，蕭育的心情平靜了許多。刀影迷離，血光迸濺，不多一會兒，匪徒被殺得紛紛敗退。

漢軍和匈奴兵將愈戰愈勇。

許多護親兵將一鼓作氣殺上山坡，把逃散的匪徒追殺得鬼哭狼嚎。

當蕭育和溫敦分別檢點漢匈兩方的兵將時，突如其來的疾雨，使他們的視野裡出現了一片濃重的迷濛。

昭君在車輦中傾聽著刀劍聲、格殺聲，心裡閃動著一盞迎風搖曳的孤燈。直到蕭育堅定鎮靜的聲音清晰地傳進窗內，昭君的心緒才變得寧靜下來。

雨聲急促。

舒緩的聲音像暗夜中的明燈，使昭君的內心感受到寬慰：

「公主不必驚惶，剛才竄出一夥劫道的山賊，已被將士們擊退，請公主安心。」

昭君似乎又一次感覺到了窗紗外面蕭育溫和注視的目光。

孤寂無依的心靈，在風雨交加的夜晚，更需要一種溫情似水的關懷和撫慰，可是這些，除了蕭育，還有誰能給予自己呢？

昭君憂鬱地在心裡問自己。

是呼韓邪單于嗎？不，此刻，呼韓邪早已打馬衝到隊伍前面去了，他一心急著趕路，希望早些到達北地郡行宮，好讓昭君安穩地歇息下來。他是愛昭君的，但他寬廣的心懷裡沒有細緻入微的情思，他對昭君的愛，正像沙漠一樣，粗礪遼遠，而又深沉熾烈。

昭君的面龐在微弱的亮光的映現下，秋湖般沉靜。

沉思中的昭君彷彿是走在從秭歸去往長安的路途上。

那是三年多以前的事了。也是這樣的黑夜。也是這樣的車輦。

可是，音容笑貌如在眼前的他，如今卻杳無行蹤了。

莫非，蕭育就是他靈魂的化身？

車輦的前方映出一片通明。

車外人聲喧嘩，腳步聲雜沓。

車輦緩緩停住。春蘭一下子從夢中驚醒，急不可耐地拉開窗簾向外張望：

「啊，太好了，公主！北地郡行宮到了！」

曾奉旨多次出宮征戰平亂的蕭育，早已習慣了連續激戰、鞍馬勞頓的生活，來北地郡行宮的路上所遭遇的那場小規模的廝殺，並沒有讓蕭育感到絲毫的疲憊。

草草用過晚飯，蕭育到行宮內外詳細巡察了一遍，最後選擇了行宮中央的一座小樓作爲昭君下榻處。蕭育請昭君住進樓上正中的一個房間，自己佩刀守護在旁邊的兩間廂房內。

蕭育已做了周密的考慮。中間一個房間，只有前後兩個窗戶，萬一有人乘夜騷擾，也只能有兩個進出通道。邊上的兩間廂房，有三個窗戶，分別面向三個方向，自己輪流守衛在這兩間廂房內，不僅可以隨時留意昭君房間的動靜，也可以監視小樓四周的情況。

蕭育又調集了三十名武藝出色的精壯兵士，讓他們在樓下徹夜警戒巡邏。

做好安排以後，蕭育走近昭君的房門，低聲說：「一天車馬勞困，請公主早些休息。」

春蘭的聲音立刻回答道：「蕭將軍也辛苦了，春蘭代公主謝過蕭將軍，請將軍也早些休息吧！」聽得出來，春蘭是有意模仿蕭育的腔調說這番話的。

這使門外的蕭育頓時感到說不出的窘迫，雖然身爲內侍的蕭育幾乎常年生活在宮女如雲的宮中，但不苟言笑的他還很不習慣和宮女們打交道。宮中從嬪妃、侍詔，到侍婢，各個階層不同地位的宮女都看得出蕭育冷漠的外表下有一顆不甘委身爲奴，更不願意脅肩諂笑的剛正的心靈，所以大家都很尊敬、信任他。

從長安出來，一路上蕭育無微不至地關懷昭君的每一個細節，都被機靈的春蘭暗暗地看在眼裡了，驚詫之餘，春蘭她從心裡爲昭君感到高興，漸漸地，春蘭已經把蕭育看成了一個可以親近的人。因此當門外蕭育的話音剛落，春蘭就脫口而出，打趣蕭育。

「春蘭，你怎麼這樣——」，昭君嗔怒著止住春蘭。

春蘭這個丫頭，她只知道搶著開蕭育的玩笑，並沒有意識到，她這麼一搶，不僅使門外的蕭育尷尬不已，而且把門內昭君心裡的話也給奪走了。

這些天來，看著蕭育時時刻刻悉心照顧著自己，昭君心裡充滿了感激。

但現在已經不是三年前了，昭君已經是敕封的「寧胡閼氏」了，身分的變化，使她不能當眾表露她內心難以名狀的感激，哪怕是用深情的眼神凝視他片刻，也不可能了。在這夜深人靜的時候，隔門相對，昭君多麼想用哪怕是最普通的一句話來傳達自己微妙複雜的心跡啊！

春蘭這個姑娘，你只懂得蕭育對昭君的關愛，卻捉摸不透昭君的心思。

風勢漸漸平息。雨住了。

不知什麼時候，天邊居然現出淡淡的一彎銀鈎。

弦月高懸。

子夜時分，清寒素白的月光如霧如紗，瀰漫在北地郡行宮內外。

北地郡並不算是眞正的邊城，但是百十年來，這裡曾幾度經歷戰亂，市鎭建設顯得比較簡陋，人口也算不上繁庶，城外四周是一馬平川的開闊地，北望依稀可見大漠，南望遠山如帶，勾畫在地平線上，一條大河從城東蜿蜒流過，東西兩邊都是一派蕭索荒涼而又遼遠空曠的景象。

作爲一座兀立在曠野中的城池，北地郡不僅季節性地迎送成群結隊的候鳥，而且也同樣季節性地迎送著路經這裡的換防的戍邊將士。當然，還有一些不定期出現的遊商走販光顧這裡。

眞正不大爲人們所注意的，是作爲另外一種用途的北地郡——每年的某幾個按一定規則確定的日子裡，江湖上各路遊俠要在這裡秘密集會，共同約定一些武林中人應當遵循或忌戒的盟誓。

當昭君車駕駛進北地郡城門的時候，北地郡四周遠近的曠野中正散布、遊移著眾多行色匆匆的身影，他們從四面八方趕來，在雨後潮濕清涼的空氣中，像無聲的潮水一樣向北地郡城中聚攏。

這一天，正好是北地郡一年當中不多的幾個神秘的日子中的第一天。

宇文成應該是第一個趕到北地郡赴約的俠客。

這倒並不是因爲這個萍蹤天涯的遊俠對武林的公事有多麼熱心，相反，當他日夜兼程地從南越趕往北地郡的時候，他對盟約的事還一無所知。

他是爲另外一件對他來說顯然更重要的事而來的。

過去多少年，這個過早地馳名江湖的青年奇俠，一直過著率性揮灑、雲遊四海的生活。徹底的自由，對宇文成來說，簡直比空氣陽光還重要。他從來沒有打算接受任何一個自以爲是江湖泰斗的人物的控制，更不打算躋身於某一個名聞天下的武林門派，他曾經有過自己崇拜的恩師，但那位終生不肯透露名姓的世外高人已經永遠地從宇文成的記憶裡消逝了。

這並不是因爲宇文成是個薄情寡義的人。

這是恩師對宇文成最深切的矚望：

「世上萬事，無始無終，源不可尋，流不可迫。順天理，心自明；逆人欲，苦難生。人生有涯，天命不息，凡事不求至明，所得方可保持久長。奢求過甚，難免形神俱傷。」

宇文成漂泊江湖多年，對師父的這席話有了更深的體驗。這幾句話所蘊含的深義，似乎已經成了宇文成遊俠生活的宗旨和依據。

但是，二十多歲的宇文成終究不是歷經滄桑的世外高人，每當更深人靜的時候，徜徉在崇山峻嶺之間，或盤桓於冰川雪峰之上，抑或高居在僻壤荒鄉的宇文成，總會禁不住思考一個永遠沒有答案的問題：

爲什麼師父連個名姓也沒有留下，就突然離自己而去了呢？

無數次在夢境中，宇文成看到仙風道骨、白髯飄瀟的師父站在自己面前，親手把一支奇特的長簫交給自己：「忘了我，忘了我，徹底地忘了我——」

每次這個夢都中斷在同一地方，宇文成總覺得師父有什麼話還沒有說完。

宇文成不相信威嚴而又不失慈祥的師父眞是不肯留下片言隻語，就離自己遠去了。

僅僅有這支長簫擱在自己的枕旁。

浪跡四方的遊俠多少次在幽深的暗夜裡吹響這支長簫。簫聲中包含了多少訴說不盡的愁緒和期待。

宇文成不願意反問自己：在自由的行爲背後，是否還深藏著一種執著的尋覓和希望？

當宇文成在南越得到昭君即將遠嫁匈奴的消息時，這種他最不願意直面的尋覓和希望，無形中迫使他做出了北上的決定。

遊俠生活的經歷使宇文成形成了憑直感行事的習慣。

他不知道是不是三年前，在秭歸到長安的路上與昭君不期而遇的往事已經像隔年播下的種子，在自己心靈深處最薄弱的地方萌生發芽，成爲一棵摯情澆溉的幼苗，反正，一種難言的衝動，驅使他刻不容緩地北上、追尋昭君的行蹤。

當宇文成在湘江邊的一個酒樓上，與西部劍俠方笑天相遇的時候，兩個多年不見的朋友竟然忘情地暢談了整個下午，當天晚上，兩人又一起下榻在同一個客棧的同一個房間內。

談話中，宇文成從方笑天那裡得知：天下豪傑約定，十天後齊集北地郡，共同盟誓。

宇文成對這種事向來是不聞不問的，他內心總認爲正是因爲江湖上多了一班喜好追名逐勢、節制別人的人，才引起了許多難以了斷的恩恩怨怨。大概就是由於這個原因，宇文成總是天馬行空、獨來獨往，很少與江湖上名目各異的時新人物結交。

還是在四年前，隨意遊蕩的宇文成從長白山南下，想經巴蜀到南越，途中路過上郡，夜宿上郡斜方谷，忽然來了興致，就盤腿坐在山巔獨自吹起簫來。簫聲悅耳婉轉，滿含壯士憂憤蒼眾的意緒，縈繞盤旋在群山之中。

宇文成吹罷一曲，挺身站起，仰望當空皓月，心潮激蕩。

忽然，他耳底傳來了一陣古樸沉鬱的樂聲，很像是用塤吹奏的古曲《高山》。

還有誰在這山谷中獨自借樂抒懷？

宇文成施展輕功，一連飛越了幾座山梁，最後才在一座長滿松柏的小山頂上找著了吹塤人。

當宇文成輕輕邁步從背後走近吹塤人時，那人已經止住了樂聲：「敢問聽塤人尊姓大名？」

聲音雖然不高，卻有金石鏗鏘的迴響，在空曠的山谷之中顯得格外宏亮。

宇文成稍稍一怔，停住了腳步：「壞了先生雅興，失禮！在下是一介布衣，雲遊四方，名姓不值一提，方才在山上聽到先生所奏的《高山》，很受感染，特地循聲找來，沒想到打擾了先生的雅興。」

話音未落，吹塤人已經轉過臉來。

當兩人在月光下目光交接的一瞬間，彼此不禁啞然失笑。

笑聲越來越爽朗。

好半天，兩個人才漸漸止住了笑聲。

原來兩個年紀相仿的年輕人，幾乎都穿戴著同樣的裝束，白色緊身短衣，武士打扮，所不同的，只是吹塤人斜佩一柄長劍，聽塤人卻斜背一支長簫。

經過交談，宇文成才結識了這位吹塤的劍俠。

原來他是西部著名的青年劍客方笑天，祖居上郡，自幼秉承家學，練就了絕妙的劍術，最富於傳奇色彩的是他善使一種奇特的暗器——塤。

塤，本來是一種古代傳下來的陶製樂器，但在方笑天手裡，它不僅僅是可以奏出美妙樂曲的普通樂器，更是一件威力神奇的武器。

同樣以長簫爲兵器的宇文成，還從未在江湖上見到過和自己一樣以樂器爲兵刃的人，也許是因爲宇文成一向疏於和江湖中人深交，竟然沒有注意過方笑天這位在西部武林中赫赫有名的大俠。

如今一見如故，宇文成和方笑天知道了對方的名字以後，都有一種相見恨晚的感覺。

上郡一見，匆匆作別，宇文成和方笑天已經四年沒有重逢。

湘江邊上邂逅相遇，宇文成和方笑天都感到喜出望外。

聽方笑天講述完別後情形，又聽到關於北地郡盟約的事，宇文成順口問道：「方兄知道這次盟約是爲了什麼事？」

「我剛從南海訪友回來，北方的事不太清楚。宇文兄不是正要北上赴會嗎？」方笑天還不太了解宇文成淡泊飄逸的個性。

宇文成若有所思地望了望窗外沉沉的夜色，答非所問地說：「不知赴約的人能否出現……」

子夜過後。

月光更加皎潔明亮，北地郡城中一派寧馨。

通往行宮的大道上，一個白衣人飄然而行。

不遠處的行宮裡燈火搖曳，安詳肅穆。

就在五天前，宇文成趕到長安，探聽到昭君車駕已於三天前向北出發了。

宇文成不敢耽擱，連夜追隨。

那天夜裡，宇文成在陰鬱的夜色中潛入昭君臨時歇腳的行宮，不巧，被守在簷下的蕭育發現，宇文成並不懼怕任何一個大內高手，但他不願意在這個時候驚醒睡夢中的昭君，更不願意因爲自己的突然出現，給昭君本已很不平靜的心湖裡再投一塊巨石。

宇文成乘著夜色，飛越高簷，消失在蕭育的視野之外。

人雖去，心卻一直牽念著昭君。

三年前，從秭歸通往長安的路上，宇文成一直暗中護衛著昭君，用獨特的方式撫慰昭君那被離愁和幽怨折磨得快要破碎的心靈：

三名不懷好意、想伺機羞辱昭君的護行將官，不明不白地倒斃在途中荒郊之中。

是深沉含情的簫聲伴著孤苦無依的昭君姑娘走完了那漫長而又短促的進宮路程。

征程萬里，遠去匈奴的昭君，還能聽到那撥人心弦的簫聲嗎？

宇文成隱匿著自己的行跡，但是無法隱匿自己對昭君割捨不斷的眷戀，越是接近昭君，這種眷戀就越是熾烈。

當他在暴雨將至的山路上遠遠目睹了送親隊伍與劫道匪徒的搏殺場面之後，他心中又隱隱湧起一絲擔憂。他決定，從今天起，他將在暗中寸步不離地守護在昭君近旁，把安詳寧馨而又溫暖怡人的陽光播灑在昭君的身上。

一直守候在微弱月光下的蕭育終於發現了令他擔憂的事情：朦朧的光影中，從行宮外的三個方向上，蝙蝠般忽起忽落的暗影正沿著錯落的簷頂，向蕭育所在小樓逼近。他感到一股涼氣從後腦竄上來。

他的右手輕輕把寶刀抽出鞘，一道耀眼的藍光閃過屋頂，在窗櫺上一晃，縮在房間的一角，停住了。

這時候，隔壁粉紅紗帳當中，芳香暗飄，酣睡的昭君輕輕翻了個身，臉上浮現出一層淺淺的笑意——夢中，她清晰地聽到了那親切的簫聲。

行宮激戰失金牌

過分的凝神注視使蕭育忘記了時間的流逝，當窗外遠近房頂上、密密匝匝的人影逐漸逼近行宮的時候，蕭育忽然覺得心裡一沉。

他急忙離開後窗，箭步躍出門外，剛要騰身越過昭君房門，到另一邊的廂房去巡察，不料一眼瞥見昭君門外閃過一道白影。

刀去人隨，蕭育挺刀衝了上去。

白影倏地一晃，像風中荷葉一樣避開了蕭育的刀鋒，不待蕭育抽刀換勢，白影已經飛上了房簷。

蕭育展身追上房頂，人還未到，寶刀已經脫手，掛著寒風，劃出一道光亮的弧線，緊貼著白影旋了一圈，又穩穩地落到剛剛登上簷邊的蕭育的右掌之中。

宇文成似乎還沒有領教過這麼敏捷俐落的身手，一時疏於防備，也暗暗驚出一身冷汗。乘蕭育立足未穩，宇文成猛地使出倒掛金鐘的功夫，反身折下房簷，順手撤出了背後的長簫。

蕭育翻手一刀，沿著簷邊砍了下去，卻只帶出一陣風聲，剛要折身下房，背後忽然覺出了動靜。

蕭育就勢向前使了個風擺楊柳的招式，躍到斜對角的房簷上，回身探望。

只見那個白衣人已經站定在屋脊上，微微含笑，並沒有繼續交手的意思。

白衣人手裡橫著一支長簫。

簫管上冷冷地泛著紫光。

蕭育正要開口問話，卻一時不知從何說起。

白衣人也似乎欲言又止。

「你是——」

夜風使兩個人不約而同發出的、低低的問話變得有些飄忽空蕩。

突然，幾條黑影從四個方向一齊飄上房頂。

那幾條黑影大概根本沒有料到房頂上已經有兩個早到的人，一時也在暗中怔住了。

蕭育和宇文成陡然一驚。

極其短促的沉默、凝滯。

三個方面，都是久經激戰的江湖中人，他們雖在昏暗中，但借著月色，只需要一種無聲無形的眼神的對接，他們就很快明白了對方的身分和來意。

儘管蕭育還不能確認一身白衣的宇文成的眞實身分，但現在他已經認定這個神秘的白衣人不是危害昭君的敵人。

果然，當黑影聚攏到一處準備聯手進攻時，白衣人已經站到了與蕭育的位置對應的房頂的一角，以犄角之勢，和蕭育從兩個方向，準備迎戰那幾個後到的不速之客。

蕭育眼角的餘光裡又閃入幾個黑影。

陸續登上房頂的黑影，差不多有十幾個。

月光已經顯得明朗多了，蕭育和宇文成發現：

這夥人都身穿一樣的黑色夜行衣，蒙面罩眼，像是有組織的一幫刺客或盜賊，與一般的夜行盜賊不同的是，這些人拿的兵器千奇百怪、各不相同。

宇文成急速旋轉的頭腦裡忽然掠過一片陰影：

莫非是他們？……

此刻，蕭育也正在緊張地盤算著，他希望樓下的衛隊能注意到樓頂的異常動靜，乘混戰沒有開始，把昭君轉移到更安全的地方去，最好，能讓呼韓邪、王龍他們帶兵保護住昭君，自己好盡情施展功夫，把這夥蒙面大盜迅速消滅。

但是樓下一片沉寂，隱隱約約還聽得見衛兵若無其事、悠閒從容來回巡邏的腳步聲。

其實，這時候，樓上又何嘗不是靜得好像什麼也沒有發生一樣？

顯然，蒙面客是一齊約好，爲完成某一件謀劃已久的秘密任務而來，他們冷靜、沉穩的神態不僅表現出一種訓練有素的默契和自信，而且也表明他們的行動是計劃周密的。

這種時候，這種場合，任何語言都是多餘的。

鄰近的房頂和高牆上也陸陸續續站滿了蒙面的黑衣人蕭育和宇文成鎭定地等待著一觸

即發的時候來臨。

這將是武功的殊死較量。

這更將是膽識和勇氣的搏鬥。

這也將是智慧和眞情映照下的、足以展示生命力量光彩的決戰。

難捱的對峙。沉默。

突然，樓下一陣嘈雜，一聲慘叫傳來，緊接著是刀槍碰擊的聲音。有人失聲高叫：「有刺客！有刺客——，有人行刺——」

雜亂的腳步聲中，王龍沙啞的嗓音格外引人注意：「快稟報蕭將軍，快稟報大單于。來人哪，給我放箭，放箭，牆上，房上，快，弓弩手呢？」

高牆上蒙面人紛紛跳落院中，廝殺聲頓時響成一片。

蕭育不由心頭一震，他側目往下一看，院裡的衛兵早跟一夥蒙面人混戰到一處，很難調遣了。

偏偏在這個當口，蕭育忽然又發現昭君房間的後窗泛出了燈光。

不妙！

蕭育顧不得和白衣人打個照面，一個「鷂子翻身」，騰身下房，就勢破窗進入了昭君的房間。

一臉驚悸的春蘭、秋菊正招呼著幃帳中的昭君穿衣，沒料到後窗外突然躍進一個持刀的男子。樓下喧囂雜亂的拼殺聲早已使昭君主僕三人心神不寧起來，這時，突如其來的情景又使三個女子不由地一驚，春蘭和秋菊下意識地偎到昭君身旁。

昏黃的燈影裡，蕭育努力使自己的神情鎮定下來。

昭君看清來人是蕭育，心神稍稍安寧下來：「蕭將軍，外面發生了什麼事？」

「昭君公主，不必驚慌，外面來了幾個劫財的盜賊，已被將士們抵擋住了，爲防萬一，請公主隨我下樓，去見大單于。」蕭育說著，吹滅燈盞。

從夢中驚醒的呼韓邪，不等侍衛點亮燈，就急急地摸黑穿好了衣服，提起鎏金槊，甩開大步，衝出門去。

當睡眼惺忪的侍衛把案頭的燈盞點亮時，呼韓邪早已跳到院中，大聲喝問：「烏禪慕將軍！發生了什麼事？」

恰好急忙跑進院子的烏禪慕，上氣不接下氣地應聲說：「大單于，不好了，不知從哪裡來了一夥強盜，把閼氏的住處團團包圍了！」

「快帶馬！叫上溫敦，隨我前去搭救閼氏！」話音未落，呼韓邪自己已經衝進了馬廄。

溫敦從院外跑進來：「大單于，人馬已經調集整齊……」

「還囉嗦什麼，快領兵去後院營救閼氏！」不待呼韓邪發話，骨突侯烏禪慕已經瞪著眼睛厲聲斥責起兒子來。

蕭育的身影從房頂一角突然消逝的一刹那，宇文成立即明白了情勢的危急。

他決心隻身牽掣住對面的十幾名蒙面人，好讓昭君能有足夠的時間離開這座殺機四伏的樓。

兩個蒙面人眼看蕭育翻身下去，試圖尾隨追擊，剛一挪動腳尖，就被眼光敏銳的宇文成喝住：「休走，看鏢！」

實際上，宇文成是非到萬不得已，絕不肯輕易使用暗器的，即便要用，也總要提前給對手打個招呼。

這回，宇文成並沒有發鏢。

兩個蒙面人聞聲一驚的當口，宇文成已經幻成一通白色的閃電，從兩個蒙面人的頭頂劈過，只聽得：「喀嚓——。」

兩個蒙面大漢還沒有來得及哼一聲，就已經被宇文成的長簫砸得腦漿迸裂。

兩個大漢像被雷電劈斷的樹幹一樣，重重地栽到樓下去了。

眾人皆驚。

蒙面人一下子在房頂上散開，擺成一個扇形的陣勢，把宇文成逼在房簷一角。

宇文成從容不迫，兩眼平靜地掃視了一圈，忽然笑了起來：「可憐你們也是江湖上成名的俠士，卻不敢光明磊落地做事，明月朗照，卻還要蒙頭罩面，鬼鬼祟祟，莫非你們都是些圖有虛名、欺人耳目的假俠客？怕憑著刀槍劍戟斧鉞鉤叉也不能制服一個手無寸鐵的弱女子？可笑啊，堂堂俠客，蜂擁而至，不是爲了除暴安良、匡扶正義，卻是爲了劫殺一個纖弱無辜的姑娘！」

一張張蒙面黑布後面密密地滲出了熱汗。各種兵刃紛紛在眾人的手掌中低垂下來。

有人開始下意識地伸手扯落眼罩和面罩。

「宇文成！黃口小兒，乳臭未乾，竟敢教訓起老前輩來了！你自稱遊俠，向來不肯遵循武林盟約。今天的事，不煩勞你參加，你也休想阻攔我們。快些閃開，該到哪裡閒逛就去哪裡，不要讓老前輩費心，把你砍了，反而落個難聽的、欺人年少的惡名！」一個鬚髮灰白的黑衣老頭，邊說，邊把面罩扯下，丟在一旁。

宇文成並不認識這個口口聲聲以老前輩自居的老頭，只是從老頭深陷而閃亮的小眼睛裡，宇文成感到了一股殺氣和驕氣。

江湖上許多人都認識宇文成，熟知這個武功絕倫的青年遊俠的種種傳奇事跡，但超然世外的宇文成並不熱衷於許多人孜孜以求的虛名，更不屑於著意建立什麼「廣交天下豪傑」的關係網，所以對許多早已成名的俠客，他都毫不留意。有時候，見面多次的人，宇文成也不問其名姓，等到再見時，別人早已把宇文成視若熟人，宇文成爲淡漠得像是見了陌生人。

許多江湖人都知道宇文成不僅行蹤詭秘，而且心高氣傲，似乎整個江湖上並沒有幾個人配放進宇文成的眼裡。

正因爲這個緣故，許多見過或沒有見過宇文成的俠客，都在內心深處對這個聲名日盛的遊俠懷有一種說不清楚的敵意和不服。

黑衣群俠並沒有因爲短短的猶豫而失掉了鬥志。

也許是那個老俠客的話點燃了大家心裡對宇文成鬱結已久的怨恨吧。

黑衣俠客們又一次逼近了宇文成。

宇文成根本沒有期望自己的一番話會使面前的十幾名對手放下武器，他只是想暢快地羞辱一下這夥人而已。

那個自稱「老前輩」的老頭率先衝了過來，撲面一槍，直戳宇文成的面門。

宇文成輕輕擰腰避開，把老頭的槍杆就勢夾在腋下，另一手揮簫順著槍杆猛掃。

老頭猝不及防，看宇文成的長簫來得快，驚得撒手扔掉了自己的槍，同時飛身後躍，乘機拽出腰間的九節鋼鞭，借著往後躍的力量，凌空掄圓了鋼鞭，照準宇文成的右手腕就是一招「玉女纏帶」，想鎖住宇文成的兵器。

宇文成見勢，把長簫脫手擲向半空，提氣騰起，使出鴛鴦腿，從鞭影上方，攻老頭的上盤。

當老頭慌得向前撲身搶步，躲避宇文成的腿時，長簫已經穩穩地落在了飄然而下的宇文成手中。

一旁觀戰的黑衣俠客擁上來，各揮兵刃，從四周向宇文成進攻。

宇文成索性抖擻精神，使出師父傳授的「奪命簫法八十一式」，和黑衣人激戰起來。

霎時間，長簫舞動，宛若驚龍遨遊於碧海，紫光閃到之處，刀槍橫飛，血色迸流。

不多一會兒，已經有四、五個黑衣人倒斃在屋頂瓦棱之上。

月光迷離的夜色裡，烏黑的血緩緩地順著瓦縫往下流淌。

不遠處，又有一批黑衣人悄悄地摸了過來。

酣戰中的宇文成，似乎毫無懼色，他一邊從容不迫地與十幾名黑衣俠周旋，一邊還在忙裡偷閒地思忖：昭君現在怎麼樣了呢？是不是已經安然離開了這座小樓？

蕭育掩護著昭君主僕三人，小心翼翼地下到樓梯口的時候，院子裡的激戰已經到了白熱化的程度。

不少漢軍將士已經身負重傷，盔歪甲斜，披頭散髮，仍在艱苦地拼殺不止。

幾名將士大概是腿上遭到重創，倒僕在石階下、草叢裡，低低地呻吟著，站不起來了。

蒙面黑衣人也傷了好幾個，但顯得比漢軍兵將更堅強、更有夜戰經驗，個個身手敏捷，騰挪自如，只有從他們偶爾發出的一兩聲抑制不住的驚叫聲中，才能知道他們也在混戰中受到了不可避免的損傷。

見到這種情景，蕭育禁不住叫苦——僅安排了三十名衛士。看眼前的情勢，院子裡參與激戰的黑衣人至少有四五十名。

可是情況太危急了，不容許蕭育過多地前思後想。他現在最急切的希望是：儘快地將昭君主僕三人送到前院呼韓邪單于那裡，那裡有幾百兵剽悍善射的匈奴騎兵，昭君可以受到保護。

「春蘭、秋菊，你們先回樓上廂房裡避一會兒，我先把公主護送到前院，隨後回來接你們──」

蕭育話沒說完，就被昭君止住了：「不，請蕭將軍先帶春蘭、秋菊走吧，我在這裡等著，不會有事的。」

昭君纖細的手指暗暗地摸了摸藏在袖子裡的一把匕首的翡翠刀柄，一絲清涼的感覺倏地從指尖傳到昭君的心裡，她禁不住打了個寒噤。

這把精巧美麗的小匕首，還是三年前白衣遊俠宇文成臨別時，贈送給昭君的：「昭君姑娘，這一別不知何年才能相見，我是個習武之人，身邊無珠玉可贈，就把這把匕首送給姑娘吧！」

就是這把精致的匕首，在漢宮中陪伴著昭君度過了無數個不眠之夜，它閃著瑩瑩綠光的翡翠刀柄，它雕著畫紋的麂皮刀鞘，經過昭君纖嫩手指的多少次輕撫。它白天經常被昭君藏在袖中，夜晚則擱在昭君清冷的枕邊。寂寥無人的時候，昭君把它放在琵琶旁，讓它和姑娘落寞的心靈一道傾聽琴聲中不盡的憂怨。

現在，昭君又一次觸摸到這把小匕首，心中卻湧起一股以前似乎很少有過的堅毅決斷的感覺。

昭君這個善良純潔的姑娘，還不知道：贈她匕首的人此刻正在樓頂，爲她的安危而義無反顧地拼殺。

蕭育聽昭君這麼一推辭，有點著急：「公主，外面太亂，我只能一次帶一個人從牆頭越過，去前院……」

「公主，我們留下，你先走吧！」春蘭、秋菊急得快哭出聲來了。

「蕭將軍，不要遲疑了，請你先帶秋菊走吧，她年紀還小，這幾年來跟我受了不少苦……」

昭君一邊把春蘭攬進自己懷中，一邊撫著秋菊的肩頭，示意她跟蕭育快走。

秋菊忍不住流下了淚：「公主……」

蕭育看看院裡的情形，漢軍將士已經逐漸顯得有些招架不住了，一些黑衣人正蜂擁著向樓梯口衝來，在石階下遭到十幾名漢軍兵將英勇的抵抗。蕭育見昭君態度很堅決，也就不再說什麼了，他揮了一下手中的寶刀，示意昭君和春蘭避到樓上去，然後探出臂膀，輕輕挾起秋菊，運氣提腰，一個旱地拔蔥，風飄楊花般地登上牆頭。

不待院中的黑衣人明白過來，蕭育早已挾著秋菊霧一樣地消失在月色中了。

心急火燎的呼韓邪單于打馬通過曲折的石板路，直奔後院。烏禪慕和溫敦在後面緊緊跟隨。

「快，快！」呼韓邪大聲的催促聲使後面的騎兵隊伍因爲猛然加速而發生了一陣小小的混亂，幾匹鐵騎竟然踏折了道旁的矮樹，從草地裡的石几上衝了過去。

忽然，呼韓邪的視野裡飄進了一片暗影，呼韓邪心裡一驚。

高牆上飄落下兩個人影，一條宮女的裙帶在月光裡颯颯地迎風抖動。

「大單于，請你照看好秋菊姑娘，我去了！」

蕭育的聲音剛剛傳進呼韓邪的耳中，他的身影就又閃電般地飛上了牆頭。

「大單于，快去解救公主，她被圍困在樓裡了！」秋菊喘息未定，就搶著向馬上的呼韓邪報信。

「不要慌張，姑娘！先到前面歇息去吧，大單于會給你帶來好消息的。」烏禪慕代呼韓邪招呼秋菊，「不管發生了什麼事，昭君都會逢凶化吉的！」

當蕭育急切地躍上樓，跨進廂房時，昭君正和春蘭相互偎依著，多少有點驚悸地望著「咚咚」作響的樓頂，準備應對任何可能突然發生的意外情況。

「公主！春蘭！快隨我來！」此時此地，蕭育顧不得什麼宮廷禮節了，他伸出雙臂，攬住昭君和春蘭，轉身就要往門外走。

屋頂一陣亂響，嘩啦一聲，一片碎瓦帶著泥灰穿破了頂篷，撲地砸到蕭育肩上。

蕭育額頭滲出了冷汗。

他再也不能遲疑了。

「蕭將軍，你快帶春蘭先走！」昭君的聲音因爲緊張而變得有些急促帶喘。

蕭育似乎沒有聽見，他稍稍斂住心神，一較勁，把昭君和春蘭擁在懷中，又緩緩一用力把兩個姑娘的身體款款托上自己寬厚的肩頭，說時遲，那時快，不等昭君和春蘭說出什麼話，蕭育已經騰身躍到門外。

站到樓簷下，蕭育迅速掃視了一下四五丈開外的青磚高牆。這時，「呼啦」一聲，屋裡一大片頂篷被斷裂的磚瓦、樑椽壓得坍落下來，一陣嗆人的塵灰從門窗裡瀰散出來。

鏖戰中的人們已經完全沉浸在生死攸關的苦鬥之中，攻守形勢的瞬息萬變使不少人倉皇中顧不上時時刻刻凝神提氣、運用輕功了。房頂上的瓦片開始吱吱嘎嘎地碎裂。當宇文成施展連環腿，接連踢倒三個黑衣俠客時，遭到致命一擊的三個人幾乎同時像被人攔腰砍倒的枯木一樣，狠狠地跌倒在房頂上，竟把房樑和幾根椽子給震斷了。

樓頂頓時塌落了一片。

應聲瀰漫起的塵灰阻擋住了樓頂上十幾名黑衣俠客的視線，蕭育乘機背著昭君和春蘭，凌空躍上樓邊的高牆。

銀鉤似的彎月把清寒的光華傾瀉在北地郡周圍廣袤遼遠的原野上。

低嘯盤旋的冷風把山野蒼涼落寞的氣息從城牆上方，挾進了北地郡城中，又潮水般地瀰漫在整個城池之中。

微明的天曙像瞌睡人的眼，含糊不清地從東方天際顯映出來。

北地郡城中的居民們似乎早已習慣了夜裡經常驟然發生的激烈搏戰，因此，當行宮內外響起了紛亂喧囂的刀槍聲、嘶喊聲時，幾乎沒有一個人感到吃驚。

北地郡是偏遠的，但北地郡的夜色是美好的。人們好像並不樂意中斷月亮裡甜美的酣睡，去觀看那麼不新奇罕見的廝殺場面，甚至連想也不願想：這鮮血迸流、追命奪魂的格殺，是否會給他們今後的生活帶來什麼影響。

當呼韓邪在刀甲生輝的匈奴鐵騎的簇擁下，衝進後院時，蕭育和昭君、春蘭的身影早已消失在月色中了。

院裡的戰鬥已經快到了決勝關頭。

漢軍將士被不斷趕來的蒙面黑俠層層包圍，這些被勇氣和責任感激勵著的年輕武士們，大多身被重創，他們的臉上、身上都被鮮血染紅，他們的體力也幾乎被消耗殆盡。

可是，這些一路上風餐露宿的漢軍將士們，心底深深地意識到：他們是為一顆可以當空照徹環宇的珍珠不蒙受塵垢而向北遠征的，今天，他們殊死的決戰也是為保護這顆聖潔的珍珠。這種意識滲入每一個將士的血液中，像長期以來積鬱在他們胸中的那種精忠報國的壯烈情懷一樣，在他們的意志裡灌輸了無比頑強的信念。他們準備為昭君公主灑盡最後一滴血，否則，即使是在冥世之中，他們的魂魄也會被永遠無法驅散的遺憾撕裂、嚙傷。

呼韓邪見情況緊急，顧不上搭話，挺起鎦金大槊，策馬殺進了混戰的人群中。

「諸位漢將，請閃開，單于鐵騎到了！」烏禪慕從後面大聲喊起來，這個久經沙場而又心地善良的匈奴老將，生怕騎兵誤傷了漢軍將士。

黑衣群俠正殺在興頭上，眼看就要把漢將徹底擊潰了，不料突然躍出一支鐵甲騎兵，以迅雷不及掩耳之勢橫掃過來，風捲落葉般地把黑衣群俠衝得四散奔逃。

倖存的十來名漢軍兵將乘機撤到前院。

匈奴騎兵閃亮的鐵甲在月光裡寒氣逼人，他們個個揮舞著雪亮的長刀，來回突擊，所到之處，光影如電，血肉橫飛。急促雜沓的馬蹄聲在空中響成一片。許多黑衣人連逃竄的方向也沒有辨清，就被橫空飛過的長刀劈斷了臂膀、削去了頭顱。

一時間，後院裡鬼哭狼嚎炸響起來。

呼韓邪一馬當先，在奔逃擁擠的人群中顯得分外突出，他掌中的鎦金槊在血光裡舞得好像一條出水的金色蛟龍。

顯然，這裡的戰場對於呼韓邪來說，是太狹小了。他胯下的戰馬已經習慣了伴隨自己的主人，縱橫馳騁於遼闊的草原上，這個過分狹小的戰場使牠感到十分不適應，牠不時地抬起前蹄，高高地躍起，引頸長嘶。

但這並不會妨礙呼韓邪單于酣暢淋漓的搏殺。

這個曾經轉戰大漠，身經百劫的匈奴單于，過去是爲統一霸業、平復兵變、完成自己的雄圖大略而英勇拼搏，現在，他卻要爲自己心中最美麗、最高尚的閼氏而戰。血影寒光中，呼韓邪彷彿看見一片輝煌奪目的聖光正在暗夜深處閃動。

樓頂上的宇文成聽到下面忽然人喊馬嘶，喧聲大作，不由心裡一動。

被宇文成一支長簫糾纏得不能脫身的十幾名黑衣俠客，同時也覺察到樓下發生了什麼不妙的變化。

稍稍分神，又有一名黑衣人被宇文成的長簫掃中後背。那人向前搶出兩步，只覺胸口發悶，眼冒金星，一下站立不住，倒頭栽下樓去，只把一聲隨鮮血噴出的慘叫留在空中。

旁邊兩位黑衣俠禁不住一驚，猝不及防間中了宇文成的兩記連環腿。

「啊呀——」兩條黑影分別從兩個方向飛起來。

宇文成身影一晃，凌空躍起，揮簫截擊。兩個懵頭轉向、腳在半空的黑衣人還沒有回過神來，又當胸遭到重重一擊，頓時魂魄出竅，血光迸濺，跌下樓去。

黑衣群俠見勢不好，紛紛撤回兵器，作勢欲逃。宇文成提氣擰腰，閃電一樣飛身躍在眾人上方，使出「撒手奪命簫」的絕招，掄起長簫，居高臨下，猛擊眾人要害。

黑衣俠客雖然因爲陣勢已亂，有點慌張，便他們畢竟是些歷盡惡戰的高手，面對宇文成凌厲的進攻，他們並不驚駭，而是一面沉著應戰，一面伺機脫身，以圖再戰。

黑衣群俠彷佛是有約在先似的，一聲呼哨，從三個方向上同時朝宇文成打出暗器，一隻銀鏢，一把峨嵋刺，一塊飛簧石，呼嘯著飛向宇文成上中下三路要害部位。

宇文成輾轉騰挪，旋風般避開暗器。

宇文成加緊了攻勢，竭力牽掣住剩下的八、九名黑衣俠。

剎那間，四五個黑衣俠已經奪路躍下樓頂，一眨眼消失在月色中。

又一聲急促的呼哨，八九支銀鏢掛著風聲同時射向宇文成。

宇文成敏捷地跳到半空，揮長簫撥打銀鏢，火光迸濺，鏢頭應聲折裂、落地。

黑衣群俠風捲殘雲，四散逃去。

宇文成披著月色，展身如燕，盯住幾個爲首的黑衣俠的背影，風馳電掣地追了上去。

霎時間，迷離的夜色重又把寂靜罩在樓頂上，破碎的瓦片、塌落的房頂，彷佛困乏過度的人一樣，猛地跌入了昏沉的迷夢之中。

一道白影挾著寒光，橫空劃過巍峨的宮闕上方，驟然落在後院小樓的門廊上。

正當呼韓邪單于率兵殺退了黑衣群俠，準備檢點戰場時，他眼簾裡忽然閃進一道火光，驚得他失聲大叫了一聲：

「啊——」一簇簇耀眼的火苗從樓頂呼呼地竄出來。

燒焦的房樑、門窗紛紛斷裂、崩塌，磚瓦土石「嘩嘩」地滾落下來，在呼韓邪馬前瀰漫起陣陣塵灰。呼韓邪扔了長槊，甩蹬下鞍，箭步衝上烈焰熊熊的樓梯。

驚恐不已的烏禪慕一把沒拉住呼韓邪，急得叫起來：「溫敦！隨我來！」

當大火被匈奴將士合力撲滅的時候，汗流浹背的蕭育正好急沖沖地從前院趕來。因沒有找到昭君而懊喪不已的呼韓邪發誓要連夜發兵追殺黑衣大盜。

這時，蕭育走了過來：「大單于，昭君公主安然無恙，已在前院安歇了。」

呼韓邪聽了，不由得大喜過望，心裡暗暗感激這個青年漢將的精明強幹。

隨蕭育趕來的春蘭、秋菊連忙跑上樓去撿點隨行物品。

送親隊伍攜帶的大批物資，統一由蕭育和王龍負責押送、看管，只有少量的衣物、用具由昭君身邊的侍婢隨身攜帶，另外，一路上穿關過卡，藉以獲得途中各地官府、守軍提供的各種便利、招待的御賜金牌，也由昭君隨時帶在身邊。

毫無疑問，御賜金牌是最重要的，它不僅是送親隊伍賴以證明身分的憑證，而且也是送親隊伍順利出塞的關鍵保證。然而，突如其來的事變使昭君在倉促之中，忘記把壓在枕下的金牌帶出小樓了。

激戰平息後，驟然寧靜的氣氛使月光下的人們感到了一種難以言表的輕鬆。

忽然，樓上傳出了春蘭發顫的喊聲：「不好啦——，金牌不見了！」

第五章　艷影刀光

玉女倩影映長河

洛水和大理河之間，開闊的原野上，似乎常年縈繞著無法驅散的霧靄。初春的陽光在這裡顯得格外含混無力，以致於不能按時催發經過一個嚴冬酷寒侵襲的枯草，泛出最初的一點點綠意。

遠山像是一位飽經滄桑的老人一樣，低低地側臥在天際，一種深切的憂怨氣息從遠方一直瀰漫到灰色的大路上。

這條從北地郡蜿蜒向東北伸展的驛道，已經過了百十年的風雨侵蝕，歲月的流逝、戰火的燒掠，使它變得滿目瘡痍，坎坷不平。沿著路邊，不時地散落著一些被塵沙掩埋了半截的白骨，橫七豎八地沒入荒土之中的廢棄兵器，早已銹蝕得面目全非，與土色混爲一體，不容易被人覺察出來了。

孤雁高飛。

朦朧欲睡的斜陽，從西天裡慵懶地泛出昏黃的光暈。

萬籟俱靜。

離開北地郡向上郡馳去的送親隊伍緩緩地移動，隊伍裡只有車輪滾動和馬蹄雜沓的聲音。

連日來，北地郡行宮發生的劫殺事件還像陰影一樣籠罩在每一個人的心頭，尤其是那場誰也沒有想到的大火，使人們感到分外壓抑、憤懣。

不僅僅是因爲它和金牌的丟失聯繫在一起，更因爲它隱隱暴露出一種暗伏的巨大危險，這種危險時時刻刻都有可能突然降臨，使送親隊伍中的每一個人防不勝防。

離開了大漠和草原的呼韓邪，第一次感到自己像一匹失群的野馬一樣孤單無依，在大漢疆域廣闊的邊塞地區，他既感覺到了身處荒原之中的寂寞，又感受到了作爲一個單于，遠離了自己麾下的百萬鐵騎之後的孤獨。經過北地郡一場混戰，呼韓邪隨行帶領的三百名鐵騎中，已有二十多名損失了馬匹，還有十幾名兵將負了傷。

儘管漢朝送親正使蕭育因爲從前曾幾次出使匈奴，學了不少匈奴話，但是呼韓邪還是感到，和這個沉默的漢將交流是一件令人頭疼的事。何況，漢軍衛隊在北地郡一戰中幾乎損失了一大半兵力，剩下四、五百人，也有不少傷員。不擅言談的蕭育，這些天來似乎變得更加憂鬱、更加少言寡語了。

倒是送親侯王龍，好像變得更活躍了，他不時地策馬奔跑，在隊伍前後左右來回穿梭，嘴裡常常發出短促的喝斥，像一個過分熱心的牧羊人，有點神經質地挑剔，糾正著自己羊群的每一點令他感到不夠完美的細微動靜。

呼韓邪有點猜不透這個被漢元帝封爲「昭君公主之兄」的漢將的心思。其實，呼韓邪還沒有想到，在自己身後，也有一個和王龍一樣興高采烈的人，只不過這個人懾於呼韓邪的威嚴，不敢像王龍那樣喜形於色，更不敢像王龍那樣有點輕狂的打馬亂奔。

烏禪慕老侯爺並早已在暗中察覺到了兒子溫敦反常的神態。每當那個淺薄的漢將王龍縱馬越過匈奴隊列旁邊時，溫敦總要從馬鞍上欠起身，微笑著向著王龍點頭致意，目光裡還有一種難以捉摸的狡黠閃過。好幾次，烏禪慕都故意用於咳聲提醒溫敦，不要讓單于看到了，惹出麻煩，可是溫敦好像根本沒有感覺到父親的用意。

胸懷坦蕩得像草原一樣的呼韓邪絲毫沒有覺察到自己身後的這些微妙的細節。他心中翻騰著一種澎湃洶湧的、交織著對昭君的摯愛和對自己的激勵的情感熱流。隊伍像一條緩緩流淌的河。

緊隨的昭君車輦一側，帶馬前行的蕭育，目光裡一片迷濛。有點混沌不清的天空中沉積著越來越濃的霧氣，漸漸地，把昏黃的日子徹底地阻隔在雲層之上了。不斷瀰漫的霧氣慢慢地，像排浪一樣無聲地湧進了蕭育的心田。

金牌不翼而飛，使幾天來送親隊伍的行進發生了巨大的困難。

由於沒有可靠的憑信，沿途的許多縣鎮和驛站不願意提供足夠的幫助和方便。憑著蕭育的赤誠，更憑著昭君的美麗和善良，許多官府、駐軍和百姓都熱情地資助送親隊伍，為他們補充給養。但是對於這樣一支輜重甚多，人馬上千的遠征隊伍，沒有御賜金牌的證實，地處邊塞的官府、軍民，不敢，也不能夠盡其所需地爲他們提供相應規格的便利。

在昭君的建議下，蕭育率隊選擇了這條遠離城鎮，而驛站較多的軍事通道作爲北上的路線。蕭育知道：善良的昭君姑娘是不願看到衣衫襤褸、家徒四壁的百姓們竭其所有慰勞送親隊伍的場景。

可是，驛站的幫助對這支龐大的送親隊伍來說，簡直無異於杯水車薪。

蕭育已經得到報告，隊伍裡不少兵將、馬匹都已因食不裹腹和飲水不足而患了病。

然而，這還不是事情的全部。

北地郡一場激戰，神秘的黑衣大盜逃走以後，會不會捲土重來？他們是些什麼樣的人？爲什麼要劫殺昭君？他們是否一直潛伏在暗中，監視、追蹤著送親隊伍的行跡？

還有，那個不知名的白衣少俠，手持長蕭，突然出現在昭君房門外，好像在窺探什麼，又好像在等待什麼。他似乎無意加害昭君，在激戰中也完全站在蕭育一邊，盡心竭力保護昭君的安全，可他爲什麼要乘著夜色暗訪行宮，被發現後，還千方百計地避免與漢將對視，激戰之後，他又忽然去得無影無蹤，也不知道他是否遇到了什麼麻煩？或者他已經化險爲夷，也許這時還在暗中追隨著送親隊伍？

昭君車輦的一陣激烈的震動中斷了蕭育漫無頭緒的沉思，他慌忙探身護住車身。

不知什麼時候，隊伍已經走進了一片密林之中。

天色開始變得陰暗起來。

起風了。

蕭育一邊吩咐人放下車輦外的氈簾，一邊對駕車的士卒說：

「小心，不要驚動了公主！」

隊伍行進的速度漸漸慢了下來。

終於，在一片茂密林木的蔭影裡，車輦「咣噹」一聲，閃進了道旁的一個溝塹中。

蕭育手疾眼快，騰身越過車頂，落在溝中，就勢用肩膀扛住了一邊的車輪。

車輦猛地一震，穩住了。

車內，春蘭、秋菊禁不住失聲驚叫起來。

隊伍前面的呼韓邪、烏禪慕等人，聞聲迅速趕來。

這時蕭育感到雙腳正緩緩地下陷，他暗叫了一聲：

「不好！」

同時運足了氣，調用內功，盡力撐住車輪。偏偏這時，四匹受驚的馬在車輦前方高高地躍起來，似乎想要把車轅從身上掙脫，尖厲的馬嘶劃破了蒼茫的暮色。

鐵甲車輪劇烈地碾動著。

殷紅的鮮血從蕭育肩頭、脖頸上滲了出來。

「公主，快下車！」蕭育使出渾身的力氣，與烈馬、車輦和陷落的溝塹抗衡著，盡力保持著車輦的平衡。

蕭育的坐騎、一匹棗紅色的駿馬，款款走近溝邊，閃著眼睛望了望自己的主人，彷彿知道了什麼似的，側身跨在車輦和溝塹之間狹窄的虛土上，用自己的油光鋥亮的軀幹撐住車輦，四蹄撐開，顯出很用力的樣子。

昭君和春蘭、秋菊迅速從另一邊跳下了車。

「蕭將軍！當心——」昭君剛落地，就急切地喊出了聲。

呼韓邪和烏禪慕飛身下馬，連忙叫人牽制住車駕前的驚馬。

「諸位閃開！」

蕭育一聲大喊，氣運雙膀，沖天一躍。

車輦一下子被重重地掀出四、五丈，車輪飛轉著，車身栽在路面中央。

蕭育帶了一身泥漿、血水和大汗，穩穩地站在路邊。

蕭育的坐騎早已乖乖地閃到一旁，此刻正走近蕭育，悄悄地用嘴舔著主人肩頭的傷口。

天完全黑了。

密林深處的黑夜濃得像墨染了一樣。

幾盞馬燈高高低低地在風中搖曳，微弱的燈光好像隨時都能被暗夜吞沒。

修理車輦的兩個老兵，雖然有近三十年的駕車、修車的經驗，但在這昏黑無光的地方，他們的動作顯得從未有過似地笨拙、遲鈍。

王龍聒噪不休的催促聲、責罵聲，又無形中攪得兩個老兵心慌意亂，這兩個配合多年、很少發生失誤的夥伴，一次又一次地因爲不應有的差錯而低低地相互埋怨，結果使修車速度大大降低了。

不遠處的路面上，燃起一堆小小的篝火，現在，它給人們帶來的是有限的溫暖和光亮，不久之後，在場的人們才感到，實際上，這有限的恩惠背後，是無限的危險。代價是巨大的。也是血腥的。

昭君和春蘭在蕭育、呼韓邪等人的護衛下，圍坐在篝火旁。琵琶，擱在昭君膝上。

昭君凍得冰涼的手掩在猩紅斗篷下，緩緩地揉搓著。

黑色的陰風把火焰吹得飄搖不定。

誰也沒有覺察到：大道兩旁的密林中，草叢蟋蟀作響，一雙雙閃著黃綠螢光的眼睛正漸漸逼近了路邊。罕有的火光像無比美味的珍饈一樣，在極短的時間內，把整個森林中的猛獸誘惑到一起來了。

當這些凶殘而又健壯的野獸依稀看清了火堆旁邊的人影時，一種遏止不住的噉肉吸血的欲望驀然從牠們的心底升起。

這種欲望與狂喜交織在一起，像火星落進了乾燥的柴草堆，霎時間在這群野獸心底燃起了熊熊大火。大火灼燒得牠們眼光閃亮。

但這些久居山林的猛獸又並非容易被小小的獵物沖昏頭腦的野狗——它們像一群訓練有素的盜賊一樣，從四面八方，躡足潛蹤，悄無聲息地把四散零落的送親隊伍包圍起來。

寒風中隱隱生出幾分腥氣。

密林中，越來越多的野獸向大道上的人馬包抄起來。

篝火四周，疲乏的兵將、戰馬懨懨欲睡。

一些兵將正在有氣無力地摘下自己的頭盔、卸下胸甲，準備躺到地上歇息片刻。

馬匹三三兩兩地著，不時地彼此蹭一蹭耳鬢、脖頸，打幾個響鼻，心不在焉地低頭啃幾口枯草根。

一切都安詳得像平靜的湖面。

靜。可怕而短暫的靜。

當優雅舒緩的琵琶樂聲春水般地從昭君纖嫩的指尖下流淌出來時，遠處暗影裡傳來的一聲突如其來的慘叫，使呼韓邪、蕭育的心房不約而同地緊縮了一下，兩人幾乎同時操起了兵器，分別躍到昭君兩側：

「……」

又是一聲撕心裂肺的慘叫！

昭君的手指霎時停在琴弦上方，樂聲還在夜聲中飄蕩。

一隻急不可耐的猛虎實在忍受不住等待的煎熬了，牠搶先向道旁一個剛剛脫去頭盔的兵士張開了血盆大口，一聲低嘯，縱身撲起，慘叫聲剛出口，那兵士的喉管已被猛虎的利齒咬斷。一匹豺狼又撲向另一名已躺倒在地上、聞聲欲起的兵士。

兩聲慘叫立即引起了四下裡密林中野獸的咆哮，成百上千隻野獸喉管裡的暴叫，混響在一起，炸雷一樣震痛了每一個人、每一匹馬的耳膜。

呼韓邪和蕭育猛然一驚，隨即就意識到了事情的危急：

幾隻虎豹已經從道邊枯草叢裡探出了身子，作勢欲撲。

呼韓邪在大漠和草原上，不僅是能征善戰的勇將，也是富有圍獵經驗的射手。雖然在這樣陰森狹仄的密林之間與這麼多的猛獸遭遇，對呼韓邪來說，還是第一次，但這並沒有使這位匈奴部族最出色的英雄在引弓搭箭時，有絲毫的猶豫和遲疑。

呼韓邪一次搭上了兩支雕翎箭，對準一隻蠢蠢欲動的豹子，「嗖」地一聲射了出去——

好箭法！

兩支利箭電光一樣在夜色中一閃，「啰嚓」一聲，幾乎是在同一瞬間，分別射中了豹子的兩個眼窩，血水噴濺出來，兩隻箭已經連頭帶尾深深地嵌入了豹子的頭顱之中。這隻剛剛擺出一副氣勢洶洶的傷人架勢的猛獸，哼哼幾聲，栽倒在亂草叢中。

然而，更多的猛獸洪水般地撲了上來，牠們似乎根本沒有把眼前這群七零八落的人馬放在眼裡。人們有限的抵抗和反擊，只能激起獸群無限的憤怒和鬥志。

蕭育來不及吩咐人撲滅耀眼的篝火，只能盡可能地用身體庇護住昭君，同時急促地拉開了弓，搭箭射擊。

這時，遠近各處的弓箭聲幾乎已經響成了一片，猝不及防的人們剛剛醒悟過來，就被眼前凶險的突變驚出了一身冷汗。人們紛紛舉起了弓箭。

頓時，飛矢如雨，血光迸濺。

人喊、馬嘶、獸叫，交織在一起，使漆黑的密林裡，驟然生出了一股令人驚懼的殺機。夜風颳得更緊了。

每一個人的心房也都縮得緊緊的，好像已經失去了跳動的節律，抑或是，過分急促的搏動早已連成了一片，叫人無法辨清「砰，砰」的躍動的節奏。

混戰之中，唯一平靜如水的人是在篝火旁凝神端坐的昭君。

驚愕之後，她發現眼前出現的混亂是由層層包圍的猛獸的偷襲引起的。昭君冰涼的手指輕輕觸摸了一下琵琶的琴弦，倏地一股暖意從指尖傳到了她的心裡。

昭君眼前浮現出巫山群嶺的蔥蘢碧色：

——繁花如星的綠茵中，小昭君撫動著琵琶，美妙悅耳的樂曲從琴弦上飛旋起來，瀰散在漫山遍野之中；

——一群群羽色各異、俏麗靈動的野禽時飛時落，盤桓在昭君身邊，似乎在和著琵琶樂聲翩翩起舞；

——稍遠處，溫和優雅的鹿群，像欣喜的孩子一樣，步履輕盈地輕輕跳躍著，起伏的草叢中，匍匐側臥著許多平常被人們看作傷人猛獸的虎豹，此刻牠們帶著癡迷的神氣，沐浴在金色的陽光，彷彿早已陶醉在怡人的樂聲中。

神奇的往事。

遙遠的故鄉。

遙遠的童年。

一剎那的記憶閃回，使被黑暗和血腥的空氣包圍的昭君，驀地感覺到了心靈深處的一線光明。

她的指尖款款撥動了琴弦。

樂聲彷彿來自大海深處似地，在濃重的黑暗和喧囂的聲浪當中，輕輕地、緩緩地升起。

但是，誰能感覺到這悠然飛揚的樂聲中所蘊含著的奇異的力量呢？

這種力量足以震撼世間最暴戾、最殘忍、最頑固、最蒙昧、最混沌的魂魄！

它神奇的力量遠遠勝過了寒光閃閃的利刃和呼嘯掛風的飛矢。

被巨大的威脅壓迫得顧不上喘息的人們，緊張地用弓箭抵擋著逐漸迫近的猛獸。儘管，猛獸包圍圈的不斷縮小，以及此起彼伏的人馬的慘叫，差不多已經證明：他們的抵抗是無濟於事的。

層出不窮的猛獸，使人們倉促中發出的亂箭的有效殺傷力幾乎爲零。

但是，除了一陣陣的箭雨，已經沒有什麼能給人們快要崩潰的意志灌輸一點點力量和信心了。這是被絕望的陰影籠罩下的人獸決戰。

當懸殊的力量對比消磨了人慣常擁有的優勢之後，那些可以被人捉來關進囚籠任意虐殺的野獸，就完全有可能以絕對優勝的姿態，隨心所欲地脅迫著人放棄最後一點點人之所以爲人的信念和勇氣。

這是自然賦予人獸兩方的生命力量的尖銳對峙。

這是對人的力量和膽識的嚴峻考驗。

這更是對人性深處的奇絕光彩的映現和昭示。

昭君指間的琵琶樂聲漸漸高亢起來。

這樂聲像越來越密集的春雨一樣，悠揚激蕩，潤濕了被殺氣和憂懼灼烤得快要爆炸的空氣，使凝神於緊張對峙的人們感到一絲寧馨和寬慰。

當參加了這一夜激戰的人們在幾十年後重溫一生的往事時，他們每一個人都無一例外地難以忘記今夜發生的、奇異得令人不敢置信的這一幕：

昭君的琴聲像春潮一樣漫過了嘈雜喧鬧的箭嘯、人喊和獸叫之後，騷動不息的欲望之火彷彿驟然在群獸心底熄滅了，牠們紛紛止住了肆無忌憚的號叫，豎起雙耳，好像傾聽到什麼神奇的天籟，牠們不再奔突、騰躍，而是像被仙人施用了魔法一樣，變得出奇地溫順、馴服。

成百上千，甚至更多隻猛獸，頃刻之間，從張牙舞爪、咆哮不止的凶神惡煞，突然變成了嚶嚶低泣的慈善的羔羊。

牠們在路旁的枯草、荊棘中密密地散布著，隨著一陣陣牽魂攝魄的琵琶樂聲，款款地左右移動著腳步，又紛紛倒臥下去，似乎有點纏綿地依偎著大地。

凶光從猛獸的眼睛裡消逝了。

溫存、安詳的神情在群獸水波閃閃的眼睛裡閃爍。

樂聲婉轉，直上雲端。

持弓搭箭的手臂在夜色中紛紛垂下。

樹靜風止，人馬凝神。

一直掩在雲層後面的明月，不知什麼時候，已經悄無聲息地緩緩浮出雲海，把朗朗的清輝無私地灑向天空和原野。

濃蔭遮蔽的密林空地上，投下了斑駁搖曳的樹影。

大路上失神站立的人馬，恍惚之間覺得自己此刻並非身處荒野密林之中，而像是留連在柔情萬種的江南水鄉或風光綺麗的雲山霧嶺。

琴聲飛揚，人獸動容。

戰場，變成了溫情似水的樂坊。

許多野獸情不自勝地匍匐於地，徐徐地挪動著腰肢，向琴聲響起的篝火旁款款移動。

路上的人馬也都不由自主地轉目側視，望著撫琴的昭君。

琴聲久久地盤旋不絕，人、馬、獸都沉緬在泉流般的樂曲中。時間凝滯了。

聚攏的昭君身旁的獸群數量已遠遠超過了送親隊伍的人馬。

遠近林木上方，鳥禽翻飛，不肯離去。

有些虎豹開始溫柔地探出利爪輕輕刨動篝火旁的焦土。

篝火，此時此刻，早已顯得暗淡多了，在野獸的心底，它已經和迷離的夜色沒有什麼區別。

只有琴聲。

只有時而令人迴腸蕩氣、時而令人低迴悱惻的琴聲，縈繞在人、馬、獸的心間，況且像照徹大地的月光一樣把心靈空間的每一個角落都占據了。

琵琶聲像山泉出澗，冷冷流淌，跳躍著，飛濺著，迴旋著，和著微微的夜風，映著皎潔如玉的月光，漸漸地遠去了，遠去了……

跌宕婉轉的樂聲，好似魔法一樣，左右著獸群的一舉一動，也無形地引領著牠們的進退行止。

飄忽、輕盈的樂聲，漸漸地變得遼遠起來，彷彿霧靄似地消散在不可捉摸的遠方了。獸群默默地散開來。

樂聲低迴，銀針落地似的，消融在朦朧的月色裡。

群獸貼著地面，倒退著，挪動著四肢地蹭回草叢中，又在若有若無、飄渺不定的樂聲的餘響中，逐漸向四面八方散開。

皓月已升到了中空。

寂靜、安寧的感覺，又重新回到了送親隊伍中的每人，每一匹馬的心底。

琴弦受到了昭君指尖的阻抑，驟然停止了顫動。

三天後。

歷盡艱辛的凶險的送親隊伍到達了上郡城外的榆林河畔。遙望上郡城中鱗次櫛比的房舍樓堂，散布在山坡上的每一個人都感到一種說不出的親切。

榆林河潺潺流淌，河面上泛出點點金光。傍晚的涼風吹來，使人感到心曠神怡。

爲了儘早到達上郡，隊伍已經連續奔走了兩天兩夜，沒有好好地歇息。

現在，雖然紅日欲墜，但上郡城已經近在眼前，兩天來積攢起來的疲勞一下子釋放了出來，使大部分兵將都像洩了氣似的，不想多走一步了。

呼韓邪單于和蕭育吩咐隊伍停止前進，稍事休息。這不僅是爲了體恤將士們的辛苦，也是爲了使這支送親隊伍以精神煥發的姿態出現在上郡軍民面前。

昭君在春蘭、秋菊的陪伴下，走下了車輦。

清涼的微風從榆林河面上吹來，一種沁人心脾的爽快，使昭君不由自主地向河邊走去。

河面上倒映出昭君美麗的面龐。

多日來的行車勞頓，使昭君的臉上隱隱帶有一絲疲憊，但這並不能掩住昭君天生麗質的美艷。一尾金色的小魚，從河底倏地游走了，彷彿是被映入河中的美麗面容驚動了似的。

春蘭和秋菊蹲在河邊，雙手掬起清冽的河水，連連喝了幾口，又撩起水，輕輕撲濺在臉上，像是想用這明澈的河水滋潤一下她們秀美的面龐。

的確，春蘭、秋菊這兩個俏麗端莊的姑娘，這些天來，在艱難的行程之中，不僅和昭君一樣經受了顛簸之苦，而且還要隨時隨地侍奉昭君的飲食起居，過度的操勞使她們原本秀麗圓潤的面容變得憔悴起來，並且蒙上了一層淺淺的塵垢。

「公主，河水是溫熱的，來，洗一洗臉吧！」秋菊抬臉召喚昭君。

「乾脆，咱們侍奉公主沐浴一次吧！」春蘭緊接著叫起來。

蕭育派人爲昭君的沐浴做準備，他親自選了幾名內侍，讓他們擔任警戒任務。

隨後他和春蘭來到河邊選擇了一處蔽風的淺水河灣。

準備就緒之後，蕭育又親自帶刀率領幾名內侍守在河岸上。

當昭君潔白豐腴的胴體接觸到溫暖、清澈的河水時，一陣奇異的芬芳像晨霧一樣無形地瀰漫在河面上。波光粼粼的河面上，漣漪輕輕蕩漾，裊裊飄散的芳香，使河水的流動霎時變得輕柔、緩慢起來。

水光瀲灩。

倩影婆娑。婀娜多姿的腰肢在河水裡款款扭動，秀美的烏髮帶起晶瑩的水珠，在夕陽餘暉裡熠熠閃亮。

蕭育目不暇接地巡視著四周的動靜。

忽然，一道白影從蕭育眼角的餘光裡閃過。

蕭育的心猛然一震，他的右手飛快地撤出了寶刀。

刀光一閃，蕭育疾風似地循著白影消失的方向，追了過去。

河灣中，白皙的胴體上掠過一道寒光。

這時，岸上遠遠地傳來了刀劍相擊的聲音。

塞上風雲起大漠

暮色尚未完全被黑夜吞沒的時候，旗幡招展、兵甲生輝的送親隊伍，已經在上郡守備引領的歡迎人群的簇擁下，開進了上郡城門。

跨在馬上的蕭育，內心雖然還殘留著一點因爲沒有生擒白衣人而生的遺憾和懊喪，但在最後追擊白衣人的時候，偶然發現白衣人失落在地上的一件東西，卻使蕭育意外地欣喜起來：這件東西，正是連日來一直讓蕭育牽念在懷的金牌！

正是因爲金牌意外地失而復得，才使送親隊伍受到了上郡軍民空前熱烈的夾道歡迎。但是，片刻的喜悅並沒有使蕭育獲得一種如釋重負的輕鬆感。

在河岸上，當他一眼瞥見白衣人的背影時，他幾乎是下意識地聯想起在北地郡行宮夜戰的情景，難道那個行蹤詭秘的白衣俠客又一次出現了嗎？他爲什麼窮追不捨？看樣子，他並沒有危害昭君的意圖，難道他是爲了提醒我們注意可能即將發生的什麼不測變故嗎？可是，爲什麼他又總是不肯顯出眞面目，甚至，連從從容容打一個照面，對他都好像是唯恐避之不及的禍端？他到底是什麼人？

然而，當蕭育在夕陽餘暉中清晰地看到這個白衣人的面容時，滿腹疑問頓時墜入了更加昏暗的深淵：

面前這個瘦削的白衣青年，儘管和在北地郡行宮出現的那個白衣人穿著幾乎一樣的裝束，並且也以另外一種神態顯示出英俊幹練的風度，但他顯然不是先前出現過的那個人。

不僅如此，當蕭育和這個白衣人當面交手時，蕭育發現這個人手執的兵器是一把金色的寶劍，而不是長簫。交戰之中，蕭育雖然明顯地感到面前這個白衣人身法不及在北地郡行宮遇到的那個白衣人敏捷，但從他怪異險絕的劍法當中，蕭育卻感覺到了更加咄咄逼人的氣勢和毫不謙讓的殺機。

豐富的實戰經驗提醒蕭育：眼前的這個對手是一個不可掉以輕心的勁敵。

奇怪的是，幾十個並沒有分出勝負的回合之後，那個白衣人似乎是故意賣了個破綻，敗了下去。蕭育清楚地知道對手可能另有打算，但是蕭育藝高膽大，生擒白衣人的急切心情促使他不顧一切地追了上去。

白衣人逃去如飛。蕭育如影隨形，緊追不捨。

忽然，蕭育敏銳的目光發現白衣人極其迅速地回視了一下。

蕭育警覺地閃了閃身，以防被對手發出的暗器所傷。但是，並沒有什麼暗器飛過來。

一剎那的耽擱，使白衣人得到了脫身逃走的機會。

蕭育壓刀猛追。

一絲細微的響聲飄入蕭育的耳中，他定睛一看：

白衣人身影閃動處，一塊金色的漆牌飛落進草叢裡。

當蕭育帶著幾分驚喜撿起了金牌時，白衣人的身影早已消逝得無影無蹤了。

夜幕籠罩中的上郡行宮顯得格外森嚴。

在聽完送親侯王龍關於北地郡行宮遇險的情形的講述之後，上郡守備果斷地決定：派出一萬名兵將，在行宮裡裡外外層層設防，同時，在上郡城牆上和街道上還增加了比平時多一倍的游動哨。

呼韓邪謝絕了眾人請他休息的建議，堅持要親自爲昭君守夜。

二百多名匈奴鐵騎被單于的行動所感染，也主動追隨著呼韓邪，一起守護在昭君房外。

蕭育安排好傷病將士，讓他們放心休息，隨後，蕭育精心挑選了三百名精兵，布置在行宮內外。

一輪明月在雲海裡穿行。

上郡東南邊，莽莽蒼蒼的五龍山像一個臉色陰鬱的老人一樣，蹲踞在遼闊平坦的原野中。山上茂密的松林在夜風的拂動上下，發出濤聲般的轟鳴。

寂寞的五龍山出現在一馬平川的荒野上，這本身就顯得有點突兀，加上它漫山遍野草木繁盛，就越發顯得與四周荒蕪蒼涼的曠野不協調。

實際上，看似孤零零的五龍山，卻不像人們所想像的那樣，是一個人煙罕至的地方。

相反，晝夜不息、往來出入的身影幾乎每時每刻都出沒在五龍山的各個角落。

盤踞在這裡已有十七年之久的一支綠林隊伍，在一個月前，剛剛經歷了一次並不成功的遠征行動，這兩天又迎來一批不速之客。

正是這些不請自來的遠方客人，把三十天來一直籠罩在五龍山人心頭的陰霾一掃而光。儘管還沒有出現什麼明顯的、可以預示巨大勝利的可靠徵兆，但新的來客給五龍人帶來了堅強的信心和希望。

地處邊塞，既是五龍山的這支綠林隊伍得以不斷壯大的重要保證，又使這支隊伍具有了一些與別處的綠林隊伍不同的特點：

隊伍是由漢人、匈奴人和西域人三部分組成的；

在這支隊伍中並行著三種各有差異的綠林規矩；

這支隊伍中的所有成員都深諳三地的民風、民俗，熟知三地的人文、地理狀況，精通三地的語言，甚至有不少人還擅長操用每一地的各種不同口音的方言；

這支隊伍的勢力範圍縱深延展到南部的關中、北部的匈奴和西部的西域三地。

正是這些獨特的組織、活動方式，確保了這支隊伍久戰不衰的發展態勢。每當遭到嚴重挫折的時候，他們也常常能夠憑藉得天獨厚的地理條件，迂迴游弋的輾轉遷徙，而比較容易地避開各方面朝廷軍隊的正面打擊，保存實力。

事實上，十七年來，五龍山的這支綠林隊伍一直處於持續不斷的發展之中，他們得心應手地從各地攫取、掠奪他們所貪求的一切財物，有恃無恐地擄掠、販賣各地的人口。

一開始，這支主要由各方面流亡來的奴隸組成的隊伍，還能夠憑藉自己的力量，做一些殺富濟貧、扶危助困的事情，一度也曾得到了各地窮苦百姓的信賴和支援。但隨之即來的大規模的擴編，使這支隊伍在很短的時間內，成了一個魚龍混雜、藏污納垢的組織。

這種變化很快孕育出了紀律鬆懈的惡果。於是，不分青紅皀白地燒殺搶擄漸漸成了這支隊伍的家常便飯。他們不久就成了一支地地道道的土匪武裝，一支無惡不作而又無人可敵的、罪惡的土匪武裝。

近年來，伴隨著這支綠林隊伍內部的不斷分化和鬥爭，各地官府的勢力開始滲透進五龍山來。

各懷心事的幾個首領經常率領自己的部下，遠涉千里，去參加漢、匈、西域各地官府之間的權力紛爭，使這支綠林隊伍，淪爲權貴之間相互傾軋的工具。

當然，也常常發生這樣的事：

唯利是圖的五龍山人往往不加考慮地接受肯出重金的雇主的調遣，結果使他們像隨風飄蕩的流沙一樣，遊走不定、反覆無常。在旁人看來，簡直成了忘恩負義、毒如豺狼、連獵狗都不如的劊子手隊伍。

當這種事情接連發生了多次以後，對五龍山人馬滿含怨恨和不滿的傳言像旋風一樣吹遍了大漠、曠野，甚至還吹到了關中北部的一些地方。狼藉的名聲對綠林隊伍來說，無異於致命的毒瘤。

五龍山的這支隊伍，因爲喪失了綠林人最看重的信義，而驟然變得有點臭不可聞了。

進山入夥的各方豪傑日漸稀少了。來自各地的請戰密信也像夏天裡的雪片一樣罕見。困頓的五龍山，陷入了巨大的絕望之中。這種絕望，是潛藏著滅頂之災的危險到來之前的一個信號。

各方面傳來的消息，幾乎都在證實著同一個事實：

環繞五龍山三面的關中、匈奴和西域的守軍正在秘密協商，準備在不久的將來，尋找合適的時機，從三面同時發兵，進攻五龍山，從而一舉搗毀這支久剿不滅的土匪隊伍的老巢，根絕後患。

這年初春，冰河還沒有開始消融，枯草還沒有開始泛青，從五龍山北部忽然傳來一條聳人聽聞的消息：

匈奴單于呼韓邪率領骨突侯烏禪慕、左大將溫敦等近萬兵鐵甲兵將，從單于庭出發，一路馬不停蹄，正朝上郡方向殺來。上郡東南的五龍山裡，頓時像凌空炸響了一個悶雷，所有的人一時都怔住了。難道匈奴眞的發兵來消滅我們了嗎？怎麼來得這樣突然？並且還由呼韓邪單于親自掛帥？

難道匈奴人已經立下血誓，不把五龍山徹底蕩平，絕不罷休？

一萬人馬，本來不算什麼值得吃驚的敵手，但是匈奴鐵騎的驍勇剽悍，在大漠內外是享有盛譽的，尤其是呼韓邪麾下的這支鐵騎，在平定草原叛亂、統一匈奴部族的連年征戰中，屢屢建立奇功，無數次傳奇般的勝利戰績使大漠四方的人們無不心悅誠服地相信：這支鐵騎中的每一名兵將都是能夠用以一當十的氣勢，壓倒任何勁敵的。

想到這些，五龍山人的心裡像陰天一樣黯淡無光。

所幸的是，不久傳來的，更爲確切可靠的消息，使五龍山人感到他們先前的一切憂懼和擔心都是不必要的。原來，南下的匈奴單于並沒有出兵征戰的意圖，他帶領三百兵隨身鐵騎，運載著一批賀禮，風塵僕僕，日夜兼程，是爲了趕到漢都長安晉見漢元帝，同時第三次提出與大漢宗室聯姻的請求。

平白無故受了一場驚嚇的五龍山人，心神安寧下來，轉念一想，又有點惱怒。他們暗暗咬牙，對於讓他們聞風喪膽、心驚肉跳的匈奴單于，漸漸生出一股說不清楚的痛恨來。

許多人躍躍欲試，提出劫殺匈奴求親隊伍的建議。

五龍山隊伍裡的匈奴首領呼木爾，是一個老謀深算的中年人，他平時總是像一塊山岩一樣沉默，但熟悉他的人都知道，在這塊冷漠的山岩內部，奔突著比沙暴還要難以捉摸的灼熱的激流，他像鷹隼一樣洞察著山裡山外的每一點風吹草動，他的胸懷裡總是包藏著盤根錯結、連環纏繞的謀略。這時候，眾人激動的吵嚷引起了他的不快：

「吵些什麼！」只這低沉的一句似問非問、似斥非斥的喝止，就使擁擠、喧鬧的聚義廳裡霎時安靜下來。

「誰要去劫殺單于？誰能提回單于的頭來？誰能抵擋得住火焰一樣蔓延燃燒起來的、復仇的匈奴鐵騎？」

大廳裡無人敢應。

「退下去！不要再讓無恥的狂言迷亂你們的頭腦！」

垂頭喪氣的人們默默地退出了聚義廳。

一絲不易察覺的冷笑從呼木爾臉上掠過。

一個更爲陰險毒辣的計劃，早已在呼木爾心裡形成了。

兩天後。

呼木爾突然調集了兩千五百名精壯的兵卒，組成一支隊伍，開始嚴格的訓練。

人們一時猜不透其中有什麼秘密。

兩個月過去了。

一天，當夜幕剛剛降臨的時候，呼木爾陰鬱的臉龐，在火把閃動不定的光亮的映照下，出現在聚義廳外的高階上。

高階下，兩千五百名身著黑衣的兵卒肅然站立，雪亮的撲刀在黑衣人隊列中暗暗閃光。

「勇士們，鋒利的寶刀就要在戰鬥中閃出異彩，把你們激昂的鬥志拿出來，在惡戰中完成你們的心願吧！」呼木爾微微有點激動的聲音在夜色中緩緩流轉。

「三天內，你們必須疾馳千里，到達北地郡東南的荒嶺，秘密埋伏下來，單等漢朝的送親隊伍來到。你們務必要先設下路障，阻住他們的去路，然後趁其不備，發起猛攻，一戰擊潰漢匈聯軍。聽說王昭君美艷驚動了漢宮，想必有超凡的姿色，你們不要傷她，千萬要設法把她擄掠到手，然後火速送回山寨，誰能生擒王昭君，並保她一路安然無恙到達寨中，誰就可以做五龍山第四位並肩寨主，與我和漢、羌二位首領平起平坐，禮同兄弟。送親隊伍中的其他漢匈將士，一律格殺勿論。想那驕橫一世的呼韓邪，爲美人所累，也無法施展出渾身的本領，你們可以合力將他就地射殺，砍下頭顱來見，借此機會，正好挫一挫匈奴的銳氣。說不準，我們還可以乘勢引軍北進匈奴，直取單于庭呢！到那時，匈奴部族豐美的草原、肥壯的牛羊、多情的姑娘，就盡歸我們所有了！」

一番話，點燃了黑衣勇士們心中狂野的欲火。握著刀柄的手，在黑暗中，因爲激動而突突顫抖起來。

天有不測風雲。

呼木爾殫精竭慮、周密籌劃的如意算盤，一夜之間被蕭育機智果敢的反擊徹底粉碎了。希望，在一瞬間幻成了無比可笑的泡影。

荒嶺夜戰發生時，呼木爾正帶著摻有幾分惴惴不安的暗喜，獨自一人，在五龍山的一間秘室裡，與孤燈對坐，款款地舉杯飲酒。

翌日午後，當狼狽得叫人感到有點可笑的殘兵敗將，一路風塵地跑進五龍山聚義廳哀號著向呼木爾報告荒嶺夜戰失利的消息時，呼木爾像被人兜頭猛擊了一悶棍似的，驚得說不出話來。

呼木爾一時辨不清自己心裡是什麼滋味。是懊悔？是怨恨？還是徹底的沮喪和失落。

呼木爾沉靜的面容禁不住抽搐了幾下。

他不知該說些什麼才好。

眼前這群血跡斑斑、披頭散髮的士卒，幾天前還是那樣精神抖擻、鬥志昂揚，他們自信、明朗的神情曾使呼木爾自己也深受感染。

可是，不出五天，這群生龍活虎的年輕勇士，好像是被人吸乾了鮮血似的，面容枯槁、眼神癡迷、衣衫襤樓、傷痕累累，像失去主子寵愛的獵犬一樣癱軟無力地趴在地上。是突如其來的慘敗，使他們心中燃燒得過分濃烈的欲火遭到了迅猛得幾乎讓他們的意志承受不了的撲滅，這種打擊是沉重的，也是殘酷的。它把這些一向容易被狂亂的情緒所左右的人們驟然推下了絕望的死谷。

呼木爾似乎帶有一絲愧疚地低低說道：「退下去吧！」

被傷痛、疲乏和絕望折磨得快要崩潰的殘兵敗將們，本來還滿懷驚悸和恐懼地準備接受呼木爾的懲罰，現在聽到呼木爾毫無責斥意味的話，不由地有些意外，連忙倒頭謝恩：

「謝大王不殺——」

「去吧，去吧！」呼木爾煩躁起來，他心裡清楚：由於自己過去常常責罰打了敗仗的部卒，使許多人不願死心塌地追隨自己，尤其是吃了敗仗以後，不少兵卒不敢回來向呼木爾報告，而是逕自逃走了事。現在，眼前這幾個人還能苟延殘喘地趕回來報信，呼木爾感到，雖然因爲這些士卒的無能而白白錯失了一次寶貴的戰機，但他們的忠誠還是很難得的。這樣一想，呼木爾就打消了借懲治敗卒，以洩心頭忿恨的念頭。

被說不清楚的懊惱糾纏得快要發狂的呼木爾，一連十幾天，不言不語地坐在屋裡生悶氣，他的臉陰鬱得像風暴來臨前的天空。

黎明。

紅日噴薄而出。

五龍山的春天不但比它四周的曠野來得早，而且也持續得很長久。時令已近仲夏，五龍山中還洋溢著初春特有的清新、涼爽的氣息，蓊蓊鬱鬱的草木散發出令人陶醉的芬芳。

但是，美麗的自然景色並不能掩住人心底的罪孽和邪惡的潛流。

呼木爾在聚義廳裡不無詫異的接待面前這批面目各異，但一律身穿黑色夜行衣的不速之客時，他幾乎有一種身處夢境的感覺。作爲一直縱橫衝殺在邊遠地帶的一支綠林武裝的首領，呼木爾內心對中原各路身懷絕技的武林高手，始終抱有一種敬畏的態度。

有時候，想想那些名揚四海的大俠所創造的種種令人難以置信的奇蹟，呼木爾反觀自己，簡直會生出一種讓自己難堪的、自慚形穢的感覺。不過，此刻，作爲五龍山的首領，作爲被拜訪的東道主，呼木爾覺得自己不應該在這上百名俠客面前顯得過分謙卑。儘管眼前這一百來名俠客，幾乎人人都有一個一說出來就叫人震驚的稱號，但呼木爾看得出來：這些名噪當世的大俠，今天齊聚五龍山，一定是有什麼重要的事情要求助於自己。

想到這裡，呼木爾心頭不由地釋然放鬆了，一絲微笑影子似地掠過他的嘴角。

「呼大俠！」一個鬚髮灰白的黑衣俠客，按照他對中原江湖英雄習慣的稱呼方法，多少有點不自然地叫了一聲眼前這個異族的山大王。

「哦——」，微微一驚的呼木爾，輕輕地點了點頭。顯然，黑衣俠客的稱呼是令他既意外又滿意的。

一時間，呼木爾在意識深處覺得自己突然躋身於那足以引起千萬人景仰的中原大俠的行列中了。

「呼大俠，」灰鬚老俠客又親熱地叫了一聲，接著說道：「久聞五龍山有一支綠林豪傑隊伍，縱騁大漠，威震塞外，尤其是呼木爾大俠，膽識超人，英名蓋世，今日一見，果然名不虛傳啊！」

呼木爾不動聲色，他臉上有點凝固了的微笑，說明他並不太喜歡這種多少有點虛僞的客套話。

灰鬚老俠客大概覺察到了什麼，連忙話鋒一轉，提高了聲音，朗聲說道：「半月前，天下聞名的俠客齊聚北地郡，共同盟誓，決定了一件驚天動地的大事，想必呼大俠早有所耳聞吧……」

「……」，呼木爾一下子感到萬分尷尬。

雖然他對武林高手每年定期在北地郡集會盟約的事情，也曾經根據道聽途說，做過些猜測，但多少年來，對屢次盟約的內幕，呼木爾一直不大清楚。他曾很想通過管道刺探到一些有關盟約細節或大致內容，以便從中發掘出一點有利可圖的消息，但他實際上從來沒有得到過哪怕是最微不足道的一點點消息。

這倒並不完全因爲呼木爾缺乏得力的耳目，更主要的是因爲武林盟約是不同尋常的一椿秘事——世上許多最深不可測的秘密，卻不是一般人認爲的那樣，是神不知、鬼不覺的那種完全隱藏在暗處的事，相反，倒極有可能是那些早已名聲廣播在外，看似人人皆知，其實誰也不知其詳的事——北地郡的武林盟約就是這麼一類秘事：

參與盟會並決定最後結果的人，都是武林九宗八十一門派的各路掌門大俠，除此之外，每年還有一些隨時變動人選名額，留給那些新近在江湖上嶄露頭角、技壓群雄的後起之秀。

盟約的日期和具體地址總是以難以捉摸的規律在不斷變化著，極少有人知道其中的奧妙。

盟約的全過程都處在秘而不宣的狀態之中。

——在距離盟約日期很近的日子裡，參加集會的人們才陸陸續續收到來歷不明的、形式各別的通知；

——盟約開始以後，參加者中斷了一切與外界發生的聯繫，他們以某種一般人很難猜測的方式交換著對一個或幾個重要議題的看法；

——盟約的結果，往往並不是以什麼明確的文字形式出現的。更多的時候，它是灌輸在盟約之後的一系列大規模的行動中的。

許多人都是在經過了多年之後，才從完整的回憶中辨清了當初盟約的眞切結論，而當貫徹盟約結論的行動受到嚴重阻礙，或遭到突然破壞時，盟約的眞實目的就會成爲永遠的謎，湮沒在時間長河裡。但是，世上萬事萬物，從來就不可能根絕例外變故的發生。

這次，盟約被迫在五龍山中昭示於光天化日之下，就是例外。

這樣的例外，是許多人不願看到的。

但是，爲了盟約的成功，他們必須這樣做。

沉默，使聚義廳裡的空氣陡然緊張起來。

一縷初生的霞光，透過窗櫺，落在呼木爾的肩上。

「呼大俠，」灰鬚老俠見呼木爾臉上的神色溫和了一些，就不失時機地給呼木爾找了個臺階：

「盟約前，老朽曾打算派人邀請呼大俠參加，不想，事情突變，盟約時間有了變化，來不及通知呼大俠。今天特來給呼大俠送達盟約詳情，請呼大俠不要見怪！」

「哪裡，哪裡。」呼木爾明知對方在做假，但也不便揭穿，只好裝作一無所知，搪塞了幾句，聽對方往下還說些什麼。

「數月前，匈奴單于呼韓邪第三次進入長安，恬顏求親於漢宮，自己甘心屈尊爲漢帝的兒婿，結果，被漢元帝恩准了。不知呼大俠對這件事有何高見？」灰鬚老俠深邃的目光逼著呼木爾的表情。

「這——」呼木爾正準備洗耳恭聽對方關於盟約的敘述，沒料到對方突然一句反問，弄得他一時不知如何答對，只得張口舌結地支吾起來。

灰鬚老俠無聲地笑起來，他從座位上站起身來，走到大廳中央，來回踱了幾步：「匈奴單于求親，漢公主遠嫁，對匈奴和大漢都不是什麼值得引以爲榮的事吧——」

說到這裡，灰鬚老俠有意停頓了一下，迅速地掃視了大廳裡的人們，最後，把目光停留在呼木爾的臉上。

呼木爾表面上儘量保持鎮定，內心卻禁不住翻騰起來。

這個性情剛烈的匈奴猛士，感到自己心靈深處最脆弱的地方像被銳器扎了一下，強烈地疼痛起來。

「天下義士都不能容忍這種有辱漢匈兩方的事情發生。這次北地郡盟約，各路豪傑商定，務必全力以赴，把送親隊伍堵截在中途，擄走王昭君，請匈奴單于回返大漠！」

灰鬚老俠的聲音裡帶有一種金屬碰撞似的迴響，在大廳裡嗡嗡轟鳴。

呼木爾明顯地聽出了面前這個乾癟老頭話裡話外的鋒芒。他感到了一種被人侮辱而又無力還擊的憤恨。

「啪——」

呼木爾一揚手，把桌案上的茶碗掃出老遠。

茶碗應聲飛出，在白玉廳柱上迸裂成許多碎片。

幾片碎瓷濺落到灰鬚老俠的身上，然後又順著衣紋滑落到地上。

廳裡眾人皆驚。

黑衣群俠各持兵刃，離座而起。

呼木爾身邊的幾名衛卒，端起了刀槍。

廳外迴廊上的守卒聽到動靜，也急忙挺著兵器，衝進門來。

雙方怒目相對。

火光欲迸。

寂靜。

呼木爾的頭腦裡霎時變成一片空白。

然而，急劇變化的陣勢又逼使他不得不緊張地思索起來。

雜草一樣的許多念頭同時充塞進他的頭腦裡，一片一片的野火正借助著風勢，從四面八方蔓延過來。呼木爾覺得渾身灼熱難當。

短暫的沉默使呼木爾的思緒稍稍寧靜下來。

這個狡黠的匈奴武士，隱隱感到了蒼茫夜色中的一點光陰：

在灰鬚老俠氣勢奪人的話語之間，閃爍著朦朧的螢光，這正是呼木爾內心潛伏已久的一種不可言說的熱望——

多少年來，呼木爾一直盼望著有朝一日，能像雄鷹一樣自由地展翅翱翔在大漠上空。這個出身寒微的匈奴苦役的兒子，有一段悲慘的生活經歷，他從小就失去了雙親，被部族權貴輾轉販賣，受盡了侮辱和折磨。艱難的生活並沒有摧折呼木爾的脊樑，相反，過分的壓迫激發起呼木爾血液裡日益濃烈的反抗意識。當年輕的呼木爾忍無可忍地親手殺死了奴隸主，開始在草原上茫無目的地逃亡時，他的心中已經萌發出徹底消滅匈奴貴族的頑強信念。

他投奔了五龍山的綠林隊伍，當時，這支隊伍主要是由漢人組成，匈奴人很少，並且無形中遭受著一些漢人的歧視。呼木爾把自己血跡斑斑的家史和刻骨銘心的仇恨，深深地埋在心底，也立誓用行動證實自己，以及自己民族具備的無畏膽識的決心，深藏在心裡。

不久以後，呼木爾在多次激戰中的出色表現爲他，也爲他的同胞們贏得了榮耀，也贏得了當之無愧的尊敬。

在呼木爾到達五龍山的第五個年頭，這位匈奴人不僅躍身進入三方首領之列，而且以他的智慧、勇猛獲得了整個隊伍中最高的威望。從那以後，加入五龍山的匈奴人越來越多了。現在，儘管在人數上匈奴士卒還略少於漢人，但在實際影響上，匈奴人已經遠遠超過了漢人。

呼木爾是個頭腦睿智的首領，他深深懂得在決定性的勝利還沒有到來時，團結是最可貴的。正因爲這個緣故，他平時特別注意關照匈奴士卒，時刻訓誡他們和漢族士卒以誠相待、密切團結。

但是，呼木爾的影響還遠沒有達到陽光那樣廣闊的範圍。隊伍中出現的各種勢力集團，使他的許多努力化成泡影。貌合神離的部下充斥在他的周圍。漢人首領和西域人首領不僅彼此互相猜忌，而且還各從不同的利益出發，深深地嫉恨著呼木爾這個在隊伍中威信最高的人。呼木爾漸漸地感到正陷進了日益陰晦的濃霧之中，他久遠的理想變得越來越模糊了。

每當星斗闌干、夜深人靜的時候，呼木爾總會不自覺地從酣睡中醒來，他常常在這個時候望天長嘆。何年何月，矯健的雄鷹才能飛上廣袤無垠的天空呢？

當呼韓邪經過幾年東征西戰，收復統一了匈奴部族，被擁立爲匈奴大單于時，蝸居在五龍山裡的呼木爾聞訊不由地悲從中來。他分辨不清這種心緒是悲痛，還是悲哀？

他只覺得心裡有什麼寶貴的東西在剎那間蕩然無存了。他眼前的藍天、山色頓時失色了。也許正是這樣一種思緒，促使他在派遣部下劫掠送親隊伍時，毫不猶豫地發出了「就地斬殺呼韓邪」的命令。

可是，這句毫不猶豫的命令早已隨著荒嶺夜戰的慘敗，化成了一陣過眼雲煙，徹底地消散了……

呼木爾彷彿從夢魘中突然醒來似的，渾身一震；

「來人哪！」

這聲打破了沉默的呼喚，迴響在聚義廳清涼的空氣中，使廳內外的每一個人心頭都悚然一驚。

「來人——，」又一聲呼喚。

幾名士卒醒過神來，連忙提著刀槍迎上前去。

「快吩咐下去，大擺筵宴，款待各路豪傑！」呼木爾說著，扭頭箏對群俠，「各位大俠，有話好說。來，今天難得歡聚一堂，先開懷暢飲，隨後再慢慢商談盟約大事！」

頃刻間，五龍山中鼓樂喧天，聚義廳裡酒肉飄香、觥籌交錯、笑語喧嘩。

這時候，一片不知從何處飄來的烏雲，悄悄地遮住了朝陽的一角。

整個五龍山籠罩在陰翳之中。

一夜無事。

蕭育望著天邊漸漸擴散開來的曙光，不由得鬆了口氣。

上郡雖然比北地郡更偏北一些，但似乎比北地郡要繁華、熱鬧得多。

當送親隊伍緩緩地駛出行宮，在上郡守備和地方賢達的陪同下，從城中大街上穿過的時候，昭君在車輦中，隔著窗紗，看到了歡呼雀躍、熱情招手的人們，看到了招牌林立、旗幡飄揚的店鋪。

清晨寧馨和暖的陽光，使昭君的神思彷彿又飛回了初春的長安。

那是長安城萬人空巷的一個黎明。

那是皓月般的明珠第一次，也是最後一次照亮漢都長安這座古城的一個黎明。

數千年過後，在長安城中生活的人們，爲那極其短促的一次遠去的輝煌時刻，而備感驕傲；而生活在長安城以外的人們，卻難以抑制因回顧這一歷史片斷而油然生起的無限慨嘆。

送親隊伍在和煦的陽光裡，像一條潺潺流動的河，離開了上郡城。

送行的上郡軍民彷彿已經預知了什麼似的，像送別一去不歸的摯友一樣，一直簇擁著送親隊伍，走出了八十里路。

昭君含淚的眼睛裡湧動著深深的依戀。

悠揚的琵琶聲飛出了華美的車輦，盤旋縈繞在空中。

車輦旁邊的窗紗款款掀開了，昭君美麗如玉的面龐上，淚珠滾落。

車輦兩旁，送行的軍民頻頻向昭君招手致意。

幽怨的歌聲裊裊上升，撥動著人們的心弦：

皚如山上雪，皎若雲間月。
聞君有兩意，故來相決絕。
今日鬥酒會，明日溝水頭。

躞蹀禦溝上，溝水與西流。
淒淒復淒淒，嫁娶不須啼。
願得一心人，白頭不相離。

竹竿何裊裊！
魚尾何簁簁！
男兒顯意氣！
何用錢刀為！

沉緬於纏綿悱惻的歌樂聲中的送行軍民，久久盤還，不忍離去。已經淚流滿面的昭君，幾次放下琵琶，揮手示意人們就此作別，都無濟於事。

蕭育在馬上，望著此情此景，也不由得熱淚盈眶，心懷激蕩。

蕭育吩咐送行人馬停止前進。

呼韓邪、烏禪幕也被這種場面感染得黯然動容。

呼韓邪甚至懷疑自己是不是犯下了什麼罪孽？

上天啊，你饒恕我這個奪走了千千萬萬漢民心中絕美佳人的罪人吧！

呼韓邪在心底這樣一遍一遍地嘶喊著。

如果能夠，呼韓邪此刻情願永遠地停留在這裡，與美麗善良的昭君長相廝守，在這裡世世代代地生活下去，使昭君永遠不離開她深沉摯愛的土地和衷心愛戴她的人們！

這時，牽魂懾魄的歌聲和樂聲再度響起來，像春風一樣把萬種溫情吹拂到空曠開闊的原野裡、天空中，也吹拂進人們的心田：

吾家嫁我兮天一方，
遠托異國兮烏孫王。
穹廬為室兮氈為牆，
以肉為食兮酪為漿。
居常思土兮心內傷，
願為黃鵠兮歸故鄉。

這首前代公主劉細君在遠嫁烏孫王以後寫下的《黃鵠歌》，此刻恰好傾述出了昭君內心深切綿密的憂傷和哀愁。

送行的人們情不自禁地伴著昭君奏響的琵琶樂曲，抑揚頓挫地和著昭君的歌聲，唱起這首《黃鵠歌》來。

送親隊伍裡的漢匈將士也動情地放開了歌喉：「……穹廬爲室兮——氈爲牆——，以肉爲食兮——酪爲漿——，居——常——思土兮——心內傷，願——爲——黃鵠兮——歸故鄉——」

一時間，蒼涼悲抑、雄渾深沉的歌聲響徹了漠野的上空。

孤鷹，在湛藍的天空中，徐徐墜落。

翌日黃昏。

借著夕陽送來的最後一抹餘暉，並轡駐立在一處高坡上的呼韓邪和蕭育，極目北望，依稀可見長城灰濛濛的輪廓。「就要出塞了！」呼韓邪和蕭育心裡都不約而同地慨嘆了一句。但此刻，兩個人的心情卻不完全相同。

他們相互對視了一眼，會心一笑，側身帶馬馳下了高坡。

送親隊伍的人馬早已安紮下來，遠遠近近，升起了炊煙。

接近西河郡的這一帶地方，除了草色比較濃鬱以外，它平坦遼闊的地勢已經與長城以北的大漠沒有什麼區別了。

這裡雖有一條寬闊的驛道蜿蜒著向北延伸，但每隔幾里，路面就嚴重地被塵沙掩埋住的現象，說明這裡是眞正人煙罕至的地方。

不過，過分的落寞、沉寂，也給這裡帶來了一種特有的寧馨和安詳氛圍。

蕭育敏銳的目光向四外掃視了一周。視野之內沒有一絲一毫的異常動靜，似乎除了送親隊伍的人馬和萋萋芳草之外，方圓千百里之內不會再有其他生命存在了。

罕有的安寧籠罩在人們四周。

自從進了上郡城之後，溫敦就變得沉默寡言起來。似乎這個身材魁梧、體格健壯的匈奴大將，從來不願意分享旁人的快樂，更不願意分擔別人的憂愁，同時也不屑於把自己的心跡表露在外。其實，這並不是溫敦本來的性格。

隨著送親隊伍逐漸接近長城的行蹤，溫敦內心的陰影也日益擴散開來。

這個匈奴猛將的心靈正在被焦躁、不安的火焰灼燒著。

一直萌動在溫敦頭腦裡的一個想法，像一隻賊頭鼠目的野貓一樣，不時地從意識深處的暗影裡跳出來，撩撥著溫敦的神經。

終於，溫敦下了決心。就在夜宿上郡城的那天晚上，當行宮內外都寧靜下來的時候，溫敦悄悄地摸黑爬出了寢帳。

昏暗的燈影搖曳不定。

溫敦奮筆疾書。

一匹快騎乘著夜色，馳出了上郡城門。

秘密派遣出送信的親兵之後，溫敦總是覺得有點惴惴不安。他似乎從來沒有像現在這樣害怕過什麼人或什麼事。難道，這種反常的恐懼是因爲他第一次做了背叛呼韓邪單于的事嗎？

不。

在溫敦心目中，呼韓邪是頂天立地的英雄，溫敦從來沒有萌生過哪怕是一點點企圖背叛大單于的念頭。

包括這次背著呼韓邪做的這件事。

溫敦始終認爲：阻止王昭君進入匈奴，是有利於呼韓邪單于赫赫英名的一件好事。

可是，溫敦不理解：爲什麼大單于不像自己這樣想呢？就連自己從小敬重的老父親，似乎也因爲年邁而有些頭腦昏花了，竟然經常因此而斥責自己！

溫敦覺得很苦惱。

那個漢將王龍，好像也是對漢匈聯姻這樁事有些冷漠的，但溫敦不願和這個漢人多談論自己的心事。一方面，因爲溫敦向來鄙視漢人，這其中的緣由，溫敦自己也說不清楚。反正，從小時候起，溫敦就不太喜歡父親成天吟誦的那些詰屈聱牙的漢詩文，只有那些講述匈奴人和漢人交戰的故事能引起溫敦的興趣。

另一方面，在這麼多天來的行旅途中，溫敦也漸漸發現：王龍這個人過於淺薄輕狂，完全沒有一點赳赳武夫應有的涵養和風度。所以，溫敦開始有意識地疏遠王龍。

當心煩意亂的溫敦隨意向遠方迷濛的暮靄中眺望時，隱隱約約，長城上升騰起的滾滾狼煙，引起了溫敦的注意。

一陣抑止不住的興奮在溫敦心底驟然升起。

「怎麼回事？」

「怎麼回事？」

「……」

送親隊伍中一陣騷動。

呼韓邪、蕭育、烏禪慕、王龍一齊擠上高坡，凝神向遠方望去。

長城上烽火次第燃起。

熊熊火光，閃動著，映紅了天際。

狼煙直上。

一場意料不到的凶殺惡戰，正在漸漸逼近。

送親隊伍裡的每一個人，心裡陡然升起一團疑霧。

難以排遣的恐懼和憂慮，頓時使人們眼裡閃出陰翳。

一路追殺疾行的宇文成，尾隨著黑衣群俠，在霞光裡到達五龍山口。

神秘的五龍山，對這位遍遊江湖、萍蹤天下的青年大俠來說，遠不像普通人心目中那樣深不可測。宇文成幾次南來北往，都曾路經這座常年濃蔭蔽日、蒼翠欲滴的大山。這裡的一切，對他來說，並不陌生。

但是，當宇文成順著羊腸小道，漫步在五龍山中時，他第一次感覺到了這裡幽雅恬靜的氛圍是如此地令人難以割捨。

這種欲說還休，斬不斷、理還亂的情思，連日來，一直縈繞在宇文成的心頭。昭君美麗的面龐、深情的雙眸，還有那令人心旌搖蕩、柔腸百結的琵琶樂聲，始終盤桓在宇文成腦海中。

宇文成的思緒反覆迴旋著。

他眼前一遍一遍地閃現著三年多以前，在秭歸通往長安的大路上，與昭君相伴而行的一幕幕場景。

連宇文成自己也說不清楚，是一種什麼樣的力量，促使他不辭勞苦地從南方晝夜兼程地趕到長安，又從長安急匆匆地北上，一路尋訪著送昭君出塞的人馬行跡。

快到北地郡的時候，宇文成終於追上了送親隊伍。

他在山坡上遙望著旗幡飛揚、馬踏黃塵的送親車隊，心潮起伏：昭君，你的心靈能感受到一絲神秘的顫動和溫熱嗎？你能感覺到吹簫人眞摯深情的矚望嗎？

行宮激戰，幾乎使宇文成暫時擺脫了這種罕有的纏綿情緒。

五龍山生機盎然的碧色，使宇文成緊綳的神經鬆馳下來，一股清泉又從他心底汩汩流出。但是，此時此地，宇文成爲了使心愛的人徹底擺脫危險的陰影，爲了使心愛的人能夠自由歡暢地走完出塞之前的這段旅程，他必須抑制住自己內心激烈翻騰的情感熱流。

他要用自己的赤忱、勇猛和膽識，驅散黑暗角落裡蘊藏的一切不可告人的陰謀，並不失時機地對那些圖謀不軌、意欲危害昭君的鬼魅，施以毫不手軟的迎頭痛擊。

想到這裡，宇文成不由得加快了腳步。

轉眼間，他的身影消失在山色之中。

在黑衣群俠潛入五龍山的第四天黃昏，經過幾天推心置腹的攀談，已經差不多成了親密朋友的呼木爾和眾俠客，正圍坐在聚義廳前的天井裡，沐浴著習習涼風，品茗閒談。

實際上，他們每一個人心裡都清楚地明白：這種親切的氣氛是一種表面上的策略。當呼木爾這個深謀遠慮的匈奴勇士，從灰鬚老俠的言談話語中發現了某種可以利用的好處之後，這個狡黠的綠林首領決定：不顧惜一切，立即和這夥顯然是別有他圖的中原大俠聯合起來！

共同的目的，雖然只存在於表像上，但爲這個共同的目的而採取的行動，卻完全可以達成一致。

壓抑住民族自尊感、壓抑住血液中某種激躍奔騰的熱流帶來的衝動，呼木爾揮刀斷袖，一大片衣袂隨著他擲地有聲的話音，飄落下來：「誓殺呼韓邪，阻止王昭君出塞！」

儘管這句氣宇軒昂的誓言深層的意思，與黑衣群俠的心願並不完全相同，但胸有城府的眾俠客還是對這句話表示出了極大的歡迎和滿意。

幾天來，他們一直在商議著同一個話題：

如何組織一次大規模的偷襲，採取斷然措施，對正在逐漸接近邊塞的送親隊伍進行一次毀滅性的打擊，確保萬無一失地達到既定的目的。

當然，在商討具體行動方案時，呼木爾更多地考慮殺死呼韓邪的各種可能性，而俠客們則更著力於設計成功掠走王昭君的各種方案。

兩方面都心照不宣。

兩方面都自覺不自覺地在妥協，也在暗暗地較著勁。

呼木爾需要這夥武藝高強、馳名四海的大俠壯大自己隊伍的聲威，需要這些個個都富有傳奇色彩的江湖高手給自己疲憊沮喪的隊伍灌輸一種堅強的鬥志。

剛剛遭到挫敗的俠客們，也需要借助呼木爾手下這支兵強馬壯的綠林隊伍，助長攻勢，震懾對手。北地郡行宮夜戰的慘敗，一方面是由於送親隊伍中出現了意想不到的勁敵，一方面是由於這些常年習慣於單打獨鬥、縱騁江湖的江湖豪傑，個個都逞強顯勇，不能誠心誠意地互相配合。慘痛的教訓使這些富有惡戰經驗的俠客們感到：太需要一支訓練有素、行動協調而又英勇善戰的隊伍來彌補自身不可避免的不足了！

茫茫荒原之中，到哪裡去找這麼一支可以得心應手、聽任調遣的隊伍呢？

在幾名西部大俠的提議下，大家一致選中了五龍山這支武裝。

憑著雙方不言自明的默契，五龍山的匪徒和黑衣群俠很快結成了盟友。

他們將在不久之後的血戰中，共同對付像孤雁一樣漂泊在大漠中的送親隊伍。

當夕陽斂起了它最後一縷光芒，悄無聲息地墜落在五龍山西邊的地平腳下時，一匹快騎風馳電掣般地衝進了五龍山口。

一封插著雕翎、火漆封口的密信，飛落在呼木爾面前的案几上。

呼木爾的目光裡閃過一絲不易察覺的驚疑。

他緩緩地展信細讀。

眾俠客不由地面面相覷，然後又都把目光集中在呼木爾臉上，似乎想從呼木爾紫黑的臉膛上讀出字來。

「太好了！」呼木爾拍案而起。

眾人隨之一驚。

「匈奴部族左大將溫敦帳下的副將，派人送來密信，約集五龍山大隊人馬，兩天內趕到長城一帶，先合力洗劫漢匈兩方的邊民，激起雙邊民憤，然後佯攻對方，造出漢匈交戰的假象。等送親隊伍抵達長城時，再乘亂約兵一處，齊心協力劫殺昭君車隊。」

呼木爾有意把信中關於確保呼韓邪單于安然無恙的內容給忽略了。

群俠一聽，無不喜出望外，個個摩拳擦掌、躍躍欲試。

一陣喧囂之後，聚義廳外的人們紛紛擁進廳內。

燈盞高懸，人影搖曳。

夜幕剛剛降臨的時候，一個罪惡的計劃在竊竊私語中產生了。

聚義廳外，高高的屋脊上，一道白影閃過。

當五龍山的人馬披著夜色，浩浩蕩蕩地向北開進時，身著白衣的宇文成也正心急火燎地向北疾行。

星斗闌珊的夜空下，萬籟俱寂。

辨不清方向的遠方，隱隱傳來低沉的風聲，間或還夾雜著一兩聲鳥獸的悲鳴。

方笑天並不是一個喜歡熱鬧的人，但他又似乎不大欣賞那種與世隔絕、孤芳自賞的山林生活。這個自幼生長在上郡城中一個武術世家裡的青年，他的血液裡既含有一種傲視世俗的高貴，又帶有一種天生的親近自然的淳樸氣質。他喜歡一個人獨來獨往，僅就這一點看，他與宇文成是很相似的。

但是方笑天並不是宇文成，他不像宇文成那樣喜歡動輒出沒在險峰幽谷、雪嶺冰川之中，他更樂於走南闖北，穿行在各地的鬧市之間，繁華喧囂的街頭、城闕森嚴的王宮，都是方笑天行跡常至的地方。

方笑天願意做一個隱身於茫茫人海中的獨行俠。他樂於在紛囂嘈雜的環境中，體味內心幽深的孤寂和沉靜。他總能在人聲鼎沸、車水馬龍的市井當中，聆聽到自己意識深處潺潺流動的心泉的奏鳴。

唯有在夜裡，他才會在悲涼悠長、抑揚頓挫的塤樂聲中，走進眞正的寂靜的冷清。

也正是憑藉著塤樂，這個常年混跡於鬧市並疏於與人交往的青年俠客，才得以與少數幾個朋友相識，其中，包括宇文成。

湘江邊上，故友重逢。

方笑天與宇文成暢談抒懷。

對方笑天來說，這樣熱烈、坦誠的傾述，是很少有的。

方笑天不知道自己為什麼在宇文成面前，總是這樣不由自主地變得健談起來，難道是因爲那次在上郡山中，宇文成循著塤聲尋訪吹塤人的往事，使方笑天在心底認爲宇文成是一個堪稱知音的摯友嗎？

方笑天不願意費神琢磨這些很難說明白的事情，他更關心實實在在的人和事。

然而，當方笑天無意中向宇文成提起北地郡盟約的事時，宇文成欲言又止的神態引起了方笑天的不悅。一層淡淡的、卻很難驅散的疑雲開始盤旋在方笑天心頭。

宇文成匆匆離去了。

方笑天隨後也加緊了行蹤，向北方趕去。

北地郡、上郡、環江、洛水、榆林河、五龍山，這一帶對西部劍俠方笑天來說，簡直熟悉得像是自己的家園一樣。的確，自幼生活在邊地的方笑天，秉承家學，從小養成了奔波遊走、闖蕩四方的行俠習慣，西部每一片土地上都留下了他的足跡。

西部的一草一木、一土一石都像是朋友一樣，使方笑天感到親切。但這還遠遠不足以證實方笑天與西部的密切關係。方笑天最熟悉的，不僅僅是這裡的風光草木，更重要的是，二十年來的耳濡目染，使他對這裡獨特的人文風情、歷史沿革瞭如指掌。

許多神奇而又恐怖的傳說，連同傳說中那些神態各異、身世曲折的傳奇人物、英雄好漢，都在方笑天心目中留下了不可磨滅的印記。

半年來，一直遊歷在外的方笑天，一踏入廣袤無垠的西部曠野，迎面撲來的粗獷蒼涼的氣息就使他的心胸頓時豁然開闊起來：

到家了！

他在心底這樣低低地感嘆了一句。

剛剛邁進家門不久，方笑天就聽到了關於昭君出塞的種種傳聞。

方笑天心裡怦然一動。

不知道爲什麼，他突然覺得宇文成欲言又止的神態與昭君出塞這件事之間，可能存在一種無形的聯繫。

方笑天經常神不知、鬼不覺地探訪各地的王宮，他對宮廷內部的生活是很熟悉的，許多聳人聽聞的宮幃秘事曾經激起了方笑天說不盡的義憤。

方笑天決定親自探察一下昭君車隊的情況。

也許，這麼做是爲了滿足一種好奇；也許，這種好奇中還摻雜了一點朦朧難辨的情感。

方笑天希望宇文成能夠出現在有關昭君出塞的事件中，但他又隱隱感到，假如宇文成眞地出現在大漠上，這個光彩照徹武林的青年遊俠，會帶來一股強勁的疾風，使西部本土的英雄顯得黯然失色。

方笑天暗下決心：一定要在昭君出塞這件事情中，做出驚天動地的大事來。

因此，當他從父親那裡獲悉：武林高手齊聚北地郡，爲阻止昭君出塞這件事進行盟誓，他決定：自己不參加這次武林共同約定的大規模行動。

方笑天要在自己的家鄉，獨立創出一個驚世駭俗的奇蹟來——他要憑藉自己一個人的力量，成功地阻止昭君北上！

方笑天不愧是西部劍俠中的佼佼者。他在極短的時間內查明了送親隊伍北上的行走路線，並準確地在北地郡附近的密林中，追尋到了送親隊伍的行蹤。

當他經過周詳的盤算和精心的準備，在夜色中飛簷走壁，趕到北地郡行宮，準備擄走酣睡中的「寧胡閼氏」王昭君時，他突然發現：自己來晚了——

當時，先行趕到的宇文成、黑衣群俠和送親隊伍的將士已經展開了激烈的混戰。方笑天潛伏在高簷之上，一時竟急得不知該怎麼辦才好。

然而，當方笑天的頭腦稍微冷靜下來以後，這個歷經百戰的青年劍俠心裡忽然生出一個絕計：乘亂盜走送親隊伍的護身金牌！

常年馳聘在西部邊塞附近的方笑天，自幼對這片地理位置特殊的大漠上的江湖秘事爛熟於心，經常途經這裡的官府車隊，因爲丟失了賴以護身的御賜金牌，而陷入進退兩難的困境之中，結果，這些茫然失措的遠行客，不是頂著丟失金牌的罪名中途折返回內地，就是在大海撈針般茫無目的、尋找金牌的遊蕩中慘遭殺虐。

這回，強烈渴求成功的欲望，促使方笑天對送親隊伍使出了「盜取金牌」這一毒招！

混亂之中，方笑天輾轉騰挪，狸貓一樣，敏捷而迅速地闖進了昭君的房間。身經百劫的行俠生涯不僅給方笑天留下了練達的手段，也使方笑天積累了豐富的經驗。方笑天憑著經驗，熟練地在昭君床幃附近摸索起來。

果然，在枕底，方笑天的手指觸到了光滑的金牌！

方笑天一把抓起金牌，迅速地打亮火石，借著火光定睛看了一下金牌，然後放心地把金牌揣進懷中。聽聽窗外，殺聲不絕於耳，方笑天不由覺得好笑，他順手把手裡燃著的棉籤扔上頂棚，「呼」地一下，頂棚上竄起了火苗。

方笑天飛起一腳，踢開後窗，順勢躍出窗外，縱身一跳，沿著高牆，遠遠地消失在夜幕之中。

出乎方笑天意料之外的是：送親隊伍好像根本沒有受到丟失金牌這件事情的影響，他們不僅沒有停止行進、派人四處尋找金牌，甚至連一刻也沒有耽擱，好像金牌的丟失是他們意料中的事似的，又馬不停蹄地向北進發了。

方笑天當然不知道：送親正使蕭育和單于呼韓邪，為金牌失竊曾經焦急萬分。蕭育也曾幾次要求隻身離開車隊，去尋找金牌，但是，富有大漠生活經驗的烏禪慕勸止住了他。

因為昭君明艷照人的美麗，送親隊伍在丟失金牌的那些日子裡，並沒有遭遇到太大的困難。沿途官府、守軍和百姓都盡其所有地為送親人馬提供了方便。

這使一直期待著好消息傳來的方笑天，感到萬分沮喪。

他不明白：到底是什麼力量庇護著這支遠行千里的送親隊伍，使他們居然能夠臨危不亂、化險為夷？方笑天又開始暗中跟蹤送親車隊。

方笑天在密林中親眼目睹了昭君奏響琵琶，退卻成百上千隻猛獸的奇絕場面，並且親耳聆聽了那動人魂魄的琵琶樂聲，方笑天才感覺到昭君所具有那種曠古絕今的驚人的美艷和神奇的魅力。

他忽然意識到自己盜取金牌的舉動是不可忍受的卑劣行徑！

他第一次感到：世間還存在著一種至高無上、冰清玉潔的天地精華所凝聚成的美。

這是任何人都不能恣意侵害、玷污的美。

假如有誰非要逆天理而行，試圖污損、破壞這種至美，他勢必會遭到上蒼無法逃避的嚴厲懲罰！

方笑天想著想著，額上滲出了層層冷汗。

後來的日子裡，他仍然一直尾隨著這支送親隊伍。

他心中原有那些利用阻止昭君出塞，而使自己驟然間名揚天下的卑俗的念頭，早已蕩然無存了。他的整個心魄都被那緩緩行進的車輦牽動著。

他已經無法掙脫這種無形卻十分有力量的牽引了。

他分辨不清：究竟是自己在追隨著這架華美的車輦呢？還是這架車輦在牽掣著他不斷前行？

只要跟從著車隊，方笑天就覺得自己的心田像春光明麗的田野一樣開朗。朦朧之中，方笑天甚至覺得自己十分偶然地闖進昭君出塞這件事情，完全是上天有意的安排，這是一種恩賜，也是一種考驗。

昭君的安危，成爲占據方笑天整個心靈空間的大事。

方笑天覺得：自己二十年來練就的一身武藝，注定就是爲了呈獻給昭君的。茫茫的大漠之上，方笑天的心緒像流雲一樣高高懸浮著、飄移著。

當送親車隊漸漸走近上郡的時候，方笑天斷然決定：在車隊進入自己家鄉之前，把不應該盜來的金牌送還給昭君。

一直遠遠地追隨在車隊後面的方笑天，漸漸接近了昭君的車輦。

送親車隊在上郡城外的榆林河畔停了下來。

無意之中，躲閃在暗處的方笑天一眼瞥見了正在河灣裡安然沐浴的昭君……

方笑天驚呆了。

沁人心脾的體香像清寒皎潔的月光一樣滲進方笑天的心底。

方笑天幾次想挪動腳步，都沒有奏效。

一股強勁的衝動驅使方笑天不假思索地從腰間驀地掏出了古塤。古塤，這件奇特的兵器，它本是用來對付那些可能置方笑天於危難境地的強悍的敵人的，此時此地，被巨大的震驚沖昏頭腦的方笑天，已經有點無法用理智控制自己的行動了。他下意識地舉起了塤。

緩緩地把塤擱到嘴邊，深深地吸足了氣，用力一吹——

霎時間，河灣裡飄起了一陣迷人心神的濃鬱香氣。

站在河灣邊上的春蘭、秋菊，忽然覺得眼前一陣發黑，險些栽倒在水裡。

昭君卻似乎毫無反應。

昭君身體上散發出來的清爽的芬芳，瀰漫著，瀰漫著，款款地消融了水氣、花香、泥土的潮氣，也消融著那一股暗暗吹來的令人發膩的迷香。

方笑天在草叢裡看到此情此景，頓時怔得目瞪口呆——

多少年來，藏在古塤中的這種具有強烈的麻醉作用的迷藥的濃香，曾經使無數鋼筋鐵骨的武林豪傑頹然倒地，沒有一次失效。想不到，面前這個裊娜多姿的女子竟使這種強有力的迷幻劑失去了威力！

方笑天驚詫萬分，手裡的寶劍和古塤「噹啷」落地。

站在不遠處、警覺地四處察看的蕭育應聲扭頭，一眼瞥見了方笑天的身影。

方笑天急忙抽身就跑。

蕭育緊追不捨。

膽戰心驚的方笑天爲卻自己剛才卑鄙的舉動感到一陣陣羞恥，他的腳步漸漸變得綿軟無力起來。

蕭育乘機躍到前面，擋住了方笑天的去路。

兩人各舉刀劍，廝殺在一處。

方笑天自知心虛理虧，不敢戀戰，打著打著，賣了個破綻，敗出圈外，掉頭就跑。

蕭育不肯放鬆，搶身衝了過去。

方笑天暗叫一聲：「不好！」

蕭育的刀已經掛著風聲斜劈過來。

方笑天急中生智，想起金牌還在自己身上，就勢摸出金牌，丟在地下。

蕭育目光一閃，刀鋒稍稍一偏，方笑天趁機奪路逃走。

倉皇逃回上郡城家中的方笑天，好像突然生了一場大病，倒在床上不言不語，一連十幾天沒有出門。

轉眼間，時令已近仲夏。

這天，閒談中，方笑天從父親那裡得知：參加北地郡盟約大會的各路大俠，已經於一個多月前，重新聚集到五龍山中，近日，他們正會同五龍山大隊人馬，一同北上，奔赴長城一帶，準備在塞上劫殺護送昭君的隊伍。

方笑天聞訊，當下驚得變了臉色。

這使得方笑天的父親不由得有點奇怪起來：什麼時候，這個心驕氣盛的孩子也懂得替別人擔驚受怕起來了？若有所思的父親微微一怔，好像忽然明白了什麼似的，無聲地微笑起來。

當天夜裡，方笑天的老父親在昏睡中聽到了一聲低抑的馬嘶，接著是院門開啓的聲音，老人心裡悄悄地升起了一絲憂慮和欣慰交織的情思。

塞上滾滾的狼煙，雖然使送親隊伍中的每一個人心頭都籠罩上了一層陰影，但這絲毫不能阻止這支歷經千難萬險、終於到達邊塞附近的遠征隊伍的行進。

當送親隊伍在晨曦中又開始了一天的行程時，遠處長城烽火臺上的煙塵還沒有完全消散。蕭育已經在啓程前派出了一隊精銳人馬，提前趕到長城，去探查情況。

接近正午的時候，先遣隊伍在滾滾黃塵中策馬歸來了。一名漢將來不及把馬帶住，就翻身躍下鞍來，險些摔倒：「報告蕭將軍！大事不好，漢匈兩方軍民正在前方長城腳下激戰！」

這句急促帶喘的話，如巨石擊水，在人們心裡激起一陣波浪。

呼韓邪聞聲趕來。

烏禪慕臉上陡然變色。就在昨天黃昏，當烏禪慕看到遠處的烽煙沖天而起時，他猛然意識到：他擔心已久的事情終於發生了！烏禪慕連夜秘密派出五名親兵，疾速縱馬趕往單于庭，火速調遣單于帳下的一萬名鐵甲騎兵，馳援送親隊伍。但是，烏禪慕的良苦用心似乎並沒有及時奏效。

先遣隊伍的報告已經證實了這一點。

一場不可避免的血戰迫在眉睫了。

古長城。午後灼熱的陽光灑遍了大地。長城兩邊屍橫遍野，血流成河。

長城上，刀光劍影，殺聲震天。五龍山的匈奴兵馬衝殺突擊。弓弩齊鳴，飛矢如雨。

當遠處出現匈奴大單于鐵甲騎兵的七色旌旗時，身負幾處弩傷的宇文成和方笑天，含笑相視，然後又深情地凝視了一下遠處掩蔽在高坡後面的昭君車輦，他們已經分明地感到：這場殊死的戰鬥，即將迎來決定性的勝利。

宇文成、方笑天合力劈倒了幾名匪徒，然後縱身躍下了長城。

轉瞬間，消逝得無影無蹤。

急促的馬蹄聲排浪似地傳入浴血奮戰了近兩個時辰的人們的耳鼓。

滿身濺血的蕭育抬眼翹望遠方：煙塵瀰漫處，盔甲閃亮、刀劍生輝，無數匈奴龍庭鐵騎在震徹天宇的喊殺聲中、排山倒海般地奔騰而來！

面對這支挾著急風暴雨般的氣勢、宛若銅牆鐵壁一樣疾速開進的鐵甲雄兵，鏖戰了多時的人們禁不住止住了刀槍，從血泊中挺身站起，凝神遠望。

五龍山眾匪驚呆了。

先期奉溫敦密令趕到塞上，蓄意製造戰亂的匈奴兵將，也驚恐得變了臉色。

這場惡戰中，原先佯裝互相攻打拚殺的這兩支人馬，在送親隊伍抵達長城腳下以後，已經合兵一處，結成同盟，不由分說對送親人馬展開了聯合的劫殺。

英勇的送親隊伍在蕭育、呼韓邪的率領和指揮下，與數倍於己的強敵展開了激戰。

先後趕到長城的大俠宇文成、方笑天也加入了送親隊伍一邊，他們高超奇絕的武功使對手駭然失色。

五龍山群匪和溫敦部將遭到了頑強的抵抗和堅強的反擊。呼木爾身負重傷，他的右臂被宇文成的長蕭擊折，但誓死要殺死單于呼韓邪的渴望仍然激勵著他催馬縱騁，用左臂揮刀衝殺。

蕭育、呼韓邪、烏禪慕身上都中了弩傷，但他們似乎毫無覺察，依然鎮定自若地馳馬奮戰。只有奉命守護著昭君車輦，避在一處高丘旁邊的王龍和溫敦，彷彿置身事外似地悠然自得。

當混戰進行殘酷的決勝關頭時，血腥的肉搏和不斷增加的傷亡，使王龍感到膽戰心驚。他乘旁人不備，突然打馬向南奔去。他再也不想追隨著送親隊伍吃苦受累、擔驚受怕了，他要儘快逃離這個是非之地。但是，乖僻的命運偏偏跟這個居心叵測的小人開了個絕大的玩笑——止當打馬狂奔的王龍心懷竊喜地倉皇遠逃的時候，一支毒弩橫空飛來，「撲」

地一聲，不偏不倚，深深地射進了王龍的後腦。

……

當宇文成、方笑天的身影遠遠地消逝在大漠深處時，單于帳下的一萬鐵騎潮水般地衝上了長城。驚魂未定的五龍山群匪、溫敦帳下的將士，遭到凌厲的痛擊！呼木爾被一槍挑到馬下，無數鐵騎從他身上踐踏而過。

溫敦在遠處望著這一切，頹然癱軟在馬上。

落日的餘暉遍布大漠。

經過短暫休整的送親隊伍，在單于鐵騎的簇擁下，重新踏上了北上的征途。

蜿蜒起伏的長城，沐浴著金色的霞光，靜靜地消失在昭君深情回望的視野中。

淚光閃動之中，一切都變得模糊起來……

寂寥廣漠的荒野之中，彷彿又迴響起悠揚淒切的琵琶樂聲。

第六章 大漠閼氏

穹廬陰山大草原

近了，近了……一個遙遠而又陌生的地方終於越來越近了。

馬車中的王昭君，浮想翩翩，想像著這即將到達的她昔日神往的地方，那蔚藍的天空、無邊的草原、金色的沙漠都好像一幅幅美妙的畫圖在她心中展開。她美麗的大眼睛變得迷濛起來，她忽然變得憂傷，有種漂泊異地他鄉的哀愁，但是，她的心又不無憧憬。

驀地，幾聲嘹亮的號角聲傳過來，這聲音是那麼蒼勁、高昂，在秋風中將塞外的風情送入了王昭君的耳鼓、王昭君的心。「大約快到了吧，」王昭君想。

「公主，有人來了，」秋菊說。

一陣歡快的馬蹄聲由遠及近，將戎服的呼韓邪單于帶到了王昭君的馬車旁，王昭君讓春蘭把簾子捲起，自己探頭向外面張望。沒等王昭君開口，呼韓邪單于便說：「我已經讓快馬回去傳報了，號角聲告訴我，迎接的人已經來了。」

話剛說完，王昭君便聽到更多的號角聲響起，悠長的聲音迴盪在整個草原的上空；號角聲過後，便是有節奏的歡快的鼓點，鼓點聲中，還夾雜著萬馬嘶鳴的聲音。

王昭君好奇地問：「單于，怎麼有這麼多馬的嘶鳴聲？」

單于驕傲地說：「我的大美人啊，今天，我要讓全草原的人民都來歡迎您。剛才的號角聲就是召集四面八方的牧民趕來歡迎您的。」

王昭君深情地看了單于一眼，便低下頭去，不說話了，而在她心靈深處，心弦被撥動了，她感到自豪、歡欣，卻又驚恐。她在想：我能做草原的皇后嗎？

身邊的秋菊拿起了銅鏡，對王昭君說：「公主，再理理妝吧。」於是，秋菊拿銅鏡，春蘭拿化妝品，就在車中，王昭君淡描雙眉、薄施朱粉，略塗胭脂，更加容光煥發、光彩照人了。

馬車外面，隨行的人忙碌起來。漢人在蕭育的指揮下，重整隊伍、儀仗，一個個都以飽滿的精神迎接即將到來的草原盛會，他們要在胡人中間保持漢人的風采和尊嚴。而那些和單于一起前往長安的匈奴將領和士兵，則爲自己歷盡千辛萬苦迎接了一個美人回來而歡欣鼓舞，他們覺得，一顆耀眼的星辰，不，是一輪明媚的月亮，即將在草原的上空升起。

從馬車的窗口望出去，草原的秋天深深地迷住了昭君。蔚藍的澄明的天空，就像一望無際的平靜的海；幾朵悠悠白雲，在天空中飄蕩，宛如海面航行著幾隻帆船；溫暖的秋天的陽光，從空中瀉下來，悄無聲息地落在草原金黃的秋草上；而草原是無垠的，望不到盡頭。

馬車經過的地方，總會驚起群群不知名的小鳥，它們歡叫著，飛上天空。

羯鼓的聲音激烈、歡快。馬的嘶鳴聲此起彼伏。

甚至能聽到草原的人民歡快爽朗的笑聲了。

王昭君將心從草原的美景中收回，又將車窗的簾子重新放下來，達達的馬蹄聲伴著她的思緒將她拉向那鼓點熱烈的神秘的美麗地方。

「公主，迎接的華車和人來了，」有人說。

王昭君聽出是蕭育的聲音，她雖然看不見外面，但從萬千匹馬的走動聲、萬千個人的喧嘩聲，她知道她已經離單于的龍庭不遠了。

駕馭馬車的車夫「吁」了一聲，馬車緩緩停下，只聽外面有人喊：「請寧胡閼氏下車」。

早有人在馬車的外面放上備用的臺階，在春蘭和秋菊的攙扶下，王昭君從座位上緩緩地站起……這時的她，心反倒平靜了。

她是個堅強忍耐的人！離開家鄉的歲月，雖然只有短短幾年，但她深悉人生的滄桑和苦難，再加上一路的千辛萬苦，幾多變故和柳暗花明，現在，還有什麼是她所能懼怕的呢？何況，這可是她魂思夢牽的地方啊！她覺得她有足夠的信心來面對草原的人民和天空。

春蘭在前，秋菊在後，王昭君順著那只有三級的臺階輕移雙腳，儀態從容地走下了馬車，她的頭微微地低著。

「請寧胡閼氏上華車，」兩隊戎服的匈奴龍庭侍衛大聲喊。

黑鴉鴉的全草原的男女老少都把目光「唰」地一聲投向了王昭君，這些穿著節日盛裝的草原的人們，他們都只有一個願望：把頭抬起來啊，大漠的新閼氏！

在兩個龍庭侍衛的導引下，春蘭和秋菊扶著王昭君，緩緩地向前面的華車走去。

這是輛十八匹千里馬拉的華車，前面九匹是純色的大白馬，後面的九匹是純色的大紅馬；它們拉著一輛敞開了篷的車子，車子大約有十丈見方，兩邊各有三個大輪子；車子四周則是精雕細琢的圍欄，只在車子的後面，空出一丈左右寬來供人上下；車子的中間，是一把虎皮交椅，車上全鋪著華貴的有金線銀線作裝飾的毛氈。這是單于爲巡遊、圍獵和出征專門備用的車，今天，呼韓邪單于要用它來迎接王昭君進入他的龍庭。

慢慢地走過草原，王昭君一個人登上了華車。

她在虎皮交椅的前面站定，抬起頭來，緩緩地向四面八方的草原人民鞠躬致意。

在這一抬頭一鞠躬的刹那，歡快激烈的鼓點聲突然停止，互相交談的草原的牧民突然沒了聲音，即使連剛才還不安地嘶鳴的馬，也突然停止了鳴叫。大地和天空，忽然在這一瞬間靜止了。天上悠悠飄浮的白雲，也停止了漂泊。

兩隻大雁，在人們還沒有明白過來的當兒，驀地從空中直墜下來，摔在王昭君的華車上。哦，這可愛的大雁，這可憐的大雁，看見了王昭君，居然忘記了飛翔，從天上掉下來了。

草原的牧民們一下子驚醒過來，從王昭君無可比擬的美麗、優雅中驚醒過來，發出了狂歡的聲響。鼓點聲重新響起，草原上歡聲雷動，他們齊聲呼喊：

「寧胡閼氏千歲、千千歲！寧胡閼氏千歲、千千歲！……」

華車緩緩地啓動了，十八匹紅白相映的千里馬，邁開了矯健的步子，載著王昭君，在全草原的人民的簇擁下，向匈奴的龍庭行進。坐在虎皮交椅中的王昭君，看著這些熱情的草原牧民，看著遠處蔚藍的澄清的天空，她的心受到了感染和鼓舞，她把自己的擔憂都拋棄了，她一下子就愛上了草原，她相信，這會是她自由馳騁的美麗地方。

經過一個幽藍的湖泊，王昭君向前看去，首先映入眼簾的是連綿的陰山，那積雪的頂峰聳入藍天，那傾瀉而下的白玉似的飛瀑，落入積雪的頂峰下蓊蓊鬱鬱的原始森林，然後是草場——金黃的山麓草場。在山麓草場的前面，又是寬廣無邊的草原，就在前面不遠處，出現了若干大大小小的穹廬，穹廬的四周，圍著木樁的柵欄，柵欄的外面，守衛著戎服佩刀的匈奴的士兵。

「大約這就是匈奴龍庭了吧」王昭君想。

果然，在馬車前面的人群慢慢地停了下來，王昭君的華車來到了龍庭的大門口，那兒張燈結綵，早有許多擊鼓手，穿著整齊的衣服，在擊鼓歡迎。

一聲號角，四個士兵打開龍庭的大門，王昭君的華車緩緩地馳進龍庭。

而那些跟隨的草原牧民們，自覺地停在龍庭門口的外面，他們卻遲遲不肯離去，依然在外面大聲地喊：「寧胡閼氏千歲、千千歲！寧胡閼氏千歲、千千歲！……」

王昭君的馬車駛過十來個大大小小的穹廬，最後停在一個嶄新的中等大小的穹廬前面。

一班婦女穿著華麗的貴族衣服、個個頭戴高帽、帽上纏繞著懸掛大小不同、閃耀光澤的珊瑚瑪瑙珠，兩隻手腕上也繞滿了寶石、珊瑚，以及細珠串成的手鐲。王昭君知道，這些人肯定是匈奴貴族的家眷和單于的家眷了。

華車一停，先行到達的春蘭和秋菊便來扶王昭君下車。

一班貴族婦女紛紛上前來向王昭君鞠躬致意，以示歡迎。

王昭君則一一還禮。

就在這剎那，這些貴族婦女全都驚呆了，只把目光投向王昭君，目光落在王昭君的頭上、臉上、身上……

她們嘴上不說什麼，但內心裡卻有同一個念頭：天下怎麼會有這麼標致絕美的女人啊！

短時間的沉默後，那班匈奴的貴族婦女才如夢初醒，忙邀請王昭君進入穹廬，她們只顧看王昭君，居然忘了請遠道而來的客人進入穹廬了。兩個匈奴婦女先低頭進入，春蘭、王昭君、秋菊、隨從婦女，魚貫而入。

穹廬不大，高約二十來尺，底下是圓形的，直徑大約有十來尺，穹廬的底下，是用平整的石頭壘起來的，大約有五、六尺高；而穹廬的架子，是用檀木做成的，分上下兩部分，下部以長近二十尺的檀木交叉格架，組成方塊形，連結處結以皮帶；上部以長約十幾尺的檀木，互相銜接，綁在架的頂端，成爲一個固定的圓形牆壁，牆壁上開著幾個圓形天窗；牆壁上和地上，都裝飾著華貴的花毯。

穹廬裡的擺設，也是一目了然，中間圍著一些矮桌和毛墊座位；左邊放著一些大小衣箱和櫥櫃，右邊鋪著一張床，床上鋪著華貴的被褥。

在王昭君和春蘭、秋菊略略掃視從未見過的穹廬的當兒，那班匈奴婦女便請王昭君在上首的客人座位上坐了，春蘭和秋菊侍立在側。

坐下來的王昭君還能聽見龍庭外面的狂歡的人群，依然留戀著不肯離去，在那兒齊聲喊著「寧胡閼氏千歲、千千歲！」

簾子一動，一群人魚貫而入，領頭的正是滿面紅光的呼韓邪單于，緊跟他的是漢朝送親正使蕭育，匈奴骨突侯烏禪慕和匈奴左大將溫敦。單于在王昭君旁邊坐下，其他人也都揀了座位坐下。單于微笑著，撫了撫長鬚，望著王昭君說：「公主，你來的日子，是草原的節日啊！」

「公主，你的到來，可眞是照亮了整個草原啊！」骨突侯也笑著說。

王昭君微啓朱唇，說：「單于和侯爺過獎了。」

有人將各種果點，香甜的黃油、奶皮，醇香的奶酒，酥脆的油炸餜子和炒米、奶酥，及各種匈奴特有的點心，都端了上來，單于請大家邊談邊吃。

王昭君便揀了幾樣小巧可口的點心和大家一起吃起來。

「我來給大家介紹一下吧」溫敦提議說。

單于點了點頭，表示贊成。

溫敦便指了指座中年紀最大的一個匈奴婦女說：「這是娜仁閼氏。」

王昭君明白，她應該是單于原配妻子了，論稱呼，她是閼氏，論年齡，她與單于差不多，這是個慈祥、和藹的老人。

還沒等王昭君起身，她已經站了起來，把右手放在胸前，低頭微微地鞠躬，對王昭君說：「公主遠道而來，往後不要拘束，這兒就是你的家。」

王昭君也忙起身，學匈奴人的禮儀，給娜仁閼氏施禮，也將右手放在胸前，低頭微微地鞠躬。

王昭君是第一次行匈奴人的禮儀，居然這麼自然，一點也不覺得做作，但這自然、又有著一種特有的典雅、雍容。這令在場的人，即使連溫敦，也不得不暗暗地嘆服。

娜仁閼氏重新落座，溫敦又指著一個較爲年輕漂亮的中年婦女對王昭君說：「這是薩仁閼氏。」

不用說，這是單于的第二個妻子了。等她從座上站起，王昭君發現，這個匈奴女人自有一種可愛的姿態和色彩：五官、軀幹和手臂，好像天生配就是這麼一副；分開來看可能會覺得沒有什麼，合攏起來看卻覺得彼此相呼應，覺得美。

唯一讓人覺得遺憾的是兩條腿短了一些，否則定會多幾分飄逸。她的眼睛似乎略帶幾分憂鬱，這肯定是個極有心計的人。

王昭君和她都相互施禮，寒暄了幾句。

接下來介紹給王昭君的是單于的妹妹、匈奴的大公主、溫敦的妻子阿婷潔。阿婷潔是個豐滿漂亮的美人，渾身洋溢著青春的活力，保存著北方少女的那種自然風韻。她的臉蛋兒像一個發紅的蘋果，一朵將要開花的芍藥；一雙黑溜溜的大眼睛，四周深而密的睫毛向內部映出一圈陰影；一張嫵媚的嘴，窄窄的，潤澤得使人想去親吻，內部露出一排閃光而且非常纖細的牙齒。王昭君暗暗稱奇：匈奴居然也有這麼漂亮的美人。

阿婷潔顯然是個心直口快的少婦，她站起來對王昭君施禮，說：「嫂子，你需要什麼，以後儘管對我說。」

「謝謝妹妹的好意，」王昭君說。

龍庭的外面，狂歡的牧民們仍然沒有離去，「寧胡閼氏千歲、千千歲！」的喊聲仍然此起彼伏，迴盪在草原的上空。

雖然剛剛經過長途的旅行，但他們都不覺得累。開朗的骨突侯烏禪慕更是興奮異常，對王昭君說：「公主，你這是第一次見到我們的穹廬吧？」

王昭君笑了笑，點了點頭。

烏禪慕說：「這就是我們草原特有的房子，與你們家鄉的大不一樣。你聽我唱一首民歌，你就明白了。」

說完，他便令人取來他的馬頭琴，邊彈邊唱：

因為仿造藍天的樣子，
才有圓圓的穹頂；
因為仿照白雲的顏色，
才用白白的羊毛氈製成。
這就是穹廬——
我們匈奴人的家。

因為模擬蒼天的形體，
天窗是太陽的象徵；
因為模擬天上的美景，
馬燈是月亮的圓形。
這就是穹廬——
我們匈奴人的家。

他古樸蒼勁的歌把王昭君和人們都帶入了一個美妙的世界。

草原是美麗神秘的，它的風土人情都令王昭君沉迷，她彷彿一條重返海洋的魚兒，在自由的水中自由遊弋；她又像一隻重返藍天的小鳥，在新鮮的空氣中自由自在地飛翔。晨昏午夜，王昭君最愛在草原上徜徉，懷抱琵琶，彈幾曲南方的小調，她最易想起的便是童年，那無憂無慮的歲月，至今令她神往。

有時她也會想起如今不知去向的宇文成和方笑天，她總問春蘭和秋菊：「宇文成和方笑天都還活在人世嗎？」

秋菊每逢這時，便默默地不說話，只有春蘭會說：「公主，他們肯定還在世上，不久你會見到他們的。」

「見到，見到又怎麼樣呢？」王昭君心想。她的心撲朔迷離起來，有些憂傷，這是女人的憂傷，愛的憂傷。

這時，她會想起古書中的一句話：「任憑弱水三千，只取一瓢飲。」有時她會覺得自己的軟弱，自己的心實在太小，她的心，能容下什麼呢，她彷彿聽見了遙遠的哀怨的簫聲和塤聲。

但是，婚禮很快便來了。呼韓邪單于對於即將到來的婚禮其實早已迫不及待了。只是爲了表示他對昭君的格外寵愛，他決心隆重地舉行草原有史以來最輝煌最熱鬧的婚禮。

呼韓邪單于一面大肆封賞王侯將相，同時，也恩及百姓，令全匈奴的人狂歡三天。這三天裡，龍庭上下、王公貴族、牧民奴隸，可以狂飲爛醉、唱歌跳舞、通宵達旦，還要開展各項比賽娛樂活動。一項是摔跤比賽，一項是巨大的跳舞狂歡晚會。

婚禮的那一天，還不到日出的時候，天剛有點濛濛亮，王昭君便起了床，走出她的穹廬。

那是多麼美妙蒼茫的時刻。在深邃微白的天空中，還散布著幾顆星星，大地和天空微白，野草在微微顫動，四處都籠罩在神秘的薄明中。一隻雲雀，彷彿和星星會合在一起了，在絕高的天際唱歌，寥廓的蒼穹好像也在屏息靜聽這小生命爲無邊宇宙唱出的頌歌。在北方，連綿的陰山吐露在青銅色的天邊，顯示出它的黑影；在東方，耀眼的太白金星正懸在天上，好像是一顆從大地上升起的靈魂。

王昭君完全沉浸在這美妙蒼茫的時刻中去了。正在這時，秋菊將一件單衣披到王昭君的身上，說：「公主，小心著涼，今天可是你大喜的日子啊！」

王昭君「哦」了一聲，隨著秋菊走回了穹廬裡面。

不久，號角聲響起，先是單獨的幾聲，接著便是百千隻號角呼應。

號角聲聲將草原喚醒，也將睡夢中的草原人民喚醒。

全草原的人，都穿起了節日的盛裝，戴上自己的首飾，紛紛生火燒飯，準備參加單于的婚禮活動。上午，將有草原人民非常喜愛的摔跤比賽。

王昭君和春蘭、秋菊剛用過匈奴侍女送來的早餐，便見呼韓邪單于興沖沖地揭簾進來。

今天的呼韓邪單于，穿一件紫紅色長袍，上面用金線和銀線織著獅、鷹、鶴等圖案；腰束玉帶，右掛象徵單于權威的匈奴寶刀；頭繫黃色綢巾，飾有珍珠、瑪瑙，中間的一顆夜明珠閃閃發光，格外引人注目；腳蹬黑青色皮靴；單于彷彿年輕了二十歲似的！

「昭君，準備好了嗎？」單于高興地說。

昭君脈脈含情地看了單于一眼，說：「準備好了，單于。」

「好，那我們出發吧，去看摔跤比賽。」

單于在前，春蘭、王昭君和秋菊依次走出了穹廬。

到門口一看，只見早有華車等在那兒了。這就是那輛用十八匹千里馬拉的那天迎接過昭君的華車。只是在今天的華車上，放置的座位不是一個，而有八九個之多。單于親自扶王昭君上了華車，春蘭和秋菊也上去了，單于和王昭君居中坐下，春蘭和秋菊侍立在側。

華車啓動了，一路上又載上了娜仁閼氏、薩仁閼氏、骨突侯烏禪慕、左將軍溫敦和大公主阿婷潔等人，除了左將軍溫敦和薩仁閼氏有點冷淡以外，其他的人都是紅光滿面、興高采烈。

華車一駛出龍庭的大門口，便有兩隊龍庭的騎馬侍衛手持旌旗，吹著號角在前面開路，又有兩隊龍庭的騎馬侍衛分別在左右和後面隨行。

秋天的草原顯得空曠寥廓。華車行不多遠，就來到了一個人聲鼎沸的地方。這裡，胡笳長鳴，號角聲聲，還有羯鼓有節奏的鼓點聲，人們的歡笑聲、馬群的嘶鳴聲，匯成了聲音和人的海洋。在黑鴉鴉人群的中央，早已搭起了一座專門用來摔跤的擂臺，平時的摔跤，總是在草地上隨時隨地進行，而今天，由於看的人太多了，便搭了一個寬闊結實的擂臺。擂臺是用從陰山上砍伐的大樹搭成的圓臺，直徑約十五丈，四周圍著結實的繩子，地上鋪著柔軟的毛氈。

「單于和寧胡閼氏來了」。忽然有人大聲喊。於是，胡笳和號角都吹得更響了，羯鼓也擊得更有力了。而草原的人們，更想再睹草原的新皇后的風采。有許多人，上次因爲沒見著王昭君，後來聽人家說了，後悔不迭，今天特意起了大早，早早地來到摔跤場上等候，只爲一睹王昭君的風采。

今天的王昭君，已經依從了胡俗，渾身上下都是胡人打扮。她頭戴貴族婦女專用的圓雛形高尖帽，尖端有紅穗子，帽子四周裝飾著珊瑚瑪瑙珠，尤其是帽子的前面，鑲嵌著一顆碩大的紅寶石，在陽光的照耀下閃閃發光；她身穿紅色綢緞長袍，袍上刺繡著魚、鳳等圖案；腰束白玉帶；足蹬白色皮靴。

美麗的王昭君，穿上了胡服，彷彿顯得更加漂亮、更加光彩照人了。

當華車駛進人群，草原的人民歡聲雷動，紛紛開始呼喊：「單于萬歲、萬萬歲！寧胡閼氏千歲、千千歲！」

單于和王昭君，這一對新人，從座位上站起來，將右手放在胸前，微微點頭向他們的臣民致意。

這時，草原上的男人，都從心底裡羨慕單于，羨慕單于擁有了天仙似的美人！

而草原上的女人，都從心底裡嫉妒王昭君，嫉妒她以自己的美照亮了整個草原。

只有華車上薩仁閼氏，心裡覺得有點酸，有點妒意，她覺得是王昭君的出現搶走了她在單于和草原人民心中的位置；還有溫敦將軍，他沉著臉，看著眼前王昭君的背影，簡直覺得有點恨。他想起了自己剛剛死去沒幾年的姐姐，那漂亮溫柔的玉人閼氏。

各人還在想著自己的心事，溫敦手下的大將休勒跳上了台，連吹了三聲嘹亮悠長的號角，這是比賽即將開始的象徵，剎時，台下的胡笳停了，羯鼓也停了，講話聲也停止了，整個草原變得安靜。

休勒在臺上向華車上的單于等人施了個禮，又對草原上的牧民們揮了揮手，說：「今天參加比賽的有三個人，是從單于庭、左賢王庭、右賢王庭挑出來的三個百裡挑一的摔跤手，他們分別是：單于庭的復株累小單于、左賢王庭的巴圖、右賢王庭的布和。誰得勝，誰就是草原的雄鷹，單于賞千里馬一匹，寧胡閼氏另有重賞。比賽現在開始。」

草原上蕩起了一片歡呼聲。

摔跤手在台下運動，開始準備上場；而號角聲、胡笳聲、羯鼓聲又重新響起。這時，全草原的人們齊聲開始唱歌，這是每次摔跤前爲摔跤英雄鼓勁的歌。這雄渾的歌唱道：

啊，泰裡拜，
勇敢的雄鷹，
你奔出穹廬，
走過來喲，
飛躍吧，翱翔天空，
泰裡拜，泰裡拜！

啊，泰裡拜，
無敵的巨獅，
你穿過人群，走過來呦，
搏鬥吧，舉世無雙，
泰裡拜，泰裡拜！

啊，泰裡拜，
衝鋒的猛虎，
你隨著歌聲，
走過來呦，
進攻吧，戰勝對手，

泰裡拜，泰裡拜！

渾厚的合唱，拉著長調，徹響在草原的上空。唱著唱著，豪放的牧民們開始載歌載舞，三個摔跤手，則跳起了鷹舞，模仿雄鷹的動作，他們腰胸挺直，兩臂平伸，慢悠悠地上下拍動，做出雄鷹展翅的姿態，像鷹一樣英武。

王昭君看著萬民狂歡的場面，她的心也被這熱烈的氣氛感染了。

又是三聲悠長的號角聲，摔跤正式開始。

台下的觀眾齊聲吶喊：「放出你的勇士、放出你的勇士！」

幾乎與此同時，王昭君看見兩個身高體壯的大力士縱身一躍上了場。台下有人開始大聲喊：「巴圖，加油！」

另一方也不甘示弱，大聲喊：「布和，加油！」

王昭君放眼望去，只見這兩個摔跤手高約二丈，腰圓膀寬，身穿雄壯威武的摔跤服，色澤鮮艷。他們上穿革製繡花厚坎肩的無袖短衣，是用上等牛皮製作的，邊緣用兩排銅製圓形釘鑲嵌與裝飾，遠遠望去，閃閃發光，背部用圓形圖案裝飾，似盔甲一樣威武壯觀。他們下身穿肥大的摔跤褲，外加一條套褲，用白綢布做底，上面貼著各色花樣，給人以醒目大方，美觀雄壯而又穩健的感覺。只是爲了分別，巴圖服裝的底色是紅的，而布和服裝的底色是白的。

而且，兩人都足登牛皮靴，頭纏紅、黃、藍的三色頭巾，並在坎肩上以五彩的飄帶做爲裝飾。渾身上下這樣的打扮，任何撕、抓、拉也不會傷人或弄爛衣服，可以充分發揮摔跤手的威力。

兩個摔跤手在臺上相遇了。像放出來角鬥的公牛一樣，他們慢慢地相互接近，俯身前視，斜睨著眼，射著令人害怕的目光，沿著摔跤場機靈地轉動著，十分警惕地尋覓著戰機，迫不及待地搓著手，忽而向前進攻，忽而又躲閃一旁，等待戰機，突然間又一下子扭鬥起來。

如此三四個回合，誰也不能制服誰。對陣雙方的牧民歡聲震天，都爲各自的健兒助威，姑娘們邊跳邊唱：「小夥子呀要勇敢，勇敢呀就能勝利！」

兩個人又扭在了一起，而且相互抓住了對方的臂膀，誰也放不開誰了。兩個人在臺上使勁轉圈，台下的觀眾歡聲雷動，喊加油聲不絕於耳。

連王昭君都忍不住睜大了眼睛看著，屏住氣，緊張地等待著。

突然，布和橫起一腳，「啪」地一聲，巴圖轟然倒地。

台下一片歡聲，連喊：「布和，大力士！布和，大力士！」

緊接著，便是復株累小單于上臺，他的打扮與巴圖、布和並沒有什麼區別，只是衣服的底色是黃的。小單于往台上一站，明顯比布和短了一截，連王昭君都有點擔心：「他是布和的對手嗎？」

布和和小單于相遇了，兩人先是低著頭瞪著對方，然後步步逼近，接著就象雄獅一樣撲上去，扭在一起，使出渾身力氣，設法摔倒對方。

布和顯然是不把小單于放在眼裡，但見他趁小單于不備，猛地把手抓住了小單于的坎肩，然後使出渾身力氣開始在臺上轉圈，他想轉得小單于失去平衡、失去控制時，猛一下把對方摔倒。小單于倒也不急，跟著布和轉圈兒。

這時，台下數以萬計的觀眾「嘔嘔」驚叫，「加油」助威，「啪啪」鼓掌聲，此起彼伏，響徹草原。

正在這時，小單于飛起一腳，猛地一個絆，突然把布和給摔倒了。

剎時，台下鼓聲大作，大家開始大聲喊：「小單于，草原的雄鷹！」

華車上的單于也忍不住歡樂地笑了，王昭君也忍不住鼓掌爲小單于祝賀。

作爲冠軍，小單于得到的是一匹黑色的千里馬，王昭君賞賜的是從漢朝帶來的禮物——一顆閃閃發光的夜明珠。

小單于領了獎，驕傲地在臺上舉手向歡呼的人群致意。

幾名有威望的長老，又帶領觀眾唱起了渾厚、雄壯的歌，爲小單于的奪冠而祝賀：

布赫——帖力唄！
布赫——帖貼唄！
從七勃裡揮舞而來，
震得山搖地動；
從八勃裡揮舞而來，
踏得山川顫抖；
從前面猛一看去，

猶如一隻斑虎；
從後面乍一看去，
好似一隻雄獅；
他有猛虎般的力氣，
他有雄獅般的身軀。
這摔跤手的技巧呀，
實在令人驚奇！

秋天傍晚的草原，天上雲霞似火。紅、紫、藍、黃，一時像千軍萬馬，一時像蒼龍在天，一時像 岩斷壁，一時像火海烈焰，變化奇幻，絢麗多彩。

陰山腳下，海子湖邊，燃起了一片大大小小的篝火，喧鬧的胡樂和牛羊馬的嘶鳴，不時由湖邊傳來。篝火旁邊，豪爽的牧民們，開始烤牛肉、烤羊肉，開始喝馬奶酒，他們邊唱邊跳，又是吃又是喝，一派熱鬧狂歡的景象。

這是單于和王昭君的新婚之夜。

龍庭裡又是另外一番景象。一個最大的穹廬裡，中間燃燒著三堆熊熊的篝火，篝火上懸著銅炙、銅鍋，幾個宮庭侍者正在或燒，或烤，牛羊肉的香味充滿了整個穹廬。穹廬的上方，坐著紅光滿面的單于，他正在大口喝馬奶酒，王昭君坐在旁邊，略低著頭，有點羞澀的樣子，也在小口喝酒，火的光將昭君的臉照得通紅，更是嫵媚。穹廬的兩邊坐著龍庭的文官武將，他們都在大塊吃肉，大口喝酒。

一片歡聲笑語，一派熱鬧。

匈奴是個騎在馬上的民族，馬和歌是他們的一對翅膀。不管幹什麼，他們總喜歡唱歌。這時，骨突侯烏禪慕說：「單于，給我們唱首歌吧。」

「好！」單于哈哈大笑。

早有人遞了馬頭琴給單于，單于彈起馬頭琴，用渾厚的男中音開始唱起古老的民歌：

盛在杯中的馬奶酒呵，
主宰萬物的長生天啊，啊嗚——
請交杯換盞，
享用這酒中的精華。

盛在壺中的玉露瓊漿，
高高翱翔的蒼鷹啊，啊嗚——
請開懷暢飲，
享用這杯中的佳釀。

這是首祝酒歌，聽者無不叫好、鼓掌，然後開懷暢飲。

不知是誰說了一句：「讓寧胡閼氏爲我們唱一曲吧。」

大家一起應和，單于也以期許的目光看著王昭君。

王昭君便命秋菊取來琵琶，抱在胸前，略一猶豫便彈了起來，眾人傾耳細聽。

先是輕輕的「琤琤」幾聲，然後是沉寂，彷彿冥思一般，接著，便是邊彈琵琶邊唱，唱的正是那首單于已經聽過的《長相知》，聽者無不動容，都沉浸在王昭君對於愛情的忠貞的表白裡，胡人更如聽了仙曲一般，紛紛叫好。

這時，座上的一個將軍說：「骨突侯，你是草原善唱歌的夜鶯，給我們唱一曲吧。」

骨突侯便也不客氣，讓人取了馬頭琴，說：「這次我要給大家唱一曲漢朝的歌，這是我從長安學來的。」

說完，他便一邊彈馬頭琴，一邊用他特有的渾厚深沉的聲音開始唱：

風雪淒淒，雞鳴喈喈。
既見君子，云胡不夷！
風雨瀟瀟，雞鳴膠膠。
既見君子，云胡不瘳！
風雨如晦，雞鳴不已。
既見君子，云胡不喜！

狂歡的宴會一直進行到深夜，許多人都爛醉如泥，由家人扶回自己的穹廬去。

王昭君由春蘭、秋菊陪著回到裝飾一新的新婚穹廬，略微有點醉意。那時，豪飲的單于，還在和文武百官暢飲不休。王昭君還聽見龍庭外面的草原上，悠長的馬頭琴聲、牧民的歡樂的歌聲，從風中隱隱約約地傳來。

匈奴侍女預備了浴桶、香湯，在穹廬裡的篝火旁放著。

春蘭幫王昭君除去了渾身上下的飾物，脫掉了裡裡外外的衣服，將自己浸到浴桶中好好地洗了個澡。

洗罷澡，春蘭和秋菊便欲起身離去，王昭君急了，拉了春蘭的手說：「別走啊！」

春蘭和秋菊不約而同地笑了：「公主，我們不走，單于怎麼辦？」

王昭君羞紅了臉，笑罵道：「鬼丫頭。」

「我們可走了，」春蘭說，「你當心單于。」

「當心單于什麼？」王昭君說。

「當心，當心他如狼似虎啊！」春蘭向昭君調皮地擠擠眼哈哈大笑。

王昭君急了，舉手作欲打狀，而春蘭和秋菊，早一溜煙揭開簾子跑了。

只披了一匹綢緞的王昭君，坐在篝火前看著跳動的火苗沉思……

她覺得自己是愛著單于的，正是他，給了自己自由，使她從建章宮中那不堪回首的寂寞孤獨中解脫出來，來到了這一片可以供她自由馳騁的詩一樣的草原，她心中雖然還有一些擔憂，還是對未來的生活充滿了憧憬。

身後似乎有腳步聲，昭君一回頭，單于正脈脈含情地看著她。

王昭君忙站了起來，說：「單于，您回來了。」

不知怎麼，王昭君覺得自己的心有點慌。她竟然連綢布掉到地上都毫無察覺。這時王昭君是赤裸的，又沒有化妝，渾身上下，湧動青春的光彩。單于呆了。

她長髮齊腰，在火光中黑得透亮，兩彎淡淡的眉毛下面，黑而長的睫毛掩映著一雙黑而大的明眸，就像天上的星星；臉白而透紅；脖子細長，更顯高貴優雅。

單于驚呆了。他覺得，站在他面前的，絕對不是人間的美女，而是天上的仙人。

王昭君見單于不說也不笑，只是睜大了眼看，覺得有點不對勁，手不由往肩膀上摸去，她這才發現自己原來渾身赤裸著，不由紅了臉，轉過頭去……

單于才驚醒過來，猛地上前，輕輕地抱住了王昭君。

他覺得，她太美了，美得他幾乎要把她看成神，他的擁抱是那麼輕柔，彷彿在他懷中的是細瓷花瓶，他深怕自己一不小心，就會將這絕美的細瓷花瓶弄碎了。

王昭君覺得單于的親吻也是那麼輕柔，她忽然覺得踏實，她沒有想到，貌似粗魯的單于，溫柔起來居然會這麼溫柔……王昭君的呼吸變得急促起來，她抱緊了單于，這一刻，她的心也變得溫柔起來。她覺得，此時此刻，她的心如果不為單于溫柔，她將自己都承受不了自己，她的心會因此而碎了……

恍惚中，她覺得自己慢慢地往下沉，沉到了海底，那裡的美妙無可言說；她又覺得自己和單于一起飛上了藍天，飛啊飛啊，不知有多麼高，那裡是美好的世界。

神駒寶泉伊人情

誰能知道兩千多年前的一場鵝毛大雪？

雪開始下了。先是小朵小朵的雪花，柳絮般地輕輕地飄揚著；然後越下越大，一陣緊似一陣，風絞著雪，團團片片，紛紛揚揚，頃刻間天地一色，風雪瀰漫了整個草原。

雪花飄下來比鵝毛還大，比棉花絮還密，整個草原都飄蕩著一朵朵杏花般大的雪片，滿山遍野地蓋下來，眞是人間奇觀！

大雪下了三天，陰山和草原，都變成了白茫茫的世界，冰凍的黑河和海子湖，也被雪掩蓋住了。暴風雪後的晚上，沒有月亮也沒有星星，可整個世界明晃晃的，像大白天一樣。

王昭君從沒有見過這樣的大雪。穿著貂皮大衣，望著夜中的雪景，她忽然想起了遙遠的家鄉。家鄉的雪景可不是這樣的。家鄉的雪總是在夜闌人靜的時候悄悄地降臨，第二天，起床推窗一望，千峰萬嶺，盡是白色。而天放晴了，天空像海一樣澄碧。幾間茅屋前靜悄悄的，柴門半掩，一隻小麻雀站在竹籬上啾啾鳴叫。房頂上的雪經太陽一照，暗暗融化，雖然房簷還不見滴水，卻有冰凌條悄悄垂掛下來。倘若你隔一會兒再仔細瞧瞧，就看見冰凌條在慢慢加長，增大，閃著銀光。那時，不怕冷的小昭君，找根長長的竹杆，打冰凌條拿在手中把玩。到了晚上，天幕上會有明亮的月亮和閃爍的星星，那時，母親或許會對小昭君說：「我生你的時候滿屋噴香，夢見月亮墜進了我的懷中」……

「看，月亮，」春蘭的喊聲驚醒了回憶中的王昭君。

王昭君舉頭望天，驚奇地發現天上果然出現了悠悠飄浮的月亮，月亮將輕柔的光瀉在北方的雪原上，瀉在王昭君仰望的臉上。仰望的王昭君，看見月亮，覺得無比地親切，就像故人重逢一樣。她看著月亮，覺得自己的身體正在緩緩地升起，高過雪原，高過陰山，升到了美妙的月宮中，那裡的宮殿，全是白玉砌就的，美麗的仙女，正在喝酒、盪秋千，下棋，當她們看見昭君來臨，紛紛起身迎接……

王昭君若有所思，讓秋菊回穹廬內拿來了她的琵琶。她懷抱琵琶，試了試弦，唱起了一首家鄉的歌：

蒹葭蒼蒼，白露為霜。
所謂伊人，在水一方。
溯回從之，道阻且長；
溯遊從之，宛在水中央。
蒹葭淒淒，白露未晞。
所謂伊人，在水之湄。

溯回從之，道阻且躋；
溯遊從之，宛在水中坻。

蒹葭采采，白露未已。
所謂伊人，在水之涘。
溯回從之，道阻且右；
溯遊從之，宛在水中沚。

琵琶聲、歌聲，在雪原上輕輕地迴旋。昭君完全沉浸到回憶和歌的境界中去了。

「有人！」隨著一聲男人的咳嗽聲，秋菊說。王昭君回頭望去，只見有一個影從大約十丈遠的地方轉過身去，很快地轉過穹廬，不見了。

春蘭想去看看，王昭君叫住了她，說：「一般人聽歌罷了，何必深究。」

下雪天是寂寞的。匈奴漫長的冬天是寂寞的。王昭君整天只能彈彈琵琶、唱唱歌，或者和春蘭、秋菊聊天。昭君想起了要去拜訪拜訪另外的兩個閼氏和阿婷潔。

阿婷潔經常來看王昭君，嫂子長嫂子短的說個不完，有什麼話從不對王昭君保留，王昭君也是眞心地喜歡這個健康美麗活潑的小妹妹。

當王昭君來到阿婷潔和溫敦將軍的穹廬時，他們夫妻二人正在篝火邊烤火聊天。阿婷潔見王昭君來了，高興異常，忙忙起身相迎，說：「嫂子，今天怎麼想起來我這兒？我還以爲你把我忘了呢？」

「妹妹，你又取笑了。」王昭君邊讓春蘭脫去貂皮大衣邊笑著說。

「快坐，快坐，」阿婷潔上前來拉著王昭君的手，讓她在自己的身邊坐下，一邊又吩咐人趕快取熱呼呼的馬奶酒來給王昭君和春蘭、秋菊喝。

溫敦每次見到王昭君，心中都有股莫名的火，他甚至恨王昭君，恨單于，他覺得單于很快便將他的姐姐玉人閼氏給忘了，而原因就在於草原上來了王昭君。溫敦覺得王昭君簡直就是草原的毒蛇。

溫敦見王昭君來了，連站也不站起來，只淡淡地說了句：「來了。」他見王昭君和他的妻子阿婷潔聊了起來，那麼親熱，再看看王昭君火光中秀美的臉龐，他覺得自己坐不住了，便起身穿了皮大衣，將要出門去。阿婷潔不滿意她丈夫的這種態度，說：

「喂，你到哪兒去？大雪天的。」

「我到單于那兒去。」一說完，他便走了。

溫敦一走，王昭君心裡倒覺得高興，這樣，她說話就更自由了。

「哎！」阿婷潔略為憂愁地對王昭君說：「將軍這個人，近來有點怪，你看他對你的態度，我也不知他怎麼想的，問他，他總不說，嫂子，你可千萬不要在意。」

「讓他去吧，妹妹，我不會在意的。」

王昭君最愛聽阿婷潔講流傳在匈奴民間的故事了。今天阿婷潔講的這個傳說就非常讓她入迷：

遠古時代，有一個勇敢的年輕獵人在陰山頂的天池湖畔，發現了一群正在湖中沐浴嬉戲的天女。獵人入了迷，大膽地扔出皮套索，套住了其中一個最年輕最漂亮的仙女。兩人就在湖畔結了婚。但是由於天上人間界限森嚴，他們不得不分手。年輕的獵人思念仙女，最後憂傷而死。仙女有孕升天，後來又偷偷降臨到天池湖畔，在林中生了一個男孩。母子臨別之前，天女把兒子的搖籃掛上樹梢，並加派一隻美麗的小鳥爲孩子唱歌，然後，就痛苦地回天宮去了。後來，孩子在林中生長成人，成爲一個魁偉的勇士，他走下陰山，來到草原上，在陰山以南的草原和陰山以北的大漠創立了宏偉的基業，他便是匈奴人的祖先。

王昭君覺得這是天下最美最動人的故事了。她在愛單于的同時，也深深地愛上了這個馬背上唱歌的民族。

從阿婷潔那兒出來，王昭君還去看了娜仁閼氏。這個慈祥可親的老人，對王昭君充滿了愛護之情，問寒問暖、問長問短，還留王昭君吃了中飯。

臨走時，娜仁閼氏說：「昭君，見過薩仁閼氏嗎？」

王昭君搖搖頭，說：「近來沒有。」

「我知道你的心思，覺得她不可接近，是嗎？」

王昭君微微一笑，默認了。

「其實她是個心地很好的人，只是嫉妒你長得太美。」

「閼氏，你又來取笑我。」

「我不敢笑你，你去看看她。」

出了娜仁閼氏的穹廬，王昭君便帶了春蘭、秋菊，往薩仁閼氏的穹廬走去。

薩仁闕氏正一個人坐在火堆前沉思，呆呆地想著什麼。

當門口的侍女稟報說寧胡闕氏來訪，她連忙起身相迎，說：「妹妹今天怎麼有空來看看姐姐？」

王昭君忙施了個禮，說：「連日來一直想來看看姐姐，姐姐近來可好？」

「好！好！你好嗎？」

「託姐姐的福，很好。」

「習慣這兒的生活嗎？」

「剛來時不習慣，現在習慣了。」

說話間，兩人在靠火堆的地方坐下，早在侍女端上了茶點，供二人享用。

薩仁闕氏並對侍女說：「給貴客上好茶。」

不大工夫，一個侍女便上了茶，將茶放在王昭君面前的矮桌上。

王昭君暗暗吃驚，她來匈奴這麼久了，還從沒有見過這麼奇怪的杯子。這是銀製的杯子，怪就怪在它是三個杯子連在一起的，裡面都盛著油茶。

薩仁闕氏笑著說：「妹妹請用茶。」

王昭君靈機一動，便什麼都明白了，這是薩仁闕氏在考自己呢！看自己怎麼喝杯中的茶。昭君不慌不忙地將右手伸向連環杯的後端，輕輕握住那兒的柄把，將杯子橫著輕輕托起，又伸出左手扶著連環杯的前端，最後將杯子直對著自己的嘴，微微地啜飲了一口。

薩仁闕氏見狀，忍不住讚嘆說：「妹妹果然是個聰明人。」

「見笑了，」王昭君說。

原來，這種連環杯，它們的底部是相通的，喝了前面一個杯的茶，後面兩個會自動湧過茶來補充。如果不懂其中奧妙，橫端起來喝，茶水準會灑你一身。

聊了一會，王昭君突然發現薩仁閼氏的手背上有血跡，奇怪地問：「姐姐的手怎麼有血跡。」

薩仁閼氏笑了笑，說：「沒什麼，是冬天凍裂的。」

王昭君這時才去注意薩仁閼氏的臉，發現她美麗的臉龐上也被凍成一條條小小的傷口子。王昭君知道，胡人沒有化妝品用來防凍。

昭君連忙對秋菊說：「秋菊，你回去拿一些防凍的油膏和化妝品來送給薩仁閼氏。」

薩仁閼氏連說：「不用，不用！」

秋菊很快跑回昭君的穹廬將油膏和其他一些化妝品拿回來了。昭君告訴了薩仁閼氏這些化妝品的用法。臨行的時候，薩仁閼氏將右手放在胸前，向王昭君微微地鞠躬。

單于的溫存占有了王昭君的半個冬天，還有半個冬天，王昭君默默地想心事，彈琵琶，她會想家，想宇文成，想方笑天；有時，她自己都不知道，她怎麼會有那麼強烈的願望想見到他們，她甚至覺得自己的念頭對不起單于，但是她還是忍不住要想，想他們的生和死，想他們的簫和塤，有時昭君會午夜從夢中驚醒，彷彿隱隱約約地聽見夜空中有簫聲和塤聲，那是多麼淒涼哀怨的聲音！但當她側耳細聽，除了北風的呼號聲，什麼也沒有。

送親正使蕭育，見到王昭君時總抱怨胡地蒼涼寂寞、無事可做，但當他再細看王昭君那無比美麗的臉龐時，不知怎麼，他忽然又覺得踏實，反倒會安慰起王昭君來。

但漫長的冬天終於過去了。

草原的春天來臨。

溫暖的陽光融化了陰山的積雪，流下第一泓清澈的澗流，宣告了春天的到來。

草原上的積雪，開始融化，慢慢地露出黃黑色的地皮，雪水滋潤著泥土，浸濕了去年的草根；冬眠的草根甦醒復活過來，漸漸地倔強有力地推去爛葉，奮力地生長起來。

黑河的雪和冰也緩緩地融化，在穹廬中過了一冬的牧民們，開始興高采烈地走出穹廬，來到草地上、河邊，他們還能看見冰塊在黑河的水中緩緩漂浮，最後漂入海子湖。

王昭君看著草原的春天，覺得歡欣鼓舞，她最愛那些雲雀和金鶯，這些可愛的小生靈，不知在哪兒渡過漫長的冬天，而今都鼓起牠們的舌簧，爲美好的春天歌唱。

天上有時飛過一群從南方過冬回來的大雁，王昭君眞想問問牠們：「可愛的大雁啊！你是否去過我的家鄉？你能告訴我家鄉的親人的消息嗎？」

那天晚上，單于對王昭君說：「昭君，我要出去一段時間。」

「到哪兒去呢？」

「左賢王庭。」

「那我和你一起去吧。」

「不，你還是待在這兒吧，我讓復株累教你和春蘭、秋菊學騎馬。」

昭君是個很溫順的人，也就不再要求了。過了一會，單于說：「我要帶蕭育同去。」

「帶他去幹什麼呢？」

「這事暫時保密。」

王昭君也不多問了。她不想問單于不讓知道的事。

這是個草原開花的早晨。在無邊的綠茵上面，點綴著紅、黃、藍、紫的小花，星星點點的，就像大自然無數隻歡樂的眼睛，初升的太陽，露出笑臉，照著草葉上和小花上晶瑩透亮的露珠，閃閃發亮。

春蘭東瞅瞅、西看看，一會兒摘幾朵黃色的小花，一會兒又摘幾朵白色的小花，即使連平日沉靜內向的秋菊，今天也顯得分外高興。因爲她們今天要學騎馬。她們多麼盼望騎馬在草原上自由地馳騁！

走在前面的是復株累小單于，他手拿三四根馬鞭，身穿寬大的長袍。走在他後面的是王昭君，今天也是一身騎馬打扮，頭纏一塊紅布，身穿白色長袍，足蹬黑色皮靴。春蘭和秋菊隨行其後，她們一樣的打扮，都頭纏藍布，身穿紅色長袍，足蹬白色皮靴。三人的衣服紅白相映，非常美麗。

一行人正走在通往馬廄的路上。復株累小單于決心爲她們先選三匹好馬。

進了馬廄，那兒群馬嘶鳴，熱鬧非凡。復株累將她們三人帶到一處大約拴著十來匹馬的地方，說：「閼氏，你自己用眼睛挑吧，好馬是會和你一見鍾情的，這些全是千里馬。」

王昭君點了點頭，自己放眼看去。紅的、白的、黑的千里馬，匹匹身高體長，威武雄壯。王昭君一眼看中了居中的那匹棗紅色千里馬，她指著那匹馬對復株累說：「我要這匹。」復株累聽了，大驚，說：「不可，不可。」

「爲什麼？」

「這可是匹烈馬，牠是陰山北面的野馬，我和十幾個勇士費了九牛二虎之力才將牠馴服。牠拒絕載草原上的任何姑娘，有一次，阿婷潔姑娘都被摔了一跤呢！阿婷潔可是草原上的姑娘中數一數二的騎手，所以她說：『草原上沒有姑娘能騎上這匹千里馬，牠是匹只載男子漢的馬。』」

王昭君聽後，也覺得有點怕，但心中未免掃興，相中的千里馬，難道無緣去騎？正在這時，棗紅色千里馬彷彿通了人性，呆呆地看著王昭君，突然歡快地嘶鳴了一聲。

復株累一看，心中暗暗吃驚，居然連馬都偏愛美人！這匹名爲「阿爾斯冷」的千里馬，看著王昭君時，眼睛中平日那野性的光芒突然消失了，眼光變得柔和親切。還有剛才那聲嘶鳴，彷彿牠早已認識了王昭君一樣，復株累相信，人和馬的心靈是可以溝通的，便說：「閼氏，你便騎這一匹吧。」

王昭君點頭同意，她也覺得有點驚奇。

春蘭和秋菊都選了一匹純白色的千里馬；復株累爲她們三人配好了女式的馬鞍，然後把手中的馬鞭遞給她們三人一人一根；又令人將挑好的三匹千里馬和自己的大黑馬牽到草原上來。

太陽升高了，草葉上、花上的露珠也沒了蹤影；天空蔚藍，只在遠處的天邊，飄著幾朵白雲；而在草海的深處，不時傳來幾聲悠長的民歌，還有胡笳和馬頭琴的聲音。

王昭君的心啊，也變得像天空一樣純淨蔚藍，她甚至覺得自己就像一個不諳世事的小孩，心中只有一個願望：騎上她喜歡的千里馬，在草原上自由地馳騁。

王昭君來到她所喜歡的棗紅色千里馬前，大膽地從侍衛手中接過韁繩。復株累忙走上前去，怕這匹烈馬發怒，發生意外。令在場的所有人驚奇的是，這匹千里馬看著王昭君，居然低下了高傲的頭。王昭君心有所動，將手放在千里馬的脖子上，輕輕地撫摸了一下。

千里馬「阿爾斯冷」仰起頭，歡快地對天長長地嘶鳴……

絕代的美女，絕代的千里馬，在草原上、在藍天下，紅白相映，復株累都看呆了。彷佛這匹千里馬生來是爲王昭君而來的。千里馬金色的鬣鬃，在陽光的照耀下閃著金色，更顯得牠的威武、雄壯，天下無敵。

而那兩匹大白馬，也彷彿與春蘭、秋菊一見如故似的，和她們親熱異常。

春蘭、秋菊興高采烈，在兩個女兵的幫助下，迫不及待地爬上了馬，騎在高頭大馬上面，秋菊倒還冷靜，雖然心裡有點怕，臉上卻沒有驚慌的神色；春蘭有點驚慌，猛不小心，馬稍一走動，她居然從馬上一頭栽了下來，幸好是柔軟的草原，她一點也沒傷著，只激起周圍的一片哄笑聲。

春蘭不服，重新上馬，這回她的膽子大了，騎在馬上緊緊地抓住韁繩。

兩匹大白馬，很聽話地，載著兩個紅衣女郎，在附近慢慢地溜韃，幾個女兵告訴她們如何使用轡繩和馬鞭，如何驅馬快跑，又如何讓馬停下來。

春蘭和秋菊慢慢地覺得不怎麼怕了，覺得騎在馬上挺舒服、很神氣。

「公主，快上馬呀！」春蘭對王昭君歡快地喊著。

「好！」王昭君看了看棗紅色的千里馬「阿爾斯冷」說。

王昭君之所以還沒有上馬，是在用心學，她剛才看著春蘭和秋菊如何上馬，又聽著幾個女兵教她們如何騎馬。

這會兒，王昭君不用人幫助，來了個輕快地揚身上馬，一剎那，人們只覺眼前白影一晃，身穿白色長袍的王昭君早已穩穩地端坐在大紅馬上，她的兩隻腳，剛好踹在蹬子上。

王昭君彷彿天生會騎馬似的。

周圍響起了一片叫好聲。

騎在馬上，王昭君看了看遠處的陰山，陰山的峰頂，積雪在陽光的照耀下泛著白光；雪峰的下面，是蔥蔥鬱鬱的原始森林；森林的下面，是一片蔥綠的山麓草場。

王昭君還沒有來得及揚一下鞭子，「阿爾斯冷」已經按照她心中所想的方向，緩步向連綿的陰山跑了起來……

牠跑得那麼平穩，王昭君極爲自然地將蹬子一磕，兩腿稍稍夾緊，「阿爾斯冷」立刻像箭一般向前飛去……

復株累如夢初醒，連忙翻身上馬，騎上大黑馬朝前追去……

春蘭和秋菊也豁了出去，揚起馬鞭，驅動白馬朝王昭君和復株累所去的方向飛一樣地馳騁起來。

王昭君一點也不覺得害怕，只覺得耳旁的風聲呼呼響，被野花裝飾得色彩斑爛的草原一閃一閃向後倒退，她簡直像騎著一匹神駒在騰雲駕霧。她忽然想起童年的夢境，孩提的時候，她總夢見自己騎馬馳騁，她的馬奔過江南的村莊、奔過山山水水……現在，她才知道，她所渴望的地方就是這樣的草原，她所渴望的好馬就是這樣的神駒。

一路上，她看見無數星星點點的穹廬、羊群、牛群和馬群。許許多多牧民，看見一個白衣女郎騎著大紅馬飛馳而過，都驚奇地睜大眼睛，看著他們遠去。

驀地，不提防前面出現了一條河，約莫有三四丈寬。王昭君想勒馬已經來不及了，心中猛一驚，驚慌地自言自語：「完了！」

就在驚險的剎那間，「阿爾斯冷」平穩地騰空而起，飛過河流，又輕輕地落在對岸，繼續往陰山前奔。

王昭君鬆了一口氣，更愛這匹神奇的寶馬了：「寶馬啊！你要把我帶到何方？」

陰山很快就到了。「阿爾斯冷」已經跑上了山麓草場，而且放慢速度，彷彿故意給牠的主人時間來看看陰山的美景似的。王昭君向前方看去，山麓草場隨著山勢緩緩地往上延伸，伸到葱鬱的原始森林腳下；原始森林的上面，則是氣象萬千的雪峰，雪峰連綿浮空，直聳天際。

奔過寬闊的山麓草場，馬和人來到了原始森林的邊緣，「阿爾斯冷」更放慢了速度，沒有停下，王昭君也是信馬由韁，心想：「寶馬啊，把我帶到美好的地方去吧。」

「阿爾斯冷」載著王昭君進入了原始森林。繁密的高大樹木遮住了天上的陽光，王昭君覺得眼前的世界變得幽深隱秘，就好像走入夢境一樣。

高大的白楊樹、松樹、柏樹，還有許多叫不出名字的樹，直聳雲霄，而從繁茂的樹葉中間，一束束陽光漏了下來，照在地上厚厚的不知沉積了多少年的落葉上。

林中多麼幽靜！不時有松鼠從這一棵樹跳到另一棵樹上，驚奇地看著來訪的客人；許多不知名的美麗的小鳥，在林中飛翔，在王昭君身邊盤旋，唱著美妙動人的歌，歡迎著遠道而來的客人。

王昭君在這宛如仙境的森林中隨馬緩行，看著、聽著，完全被它的美麗迷住了。忽然，一群五彩斑爛的小鹿，從王昭君身邊的樹林中鑽出，跟著王昭君的馬跑。回頭看著這些可愛的小生靈，王昭君忍不住說：「你們好啊！」

眞奇怪，彷彿小鹿能夠聽懂這個美麗的婦人的話似的，牠們歡樂地「呦呦」長鳴起來。有時，小鹿會跑到馬的前面，站住定定地看王昭君，牠們的眼熠熠閃光，對這陌生的人毫不害怕。

正在這時，前面的森林中響起了一聲可怕的吼叫聲。緊接著，從林中跳出一個寵然大物，攔住去路。「阿爾斯冷」猛然停住，引頸長鳴。王昭君定睛一看，暗暗吃驚：「天哪！一隻猛虎！」

但見牠渾身黑一塊、白一塊、紅一塊、黃一塊，色彩斑爛，銅鈴般的眼睛正看著眼前的一人一馬，血盆一樣的大口張開著，彷彿馬上就要撲過來似的。小鹿們四處逃竄。

王昭君心想：「這下可完了！」

不料，隨著馬的又一聲長鳴，凶惡的老虎居然站在原地紋絲不動，不但沒有往前撲過來，反倒奇蹟般地變得和善，牠眼睛的光不再凶惡，讓王昭君看了，反倒覺得柔和無比。它定定地盯著王昭君看。

「阿爾斯冷」見了，大膽地往前走幾步，馬和人離老虎越來越近。不料，虎抬頭長吼一聲，聲震森林，爾後，牠緩緩地走到一邊，讓「阿爾斯冷」和王昭君過去。王昭君的內心無比驚異，眞想不到老虎也會對自己口下留情。

走出幾步，王昭君忍不住回頭張望，但見老虎還在後面亦步亦趨地跟隨著。

後來，老虎在一塊巨石上站住不動，抬頭長吼了一聲，聲音在陰山的森林裡長長地迴盪，彷彿是爲王昭君送行似的。

林中有清澈的溪流，有時平穩地往前流淌，有時遇見岩石，激起一朵朵白色的水花，水聲濺濺，給寧靜的深林倍添幽深。

「阿爾斯冷」還是穩穩地載著王昭君往前走，牠彷彿胸有成竹地要帶王昭君往一個地方去似的。王昭君東望望，西看看，覺得今天林中的一切，無比神奇，這一切是那麼美妙，令人不可置信，猶如置身仙境。突然，眼前變得明亮，原來，王昭君已經來到森林的邊緣，透過林中的樹葉的縫隙，她已經能夠望見眼前白皚皚積雪的峰頂。

馬並沒有走出森林，而是沿著森林的邊緣往東走。遠處彷彿有水流擊石的濺濺聲。不一會兒，馬在一個水潭邊停住，這是瀑布潭，王昭君的耳中，充滿了水的聲音。這兒的景色太美了，王昭君忍不住跳下馬來細細觀賞。

仰頭望去，一條高約二十多丈、寬約五六丈的飛瀑，銀鏈一樣的，從懸崖上飛瀉而下，聲勢有如萬馬奔騰，瀑布落入潭中，激起無數泡沫，飛花碎玉般的水珠飛濺到幾丈外；陽光照在瀑布上，瀑布充溢著銀光和力量。

「阿爾斯冷」歡快地長長地嘶鳴，然後，牠低首飲水。

王昭君撫摸著馬的脖子，看著瀑布潭的美景，心中充滿著奇異的感受……

這個潭是那麼深。潭中的水白一塊、藍一塊、綠一塊，彷彿藍色的天車菊的花瓣，彷彿白色的巨大的玉石，在陽光的照耀下，時時變化著色彩，顯得無比迷人多姿。

這個世界冷寂澄清。王昭君將心中所有的憂傷都拋開了，她的心已經沒有一點渣滓，只有眼前這冰清玉潔的世界。她忽然想起，這匹千里馬本來是陰山的野馬。她若有所悟，哦，這麼美麗的地方，原來就是「阿爾斯冷」的故鄉。王昭君忍不住抱住了馬的脖子。

「阿爾斯冷」歡樂地長鳴……這時，又有三四隻可愛的小鹿，來站在王昭君的身旁，牠們用可愛的眼睛看著王昭君。王昭君向牠們走去，牠們也並不轉身逃跑。

王昭君走上前去，依次摸了摸幾隻小鹿的頭，牠們喜悅地「呦呦」鳴叫。

「阿爾斯冷」又嘶鳴了一聲，而且往東慢慢地走去。

王昭君站著不動。「阿爾斯冷」回過頭來，嘶鳴了一聲，爾後又緩緩地往東走去。

王昭君明白了，邁步跟上，隨著「阿爾斯冷」緩緩東行，原來，「阿爾斯冷」還要帶她往另外一個地方去。轉過一塊巨石，身後的瀑布潭的聲音聽不見了。「阿爾斯冷」和王昭君來到一處幽靜的地方。這是一個溫泉。溫泉水氣裊裊上升。一串串像珍珠似的泉泡，不停歇地從池底鵝卵石層中慢慢升起，浮上水面。這溫泉水池映著蔚藍的天光，又被陽光照耀著，顯得特別可愛。溫泉是圓形的，直徑大約是十丈，三面長滿蔥鬱的野草，由於這兒的溫暖，長得特別碧綠，紅的、黃的、白的、藍的野花點綴在綠草的枝頭，更顯溫泉的爛漫美麗。溫泉靠雪山的一面，是高約十來丈的懸崖峭壁，在水氣中若隱若現。

「阿爾斯冷」歡樂地長鳴，而後緩緩地走入溫泉中，下去沐浴了。

王昭君的心一動，看了看四周，靜靜地，什麼聲音也沒有。

她只猶豫了一會，便極快地解下紅頭巾，脫下白色長袍和馬靴，除去身上的所有衣服，「咚」地一聲跳入溫泉中。

王昭君是江南長大的，從小在江上學會了游泳。她渾身光溜溜地像魚一樣鑽入水中，她這才發現，溫泉並不深，大約一人多深的樣子。溫暖的泉水擁抱著王昭君的每一寸肌膚，她渾身覺得無比地舒服，她閉上眼睛，靜靜地享受著溫泉水的浸泡。她的心什麼也不想，這眞是絕妙的仙人的世界。

「阿爾斯冷」緩緩地朝王昭君游了過來，王昭君親熱地抱著馬的脖子，「阿爾斯冷」用溫柔的目光看著王昭君，彷彿牠覺得無比地幸福。

這時，小鹿又不知從那兒走了出來，看著溫泉中的馬和人「呦呦」長鳴；而溫泉邊的草中，不知何時鑽出了一些藍色的、白色的、紅色的、五彩斑斕的小鳥，紛紛展開自己的的歌喉，爲王昭君，這沐浴中的絕代美女而歌唱。

王昭君游到了石壁底下，不經意地抬頭仰望，在溫泉的裊裊水氣中，令王昭君無比驚奇的是：上面刻著四個斗大的字：陰山寶泉。下面還落著兩個人的名字：宇文成、方笑天。王昭君的心猛然一驚：宇文成！方笑天！他們還活著！他們還來過這兒！

王昭君的心亂了，回頭四處張望，卻除了馬、鹿、小鳥，什麼也沒有。她又仔細地審視那石壁上的字，但見「陰山寶泉」四個字的字體不一樣，「陰山」兩個字有棱有角一些，像是用劍刻的，像方笑天的字體；「寶泉」兩個字圓潤一些，像宇文成的字體，像是簫刻成的；下面「宇文成」和「方笑天」的落款也是他們自己的字體，與上面的字同出一轍。這些字出於宇文成和方笑天是無疑的，顯然，他們兩人尚在人世，而且還來過陰山。

再一細看這幾個字，因爲溫泉水氣的滋潤，蒼勁挺秀的大字上已經長起青苔。看著、看著，王昭君想到了他們對自己的一往情深，不由覺得又高興又悲傷，高興的是，他們尚在人世；悲傷的是，他們至今杳無音訊，也不知何日得見。

王昭君不由唱起江南的民歌：

青青子衿，悠悠我心。
縱我不往，子寧不嗣音？
青青子佩，悠悠我思。
縱我不往，子寧不來？

挑兮達兮，在城闕兮。

一日不見，如三月兮。

王昭君沉入了深深地憂思中。寶馬、小鹿和小鳥都停止了嘶鳴，都在靜靜地傾聽王昭君的歌聲。

正在這時，兩隻美麗的鸂鶒飛來水上，在王昭君的頭上盤旋，引起了王昭君的注意。這兩隻鸂鶒，紫紅色的頭，雪白色的腹，並張開著兩對藍色的翅膀，在溫泉的水氣中，緩緩地飛行。這隻美麗可愛的鳥，王昭君看得呆了，忘記了唱歌。

正在這時，從上面的雪山上傳來隱隱約約的簫聲，它是那麼突然，又是那麼悠遠，彷彿天籟一般，王昭君側耳一聽，居然是她剛才唱的江南民歌《子衿》的曲調。王昭君都聽得癡了，她忽然想：「莫非是宇文成？」

她再一細聽，是啊，這樣哀怨美麗的簫聲，除了宇文成，還會有誰？

王昭君不由得大聲喊起來：「宇文成，你在哪裡？」

忽地，簫聲停止了。王昭君再大喊了一聲，但除了迴盪在山林中的回聲「宇文成，你在哪裡？」之外，什麼聲音也沒有。

溫泉中的王昭君呆了，眼淚忍不住流了下來，她想：「難道是我聽錯了？」

但她又馬上否定了自己：「不，不可能！」

正在這時，卻又從雪山上傳來了另一種樂器的隱隱約約、恍恍惚惚的聲音，它是那麼淒切哀惋，綿長憂傷，吹的正是剛才王昭君唱過的江南民歌《子衿》的曲調。這分明是方笑天在吹他的塤。

王昭君急了，急速地爬上岸，對著雪山大聲地呼喊：

「方笑天，你在哪裡？宇文成，你在哪裡？」

等王昭君的喊聲停止，王昭君又發現，連塤聲也沒了蹤影，彷彿他們從來沒有出現過一樣。王昭君還是揚聲大喊，但除了回音，什麼聲音也沒有。

她忍不住嚶嚶地抽泣著哭了起來，心中在想：「宇文成啊宇文成，方笑天啊方笑天，你們爲什麼不出來見我？」赤裸裸的白玉一般的王昭君，傷心地坐在草地上哭了。「阿爾斯泠」也爬上岸，憐惜地看著傷心落淚的主人，用自己的舌頭溫柔地舔著王昭君潔白的雙足。

驀地，王昭君聽見有聲音清脆地叫著：「宇文成！方笑天！」

王昭君止住哭，驚異地抬頭往發出聲音的地方看，卻什麼人也沒有，眼前只有兩隻美麗的鸚鵡在低低地飛翔。她更加驚奇了，站起來四處張望，並且驚慌地拿白色長袍來遮在自己赤裸的胸前。

這時，「宇文成！方笑天！」的叫聲又響了一遍。

王昭君這才看清，哦，原來是這兩隻可愛的鸚鵡在說。她不由地綻開了美麗的笑臉，哦，多麼美麗可愛的小鳥。她忍不住伸出了雙手，輕聲對牠們的呼喚：「可愛的小鳥，過來！」

眞是仙境中才有的奇蹟！兩隻小鳥聽話地飛來停在王昭君的手上，在牠們紅色的頭上，長著一對黑溜溜的機靈的眼睛，正看著王昭君。王昭君細細地觀賞著牠們，她的心暫時忘卻了憂傷。

想了想，王昭君若有所思，說聲：「小鳥，去吧。」便將雙手輕輕地往上一舉，讓牠們飛回空中。

王昭君穿上了自己的衣服，坐在溫泉邊的一塊青石上望著泉水沉思，她手托腮幫，眼睛充滿了憂傷，她確信宇文成和方笑天都在附近，她也確信他們都聽到自己的喊聲了，她不明白，他們爲什麼不肯出來見她。

太陽慢慢地爬過陰山頂上的雪峰了，這邊的陰山略略顯得暗起來，王昭君後面的原始森林，更加幽深神秘了。「阿爾斯冷」開始站在王昭君身邊不住地嘶鳴，彷彿在提醒牠的主人日已西斜，是回去的時候了。而王昭君是多麼希望，宇文成和方笑天會突然出現在她的面前，她在想：「哪怕今生今世從此只見這一面也好啊！」

但王昭君苦苦地等待漫長而沒有希望。最後，她看著愈加變得灰暗的天色，嘆了一口氣，只好翻身上馬。「阿爾斯冷」載著王昭君，又經過那瀑布潭，緩緩地進入森林，往山下的山麓草場走去。王昭君如夢如癡，臉上還掛著淚珠，眼眶中還滿含淚水，聽憑「阿爾斯冷」緩緩載她在林中行走。

忽然，王昭君發現自己的肩上落著什麼東西，她用手摸去，原來是一隻小鳥，舉到眼前一看，還是那隻美麗的鸚鵡；她的肩上還落著另外一隻。

王昭君把牠們放回空中，說：「回家吧，小鳥。」

鸚鵡卻又飛了回來，依然落在王昭君的肩頭。如此反覆了三次。

王昭君心想：「難道牠們是想跟我回家？」

王昭君不再趕牠們，一邊在林中走、一邊教牠們說：「春蘭、秋菊。」

將近黃昏的林中，變得更暗，林中時不時有虎的吼聲、怪鳥的鳴叫聲，但王昭君一點也不覺害怕。忽然，有宏大的男人的聲音在喊：「寧胡閼氏！寧胡閼氏！」聲音焦急而短促。王昭君一聽，是復株累小單于的聲音。緊接著，是春蘭和秋菊帶著哭腔的呼喚聲：「公主！公主！你在哪裡？」

原來，「阿爾斯冷」已經載著王昭君來到山麓草場邊上的森林了。

王昭君應了一聲，然後一磕蹬子，「阿爾斯冷」加快了速度，瞬息之間來到眾人的面前。王昭君一勒韁繩，千里馬穩穩停住，但見周圍除了早上一起出來騎馬的人外，又多了許多戎服的龍庭侍衛，他們個個腰佩佩刀、手持長矛，臨陣打仗的樣子。

見到了王昭君，許多士兵高興地大聲喊起來：「寧胡閼氏回來了，寧胡閼氏回來了！」

復株累單于鬆一口氣說：「閼氏，您可把我們急壞了。我們都入森林找過許多遍了，可就是找不著你。」

春蘭和秋菊則連忙下馬，跑到王昭君的馬前，說：「公主，這麼長時間，你往哪兒去了？我們都擔心你被老虎吃了呢？」

王昭君笑笑，說：「沒什麼，這不回來了嗎？」

突然，王昭君肩上的鸚鵡齊聲叫了起來：「春蘭！秋菊！春蘭！秋菊！」

眾人一看，見是一對鸚鵡，都笑了。

復株累說：「天快黑了，我們快回去吧！」

大家紛紛上馬，策馬揚鞭，奔下山麓草場，朝龍庭的方向馳去。在路上，他們碰見了手舉火把的龍庭侍衛和牧民騎馬找他們來了。這時，天全黑了，只有一條長長的火龍在草原上移動。

那個晚上，王昭君在月光中彈著琵琶，唱著歌……

那個晚上，王昭君將白天的故事全都講給春蘭和秋菊聽，春蘭和秋菊說：「公主，你編這麼美麗的故事給誰聽？我們不信你！」

那個晚上，王昭君做了一個夢，夢見她重回陰山，重回溫泉，那裡的峭壁上有十個字在月光中閃著金色的光芒，它們是：「陰山寶泉——宇文成——方笑天」

那個晚上，王昭君反覆聽見簫聲和塤聲在她的夢中留連，吹的曲子淒切哀婉，王昭君邊聽邊唱著《子衿》。

哦，那個晚上，草原上的月光多麼皎潔，王昭君夢見她在草原上御風行走……

一簫一塤一琵琶，整個草原，都在深深地傾聽……

第七章　情繫陰山

海子湖畔春風度

單于在一個黃昏回來。

那時夕陽西下，穹廬裡變得昏暗，火卻沒有燃起，王昭君正在獨自彈著琵琶，哼著江南小調，呼韓邪單于高興地從門外走進來。

王昭君連忙放下琵琶，起身迎接。

「你又想家啦？」單于笑著說，臉上充滿了關切。

「沒有，」王昭君說。

「你瞞不過我！每當你彈起家鄉的曲子、唱起家鄉的歌，我就知道你想家了。」

王昭君默不作聲。單于過來溫柔地摟著王昭君說：「明天我帶你到一個美麗的地方去。」

「哪兒？」

「你去了就知道，我的美人。」

早晨，太陽在草原上有一根套馬鞭高的時候，王昭君騎著她的棗紅千里馬「阿爾斯冷」，與騎著大黑馬的單于並駕東行。隨行的還有春蘭、秋菊和蕭育，他們三人騎的都是大白馬。春蘭和秋菊正在逗著兩隻鸚鵡玩，兩隻鸚鵡一邊在人群中飛來飛去，一邊連聲喊：「寧胡閼氏千歲、千千歲！」逗得單于也高興地哈哈大笑。

王昭君有時去看蕭育的臉，發現他有種神秘得意的笑容，直到現在，她也不知道單于要帶她到哪兒去。她問蕭育說：「我們往哪兒去？」

蕭育也是同樣的話：「你去了就知道。」

陽春的草原綠，綠得滴翠。紅的、藍的、白的、黃的小花，將綠毯似的草原裝點得五彩繽紛。雪白的羊群、斑駁的牛群和馬群在草原上遊蕩；放牧的姑娘和小夥子，遠遠地唱著愛慕的情歌，歡快動人。他們的胡笳、馬頭琴，彷彿日夜地吹著、彈著，從不停歇。他們的生活，彷彿永遠這麼從容，自由而富有詩情畫意。

王昭君忍不住展開了亮麗的歌喉，唱起了胡人的歌：

天似穹廬，
籠蓋四野，
天蒼蒼，
野茫茫，
風吹草低現牛羊。
……

「阿爾斯冷」彷彿懂得王昭君的心情，並不急著趕路，悠悠地往東走去。

突然，王昭君的眼前，出現了迷人的海子湖。在草原的中間，低低地躺著一片平靜的湖水，彷彿綠毯的中間，鑲進了一塊五彩繽紛的晶瑩透澈的寶玉。你看，在陽光的照耀下，它的色彩變化多端，中間泛著白光，越向四周，變得越藍。

最令王昭君驚奇的是，海子湖畔，出現了一幢江南的小木屋！

王昭君揉了揉眼睛，以爲自己看到的只是海市蜃樓的幻境。當她再一次睜眼看去，她愈加驚訝了，沒錯，奇蹟般地出現在她眼前的眞是江南的小木屋！

她不由得一夾腿，「阿爾斯冷」似離弦的箭飛奔起來，牠奔過草原、奔過湖畔，瞬息之間便來到了那幢房屋的跟前。王昭君跳下馬來，激動地看著這江南的小木屋。

小木屋一共有三間，中間的一間稍高，兩邊的稍矮、錯落有致；屋分兩層，門、窗的式樣，完全按照江南的來造；屋的四周，圍著木製的柵欄；柵欄的裡面、小木屋的前面，還豎起了一個鞦韆架，安著一架鞦韆。

小木屋面臨海子湖，右臨流入海子湖的黑河，王昭君往湖邊看去，那兒開墾出了幾塊一畝來大的農田，正是在黑河的邊上，小木屋的下面；農田裡，彷彿撒了什麼種子，綠芽從黑色的肥沃的泥土裡冒出來。

王昭君看得癡了，慢慢地推開虛掩的柵欄門，走了進去。

「有人嗎？」王昭君喊。裡面毫無聲息。

王昭君推開虛掩的小木屋的門，走了進去。她發現，即使裡面的擺設，也全是江南的情調，床、桌子、椅子，都是漢朝時江南的式樣。牆壁上，掛著漢朝的仕女畫和山水畫；

地上，鋪著漢朝的名貴地毯；窗臺上，擺設著幾個漢朝的細瓷花瓶，只是花瓶裡插著的五顏六色的小花，提醒王昭君這是在草原上，在海子湖畔。

王昭君看得呆了，想得呆了，居然連單于他們什麼時候進來都不知道。

「昭君，你喜歡嗎？」單于的問話驚醒了癡呆的王昭君。

王昭君回過頭來，望著單于，說：「單于，這……。」

單于哈哈大笑。旁邊的蕭育說：「公主，這是單于特意爲你建造的。前段時間，我們其實沒有去左賢王庭，而是建造這幢小木屋來了。這些木材，是從陰山砍伐的；這些漢代的物品，是我從漢朝運來的。」

王昭君一聽，覺得有點不安，對單于說：「單于，這未免太鋪張了。這麼興師動眾，多不好。」

「難得你存有這樣的心，我就滿足了，」單于笑著說：「我看你經常思念家鄉，鬱鬱不樂，所以建造了它，但願它能給你歡樂。」

王昭君不說話了，她的內心對單于充滿了感激和愛意。

正在這時，有許多單于龍庭的侍衛往屋裡搬東西，王昭君說：「這是什麼？」

單于說：「這是你的東西，是我派人用車往這兒運的，你以後就住這兒吧。」

王昭君高興地點頭同意了。

春蘭和秋菊開始指揮幾個龍庭侍衛放置從王昭君的穹廬中運來的東西。

單于和蕭育坐了下來，邊喝馬奶茶邊高興地聊天。

王昭君東走走西看看，心裡高興極了。眞的，她彷彿回到家鄉似的，她又看到了那些她只有在家鄉才能看到的東西。她緩緩地走到臨湖的窗前，推窗往外面望去，這時的海子湖，微風不起，萬頃晴波。從這兒望去，水是碧藍的，因爲藍天投入了海子湖的懷中；幾朵白雲，也不知幾時掉入了水中，在那裡悠悠地移游。

王昭君又注意到了窗下湖邊的農田，問單于說：「那農田裡種的是什麼？」

「是你家鄉的香稻。」

「眞的？」王昭君驚喜地說，她最愛吃家鄉的香稻米了。

「是眞的，也是蕭育從你的家鄉運來的。」

王昭君的心充滿了歡樂。

兩隻鸚鵡在小木屋中穿梭飛翔，嘴中不時地喊：「公主，寧胡閼氏。」彷彿牠們非常喜歡這個新的家。

這個春天，小木屋充滿了祥和歡樂，王昭君最愛打開窗戶，面朝海子湖坐下，彈起琵琶，那時即使天上有風，海子湖也會微波不興，因爲它也沉迷到王昭君的琵琶聲中去了。

單于這回眞的上左賢王庭處理事情去了。

一個黃昏，夕陽還留戀著草原的美景，遲遲不肯西下。金色的陽光，將草原裝點得特別美麗。火紅的太陽，靜靜地燃燒了一個白晝之後，變得有點疲乏，泛著迷人的、憂愁的、鮮艷的紅光，就像疾病纏身的美女頰上憂傷的紅暈一樣。五光十色、斑駁陸離的晚霞，從西天往天庭的高處湧去，鋪遍了大半個天空。

這時的草原，被薔薇色的斜暉照著，小草和野花的頭上，都染上了迷人的色彩。靜靜的海子湖，變得一片金紅，仔細一看，那紅的、黃的、藍的色彩又時刻在變化著，彷彿湧著一個光和色的童話的世界。

王昭君懷抱琵琶，騎著棗紅色的千里馬「阿爾斯泠」，一個人在湖畔徜徉。她愛著這憂傷而又美麗的黃昏。這個時候在草原上漫遊，彈琵琶，是她近來的喜好。

她的手撫在琵琶的弦琴上，正在想著彈什麼樣的一個曲子，唱什麼樣的一支歌。忽然，有歌聲從草原的深處傳來，和歌聲一起的，還有悠揚的馬頭琴的聲音。王昭君傾耳細聽，令她心驚的是居然有人唱著她家鄉的歌，用馬頭琴來伴奏：

蒹葭蒼蒼，白露為霜。
所謂伊人，在水一方。
溯回從之，道阻且長；
溯游從之，宛在水中央。

江南的民歌，伴以匈奴的馬頭琴，居然別有一番悠遠雋永的味道。

王昭君忍不住驅馬往歌聲傳來的方向緩緩行去。

那個人還在唱著：

蒹葭萋萋，白露未晞。
所謂作人，在水之湄。
溯回從之，道阻且躋；

溯游從之，宛在水中坻

歌聲越來越近，但王昭君看不見人。在歌聲傳來的地方，有一匹大黑馬在自由自在地跑，牠那黑色的長長的鬣鬃，被夕陽的斜暉染紅了。

王昭君來到大黑馬的旁邊，她這才看清，原來是復株累小單于坐在草叢中邊彈馬頭琴邊唱。王昭君來到面前了，他居然渾然不覺，低著頭，還在彈著唱著：

蒹葭采采，白露未已。
所謂伊人，在水之涘。
溯回從之，道阻且右；
溯游從之，宛在水中。

王昭君也沉浸在這渾厚美妙的歌聲中。她想起了遼遠的家鄉，那裡的少年，在江河的船上，會對喜愛的姑娘，唱起這首動聽的歌。

彈完了一曲。「阿爾斯冷」忽然抬頭長長地嘶鳴了一聲，彷彿牠也覺得快樂。馬的鳴聲驚醒尚沉浸在歌中的復株累，他猛一抬頭，發現了騎在馬上的王昭君。

復株累連忙從草地上站起，叫了聲：「閼氏。」

王昭君發現他的臉紅了。

王昭君說：「你唱得眞好。」

「閼氏過獎了。」

「但這是我家鄉的民歌，你是從哪兒學的？」王昭君忍不住好奇，問他說。

「這……」復株累遲疑了一會，又抬頭看了看王昭君，說：「是從閼氏你那兒學的。」

「我？」王昭君跳下馬，驚奇地說：「我什麼時候教過你？」

「是我偷學的。」

「偷學？」

「一個下雪的晚上，閼氏你在雪地上彈唱過這首歌。」

「哦！」王昭君想起來了，她確實在雪地上想起了家鄉彈唱過這首歌。當時春蘭和秋菊說後面有人，原來是他！

王昭君說：「那個人是你？」

復株累點頭默認了。

「也難得你學得這麼快，這麼好！」王昭君說：「就聽了一遍。」

復株累見王昭君非但不怪他，還誇獎他，高興極了，說：「你喜歡嗎？」

「喜歡。」

「那我再彈一首草原的歌給你聽。」

王昭君依著「阿爾斯冷」站著，聽復株累邊彈馬頭琴邊唱，他變得活潑、幽默而俏皮，有時還跳起舞來：

蹦嚓，蹦嚓！

蹦嚓，蹦嚓！

我騎著小馬兒，快得像飛，

快得像飛！
我不告訴你，我是為著誰，
為著誰。
你是個機靈鬼！機靈鬼！

騎著快死的駱駝，你慢得像烏龜！
你還想探聽我心裡想著誰，
想著誰。
哼，你也配，
你也配！

我的馬兒跑得快斷了腿！
我就不告訴你她是誰，
你這個機靈鬼
機靈鬼！

白雲下面，
黑眼睛在等著我，

她還淌著小眼淚，
淌著小眼淚！
不是為我，還會為誰？
（笑嘻嘻地、神秘地，對著身旁的大黑馬）
喂，把耳朵伸過嘞！
啊，伸過嘞！
（低聲，蜜語）
我那黑眼睛她，她就叫個「小眼淚！」
小眼淚！

啊，她就在前面等著我，
（興奮地）
她是我的「小眼淚」！
（忽然，變了臉）
這，我可沒有告訴你，
閉上你的嘴！
你這個機靈鬼！

討厭的機靈鬼！

討厭的機靈鬼！

王昭君聽著，開始時不知道他唱的是什麼，只覺調皮有趣，令人開心，令人笑；後來她聽出了這是首唱「小眼淚」的情歌，忍俊不禁，「咯咯」地笑了起來。

她的笑聲，在草原上傳得很遠很遠。

夕陽不知何時落入了草原的地平線，天空的彩霞，也在慢慢變少變暗。

暮色正在慢慢地降臨。

王昭君說：「該回去了。」

復株累說：「好的，我送你。」

正在王昭君要翻身上馬的時候，復株累叫住了她，說：「閼氏，我送你一樣東西，好嗎？」

「什麼東西？」王昭君覺得好奇。

復株累將右手伸入懷中，摸出了一樣小巧玲瓏，精致華美的小飾物來，遞給王昭君。

王昭君伸手接住，拿到眼前仔仔細細地看。它的形狀呈月牙形，外面裹著綢緞，裡面墊著棉花，中間是空的。在綢緞上，有五光十色的金銀絲線繡成的百合花，很是美麗。它的上方是開口的，裡面放著一個舌頭，舌頭的上端連著佩掛的紅色繩帶，下端是藍穗帶。王昭君上下抽動繩帶，舌頭就從袋內移了出來，原來舌頭裡塞著麝香，怪不得它不但色彩斑斕，金光閃閃，而且奇香無比。

王昭君愛不釋手，問復株累：「這麼漂亮的東西，你從哪兒來的？」

「是阿媽給我的。」復株累說。

王昭君動人地笑了：「把阿媽的東西給我，你不心疼？」

「不，我不心疼。」復株累漲紅了臉說。

「這叫什麼？」王昭君又問。

「叫『哈布格特』，是我們匈奴人特有的小飾物，可以掛在扣子上。」

王昭君「哦」了一聲，將它收好。她又看看即將變黑的天，說：「晚了，我們走吧。」

「好」復株累說。說完，他便翻身上馬。

王昭君只覺得他的神情有點怪，也並不深究，翻身上馬。

兩個人並駕齊驅，不一會便來到了海子湖邊王昭君的小木屋前。

復株累告別了王昭君，飛馳而去。

那時，天空已經出現了星星，一輪彎月，掛在東方的地平線上。

海子湖畔的香稻，早在王昭君的目光、琵琶聲中長大了。

王昭君有個小小的願望：她要讓香稻遍布大草原的河邊和湖畔，讓從沒有嘗過香稻米的牧民們都吃上江南的好糧食。

黑水河流過夏天芬芳的草原，歡樂地湧入海子湖；它的河水也灌溉了河邊的農田。

稻子吐穗了。

稻子變得金黃，王昭君派人用鐵鑄造鐮刀，將稻子收割，打淨了。

王昭君給自己留下不多的一份，將絕大部分的香稻分成許多許多小份，作爲種子送給牧民們，並告訴他們如何種植、收割和舂米。從那以後，香稻在草原上廣泛地流傳開來，草原的牧民們開始吃上香噴噴的香稻米，人們親切地叫它「昭君米」。

王昭君讓春蘭和秋菊將留下的一部分香稻舂成米，分成三份，將其中的兩份分別送給娜仁閼氏和薩仁閼氏。

當美麗的薩仁閼氏帶了侍女，騎馬來訪問王昭君時，王昭君正站在窗臺上逗兩隻漂亮的鸚鵡玩。她給牠們取了兩個可愛的名字：其其格和其木格，意爲花兒和花蕊。其其格和其木格的伶俐、美麗和可愛，給王昭君帶來了許多寂寞中的樂趣。

當春蘭進來說薩仁閼氏來訪時，王昭君也有點納悶，不知道她來做什麼。在王昭君的印象裡，薩仁閼氏對她總有點不冷不熱，令她揣摩不透。

正想著的時候，秋菊已經將薩仁閼氏迎進了小木屋。

王昭君連忙起身相迎，說：「姐姐來臨，妹妹有失遠迎，失禮失禮。」

薩仁閼氏連說：「不客氣！不客氣！」

說完，薩仁閼氏走上前來，親熱地拉著王昭君的手對她看了又看，笑著說：「妹妹眞是個天生的美人，一些日子不見，愈加漂亮了，可不像我，一天天地變老了。」

王昭君說：「姐姐快別取笑我了。你也沒老啊！」

說話間，春蘭已經端上了油茶，讓王昭君和薩仁閼氏坐下來邊喝邊談。

薩仁閼氏說：「秋菊送來的香稻米我嘗了，眞是好吃。難得妹妹這麼念著我。」

「哪裡，一點小心意。只可惜今年的香稻都作爲穀種分給牧民了，不然還可以多給一些姐姐嘗嘗；只能等明年了，到時我再派秋菊多給你送些過去。」

「妹妹眞是爲草原的牧民做了一件大好事啊，從此，他們都可以吃上美味的香稻米了。」

「這是我應該做的。」

「你們家鄉的東西還眞好呢。就說你上次送來的油膏和化妝品吧，我依法用了，果然，我的手和臉再也不凍裂了，眞該謝謝妹妹的。」

「都是一家人，姐姐快別客氣了。」王昭君說。

薩仁閼氏忽然眼圈一紅，放下手中的茶杯，聲音有點哽咽地說：「妹妹，我錯待你了，你別怪我。」

王昭君連忙說：「姐姐快別這樣了，這不挺好嗎？我可從來沒有怪你。」

「其實你一個人來到異地他鄉，也怪可憐的，都怪我沒有好好待你……」薩仁閼氏說著說著，居然哭了。

王昭君連忙掏出自己的手帕遞給她，說：「快別這樣了。我眞沒怪你。」

連王昭君，眼圈也有點紅了。

薩仁閼氏說：「你知道嗎？我的阿爸，原來是單于的侯爺，我的一個哥哥和一個弟弟，原來都是單于帳下的猛將，只因前些年匈奴和漢朝爭戰，他們全都死在邊關了……我的阿媽，傷心過度，一病不起，也去世了……」

說著說著，她哭得更凶了。王昭君忍不住潸然淚下，春蘭和秋菊也在旁邊陪著落淚。

過了一會，王昭君說：「我的阿爸，和我阿媽結婚了才幾天，便被迫背井離鄉，戍守邊關，與你們匈奴人作戰。過了一年，我的阿媽生下了我，生活無比的艱難，我阿媽經常唱著懷念我阿爸的歌，希望他有朝一日重返故鄉，與家人團聚。日子一天天地過去，直到第九年，才有一個因為負傷而有幸還鄉的士兵來告訴我阿媽，說我阿爸早五年就已經在和匈奴人的一次戰役中死去了。我的阿媽哭得死去活來，昏迷了三天……」

王昭君也開始放聲哭了起來，她和薩仁閼氏哭作一團。

過了好一會，春蘭才最先止住了哭，過來勸王昭君和薩仁閼氏別哭了。

秋菊端來了熱水，讓王昭君和薩仁閼氏浴面，兩人這才止住了哭，用熱水洗了臉，重新落座。

薩仁閼氏說：「所以我一直恨著漢人，恨著殺我父兄的漢人，是你改變了我的看法，我這才知道，匈奴和漢人應該永遠和睦，永不打仗。」

王昭君連連點頭。這會兒，一對美人真如親姐妹一般，變得無拘無束，無比親熱了，春蘭和秋菊看了，也無比高興。

薩仁閼氏說：「也難為你遠嫁異鄉，為漢朝和匈奴和親。想家嗎？」

王昭君微微一笑，說：「哪能不想？我在夢中都夢見自己重回家鄉呢。」

「妹妹啊！以後寂寞了，就去看看我，我也會常來看你的。」

王昭君點頭答應。

「你的琵琶彈得真好，給我彈一曲吧！」薩仁閼氏說。

王昭君也並不推辭，說：「那我就獻醜了，給你彈一曲《江河水》吧。」

說著，她便接過春蘭取過來的琵琶，抱在胸前，端正了身子，試了試弦。停了一會，「錚錚」地彈了起來。美妙的音樂聲充盈了整個小木屋。不知何時，飛出去玩耍的兩隻鸚鵡飛了回來，站在窗口上聽得入迷。

一會兒，音樂有如一泓清澈見底的泉水，流過幽靜的松林，流過長滿苔蘚的草地，幽深而且美麗。一會兒，音樂又有如一條大江奔騰、驚濤駭浪、滾滾而來，在心靈的深處席捲而過。音樂嘎然而止，餘音在小木屋內裊裊不絕。

薩仁閼氏都聽得癡了，過了好一會兒，才從音樂中回過神來，連聲讚美。春蘭往窗外望去，陽光下的海子湖，平靜如鏡，閃爍著神秘的光，彷彿它也聽得癡了。幾隻水鳥，悠悠地在水上飛翔。

「好！彈得好！真是仙樂！」忽聽門外有人大聲說道。

秋菊忙去開門迎客，進來的是滿面笑容的阿婷潔手持馬鞭，大聲說：「好啊！你們瞞著我在這兒享樂。」

薩仁閼氏聽了，笑著說：「有好事哪能錯過大公主你呢，這不，你也來了嗎？」

三人會心地笑，歡樂的笑聲充盈了海子湖畔。

阿婷潔說：「幸好我早來一會，還有幸聽到剛才的琵琶曲。嫂子，這是什麼曲子，怎麼像流水一樣，一忽兒從容，一忽兒猛烈。」

王昭君說：「妹妹果然好耳力，這曲子就叫《江河水》。」

「我們的大公主是草原的唱歌好手，讓她來一曲吧。」薩仁閼氏說。

阿婷潔並不推辭，不用什麼樂器，清唱了起來：

我騎著葫蘆呦，
飛到科爾倫島，
呼倫貝爾草原啊，
有人駕雲往回飄。
我把這雲彩呦，
一直追進這個屋呵，
雲上坐的人呦，
正是天仙一樣的兩位親嫂，
兩位親嫂！
兩位親嫂呦，
天仙一樣美麗——
天仙一樣美麗——

她的歌惹得眾人大笑。王昭君掩著嘴吃吃地笑，連聲罵：「你這個鬼精靈，我們可不聽你哄。」

薩仁閼氏笑得將口中的茶一口噴了出來，恰好噴在春蘭身上，春蘭也顧不得去擦，笑得彎了腰，連聲喊肚子疼；秋菊則轉過身去，「吃吃」笑個不停。連兩隻鸚鵡也「兩位親嫂，兩位親嫂」地喊個不停。

正在這時，單于回來看王昭君了，見大家都在笑個不停，驚奇地笑著說：「什麼事情這麼快樂的，也分給我樂一樂。」

秋菊把事情講了講，單于指著阿婷潔說：「你這個機靈鬼啊！」

不知不覺中，時已中午，王昭君吩咐春蘭和秋菊去做了江南的香稻米來給大家吃。席中，眾人說起了阿婷潔的丈夫溫敦將軍。

單于說：「這人什麼都好，就是有一樣不好，彷彿對漢人有成見。他的兩個哥哥雖然都是在與漢朝爭戰中死去的，但現在可不一樣啦，我們匈奴和漢人已經成了一家人，再也不要爭戰不息，害民害己了。倒是他的父親骨突侯烏禪慕深明大義，眞乃我的左右手也。」

阿婷潔聽了，嘆了一口氣，說：「我也不知這人怎麼想的。」

「我聽人說，溫敦禁止有些牧民在邊境上與漢人互市，阿婷潔啊，你回去好好勸勸他，」單于說。

「是，哥哥，」阿婷潔溫馴地說。

「吃飯吧，單于，吃飯時不談這些事，」王昭君說。

單于連聲說好，氣氛又變得歡樂融洽起來。

一簫一塤琵琶意

王昭君睡在淨白的被單上，一條黃色的綢緞薄被蓋在她身上。她長髮披拂的頭埋在大而白的枕頭中。皎潔的月光，偷偷地從窗口溜進來，照在王昭君的頭上。她小小的臉龐，顯得聖潔而又迷濛，她睜開的眼睛，在夜的小木屋中是這麼明亮，卻又溢滿了難以說清的憂傷。

單于今天往龍庭去了，沒有回來。此時，夜闌人靜，春蘭和秋菊早已睡了。小木屋的外面，隱隱約約地傳來幾聲夏蟲的淺唱低吟，王昭君翻了個身，再也難以入睡。

黃昏的時候，她在小木屋前盪著鞦韆，斜陽正緩緩地西下，牧民吆喝著悠長的號子，揚著長長的套馬鞭，趕著牛、羊、馬回家。王昭君望著金光閃閃的海子湖，心變得憂傷。

她總會想起那次騎馬上陰山的經歷，其中的每一細節，她都歷歷在目。但她有時又覺得恍如隔世，或者覺得那從來就不是眞的。宇文成、方笑天，你們又爲什麼不肯見我？

想著想著，王昭君再也難以入睡。她穿衣起床，從牆上取下琵琶，輕輕地開了門，來到小木屋的外面。

小木屋的前面，「阿爾斯冷」還沒有安歇，正在「窸窸窣窣」地吃草料。王昭君解了韁繩，牽了「阿爾斯冷」走出小木屋的柵欄。她來到了一個充盈著溫柔而又憂傷的月光的世界裡了。

一輪圓圓的皓月，懸掛在中天上，一些稀稀落落的星星，點綴著深藍的天穹。月的清輝，傾瀉在廣闊的草原上，草原一片迷濛、蒼茫，恍如籠罩著一層銀色的白紗。蟋蟀和許多不知名的蟲兒，隱伏在草叢中低吟。

展現在王昭君眼前的，是一個有聲有色的世界。她抬頭望月，又想起了故鄉，想起了漂泊天涯海角的宇文成、方笑天。

王昭君翻身上馬，懷抱琵琶，在月的草原上若有所思地漫遊。

她來到海子湖畔，海子湖沐浴在一片銀色的月光裡，一輪滿月，映在湖底，更顯海子湖的幽深神秘。王昭君駐馬觀看著海子湖，天上的月亮，一動也不動，爲這絕世而獨立的美人看得癡了。

靜，絕對的靜。月光籠罩的湖面泛不起半點漣漪。月亮彷彿本來就深藏在水底。湖畔四周是這樣安寧，彷彿人世的紛擾和憂傷從沒有驚動過這兒永恆的夢境。恍惚間，神話裡的世界浮現在王昭君的眼前，王昭君信手彈起琵琶，信口唱起一首她自編的歌：

你，美麗的湖中仙女，
雲髻半偏，星眼困倦。
如果不是晶瑩的明眸，

如果不是悠揚的琴聲，
人們會說：
你已經是死神的俘虜。
守護你的十六位騎士，
也會和你一樣，
進入永恆的夢境：
鷹隼在振翅欲飛的刹那，
被魔法僵住了翅膀；
紫雲在飄離崖畔的刹那，
變成了冰冷的石頭。

我知道你心懷憂傷，
亙古的憂傷
我知道你心懷思念，
我的思念是為了誰，
為了誰？

彈著唱著，王昭君癡了，她覺得自己正在緩緩地沉入水底，沉入那冰清玉潔的美不可言的世界去……

然而，夜風中傳來的縹縹緲緲的簫聲，驚擾了王昭君的幻境，她猛然抬頭，水中的幻境不見了……簫聲，悠長淒切的簫聲，纏綿、悲傷地傳入王昭君的耳鼓。

王昭君猶疑地四外張望，草原上卻只有銀色的月光在徘徊，什麼也沒有。

簫聲沒有停止，塤聲又起了，這哀婉淒絕的塤聲啊，如泣如訴，催王昭君淚下……

簫和塤，吹得正是那首《子衿》的曲調，王昭君隨著樂聲輕輕地低吟。

王昭君猛然策馬狂奔，往音樂傳來的地方跑去……

越跑越遠、越跑越遠，音樂聲驀地停止，整個草原變得一片幽靜。

王昭君勒住馬，傷心地哭。她邊哭邊低低地說：「宇文成啊宇文成，方笑天啊方笑天，你們爲什麼不肯來見我？」哭了好一會兒，王昭君才無奈地撥回馬頭，邊彈琵琶邊往海子湖畔走去。來到海子湖畔，她淚眼婆娑地下了馬，讓馬在附近遊蕩，自己又在月光中彈起了琵琶。

這時，悠揚的簫聲吹起來了，曲調比先前顯得稍微活潑一些，王昭君呆呆地側耳傾聽，爾後，從銀色的月夜中，傳來了一個男人粗獷的歌聲：

北方有佳人
絕世而獨立
一顧傾人城
再顧傾人國
寧不知傾城與傾國

王昭君正聽得入迷，忽聽有「達達」的馬蹄聲和簫聲、歌聲一起從月光中傳過來，彷彿還有馬長長的嘶鳴聲。棗紅色的千里馬「阿爾斯冷」忽然也長長地嘶鳴起來，好像充滿了歡樂。

王昭君不顧一切地大聲喊起來：「宇文成，方笑天，你們在哪裡？」她的聲音在草原上迴旋。

「嗒嗒」的馬蹄聲越來越近，瞬息之間，兩匹大白馬，載著兩位白衣大俠，有如白色的飛鴻一般，翩翩來臨。

王昭君借著月光望去，認得兩人正是方笑天和宇文成。方笑天腰佩長劍，手持著塤；宇文成手持一管閃閃發亮的洞簫。他們來得如此突然，王昭君抬著淚眼，呆呆地看著端坐馬上的宇文成和方笑天一句話也說不出來。宇文成和方笑天也全呆了，只是用深情的眼睛看著久別重逢的王昭君，默默無語。

王昭君猛然扭過身去，嚶嚶地哭了起來，哭得傷心欲絕，她窄窄的肩膀，在月光中微微地顫抖。

宇文成和方方笑天慌了，雙雙翻身下馬，來到王昭君的跟前，說：「昭君，別哭了。這不大家又見面了嗎？」

王昭君哭得更傷心了，連哭邊說：「你們不是不肯出來見我嗎？你們走啊！我不想再見你們了。」

「昭君……」

「昭君……」

宇文成和方笑天欲言又止，聲音有點沙啞而哽咽。

王昭君還是哭個不住。這時，一朵烏雲，遮住了天上的明月，海子湖變得幽暗，彷彿它們也爲王昭君的傷心而傷心。

「我們這樣做是有苦衷的，」宇文成說，「我們何嘗不想見你啊！」

方笑天也幫著解勸，王昭君這才止住了哭，小孩子似的用手擦了擦眼淚。

這時「阿爾斯冷」與宇文成、方笑天騎來的兩匹大白馬，互相摩著脖子，歡快地嘶鳴，無比親熱，彷彿牠們早已認識了一樣。

這令王昭君感到驚訝，「咦？牠們怎麼像認識一樣。」

「你的馬是不是也是陰山野馬馴服的。」方笑天說。

「對啊。」

「那就對了，牠們肯定認識，或許還是一家人呢！我們的大白馬，也是陰山野馬馴服的。」宇文成說。

「你們去過陰山吧？」王昭君想起了「陰山寶泉」，想起了那天的簫聲和塤聲。

「對。」

「『陰山寶泉』四個字是你們刻的？簫和塤也是你們吹的？」

「對。」

「那你們爲什麼不肯見我？」

「昭君，說來就話長了。」

「你們說吧。」

於是，三人在海子湖畔坐下，王昭君靜靜地聽宇文成、方笑天講他們自從上次邊關戰役後所發生的事。在那次激烈的戰鬥中，宇文成、方笑天和蕭育、呼韓邪單于並肩作戰，只因敵人實在太多，在混戰中，宇文成和方笑天雖然擊殺了無數劫殺王昭君的人，但自己也身中數支毒箭，毒氣攻心，漸感體力不支。正在這時，從單于庭調來的大隊匈奴騎兵趕來援助，宇文成、方笑天發現蕭育和呼韓邪單于英勇善戰，敵人已經越來越少，而且正在潰退，他們知道王昭君可保安全，於是兩人決心離開戰場，以尋療傷之法。

宇文成和方笑天殺出一條血路，並肩騎馬沒走多遠，便因中毒太深，雙雙昏迷在馬上，不省人事。也不知過了多久，他們才醒過來，發現自己躺在陰山的雪峰下，正是「陰山寶泉」的邊上。他們身上的毒箭已被人拔掉，傷口已經包紮上。宇文成掙扎著往四周看望，發現他的身旁放著簫，簫的下面壓著一塊布，布上有墨汁。宇文成連忙拿起來看，只見上面寫著：

徒兒，爲師救了你們，你們的箭傷並沒有痊癒，我已經給你們服了丸藥，但你們得每隔五天上山採一朵雪蓮吞服，堅持三個月，方可得救。我知道你一直在尋找我，但爲師喜歡超然獨立、雲遊四方，你好自爲之，不必再找。

師父

宇文成看那墨汁，似乎剛乾不久，不由忍痛起身，對著雪山下的森林大聲喊：

「師父！師父！……」

但什麼人也沒有。

宇文成和方笑天在溫泉邊待了三個月，每隔五天即上雪山採雪蓮呑服。三個月以後，他們復原了。這期間，兩人在山上採野果、打獵物，過起了野人般的生活，還馴服了兩匹威武強壯的大白馬來作爲坐騎。

三個月後，他們騎馬走出陰山，來到草原上，才知王昭君已經做了草原的皇后，牧民中傳揚著她天仙一樣的美麗。

當宇文成和方笑天準備去找王昭君時，不想又碰到了尋找來的十來個仇人，二人寡不敵眾，只好重上陰山，在雪峰上苦練武功。這期間，他們在溫泉的石壁上用簫和劍刻就了「陰山寶泉」四個字，並各自寫下了名字。

王昭君上陰天的那天，正是宇文成和方笑天與仇人約好要在陰山以外的大漠決鬥的日子。當時他們在雪峰上突然聽見溫泉裡有人唱歌，唱的是他們所熟悉的江南一帶流傳的《子衿》，他們十分奇怪。仔細一聽，知道是王昭君。他們很想下雪峰來與王昭君見面，無奈約定的午時決鬥的時辰快到了，武林中人最守信用，他們不想誤約，並且，宇文成和方笑天也不想讓王昭君爲他們擔驚受怕，於是，他們只是用簫和塤吹了一會兒曲子，告訴王昭君他們還活著，便從另一面下了雪山，騎馬飛一樣馳過森林，奔往大漠與仇人決戰。

這是次艱絕的武林決戰，二人聯手與十個武林高手對打，從午時一直打到第二天凌晨，才將其中的四人殺死在大漠之上。而其中的六人，騎馬逃出大漠，往南方逃去。宇文成和方笑天縱馬狂奔，追殺敗逃的六大武林高手，一直追到東海邊上，才又將其中二人殺死，而其中的四個武林高手，還是乘船往東海上的島嶼逃去了。

宇文成和方笑天無奈，只好揮馬北回，到現在才趕到草原。

王昭君仔細地聽著，望著他們風塵僕僕的臉，忍不住又潸然淚下，說：「當初你們都是爲了我，才結下這麼多仇人，是我害苦了你們啊！」

宇文成和方笑天說：「這是什麼話呢？爲了你，我們死了，又何足惜。」

王昭君默然。海子湖畔，一片靜寂。

宇文成拿起簫，吹起那首《子衿》，方笑天拿起塤，也吹了起來。

王昭君淚流滿面，抱起琵琶，邊彈邊唱。簫聲、塤聲、琵琶聲、唱歌聲，在海子湖畔的草原迴旋。

三匹馬，安安靜靜地站在月光裡，低著頭，一動不動的，牠們也沉浸到這月光下的音樂裡了。

一曲音樂終了，王昭君看著宇文成和方笑天，動了動嘴唇，想說什麼，又說不出來。宇文成和方笑天呆呆地看著王昭君，激動地什麼話也說不出來。宇文成抬頭望了望月亮，揚頭長嘆；方笑天則是低頭嘆息。剛勇的男子漢，這時候，也變得柔情無限。

王昭君的心波濤翻滾，離愁別恨曾經那樣地折磨著她，而今故人相對，卻又欲說還休。

靜，一切都是那麼寂靜！

忽然，幾聲急促的馬蹄聲劃破夜空，劃破這種寂靜。瞬忽之間，馬蹄聲越來越近，聽起來有五六匹馬在狂奔。宇文成與方笑天對視一眼，說聲：「不好！」立刻拿出各自的兵器，一個手持長劍，一個手持長簫，一前一後地護住王昭君。

一陣風將六個黑衣人帶到三個人的周圍。他們圍住了王昭君、宇文成和方笑天。

其中一個黑衣人朗聲說：「宇文成！方笑天！今天你們休想活命。」

說罷，他從背上撈出一把劍來。這時遲，那時快，其餘五人也各操兵器在手，一個使鐵棍，一個使背刀，一個使三節棍。這四人宇文成和方笑天都認識，正是上次逃往東海島上的四人。令方笑天和宇文成心驚的是，今天多了兩個怪異的老者，一個高約二丈的高個子，奇瘦無比，手持彎不溜丟的鐵杖；一個高約一丈的矮個子，奇胖無比，手持一把鉞，鉞的鋒刃，在月光下閃著陰森森的光。

宇文成、方笑天暗暗心驚，他們知道，這不認識的兩人肯定武林奇才，這樣的相貌，這樣奇特的兵器，定是奇特怪藝的武功，恐怕難於對付。

王昭君看著，心中充滿恐懼。

宇文成冷笑一聲，說：「手下敗卒，還有臉面回來見我」

瘦高個子的老者撫鬚長笑，說：「宇文成，你死期來臨，還敢狂妄。」

矮胖的老者用尖細奇異的聲音說：「宇文成、方笑天，你們敢殺我們的徒弟，居然敢與我們東海派爲敵，今天休想活命。」

說罷，六人催馬步步進逼。草原升起了一股殺氣。

宇文成朗聲說：「我們往陰山以北的大漠決鬥，如何？不要驚動草原上的人，否則單于派人來襲，對你我都不好。」

其中一個黑衣人冷笑一聲，說：「什麼草原上的人，什麼單于，是怕我們傷著王昭君吧。」

宇文成和方笑天的心一沉，而後異口同聲說：「是又怎樣？你們來吧。」

他們心想一場血戰在所難免。

誰料，瘦高個子的老者哈哈大笑：「宇文成、方笑天，你們不失爲武林好漢。我們覺得王昭君是好姑娘，當初我們錯看了她，我們不傷她。好，一言爲定，我們往陰山以北的大漠決鬥，我要爲我的徒弟報仇雪恨！」

說罷，他對其餘五人揮一揮手，六人騎馬往陰山方向急馳而去。

宇文成、方笑天拎起兵器，也揚身上馬，在將要離去的時候，他們回頭看王昭君，她眼含滿眶的淚水，在月光下閃著晶瑩的光。

他們說：「昭君，保重！」

昭君說：「保重！」

二人一狠心，一蹓蹬子，像離弦的箭一樣飛馳而去。

王昭君看著兩團白霧，在月光下越飛越遠，最後沒有了蹤影，她頹然倒地，失聲痛哭

……

王昭君病了，發燒，昏迷不醒，急得單于連忙請來龍庭中最好的兩位老太醫來給王昭君看病；急得春蘭、秋菊哭得紅了眼。

兩位老太醫來到小木屋中，仔仔細細地把了脈，說：「單于，不礙事，閼氏只不過夜裡受點風寒，吃幾服藥自然會好。」

王昭君病了三天，到第四天，已能下床走路，彈琵琶。春蘭和秋菊發現，她變得愁眉不展，鬱鬱寡歡，就連鸚鵡的學話也不能令她笑一笑。

這天早上，王昭君坐著彈了一會兒琵琶，站起來對春蘭和秋菊說：「我們出去走走。」

「去哪兒？」春蘭奇怪地問，近來，王昭君連小木屋也沒出去過一步，只愛坐在窗前彈彈琵琶，看看海子湖。

「你們去了就知道，」王昭君說。

三人出了小木屋，各自牽出馬，翻身上馬。

王昭君一揚鞭，「阿爾斯冷」飛一樣往陰山方向奔去。

春蘭和秋菊連忙催馬追趕，過了好一會兒，才在一條小河邊追上了下馬等待的王昭君。王昭君見她們來了，又上了馬，三人騎馬趟過小河，王昭君在前，春蘭和秋菊在後，往陰山騎去。春蘭和秋菊見王昭君一臉憂鬱，怕惹她發火，不敢多問，只是跟著騎。她們來到了陰山腳下，前面便是繁花似錦的山麓草場，蔥蔥鬱鬱的原始森林和高聳入雲的雪山。

王昭君看了一會，並沒有往陰山麓草場上去，而是沿著山麓草場往東跑。

不久，她們看見了連綿的陰山山腳出現了山口，王昭君勒住了馬，抬頭向山口觀望。山口的兩邊都是懸崖峭壁，只在這地方好像誰切了一刀似的，空出一個寬約兩三丈的口子來。王昭君略一遲疑，撥轉馬頭往山口騎去。春蘭和秋菊趕緊跟上。

王昭君來到陰山山口上，放眼往陰山以北望去，只見一片白茫茫的沙漠，被夏天的陽光照耀著，泛著強烈的白光。沙漠無邊無際，沒有風，處在一片死寂之中。

陰山的北面和南面，恍如兩個世界，南面是雪山、森林和草場；在北面，除了雪山，便是寸草不生的紅色的岩石，便是荒無人煙的沙漠。

王昭君催馬往沙漠中間走去。

春蘭大驚，說：「公主。你往哪裡去？」

「我往大漠去呀！」王昭君說。

正在這時，秋菊大喊了一聲：「公主，那是什麼？」

王昭君順著秋菊的手指點的方向看去，果見一樣東西在前面不遠處的地方閃閃發光。她催馬近前去，一看，原來是一把背刀。那個晚上一個黑衣人用的正是這種兵器。

王昭君心想：「這正是他們決鬥的地方了吧。」

忽又聽見春蘭驚呼了一聲：「媽呀！」

王昭君忙回過頭去，問：「怎麼啦？」

「一……隻手……」

「什麼一隻手？」秋菊說。

「你看，一隻斷了的手啊！」

王昭君並不覺得怕，騎馬往春蘭指點的方向趕去。

果然，沙漠上躺著一隻被人砍斷了的手，還連著一截黑色的衣袖，附近的沙子，被血染紅了，一陣微風吹來，有一股撲鼻的奇臭。王昭君捂著鼻子，走開了。她知道，這是被方笑天的長劍砍下的一個黑衣人的手。

春蘭和秋菊都有點驚懼，王昭君卻著急地騎馬四處尋覓，她的心在擔憂：宇文成和方笑天會不會屍橫沙漠？

在前面二十來丈遠的地方，王昭君發現了三具橫七豎八的黑衣人的屍體，旁邊扔著劍和鐵棍，王昭君發現，他們兩人被劍所砍，脖子上都有長長的口子，一個人好像是被簫所傷，腦袋有一個窟窿。

王昭君令春蘭和秋菊四處尋覓，看看有沒有其他人的屍體，最後，又在十幾丈遠的地方，她們發現了另一個黑衣人的屍體，旁邊扔著他的兵器三節棍，他的腦袋上也有一個窟窿，顯然是爲宇文成的洞簫所擊中。

此外，什麼也沒有了。三人將附近的沙漠都找遍了，再也沒有發現什麼。

宇文成、方笑天和那兩個一高一矮的怪異老頭子都不見了。

無奈，王昭君領了春蘭、秋菊出了沙漠，經過山口，重回陰山以南。

騎在馬上緩緩地行走，王昭君告訴春蘭和秋菊那個月夜發生的事。

春蘭嘖嘖稱奇：「宇大哥、方大哥的武功眞是了不得，這四人顯然是他們殺死的。」

王昭君擔憂地說：「但是，我們沒有發現那兩個一高一矮的怪異老頭啊！他們自稱師父，武功定然比這四個人厲害。宇文成和方笑天，會不會敗在他們手下？」

「你放心，」秋菊說：「以他們的武功，他們不會輸的，如果那兩個老頭的武功果然厲害，四個黑衣人也不會死。」

王昭君覺得秋菊的話有理，變得高興了一點。

三人沿著山麓草場緩緩騎了一會，忽然，王昭君一揚鞭，驅動「阿爾斯冷」跑上山麓草場，直往原始森林跑去。

「公主，你往哪兒去？」春蘭和秋菊呼喊著追了上去。

「我帶你們到『陰山寶泉』去。」

「公主，你別騙我們。」

「你們去了就知道了，」王昭君一面大聲回答，一面驅馬鑽進了莽莽蒼蒼的原始森林，春蘭和秋菊連忙跟上。

林中變得幽暗起來，有點神秘，春蘭和秋菊四處張望，覺得害怕。

正在這時，忽聽幾聲虎嘯響徹森林，爾後，從密林中竄出了三隻凶猛的老虎，攔住去路，春蘭和秋菊「媽呀」一聲驚叫，在馬上一晃，差點跌下馬來。

王昭君回頭說：「別怕，牠們不會傷害我們。」

說完，王昭君並不勒馬，反倒自在地騎馬向老虎走去，「阿爾斯冷」也毫不懼怕，長長地嘶鳴著，往老虎走去，彷彿在叫牠們讓道似的。

馬上的王昭君，明亮的眼睛，看著凶狠的老虎。

最令春蘭和秋菊奇怪的是，老虎忽然閉上了血盆大口，搖頭晃腦，擺著尾巴，彷彿在向王昭君問好。牠們讓開了路，長吼幾聲，鑽入密林中，不見了。

春蘭驚訝地張大了嘴，好大一會兒合不攏嘴，然後開玩笑對王昭君說：「你可以稱得上是伏虎公主了。」

王昭君笑笑，說：「我們快走吧。」

她們來到了森林的邊緣，先見到的是瀑布潭，春蘭和秋菊爲這人間的美景驚嘆不已。爾後，她們來到了「陰山寶泉」，那兒蒼勁挺秀的十個大字依舊，只是字上的苔蘚更綠了。

王昭君寬衣解帶，跳入溫泉中，春蘭和秋菊也先後赤裸著跳入。

三人在水中嬉戲著，雪山下充滿了歡樂的笑聲和歌聲。

當她們騎馬走出原始森林，無邊的夕陽正在冉冉下沉，斜暉照在美麗的山麓草場上。

一個早晨，王昭君正在小木屋中彈琵琶。春蘭說蕭育來了。

王昭君連忙起身迎接，說：「蕭正使，請坐。」

秋菊端來了茶點供蕭育和王昭君享用。

蕭育說：「今天我是來和公主道別的。」

「道別？蕭正使往哪兒去？」王昭君問。

「我前些日子接到朝廷文書，令我回朝有事。」

「你要回漢朝，可以見到長安了，」王昭君感傷地說。

「公主，你不要難過。你有事要我辦嗎？」

王昭君想了想，說：「還能有什麼事呢？沒有。」

「公主，我會回來的。」

「上次來匈奴，一路上全仗你保護，我真是感激不盡。我終生難報你的大恩。」

蕭育忙說：「公主快別這麼說，你這就見外了。」

「蕭正使，一路上路途遙遠，險惡重重，你可要多加小心。」

「你放心，單于派了許多騎兵護送我，他也送了許多東西給漢朝，以示永世修好。」

王昭君這才說：「那好，明天我會去龍庭送你的。」

「我還有許多事要準備，那我先回了，」蕭育說。

王昭君一直將他送到了草原上，見他騎馬回龍庭，這才上樓，依舊彈她的琵琶，琵琶的曲子變得無比憂傷。

王昭君知道：恐怕她再也難以見到魂牽夢繞的故鄉了！

雪捲北國人獨立

單于的龍庭前號角齊鳴、胡笳齊吹。

蕭育和幾十個士兵一身漢服，整裝待發；不遠處，一百名龍庭騎兵，一身胡服，佩彎弓、拿長矛，雄糾糾氣昂昂地分成兩隊站列。

王昭君趕到時，單于和蕭育正在殷殷話別。

「蕭正使，一路上多加小心。」單于說。

「多謝單于派一百名騎兵護衛，我面見天子，一定轉述單于好意，」蕭育說。

單于見王昭君也前來爲蕭育送行，等王昭君近前來，說：

「蕭正使面見天子，請向天子面述匈奴永與漢朝修好之意並將那些禮品作爲貢品獻與漢朝，」單于一邊說一邊指了指附近五六駕裹得嚴嚴密密的馬車。

「昭君，蕭正使南回長安，你有什麼事嗎？」

王昭君說：「事倒沒有。只託蕭正使告與漢天子，漢朝要永遠與匈奴修好，都是一家人，再也不要骨肉互殘，傷害百姓。」

蕭育點頭答應。說罷，蕭育揮揮手，吩咐出發。幾十名龍庭侍衛在前面開道，蕭育隨行於後，中間幾十名漢兵押著馬車，前後又是五六十名龍庭侍衛。

看著即將離去的蕭育，王昭君想得很多，她想起他所要去的地方，那辛酸而又美麗的地方；她想起他的俠義心腸，忍不住眼睛一熱，滾出了幾行熱淚。

王昭君發現，蕭育在不住地往回看，最後對王昭君喊：「公主，你多保重！」

蕭育的心情，全都蘊含在這一句話裡。他說罷，頭也不回地朝草原深處走去。

忽然，剛才還明亮的天變得陰暗起來，王昭君抬頭往天上看，發現一朵雲遮住了太陽。王昭君看了看慢慢遠去的蕭育的隊伍，心中忽然有種不祥的預感。

半個月以後，蕭育行到五龍山附近，他望著那多年前激戰過的地方，心中發出無限感慨，當年的刀光劍影，都已成一去不復返的往事。而今，王昭君已經安居草原，只有他一個人重回長安。

蕭育已經能夠望見長城，只要順利，再過一兩天的時間，他就可以過長城，進入上郡、北地郡地域。

重回長安，只是順從天子的旨意罷了，至於他本人，他寧願無所事事地長住草原，陪著昭君，看著昭君，這就足夠了。功名利祿，在於他如糞土一般，他就覺得，只要看到昭君，他就會有一種難以說清的感覺，王昭君覺得是蕭育保護了她，而在蕭育看來，王昭君才是他的依賴呢，只要有王昭君在，蕭育就覺得踏實。

此刻的蕭育，只願早點回到長安，向漢天子覆命，然後好早點重回草原。剛去的時候，蕭育覺得草原寂寞、荒涼，無事可做，但是，生活了一段時間後，他又覺得以前在漢宮的生活太單調、死板，而在草原的生活，倒是豐富多采，他可以騎馬、打獵、彎弓射箭……

只是每當蕭育想起自己太監的身分來，就覺得無名的悲哀，歲月的流逝已經磨損了他的悲哀，他所有的，或許只是淡淡的無法說清的絕望裡的哀愁。

蕭育一邊想著一邊往長城的隘口走去。

忽然，無數匹馬的嘶鳴聲，嗒嗒馬蹄聲劃破了黃昏的寧靜。

哪兒來的這麼多馬？蕭育警覺地回頭望去。聲音是從西邊傳來的，天邊的殘陽如血，但沒有看到人，天空中瀰漫著灰塵。蕭育細聽越來越近的嘈雜的馬蹄聲，心生警覺，急令隊伍就地停住。他叫來了龍庭侍衛的兩個領頭將軍巴雅爾和巴爾斯，對他們說：「這是怎麼回事？怎麼會有這麼多的馬蹄聲朝我們而來？」

兩個將軍也面露疑色，說：

「單于已經命令匈奴的軍隊放行，不會是匈奴士兵，會不會是一夥盜賊？」

蕭育點了點頭，急令所有士兵占據有利地勢，準備對敵。蕭育自己一馬當先，對著馬蹄聲傳來的地方昂然觀望。

不一會兒，一支人數不在千人以下的隊伍漸漸出現在蕭育的眼前，令蕭育驚奇的是，他們個個身穿胡服，佩彎弓，手持長矛，騎在馬上急馳而來。

這支隊伍來到蕭育眼前，往左右分開，將蕭育等一百來人團團圍住。

蕭育大驚，急問：「吠！來者何人？」

只見為首的一個中年漢子朗聲說：「蕭育，你受死吧。我是匈奴左賢王帖木兒。」

蕭育驚異地說：「左賢王，這是為何？」

巴雅爾認得左賢王，急忙催馬上前，說：「左賢王，蕭正使乃受單于之命南回長安，單于已經明令通行，你別誤會。」

左賢王大怒：「巴雅爾，你這個匈奴的叛徒，你受死吧。」

說完，左賢王便催馬持大刀直殺過來，巴雅爾大驚，舉矛一擋，退開幾丈以外，說：「此話怎講？我受單于之命，護送蕭正使入關，怎麼會是叛徒？」

左賢王大聲說：「巴雅爾，巴爾斯，你們兩個敗類，勾結漢朝，意圖謀反，今日我受單于密令，格殺勿論。弟兄們，給我殺！」

一個「殺」字出口，說時遲，那時快，一千五百個左賢王的騎兵揮動長矛，向蕭育他們殺了過來。

蕭育知道說也無用，揮起長劍，指揮眾人對敵。

這眞是一場慘絕人寰的血戰。剎時，血肉橫飛，喊殺聲、哭號聲，響徹雲霄。激戰中巴雅爾、巴爾斯和一百個龍庭侍衛，全都葬身沙場，幾十個漢朝士兵也幾近死絕，只有蕭育帶了兩個貼身士兵，殺開一條血路，衝出重圍。

夕陽西下，三人渾身是血，身受重傷，伏馬往長城急馳而去……

左賢王帶領一百多名騎兵緊追不捨，蕭育靈機一動，帶領兩個士兵跳下馬匹，躲於一塊大石之後，讓馬匹往前狂奔，這時，暮色已經降臨，人和馬都看不太清，左賢王帶人急追而去。

夜空中，左賢王大聲喊：「蕭育，你跑得了今日，跑不了明天，三天以後，我定帶兵兩萬，直搗長城，直取長安……」

趁著暮色，蕭育三人忍著痛，星夜兼程，於第二天黎明到了長城隘口，那兒的士兵都認得蕭育，見他這副狼狽的模樣，大驚，一邊想法給他療傷，一邊問情況。

蕭育急令他們燃起烽火向邊地幾郡報警，剎時，烽火四起，守衛長城的士兵和將領都作好了迎戰的準備。

蕭育在當天騎馬趕往上郡、北地郡等邊地幾郡，讓他們各自增派將領士兵守衛長城。

蕭育雖然覺得這事有點蹊蹺，但他又覺得不得不防備。

從心底裡，蕭育不相信單于會背信棄義，又與漢朝爲敵，但這又是怎麼一回事呢？

蕭育派兩個士兵先回長安，自己也往長城駐守，決定靜觀事態發展。

單于龍庭的大帳內，空氣沉悶。

左賢王和溫敦侍立在側，骨突侯烏禪慕則在帳內焦急地來回踱步，單于陰沉著臉，坐著不說話。

骨突侯忽然站住，問左賢王：「左賢王，你說的都是眞的嗎？」

「哪還會有假?」

左賢王說,「昨天黃昏,我帶著一些人在邊地圍獵,忽然聽見前面有喊殺聲,我連忙帶人過去看看怎麼回事,等我趕到時,那兒的戰鬥結束了,地上躺滿了龍庭侍衛的屍體,一支漢族騎兵,大約有五六百人,正往長城方向馳去。我怕寡不敵眾,不敢追趕,下馬來找著一個奄奄一息的侍衛,問他怎麼回事,他告訴我是蕭育和漢朝官兵劫殺了他們,他還說,漢兵要在三天以後殺過長城,將龍庭夷爲平地。」左賢王說得有條有理。

「豈有此理?」

單于拍案而起,「我待蕭育不薄,我待漢朝不薄,他們何故如此待我?」

烏禪慕急忙說:「單于息怒,依臣之見,蕭育不是這樣的人。」

單于沉吟不語。

溫敦說:「單于,剛才龍庭侍衛的屍體你都看到了,此事還會有假?」

單于若有所思,烏禪慕一籌莫展。

「單于,我們得有所準備啊!」左賢王說,「否則的話,三天以後,漢兵來攻,匈奴就危險了。」

單于點頭同意。

溫敦說:「乾脆我們先發制人,明天就發兵直搗長城,直取長安。」

單于看了他一眼,並不說話。

烏禪慕忙說:「不可,不可,我總覺這事有點蹊蹺。」

「如何蹊蹺？」單于說。

「臣素知蕭育的爲人，蕭育不該是這樣的人。」

「我也覺蕭育不是這樣的人。」

左賢王說：「或許蕭育不是這樣的人，但漢代朝堂之上，往往紛爭不已，蕭育有可能受人指使，也有可能被人蒙蔽。」

「這倒有可能，」烏禪慕說。

「依我之見，先派兵防備長城一帶，否則，漢兵長驅直入，匈奴將不堪設想，」溫敦說。

單于終於下定了決心，對左賢王和溫敦說：「你二人速調騎兵數萬，前往邊關防守，但不許擅自出擊，不許進入長城以內。」

左賢王和溫敦連忙領命去了。

單于在帳內徘徊良久，心中不是滋味，難道漢朝和匈奴又要重興甲兵了嗎？他的心一下子亂了，自從自己做了漢朝的女婿，邊關和平了幾年，老百姓安居樂業，而現在，難道又要將邊關的百姓推入血雨腥風的殘酷爭戰中去嗎？

他想起了王昭君，不管如何，單于相信王昭君。他馬上出了大帳，騎馬往海子湖畔的小木屋奔去。

今天的單于，只是坐著悶悶不樂地喝茶，沒有往日的笑容，有時呆呆地想，王昭君覺得非常奇怪，便問道：「單于今日何故悶悶不樂？」

單于抬頭看了看王昭君那美麗的無比關切的大眼睛，說：「蕭育臨走前與你說過什麼吧？」

昭君想了想，說：「沒說什麼呀！只說些平常的話。」

「哦，」單于又低頭不語。

王昭君的心「咯噔」了一下，知道不好，便說：「怎麼，出了什麼事？」

「他在邊關劫殺了我派去護送他的一百名騎馬侍衛，一個不留，而且揚言三天後帶兵直搗匈奴龍庭，將我匈奴滅絕。」

「不！這不可能！」王昭君聞言大驚。

「我已經看到了那一百具屍體，這又作何解釋？」

「蕭育不是那樣的人，他此次回去，眞是漢朝命他回去的，但絕對不是爲了這事，他絕對不會做出這樣的事！」王昭君竭力爲他申辯。

「我也覺得蕭育不是這樣的人，但那一百名騎兵恐怕肯定是爲漢人所殺，否則，何人如此大膽？」

「會不會有人從中挑撥漢朝與匈奴的關係？」王昭君猜測地說。

單于低頭不語。

「你打算怎麼辦？」王昭君問。

「我已派人防守邊關一帶，只好靜觀事態發展。」

「哎，邊關剛剛和平了幾年，怎麼會出這樣的事呢？」王昭君擔心地說。她看了看外面的海子湖，不知何時，起了風，海子湖變得波濤翻滾，動蕩不安。

「單于，不好了！」忽見一個騎兵氣喘吁吁地跑進來，對單于說：「溫敦將軍讓我回來送信，說漢人先行進犯，他與左賢王組織隊伍要在中午向長城進攻，直搗長安，讓單于您派兵支援。」

「胡鬧！誰讓他們進攻長城？」

「溫將軍說，是漢人先行進犯的。」

「先行進犯也不許進攻長城。快，你快回去轉告他們，說我命令他們只許守，不許進攻。我隨後就來。」

「是！」

一陣緊急的馬蹄聲將送信人帶走了。

王昭君也慌了，說：「這，這是怎麼回事？」

正在這時，門外響起了馬蹄聲，進來的是氣喘吁吁的烏禪慕。他說：「單于，寧胡閼氏，大事不好！」

「什麼不好？你慢慢說，」單于說。

烏禪慕喘了口氣，說：「我總覺這事情沒那麼簡單，剛才我又去仔仔細細地看了左賢王運回來的那些屍體，我發現，其中一些人是被我們匈奴人的毒弩所傷，而後毒氣攻心才死的。你說，漢人怎麼會用匈奴人的毒弩來殺龍庭侍衛呢？這其中肯定有蹊蹺，恐怕是有人挑撥漢朝與匈奴的關係……」

說著說著，烏禪慕若有所悟，「難道，難道會是我的兒子溫敦？」

單于猛然省悟，說：「不好！剛才騎兵回來報告說他們要進犯長城，直取長安呢！」

「快，我們快點趕往邊關。」

單于轉身就往外走，王昭君說：「我也去。」

單于遲疑了一會兒，點頭同意。

三人出了小木屋，翻身上馬，揮起馬鞭，飛一樣朝邊關奔去。

邊關上，漢代上郡、北地郡一帶長城以外，漢兵和匈奴兵對峙，殺氣騰騰。

旌旗在塞外的狂風中獵獵飛揚，萬馬嘶鳴，弓箭手拉開了弦，騎兵手持長槍、長矛，嚴陣以待。這時的塞外，狂風大起，飛沙走石；一片雲遮住了太陽，天變得昏暗；一場血雨腥風的酷戰似乎已如上弦之箭，勢在必發。

漢兵大約有一萬多人，蕭育騎著馬，提著劍，皺著眉頭，看著前面並列整齊的匈奴軍隊。

匈奴兵光是騎兵大約就有兩萬人，另有五六千名步行的弓箭手，左賢王和溫敦趾高氣揚地騎馬站在中間，臉上掛著得意的笑容。

這一切，都是溫敦和左賢王密謀已久的計策。他們在路上劫殺蕭育的隊伍，連一百名龍庭侍衛也斬盡殺絕，然後向單于謊稱這事乃蕭育所爲；又向蕭育說自己是奉單于之命而行事，這樣，便可挑起邊關爭端。他們知道，這事終究要洩露，但他們已經從單于那兒騙得了出兵權，只要以優勢兵力摧毀漢代的長城防線，而後直搗長安，將長安夷爲平地，將漢天子殺死，那時，單于還有何話好說，感激都來不及呢？

溫敦想至此，便忍不住地高興，他恨王昭君，彷彿這樣做，便可以向王昭君報仇一樣。他在心裡說：王昭君啊王昭君，你現在是單于眼裡的好閼氏，我扳不倒你，但我可以將你的邦國滅盡殺絕。

溫敦和左賢王抱了將在外君命有所不受的打算，剛才派騎兵謊報漢兵先行進犯匈奴，因而一心一意地想打敗眼前的漢兵，越過長城，直搗長安。

他們沒有想到，蕭育居然這麼快就集合了這麼多漢兵來防守長城。但是，他們也不怕，論兵力，漢兵不及匈奴，論體力，匈奴騎兵個個人高馬大，驍勇異常，自不在漢兵之下。

溫敦和左賢王互相看了一眼，對身旁的一名士兵說：「吹號角。」

吹號角是進軍的信號。那名士兵將號角放到唇上，正待昂揚地吹起——

說時遲，那時快！後面有人大聲喊：「讓開！讓開！不許進攻！」

士兵們聽得是單于的聲音，紛紛撥馬讓開一條路來。

吹號角的將號角立即放下。

溫敦放眼看去，灰塵激起處，一溜兒跑來了三個人，領頭的是單于，居中的是王昭君，隨後的是他的父親烏禪慕。

溫敦和左賢王一看，心知不妙，卻故作鎮靜，上前對單于施禮說：「單于，你來了。」

單于「哼」了一聲，不答理他們，只傳令匈奴士兵收起箭和長矛，往後退三百步。

這當兒，兩邊的軍兵，不管是漢兵，還是匈奴兵，都將目光齊刷刷地投向了單于身邊的王昭君。有些沒見過王昭君的人心中暗暗驚嘆：哦，眞是天仙一樣的美人，耳聽爲虛，眼見爲實，今日一見，眞是不枉此生啊！

他們紛紛放下手中的武器，簡直忘了這是在戰場上。

這當兒，王昭君毫無畏懼地催馬上前，直奔漢兵陣地，她邊跑邊說：「蕭育可在這兒？」

蕭育也看見她了，忙催馬上前，施禮見過王昭君。

王昭君問：「蕭育，這是怎麼回事？」

蕭育將自己半途受到左賢王的騎兵劫殺的事講了一遍，並說左賢王自稱受單于之命。

王昭君「哦」了一聲，明白了。便說：「蕭育，你與我過去和單于說個清楚吧，單于受人矇騙了。」

蕭育催馬與王昭君一同來到了匈奴陣前。

左賢王與溫敦一看不妙，翻身下馬，跪在單于馬前，說：「單于，我們是爲你好啊！滅了漢朝，中原的土地豈不都是我們匈奴的。」

「大膽！一派胡言！」單于氣得七竅生煙，大聲喊：「來人，給我拿下！」

早有人上來將左賢王和溫敦拿下，五花大綁起來。

烏禪慕也翻身下馬，說：「單于，你把我治罪吧，都怪我沒有教好這個孩子！」

單于低頭嘆息，說：「唉，骨突侯，我就像知道藍天一樣知道你的心，你深明大義，我不怪罪你，你何罪之有？」

烏禪慕回過頭去，狠狠地看著溫敦，說：「虧你還是我的兒子，你怎麼這樣不明事理啊！」

單于對蕭育說：「蕭正使，此次事出有因，望你告知漢天子，不要怪罪。」

蕭育施禮說：「單于放心，我會將一切情況稟報清楚。」

單于喝令：「來人，將左賢王和溫敦斬了。」

「是，」刀斧手答應一聲，舉起了明晃晃的大刀。

「且慢，」王昭君叫住了刀斧手，對單于說：「單于，溫敦和左賢王是有罪，但或許罪不至死。」

「那……那怎麼辦呢？」

「還是讓蕭育將他們押回漢朝，由漢天子發落吧。漢天子定會秉公辦理。」

單于明白，昭君是想保住溫敦的性命，溫敦畢竟是老臣骨突侯的唯一兒子，是他妹妹阿婷潔的丈夫啊，他點頭同意了。

於是，蕭育押了溫敦和左賢王，回漢兵陣地。一場血戰避免了。士兵們的臉上，露出了笑容，他們開始大聲地喊：「寧胡閼氏千歲，千千歲！」

初冬的草原，蕭瑟荒涼。春夏長起來的草，變得枯黃，又在風中折彎了腰。

牧民們從草原上騎馬走過，經常會看見狼、狐、獐、豬等野獸，因爲枯萎低矮的草叢掩蓋不了牠們而到處亂竄。

正是狩獵的好時機。

單于已經習慣於每年初冬圍獵，這是龍庭上下的節日，因爲圍獵其實也是很好的娛樂活動。

初冬早晨的太陽，懶洋洋地照在人們身上。單于意氣風發，手持彎弓，肩背箭羽，一副老來益壯的樣子，端坐在華車上。在他的兩旁，左邊坐著的是王昭君，右邊坐著的是薩仁閼氏，兩人笑容滿面，有說有笑。

十八匹千里馬，輕快地拉著華車往草原深處跑，華車的前面和後面，各有三四百名龍庭侍衛，全都佩彎弓，執長矛。一行人偃旗息鼓，在草原上行走了一個時辰，來到一處草長地凹的地方，單于興奮地站了起來，知道這肯定是獵物眾多的地方。

他一打手勢，前面的隊伍一字形排開，快速地往兩邊行走，成一弧形往那塊草長地凹的地方包抄過去。不一會兒，這塊有好幾千丈方圓的草地就被圍得水洩不通。

剎時，號角齊鳴，成圓形的隊伍漸漸地往裡包抄。

有人放出了龍庭裡馴養的名叫「海東青」的獵鷹，王昭君一看，這種獵鷹的體積大約有江南的鵪鶉那麼大，尾巴像燕子，腳爪像鸚鵡，飛行卻極爲神速。但見它俯身一衝，一忽兒的功夫就俘虜了一隻肥壯的野兔，在空中，野兔還在掙扎……

包圍圈越來越小，人們的吶喊聲、號角聲驚動了藏身在草叢中的野獸，草叢中一會兒鑽出一隻狼來，一會兒鑽出一隻獐來，一會兒鑽出一隻豬來，亂作一團，想往外跑，又跑不出去，只好往裡亂竄。也有拼命往外竄的，被騎兵一箭就射倒在地，抽搐了幾下，動彈不得。

包圍圈越來越小，越來越小，忽然，草叢中鑽出了兩三隻青面獠牙的野豬來，直往外衝。

單于揮了揮手，後面迅速有人從馬車上卸下一個籠子來，王昭君往籠子裡一看，見是一隻豹子。她不禁詫異，問單于說：「這是幹什麼？」

「你看了自會明白。」

幾個士兵開了籠子門，豹大吼一聲，從籠中竄出，直往前面的野豬衝去。

在眾人的吶喊聲中，豹所向披靡，極爲迅捷地將一隻一隻野豬撲倒在地……

單于對王昭君說：「這是專門馴養的獵豹，在狩獵前，牠已經被餓了好幾天，因此，一出籠子會這麼凶猛。豹捕食的特點是不捕到一個吃一個，而是連續捕殺，然後再吃。」

王昭君看時，但見獵豹已經將兩三隻野豬全部殺死，正蹲在地上美餐呢。王昭君奇怪地說：「不怕牠傷人？」

薩仁閼氏笑著說：「不怕，牠是經過馴服的。」

正在這時，一隻小鹿從華車面前的草叢中竄出，單于急忙彎弓搭箭……

小鹿一看，居然停住了，並不逃跑，向著華車上的人「呦呦」哀鳴。

王昭君一看，頓生惻隱之心，說：「單于，放了牠吧。」

單于看看王昭君，欣然放下了弓和箭。

小鹿還是呆呆地看著，驀地，牠奔跑起來，一竄，上了華車，來到了王昭君的身邊。

單于笑了：「小鹿都愛美人呢！」

薩仁閼氏也哈哈大笑。

王昭君親切地摸著小鹿的頭。

狩獵結束了，人們在盡興圍獵之後，獲得豐盛的獵物，滿載而歸。

圍獵回來後，因爲受了風寒，畢竟是老了，單于在龍庭中一病不起。連日來，王昭君住在龍庭中無微不至地服侍著單于。但單于的病非但沒有好起來，反倒愈來愈重。

王昭君有種不祥的預感，她知道，草原上的人健康強壯，很少生病，一生起病來，尤其是老人，就很難好轉。

這幾天她的心亂極了，望著越來越憔悴的單于，她經常暗暗地落淚。

單于彷彿也有種預感，經常用無限留戀的目光看著病床旁的王昭君，他要求王昭君一遍又一遍地給他彈唱那首《長相知》，說他最愛聽了。往往是彈著彈著，唱著唱著，王昭君就忍不住落下淚來……

一天早上，龍庭中最好的太醫又來給單于看了看病。他走出單于的穹廬，讓人將王昭君叫出去，嘆了口氣說：「哎，草原的雄鷹就要墜落了。」

王昭君明白了，強忍著淚，派人將娜仁閼氏、薩仁閼氏、復株累、阿婷潔、烏禪慕等人全都叫了來。眾人齊集在單于床前，眼含熱淚，萬語千言，又無從說起。

單于輕輕地說：「昭君，你過來。」

王昭君走了過去，單于用疲乏無力地手握住昭君的手，指著復株累說：「復株累，你要好好地照顧好她。」

復株累淚流滿面，連忙雙膝跪下，說：「阿爸，你放心，我會照顧好她的。」

單于點了點頭，他又對烏禪慕說：「骨突侯，看來我要先走了，復株累年幼無知，你要多多教導他，與漢朝要永修和好，不要爭戰。」

骨突侯淚如雨下，跪下說：「單于，臣遵命。」

單于又指指薩仁閼氏和娜仁閼氏說：「王昭君遠嫁我們匈奴，孤苦伶仃，你們要好好看待她，和睦相處。」

兩位閼氏泣不成聲，連連稱是。

說罷，單于微微一笑，對王昭君說：「昭君，再給我唱一曲《長相知》吧。」

昭君含淚答應，春蘭忙將王昭君的琵琶遞上。

就在病榻之側，王昭君半抱琵琶，邊彈邊唱：

上邪！
我欲與君相知，
長命無絕衰。
……

大家都在王昭君淒婉的歌聲，琵琶聲中淚如雨下。

單于含著笑，溘然長逝。他臉上的笑容，說明他彷彿不是死神的俘虜，而只是升到幸福的另一世界去了……眾人放聲痛哭……

龍庭的侍衛也放聲痛哭，爲草原失去了一代英主而悲痛……

草原上，有人吹起了悲傷的號角和胡笳，在上空久久地迴盪。

不知何時，初冬的第一場雪在狂風中降臨了，風雪瀰漫了整個草原。

草原變成了白皚皚的世界。

白雪茫茫的草原走過送葬的隊伍。

號角和胡笳低低地哀鳴，送葬的隊伍，穿麻戴孝，很長很長。

王昭君坐在馬車上，走在隊伍的中間，她的淚已經流乾，欲哭無淚，她看看白茫茫的世界，覺得無比地哀傷而又迷茫。

當單于在陰山腳下下葬的那一刻，幾萬牧民哭作一團，哭聲震天動地。

王昭君的心一沉，她覺得她心中的什麼東西也永遠地跟著單于走了，被葬身在這白茫茫的雪的世界中……她想得很多很多，想起長安、想起新婚、想起初到草原的歲月、想起單于對她的關切和愛護…… 她忍不住又失聲痛哭起來……

這一刻，她覺得自己是那樣孤獨無助，愛她的單于走了，還有誰，能保護弱小的她呢？

在陰山的山麓上，王昭君看看空曠的雪原，感到孤獨、哀傷和迷茫。

第八章　月色溫柔

一簾一月總關情

碧綠的黑河水經過一冬的沉默，又潺潺地在草原上蜿蜒流淌；溫柔的小白菊，熱情的大麗花萬紫千紅地開遍了草原，潔白、安靜的羊群歡快地吃著鮮嫩的青草……草原迎來了又一個美麗的春天。

春天是帶來希望的季節。昭君悲痛的心情也在和煦的春風中慢慢復甦著。

這幾日，她時常獨自一人到海子湖邊慢慢散步，清澄見底的海子湖總讓她的心似乎也融入了那片寧靜的水中，不復憂傷。她喜歡這個寧靜澄清之湖。老單于在世時，最愛和她手牽著手到這兒散步、聊天，黃昏的太陽靜靜地溫柔地包容著他們，那時的昭君覺得她是天底下最幸福的女人。

這片湖水是溫柔的，一向粗疏大意戎馬征戰大半輩子的呼韓邪一走到這兒，目光就溫柔了，粗疏的心也細膩了，他從一個勇武的將軍變成了一個含情脈脈的風流書生，對著他心愛的妻子說不完綿綿的情話。

這片湖是有生命的。只要昭君裊裊婷婷的身影一出現，湖水會變得清澄如玉，泛起輕微的漣漪，變幻出各種神奇的圖案，猶如江南女子衣裙上的彩飾，變化萬千。昭君時常駐足，驚奇地看著這些奇幻的圖形。而湖水中卻多了一個驚艷的美人。那個美人在凝脂如玉的湖水中那麼高貴，那麼神秘，那麼親切地凝視著她，恍如天上的仙女。昭君沒有見過下凡的仙女，但她肯定這個湖水中微笑的美人該是天上的仙女。

呼韓邪俊美的頭突然含情脈脈地在仙女身邊出現了，粗壯的手溫柔地摟住了仙女的細腰，仙女甜密地笑著，昭君明白了湖中的仙女就是她自己。

而此時，湖水的顏色慢慢地由碧綠變成高貴的天藍色，變幻的漣漪把這一對相親相愛的神仙眷侶定格在湖水中，造成了一幅美麗的畫。

而現在，風景依舊，人事卻非從前。睹物思人，昭君總覺得呼韓邪正悄悄地從她背後走來。而等她轉頭一看，整個天地間就她一個人孤獨地立著。湖水中的美人還是那麼高貴，那麼神秘，可是那雙美麗的眼睛裡已深深地塗抹上一層憂鬱了。

她想起了呼韓邪臨終的一幕。

那天，消瘦、疲憊、虛弱的呼韓邪躺在病床上，讓所有的人都離開金碧輝煌的帳幕，獨獨抓牢她的手，默默地留戀地看著她。她感覺到呼韓邪的眼睛裡已愈來愈罩上了死的陰影，不由落下了大滴大滴的淚珠。

淚珠落在他的手和她的手相握的地方，冰涼冰涼的，帶著一股寒意。他們默默地望著，不說一句話，一切盡在不言中。他們目不轉睛地盯著對方，似乎要把對方所有的東西都攝取過來，裝入心裡。

幸福剛剛來到這片美麗的草原，來到昭君的身邊，卻又要匆匆地走了。昭君突然覺得她這一生命中注定要做個流浪的女子，從香溪飄流到漢宮，又到這粗獷的塞外，沒有一個男人寬厚的肩膀可以讓她無憂無慮地靠一輩子！而無憂無慮、幸福知足的女人也許體驗不到生活最精美的華章。冥冥中總有一個聲音慈和地在昭君耳邊響起：一個美麗、非凡的女人不能過一種平淡的生活。

她應該勇敢地接受生活給予她的痛苦的饋贈。

想到這，昭君停止了無聲的哭泣，微笑地望著呼韓邪。

呼韓邪看見她長久未展的笑容，不由心裡放寬了許多。生命正在他的身體上慢慢流逝，他感覺到了。回顧他戎馬倥傯的一生，他應該可以閉上眼睛了。權力、女人，榮華富貴，一切男人們夢寐以求的東西他都得到了，他可以毫無遺憾地離開這個人世了。可是，呼韓邪感到他對這個世界是多麼留戀！權力、榮華富貴這些身外之物都如過眼煙雲，失去了他毫不可惜。可是，王昭君，這個他見了一眼就狂熱地愛上的女人是多麼令他放不下，捨不得呀。假如能活一輩子，呼韓邪願意放棄所有的一切，讓他在最美好的青春歲月與昭君相遇，青梅竹馬，在美麗的海子湖邊搭起一座簡樸的潔白的帳幕，他和昭君相親相愛地過一年又一年，一年又一年……

這個神奇的女人！他愛她。她的出現把他整個後半生都照亮了，令他以前所有榮耀的日子黯然失色。他終於明白，一個男人，可以什麼都不要，但是，卻一定要有一個傾心相愛的女人，這樣他的世界才是完整的，他的人生才是無憾的。

與昭君一起生活的日子是多麼幸福，又是多麼短暫啊。可是，生命中有了這些日子，呼韓邪單于覺得自己應該是無憾的，他得到過這個神一樣的女人。

是的，昭君在他和他的百姓心目中是個帶來幸福、和平的女神。她一出現，草原重又美麗地甦醒過來，刀光劍影、血腥不寧的日子都在她的光輝照耀下塵封進永遠的過去。百姓的臉上重又出現了歡聲笑語，他們敬愛這個從漢宮遠道而來的天仙般的女人，歡呼她成爲匈奴的閼氏。沒有昭君的幫助呼韓邪單于眞不敢設想他和他的百姓會過著什麼樣的日子。她是他們的保護神。這個美麗，魔一般的不可思議的女人。

可是，他漸漸地老了。當第一縷白髮悄悄出現的時候，呼韓邪大驚失色。他像受了很大的打擊，怔怔地呆住了。他不能出現白髮，昭君是那麼清純的而有活力的一汪泉水，他的老態會讓他在昭君面前自卑地抬不起頭來。

呼韓邪悄悄地把這一縷宣告著他的老態的白髮拔掉了。可是，死還是一步一步地向他逼近。生命的河流總有枯竭的一天。他有那麼多的話要跟她說。

他不能給她留下太多的傷悲，他要讓她繼續快樂地活著。想到這，他更加抓緊了昭君柔滑的小手，輕輕地說：「昭君，人總是要死的。只是遲早而已。我的肉體雖然死了，我的靈魂卻是不死的。它會天天陪伴著你。你還那麼美麗，那麼年輕，一定要快樂地活下去！」呼韓邪說完，熱切地盯著昭君。

昭君感動地點點頭，不說話。這個男人是全心全意地愛著她的，生前給她幸福，死後也要保佑她的幸福。她除了答應他好好地活著，說什麼話都是多餘的。

靜靜地沉默……

呼韓邪忽然面有難色，猶豫地叫了聲：「昭君。」

王昭君沉靜地看著他，像往日一樣，等著呼韓邪傾訴些什麼。

呼韓邪終於開口了：「昭君，匈奴有個習俗，父死子妻其後母，兄死弟則妻其嫂。按規矩，我死後，你要做我的兒子復株累的妻子。我知道，這會令你很爲難。你是漢家的女子，我不應該強迫你遵從這個習俗。可是，我很爲你擔心，如果不遵從這個習俗，匈奴人會不理解你，會把對你的好印像減弱。我是多麼不願意看到這種情況。昭君，你說你怎麼辦呢？」

王昭君靜靜地聽完，茫然地不發一言。呼韓邪不由嘆了口氣。他知道昭君是個敢愛敢恨的女人。你可以愛她，可以恨她，唯獨不能憐憫她，強迫她做她不願意的事！漢族的規矩是一女不嫁二夫，昭君從小到大都是在嚴格的規矩下長大的，他怎麼忍心強迫她做違背她意願的事呢？可是，如果昭君不做他兒子的妻子，那麼她一個柔弱的女子，又該怎麼生活呢？他怎麼忍心把她一個人孤零零地拋在這個世界上呢？

他想把照顧昭君讓她幸福的接力棒傳給他的兒子。復株累和他長得挺像，性格上也很像他。可是他的高大英武的兒子對於昭君卻不冷不熱，老是陰沉著臉，這使他心裡總像是擱著一塊石頭，不痛快。

怎麼辦？呼韓邪心裡一陣發緊，抓著昭君的手更緊了。

昭君明顯地感覺到了呼韓邪的心情。她微微一笑，說：「你放心。昭君是個飄忽慣的人，也不怕吃苦，我願意每天住在你給我造的小屋裡，終老一生。」

呼韓邪眼裡湧出了淚花，長嘆一聲，手漸漸地鬆開了。

他的身體在慢慢地冷卻，昭君絕望地感到自己的血也在凝固。她看到單于的雙眼還是睜開著，他還能看到她嗎？他不放心她嗎？

她心酸地伸出右手，含著眼淚蓋上了呼韓邪的雙眼。

夫妻難捨難分，淒慘絕別的一幕深深地刻在了昭君的心中，使她難以忘懷。

單于死後，她就搬到了呼韓邪特意爲她造的小屋住了。活潑的春蘭、沉靜的秋菊形影不離地伴隨著她。

房子離這片湖水很近，她每天總愛來散散步，既是追憶和呼韓邪一起度過的美好日子，又是排遣她的哀愁。往往呆呆地在湖邊沉思半天、直到太陽把最後一縷餘暉收盡，她才在春蘭、秋菊的催促下，留戀地離開。

復株累做了單于。王昭君對他一直摸不透。只有在呼韓邪的葬禮上，她看見這個高大英武的漢子哭得震天動地，才看到了他心靈世界小小的一角。她覺得這個繼子對她非常冷漠。她剛到這個草原的時候，單于的妹妹阿婷潔公主不到幾天就和她親如姐妹了。單于身邊的僕從們也一下子就喜歡上了她，唯獨這個繼子復株累，老是不冷不熱地對待她，使她一籌莫展。論年齡，復株累還比她大一歲，可論輩份她是他的後母。昭君對這個比她大的「繼子」，一直想不出一種合適的辦法。

日子一天一天地流逝著……

昭君在她的小屋裡寂寞地度著日子。偶爾，她會想起吹簫的宇文成，吹塤的方笑天，他們現在又在人世的哪一個角落漂泊呢？

這天晚上的月亮很圓，很淒清。它靜靜地浮在廣漠的天空中，無言地望著這個悲歡離合的人間。

昭君托著腮，怔怔地望著月亮。一看見月亮，她總是覺得像見到了久別的親人。她是個孤女，這個世界上她沒有親人，只有月亮從小到大一直伴隨著她。日子一天天地過去，月亮卻忠誠地伴隨著她。昭君愛月亮，她與月亮有一段奇緣。

當她生下來時，滿屋噴香，月亮在屋裡傾瀉了一地的銀光，她睜開眼睛看到的第一個事物是月亮，而不是她的媽媽。她小時候老愛在有月亮的晚上，自言自語地對著月亮訴說著她心裡最想說的話。她覺得月亮能懂，月亮在認眞地聽。

長大了進宮後的她驚喜地發現自己找到了與月亮交流的最好的語言，那就是彈琵琶。當她輕輕地在月光底下撥出一個輕輕的音符，她就覺得自己的心平靜下來了。她所有的委屈、悲苦、寂寞就在月光下，在琵琶聲中煙消雲散了。

今晚的月亮眞圓。但今年的圓月已不是去年的圓月。

去年的圓月，她與呼韓邪在月光下互相依偎著訴說著柔情蜜語；今年的圓月，卻是她一個人獨守著窗兒，寂寞地想著心事。她還是一朵正在盛開的花，可爲什麼她覺得自己要慢慢凋零了呢？

昭君默默地站起來，取下了掛在牆上的心愛的琵琶。輕輕地撥出第一個音，她又唱起了那首她最愛唱呼韓邪單于也最愛聽的歌《長相知》。

她彷彿在歌聲中看到了呼韓邪那雙脈脈含情的眼睛，她的眼淚慢慢地掛下來了。

窗外的月亮從高高的空中漸漸地落到了樹梢頂端，看起來離昭君是那麼近。它一定是聽明白了，昭君不由心裡一陣激動。

呼韓邪，你的魂魄也聽到了嗎？昭君心裡默默地問。

在這廣漠又寂靜的天宇下，也許只有月亮和單于的魂魄聽到了吧？春蘭和秋菊今晚她讓她們去和那些豪爽、健壯匈奴女孩子一塊玩鬧去了。這世界上，沒有一個人聽到她淒婉的歌聲，只有月亮和單于的魂魄。

昭君萬萬也想不到，寂靜的黑暗中有一個人已默默地在她房外站了很久了。

他就是復株累單于。

那首淒婉的《長相知》飄進他的耳朵時，復株累已在昭君的窗外徘徊許久了。事實上，父親死後幾乎每天一到夜幕降臨的時候，他就會不自主地走到她的窗外，怔怔地看著窗上美麗的剪影，久久不眨一下眼睛。直到窗裡的燈滅了，窗上的剪影消失了，復株累才拖著疲乏又興奮的步子走回自己的帳幕。

這成了他每天必做的功課。一到夜幕降臨，這窗口的燈光就像一塊磁石，牢牢地牽著他走到窗外。

窗內窗外兩個世界。

復株累多想鼓起勇氣，走進窗內的那個世界。可是，他邁不開腳步。

這個美麗又神秘的女人！他應該叫她母親，可是他從來不認爲她是他的母親，她是他一見到就永遠忘不了的女人。美麗的女人復株累見過不少，可是一和昭君相比，那就是烏鴉撞到了高貴美麗的天鵝，黯然失色。

這個女人的美是懾人心魄的。她一出現，復株累覺得整個草原的天空都亮了，他的父親年輕了。而他的心也開始亂了，再也靜不下心來騎馬射箭打獵。

他一騎上馬，就會想，如果她和我一起坐在馬上，該有多好；他到晚上一閉上眼睛，又會想，如果她今晚到我的夢裡，和我手拉著手說說話，該有多好；他早上一睜開眼睛，馬上就想今天一定要見她一面，最好和她說句話，她的聲音眞像是從天上來的呀。

可是，當他眞的一見到朝思暮想的昭君時，心裡卻慌得「撲撲」亂跳，馬上繃緊了臉，做出一副冷漠的神色。這是男子自尊又自卑的愛戀啊。

他多麼想和他心中狂熱愛著的女人說上幾句話，可是，他卻什麼也說不出。昭君是他的後母，又是他愛戀的女人，這是一對多麼痛苦的矛盾啊。

他愛父親呼韓邪，可是他看著父親日漸年輕的臉，看著父親和她親熱地有說有笑時，心中居然會有一陣陣妒羨，一陣陣痛楚襲來。他爲他這種不正常的難以見人的感覺感到驚恐！可是，他實在忘不了那個女人啊。他的心已經爲她碎成好幾瓣了。

有一個晚上，復株累做了一個夢，夢醒之後令他甜蜜，又令他出了一身冷汗。

他夢見父親死了，他望著父親死去居然並不悲哀，一絲喜悅執拗地湧上他的心頭。父親死了，他就可以得到那個讓他痛苦讓他發狂的女人了，按照匈奴的規矩，他可以名正言順地得到她了。

可是，天宇中突然傳來一個嚴厲的聲音：「你這個大逆不道的人。」像是父親的聲音，又飄渺地像是一個天神的聲音。這個嚴厲的聲音使悄悄地喜悅著的復株累猛然意識到了自己的罪惡，不由心裡一驚，猛然一震，醒過來了。

他回想著夢中的心理，很是慚愧。可是，那事實是令他多麼甜蜜。

從此，復株累一見到他的父親呼韓邪單于，總是不敢多加正視。他曾經對父親犯了多大的罪孽呀。而他一見到王昭君，神色就更冷漠了。

老單于死的時候，復株累哭得驚天動地。他愛他的父親，他在剎那間忘了王昭君的存在。至於那過去的夢中的喜悅並沒有在當時湧上復株累的心頭。這使復株累的心中平靜了許多。他可以坦然地面對父親的在天之靈了。

父親死後，王昭君就搬出去住了。復株累心中想與她結爲夫妻的念頭開始越來越強烈了。可是，奇怪，他不敢告訴他的手下們自己的心思，他只是在心裡默默地煎熬著。

他的手下有告訴他按照匈奴規矩娶昭君爲妻的提議，可他總是陰沉著臉不發一言。那麼一個高貴美麗的女人，豈是按照規矩就可以讓她成爲自己的妻子？他永遠不會強迫她，他寧願默默地在她的窗外寂寞地站一輩子，也不願意強迫她。

今夜這首淒婉的《長相知》令復株累眼眶濕潤了。長相知，長相知，他多麼願意和這窗內的女人相知相愛，直到地久天長。琵琶聲還在響著，昭君在重覆地彈著《長相知》的曲調。她已經用心唱過一遍了，而現在她要一遍一遍用如泣如訴的琵琶聲傳達她最深切的思念。

忽然，像是從天上，緩慢而有力地傳來了一陣淒清悠揚的簫聲。簫聲越來越近，越來越近，昭君已聽出來簫聲是在應和著她的琵琶聲而來，吹的也是《長相知》的曲調，她心裡一動，她已經明白誰在慢慢向她走來。

她不由自主地停下手，怔怔地聽著越來越近的簫聲。

淚水已不由自主地溢出了眼眶，在晶瑩的月光下，猶如一顆顆閃光的珍珠。

簫聲越來越近，長相知，長相知，如泣如訴的最後一個簫音像是吹簫人掏出自己一顆眞實的心的絕叫，高高地向上，刺破了天宇。連靜靜地傾聽著的月亮也受到了感動，躲進了雲中。

這樣的音樂只有天上有，這樣的音樂是心靈的呼喊。

精通於音樂語言的昭君何嘗沒有聽出來這如泣如訴的簫聲後跟隨著一顆滾燙的心，跟隨著一雙憂鬱含情的眼淚！

最後一個高昂的音符後，簫聲驟然停止餘音卻繚繞不止。昭君心裡明白，吹簫的人已在窗外了。

她站起來，推開窗。窗外夜色沉沉。黑暗籠罩的世界是神秘而又寧靜的。

昭君凝視了一會，輕輕地轉過身：吹簫的宇文成已站在她面前。

兩人已經很久未見面了。可是他們心裡又都感覺他們從來沒有離開過。他們的心是彼此連在一起，以相同的節奏跳動著的。自從以琵琶和簫互訴衷曲以後，兩人都明白他們以音樂這種奇妙的語言建立了一種超越於世俗男女之愛的永恆的關係。它是愛，是雙方彼此之間的傾慕；它又超越了愛，是人世間最珍貴最崇高的一種情感。

兩人無言地對視了許久。

歲月的風霜使清逸消瘦的宇文成增加了一種滄桑的印記，那裡面蘊藏著人間無盡的坎坷與悲歡。他的目光更深沉了。昭君覺得他的目光正要傾訴一些什麼。

果然，宇文成說話了，還是那種沉穩的瀟灑的語調，卻帶了少年人的激動：「昭君，這幾年我一直在江湖上漂泊，什麼風浪都經過了，唯獨碰不上一個知心的朋友。曲高和寡，一個人如果老是在一群不理解你的朋友之間流浪，又有什麼意義呢？」說到這兒，宇文成停下來，熱切地望著昭君。昭君感到他馬上要說些和她有關的話了。

「有一天，我被人施了暗器，中了毒，受了傷。我知道自己不行了，因爲那是一種劇毒。我想找一個安靜的地方，靜靜地死掉。我走入了一個山谷。那山谷中盛開著大片大片火紅的杜鵑花，就像我傷口流出的血。我躺著，看著我的血流出來，滲入地下，忽然感到了一種莫名的痛快。我就要死了，多好。這個世界不需要我。當我這個念頭驟然而起的時候，我的簫突然嗚嗚地吹響了。它就躺在我身邊，可它突然就響了。吹的是《長相知》，聲音那麼低緩沉重，像是一個受傷的人在哭泣。」

昭君聽得睜大了眼睛。

「我猛然意識到我錯了。我不能死。我感到你出事了，你在呼喚我。這個世界上只有你理解我，需要我，我爲什麼要死呢？我重新振作起來了。我站起來，去尋求幫助，也許神眞是在保佑著我，我走了半里路，就碰到了一個美麗的少女，她看見我這樣，連忙讓我坐下。她從口袋裡掏出一個綠色的小瓶，打開來，讓我把瓶裡的黑色的小藥丸都吞下去。吞下去不久，我就感到自己得救了。」

昭君說：「莫非你碰上了仙女？」

宇文成笑著搖搖頭，說道：「她是一個採藥人的女兒。和她的父親相依爲命以採藥爲生，懂得各種藥理。」

昭君默默地點點頭。

「我的傷好後，我就上路了。我要日夜兼程地往你那兒趕。我想你需要我。」宇文成說到這兒，熱切地盯著昭君。

昭君輕輕一笑：「文成，我命中注定是個流浪的女人。」

「那麼，現在你答應我讓我陪伴你一起在這個人世流浪。」宇文成說著，走近了一步。

昭君已明白他的意思了。她覺得在精神上宇文成是和她最接近的，她把他當作自己心靈上最重要的朋友，愛他，尊敬他，卻不願打破他們之間這種心心相印的距離。吹簫的人和聽簫的人是一個不能分開的整體，但是，必須有一定的距離。

看昭君沉默地不說話，宇文成又說了：「昭君，我知道你詫異我怎麼會提出要與你廝守一輩子的要求。以前的我看不起世俗的男歡女愛，總覺得那不是人世間最美的感情。我一直得意於我對你的感情，既愛你，又能遠遠地離開你，把你裝在我心裡，伴我走遍天涯海角。每天一醒來，你的身影總是第一個出現在我腦海裡，使我充滿了力量。在我心目中，你不是呼韓邪單于的妻子，而是我心目中最美麗、最聖潔的女人。」

宇文成說到這兒，已是很激動了。昭君驚訝地望著他。

「那個美麗的救了我的少女在我上路走了的那天哭了。她說她已愛上我，離不開我了。我跟她說了你。她沉默了。那天晚上，她來到了我的旅店。她說你不是要報答我嗎，那就和我睡一晚上吧。我被她奇異的話語、奇異的神態震住了。她哭著說她也許永遠得不到我的心，因爲，我的心被你占據了。可是她還是要懇求我讓她暫時地擁有我的肉體。我呆住了。我在一瞬間忽然明白男女之間靈肉一致的愛情才是人世間最美好的愛。昭君，我再也不想欺騙自己了。」

昭君默默地聽完。是的，靈肉一致的男女之愛是幸福的。她和呼韓邪單于過去的生活是幸福的。雖然她心靈裡隱隱覺得呼韓邪在精神上並不能與她進行徹底的交流，但是她還是愛他。她發現他身上有那麼多東西值得她愛戀，她並不需要一個十全十美的男人。有缺點的男人使她心裡產生的母性更大，她在很多的時間是把呼韓邪看作一個需要保護的孩子。

宇文成爲是個和她能徹底進行精神交流的人。兩個人是心有靈犀一點通的。相對著，不需要任何的言語，他們已經明白對方了。她彈的琵琶他能用簫應和作答，他們的心靈在音樂中交融。昭君喜歡這樣的交流。宇文成是她生命中又一個重要的男人。

可是，接受他，和他廝守一輩子，這樣的念頭從來沒有在她心裡出現過。她的生命和心靈分作幾個層面，一個層面是接受呼韓邪的，一個層面是接受宇文成的，還有那個奇特的大俠方笑天也在她的心裡頑強地占據著。她時常會想起他們，可是，她卻從來沒有想過她會和宇文成永遠地相守一輩子。昭君覺得在他和宇文成之間，每天的朝夕面對是多餘的，他們需要一種永遠的距離。

看著昭君沉默不語，宇文成不問也知道昭君的心思了。這個神秘又美麗的女人，既然她心裡想的還是和自己以前想的一樣，那麼他何必強迫呢？

走吧，走吧，永遠地離開她，頑強地記著她，直到老，直到死。

激越地一聲長嘯，宇文成的身影早已消失在茫茫的夜色中。

昭君望著她永遠看不明說不清的黑暗，淚流滿面。

輕輕地，輕輕地，一陣溫柔的簫聲又傳來了。昭君凝神地聽著，她聽懂了：美麗的女人啊，既然流浪是愛你的最好方式，那麼就讓我永遠地流浪吧；神秘的女人啊，哪一天你忽然想起我，只要輕輕地呼喚我，我就會出現在你身邊：親愛的女人啊，要走過多少坎坷的路，你才會明白愛是什麼……

簫聲越來越遠，越來越輕，終於消失在茫茫夜色中……

昭君淚流滿面。

流淚的昭君不知道窗外有人陪著她默默掉淚。

復株累站窗外，剛才的一幕他看得清清楚楚，聽得清清楚楚。

當他正詫異地聽著簫聲越來越近時，他已朦朦朧朧地預感到將會發生些什麼。自小在一片胡樂聲中長大的復株累對於音樂也有一種天才的理解力、感受力。他聽得出吹簫人心靈的呼喚，那正是他想表達而不能表達的。音樂是那麼奇妙。他隱隱覺得吹簫的是個男人，是個和他懷有同樣心思的男人。

簫聲停的刹那，復株累看見昭君窗口有一個黑影一晃，他連忙走近了窗口。

他看到了一個男人。他的裝束是漢族的。手中握著一管簫，眉宇之間有一股俊逸超拔之氣。他看了暗暗吃驚。馬上心裡又有一絲嫉妒悄悄湧出。這個男人可以那麼自由勇敢地進入窗內，而他卻永遠只能在窗外徘徊又徘徊，徘徊又徘徊……

那個男人的一番話說得復株累心裡激蕩澎湃。他眞佩服他，敢於對著自己心愛的女人說出自己的肺腑之言。他緊張地怕昭君答應了他的請求，就和他遠走高飛了。

可是，背向著他的昭君卻總是不說話。她在想些什麼？他覺得他們兩人之間的關係是奇特的，明明是互相愛著，可是除了用眼睛和音樂交流，就再也不需要任何的言語。昭君為什麼不答應這個男人的請求呢？她在等待一些什麼？

復株累的腦子亂紛紛的。只有一個念頭越來越強烈：他捨不得這個女人走，如果昭君真的跟這個男人走，他會奮不顧身地把她搶回來的。她應該做他的妻子。她愛父親，也應該愛和父親十分相像的他。父親啊，你的在天之靈保佑著我吧。

窗內的男人長嘯一聲離開的時候，復株累心裡一陣狂喜。可是當他看見昭君轉過身，淚流滿面時，不禁心頭一陣酸楚，流下了他從不輕易掉的淚珠。

昭君哭的時候是那麼美麗，那麼令人心疼啊。復株累默默地陪著她流淚，心裡默默地祈禱：神啊，父親的在天之靈啊，給我力量，讓我給這個女人幸福。

昭君還是站著無聲地流著淚……她想起了什麼？她是草原上最純潔最善良的小羊羔，她應該快樂才是。而傷心啊，為什麼一次又一次造訪這個太陽般照亮了草原的女人？

再懦弱的男人看見自己心愛的女人掉了淚，也會產生保護她的勇氣。何況復株累單于這樣一個高大英武的男人，草原上最多情，最有力量的神鷹？

昭君的門「呼」的一聲推開了。還在流淚的她本能地轉過頭，她的悲哀淒涼的臉一下子驚呆了。復株累單于，她的繼子流著淚跪倒在地上！她不明白發生了什麼事，一時竟呆著不知說什麼好。

復株累的流淚使昭君萬分驚訝。在她的回憶中，她覺得他是個堅強得和呼韓邪一樣的男人，除了對她冷漠，她說不出他有哪些地方不好。她甚至有點喜歡他，因爲他長得那麼像呼韓邪，連性格也極其相像。

復株累跪著，他要克服他內心所有的驚慌、畏懼，把自己眞實的心坦露出來。片刻的沉默對於復株累來說是千年的煎熬、千年的惡戰。他終於開口了。

「昭君，請讓我這樣稱呼你。請你答應嫁給我。」

王昭君愣住了。她萬萬也想不到，今晚一個男人剛剛傷心地離開，又有一個男人跪在地上向她求婚。她驚得說不出話來。

復株累跨過了第一個最難跨越的障礙後，勇氣大增。他要繼續說，他要向這個女人表達他最深切的愛戀！

「昭君，當我看見你第一眼的時候，我就覺得我的目光再也不能離開你，我的心靈也再也不能離開你。我每天想著要見你，可是一見到你心裡又那麼害怕驚慌，於是我就對你非常冷漠，我想用冷漠的臉色壓抑我沸騰的感情。你是父親的妻子，我怎麼可以對你有什麼非分的念頭呢？可是，我還是忘不掉你啊！每天我都要在你的窗口站很久，看著你映在窗上的影子，我的空虛的心靈會充實許多。今天，我看見你哭了，我再也受不了呵。嫁給我，我會給你幸福，我會加倍給你父親給過你的幸福！答應我呵！」

復株累一口氣地說完了，額上已滲出了汗珠。講這番話對於他來說眞像是率領著千軍萬馬打了一場惡戰，那麼累，可又那麼痛快。他抬起頭，望著昭君。

他等著，他知道她的一句話不是把他打入地獄就是把他送上天堂！他的心裡渴求著她美妙的朱唇一啓，讓他成爲世界上最幸福的人，最完美的人！

昭君的頭腦已失去了意識。這個冷漠的男人，她的繼子，冰冷的外表下原來藏著那麼滾燙的一顆心。她怎麼一點也沒有意識到，她還以爲他恨她呢。

唉，復株累單于，呼韓邪的兒子，簡直就是呼韓邪年輕時的翻版。她心內承認她喜歡看見復株累，但又怕看見他，因爲他長得實在太像呼韓邪了。

「答應我吧。」復株累請求著。

王昭君的心眞是亂了，不知該說什麼才好。

「答應我吧……」

王昭君想起呼韓邪臨終時說的那番話了。不錯，按照匈奴的規矩，她確實應該嫁給復株累。可是，在心理上，她是多麼難以接受呵！她並不厭惡他，相反還有點喜歡他，可是，他畢竟從名分上是她的繼子。她是漢家的女子，她怎麼也不能在心裡認同這個匈奴的規矩。

現在，他，復株累單于是作爲一個男人向她求婚的，他並沒有按照匈奴的規矩來強迫她，她該怎麼答覆呢？她看著跪在地上的復株累，恍惚覺得是呼韓邪跪在她面前，不由做夢般地說了一聲：「你起來吧。」

復株累的心裡大喜，他想昭君大概是答應他的請求了。

他驚喜地看著她。

昭君已經從夢幻一般的狀態中掙脫出來了，望著復株累熱切的目光，心裡居然覺得一陣慌亂，像個初戀的少女，一絲紅雲飛上她的面頰，她輕輕地說：「讓我再想想吧。」

「眞的？」復株累高興得像個孩子，呵，他現在都覺得自己是世界上最幸福的人了。至少她願意再想想，而對於那個吹簫的男人她什麼也沒說。他孩子般雀躍地走了。抬頭望望一輪皎潔的圓月溫柔地照著他，他覺得幸福正在慢慢向他走來……

昭君還是那麼一副似夢非夢的神態，一縷月光照在她的臉頰上，使她高貴迷離得像朵千年才開一次的奇花。

門外傳來了少女清脆的笑說聲，活活潑潑地一直飄進來。春蘭、秋菊帶回了一身的熱鬧、快樂和笑聲。昭君終於從夢中驚醒過來。

她慈愛地看著這兩個貼身丫頭，看著她們年輕快樂的臉，心中羨慕萬分。兩個丫頭你一句我一句地向昭君彙報晚上玩鬧的快樂，說一句笑一句。昭君靜靜地聽著，其實她的心裡根本沒裝進去什麼。今天晚上發生的一切對於她來說實在是太離奇了，令她措手不及。

她的眼前不時晃動著宇文成的臉，復株累跪著的姿態，還有呼韓邪那雙脈脈含情的大眼睛。她得靜一靜，她得好好想一想，她實在太累了……昭君疲憊地躺到了床上。她睜著眼睛，望著正對著她看的那輪圓月。月亮呵，我的心爲什麼亂了……

迷迷糊糊中，昭君看到了一個熟悉的身影披著一身月光向她走來。呵，是她日思夜想的呼韓邪。他走來了，快走到自己的身邊了，然後他就會牽起自己的手，到海子湖邊去散步，去看那汪清澄透亮的湖水。

她抬起頭，熱切地注視著向她越走越近的呼韓邪。

怎麼？他停住了。他抬起頭，憂傷地望著自己。

「昭君，我們之間隔了一條河，一條永遠也望不到邊的河。」

「不，我要造船，我要坐著船過來，請你等著我啊。」

「不，昭君，這條河是歲月之河，任何的船都划不到盡頭呵。」

「不，總是有辦法的啊。陪我，陪我到海子湖邊散步呵。」

「昭君，我最心愛的女人，我多麼想重新牽著你的手。我知道你很寂寞你很累。我希望你快樂呵！」

「單于，聽我再彈一曲《長相知》。」

「不，昭君，我已經無法再接受這人間摯情的音樂了。找一個和你心心相印的人吧。讓你們一起唱《長相知》。」

「單于呵，除了你，還有誰願意聽我的音樂呢？」

「宇文成，他是個懂得你心樂的好男人啊。」

「不，單于，我和他之間只能保持一定距離，太近了，我們會失望的。」

「昭君，復株累單于，我的好兒子呢？」

「……」

「昭君，你慢慢地去愛他吧。他的心胸比我更開闊，他的性情比我更剛烈，更溫柔，他愛你的心情不亞於我愛你，你去愛他吧。給他時間，你會愛上他的。」

「……」

「昭君，你愛我嗎？」

「單于，我愛你的心如海子的水，清澈見底。你怎麼還要問這個問題呢？」

「昭君，復株累我的好兒子，是草原上最強壯的雄鷹，你會愛上他的。」

「……」

「把他看作一個男人，不要看作我的兒子，你的繼子。昭君，既然你能愛上我，就一定能愛上他。」

「……」

「昭君，我走了。復株累是個好男人，他會給你安寧和幸福。」

「……」

「昭君，匈奴的百姓愛戴你呵。如果你成了復株累的閼氏，你可以幫助他做許多造福百姓的事呵。就像你以前幫助我一樣。百姓們像神一樣地敬著你啊，昭君。」

「昭君，聽從自己心裡最強烈的呼喚，我走了，走了……」

「單于，別走，帶上我，帶上我！」昭君心急如焚，不由自主地往河裡跳。河水一個勁地往她嘴裡灌，她感到了一種窒息。

「啊，救救我，救救我……」

昭君睜開了眼睛。春蘭、秋菊慌張地立在她床前。她感到脊背裡出了一陣冷汗。原來是個夢。

屋裡傾瀉了一地的月光。

昭君叫春蘭、秋菊放心地回去，她只是做了一個夢。她呆呆地坐著，回想著剛才的夢境。莫非眞是呼韓邪托夢來了？他讓自己和復株累成親，不僅自己能得到幸福，匈奴的百姓也能得到幸福，果眞是這樣嗎？

昭君呆呆地坐到了天亮。

又是一個美好的早晨。她感謝呼韓邪對於自己的一片愛心，在靠近海子的地方特意爲她造了這樣一座漂亮的江南小木屋，還樂滋滋地告訴她：就把它取名爲昭君村吧。呼韓邪眞是個粗中有細的男人，他的細膩體貼使昭君一直感到自己在愛和幸福中無憂無慮地度著生命中最美好的歲月。

到那個美麗清澈的湖邊散散步吧。昨天一夜沒睡好，昭君感到頭重腳輕，非常不舒服，她慢慢地向海子湖走去。

一連幾日，昭君都在恍恍惚惚的狀態下度過。復株累莫名地興奮著，卻不敢過來，他覺得自己的勇氣在慢慢消失。

草原的五月到了。這是草原上最美麗的季節。萬紫千紅的花兒開遍了整個草原，人們都脫下了沉重的長袍，換上了五顏六色的春裝。草原姑娘們五彩的腰帶隨著和諧的風兒飄呀飄，在繽紛絢麗的草原上猶如一群群快樂的蝴蝶，美麗地在春天盡情飛舞。

五月的草原是美麗的！五月的草原也是熱鬧的！

一年一度的草原上最熱鬧的盛會「阿達慕」大會就要在五月舉行。

這一天，呼韓邪心愛的妹妹走進昭君的小屋。她是這兒的常客。她喜歡昭君，她不僅愛著昭君那美麗的容顏，更愛她善良的心地、孤潔的氣質。她是草原上的太陽，給這片土地帶來了溫暖、和平、光明！她是草原上最美的花，千年開一次，把整個草原點綴得分外美麗！

阿婷潔亦是一個美麗的女子。可她覺得在昭君面前她的美麗黯淡無光。美麗的女人一般總要嫉妒別的美麗的女人，可是昭君的美使任何美麗的女人除了羨慕，沒有絲毫的嫉妒。因爲這是仙一般神奇、美麗的女人，任何凡間的女子都只能懷著最聖潔、最仰慕的心注視著她。

阿婷潔是來邀請昭君參加「阿達慕」大會的。

昭君剛來的時候，就對草原上會騎馬的女子羨慕不已。她央求阿婷潔教她騎馬，她手把手地教會了昭君。她們也因此成了一對心心相印的姐妹。

呼韓邪在世的時候，昭君是非常愛騎馬的。她經常會陪伴著哥哥騎著馬在單于的領地巡視。每當他們一出現，領地上的百姓就會紛紛走出帳幕，熱烈地歡迎他們敬仰的單于和美麗的閼氏。

可是，自從哥哥生了病，她就不騎馬了。她天天陪伴在哥哥身邊，直到哥哥死去。而昭君從此就孤獨地住在小木屋裡，再也不騎馬了。她曾經勸過昭君，可是昭君說騎馬的人已不在了，她這個不會騎馬的人怎麼還能騎著馬兒到處跑呢？

現在，阿婷潔決定趁著「阿達慕」盛會讓昭君走出那個孤獨的小木屋，重新加入到熱鬧的人群之中。如果有可能的話，還要讓她騎一會馬。騎上馬兒的女人，會充滿力量、充滿活力的，會把所有的煩惱、憂鬱趕到九霄雲外去的！

阿婷潔敲響了昭君的小門。

門開了。兩個女人親熱地抱在一起。阿婷潔細細地打量著昭君，關切地說：「你瘦了，你的眼眶黑黑的，你憂鬱的眼神藏著重重的心事。告訴我，我的好妹妹，到底發生了什麼事，使你如此憔悴？」

昭君感動地抓著阿婷潔的手。她和這位草原上最美麗的公主是一對無話不談的姐妹。也許她應該把近日所發生的事原原本本地告訴她。

於是，昭君嘆了一口氣，一五一十地告訴了阿婷潔近幾日折磨得她日思夜想的心事。

阿婷潔睜著眼睛，靜靜地聽完。然後認眞地說：「我美麗的妹妹，你是草原上最美麗的花，哪個男人不想得到？復株累是我看著長大的，他是和哥哥呼韓邪單于一樣讓我喜愛的親人，他們是男人中最優秀的。好妹妹，我知道你還思念著哥哥。可是，你還是一朵正在開放的花呀，不要寂寞地開著，錯過了美麗的春光呵。」

昭君聽了，默默地不說話。

阿婷潔又繼續說道：「好妹妹，一切大事都得自己拿主意。我們作女子的，應該睜大眼睛，好好地看著自己身邊走過的男人。當你發現你愛上了他，就要毫不猶豫地抓住他，千萬不要讓他從你的身邊走開。」

昭君默默地點了點頭。

阿婷潔乘機提出去參加「阿達慕」大會的請求，昭君不假思索地答應了。的確，她已經把自己關得很久了，她應該出去看看。「阿達慕」大會是草原上的盛會，她喜歡看著歡聲笑語、喜氣洋洋的人們載歌載舞，騎馬射箭、盡情地享受生命中所有的快樂和激情。她要走出去，看看這個她已經越來越疏遠的世界。她喜歡看到那些純樸、善良的草原人民，她喜歡看到他們幸福的笑容。

一年一度的阿達慕草原盛會終於隆重開幕了。

草原上朝北搭起了一座高高的觀禮台，這是單于和大小首領觀看盛會的地方。觀禮臺上插滿了五彩繽紛的花兒，紮起了彩綢，臺上正中有兩個座位布置得特別顯眼，特別引人注目。左邊的座位靠背上刻著一個馬頭，威風凜凜地昂著頭，象徵著威嚴和權力。右邊的座位簡直是一張花椅，插滿了紅、白、黃、藍、紫各色的鮮花。椅面上鋪著一塊潔白、美麗的羊皮，這一切都象徵著和平、富饒、美麗。

激揚的胡鼓敲起來了。尊貴的客人們紛紛入座。復株累單于春風滿面地坐在那張刻有馬頭的椅子。他旁邊的座位還空著。

他緊張不安地看著這張美麗的椅子。按匈奴的規矩，這張美麗的椅子是給單于的閼氏坐的。他的心裡默默地懷著希望，他四處張望，渴望見到那個熟悉、美麗的身影。

這片刻的不寧是千年的等待。

忽然，復株累眼睛一亮：他看見阿婷潔和昭君正手牽著手走來。阿婷潔穿著一身鮮艷的衣服，如一團熱烈的火；而昭君則穿著一身淡紫色的漢裝，裙裾輕輕搖擺，如一朵出水的芙蓉。

鼓手敲得更起勁了，人群爆發出一陣陣的歡呼聲，兩個美麗的女人的出現使純樸的草原人民，愛美的草原人民群情激奮。而昭君，這個仙一般神奇的女人，每一款款的移步，都包容著千般姿態、萬種風情，令所有的人看得眼花繚亂。

復株累的心已提到了嗓子眼上。近了，近了，越來越近了，他甚至已能看見昭君那生動的美目，和那迷離夢幻令他揣測不透而又神魂顛倒的眼神。她正在向他這兒走來。她會坐到這張象徵著單于閼氏身分的座椅上嗎？她會嗎？……復株累覺得手心出汗了。

昭君在離台前十多米遠的地方看見了那張美麗的花椅子。她的心猛地一跳，她看見了復株累單于那雙脈脈含情又萬分緊張的眼睛，這眼神是她曾經熟悉的……

怎麼辦？難道她就這樣一步一步走過去，坐上那座椅嗎？

昭君的手心裡也出汗了。阿婷潔牽著昭君的手，引著她走。她猛地感覺到了昭君的小手出汗了。她詫異地望了昭君一眼。她感到昭君的神色已不像剛剛和她出門時那樣自然了，她的眼神裡充滿了不安。這是爲什麼？阿婷潔詫異著。當她抬頭瞥見復株累單于的眼神，瞥見他身邊的空椅，她心裡一清二楚……

「別怕，我的好妹妹。」阿婷潔攥緊了昭君的手，輕聲地鼓勵著。

形勢已經明擺著，她們毫無退路。她們已成了全場的中心，無數雙眼睛熱切地盯著她們的一舉一動，激越的鼓聲敲得更加熱烈，奔放，昭君感覺自己被一股無形的力量推著向前走，向前走……

一切已別無選擇。她得走，一直向前走。只要她稍稍猶豫，退後一步，那激越的鼓聲，那熱情的呼喊聲還是會把她重新推著往前走。

這短短的幾步路勝過千年萬年走不盡的旅途……

昭君和阿婷潔一步一步登上了觀禮台。全場靜止。所有的目光都一齊射向了這兒。人們屏著呼吸在等待著什麼。復株累單于緊張得雙手攥緊，眼睛盯著走上台的昭君，充滿了說不盡的渴望。

阿婷潔轉過頭徵詢似的看著昭君，用會說話的眼睛告訴昭君：我的好妹妹，一切都自己拿主意吧。但是，別違背了天意呵。

昭君的心反倒平靜了許多。也許這一切眞是天意呵，她即使現在還不能接受復株累單于，可是她得接受單于閼氏這個身分。所有的眼睛都在熱切地等待著她啊。呼韓邪告訴過她，草原的人民要有一個勇敢英明的單于，也要有一個賢慧善良的單于閼氏，草原才會欣欣向榮，豐饒美麗！

還用得著多想什麼呢？這一步一步走來，昭君已明明白白地感覺到了整個草原人民對於自己一片誠摯的渴望和無盡的期待！她能辜負這千萬顆誠懇、善良的心嗎？她能給他們熱情的火焰上潑一盆冷水嗎？

她別無選擇。冥冥中有一個聲音在告訴她：昭君，你命中注定還要做這個純樸、善良民族敬仰的閼氏。你要用自己的努力給他們帶去和平、幸福！

昭君一步一步向那張美麗的綴滿了五彩花兒的座椅走去。

她輕盈地走到了那張座椅前，慢慢地坐了下來。

霎時，整個草原都沸騰了。人群爆發出一陣陣欣喜如狂的歡呼聲，經久不息，在整個天宇之間迴盪……

鼓又敲起來了，姑娘們載歌載舞，小夥子們興奮得抱成一團，老頭們的銀髮銀鬚興奮地飄蕩著……

阿婷潔高興得雙目盈盈，顧不得擦去高興的淚花……

復株累的興奮已是難以描述，他的臉漲得通紅，衝動得想歌想哭想跳想笑。世界上最幸福的男人是誰？那就是草原上最有力量的雄鷹復株累單于！

昭君感動地望著這一切。一剎那間，她突然意識到一個人被那麼多的人愛著，一個人被那麼多人看得無比重要，那是人世間多麼幸福的事呵！

恍惚間，昭君感到自己又找回了從前的生活。那與呼韓邪單于相親相愛的每一天，那做著被人愛戴的單于閼氏的每一天！過去的生活多好呵！現在她又回來了，生活還是張開雙臂擁抱著她，歡迎著她！

一走出那個小屋，外面的世界是多麼遼闊，多麼令人激動啊！也許，她眞應該好好地想想了，眞應該努力地找回自己過去的生活了。她不由瞥了身邊的復株累單于一眼。他是愛她的，而她也莫名地喜歡他。也許，一切的障礙是在於她心裡的倫理觀念，她不能把他看作她的繼子，而是把他看作一個男人！一個有血有肉、敢愛敢恨的男人。

想到這裡，昭君覺得自己的心裡已慢慢地平靜下來了……

阿達慕盛會隆重開幕了。

由於昭君的舉動吧，草原人民的情緒無比激動，阿達慕盛會洋溢著歡聲笑語。

姑娘們穿著五彩的花衣，頭上插滿了鮮花，在綠茵茵的草原上跳起了歡快的舞蹈，每一個動作都帶著笑、帶著激動、帶著幸福。

最精彩的當然是小夥子們摔跤、射箭、騎馬三項比賽。

膀粗腰圓的小夥子們穿著精製的摔跤服，頭上纏著紅布，鼓著一身的肌肉和力氣，在天地之間展開了一場又一場力的角逐。贏了的摔跤手被人抬著繞場一周，並到觀禮台前，復株累單于會欣喜地給他戴上一個象徵著榮譽的花環。

阿婷潔公主突然站起來，興奮地向全場宣布：即將開始的騎馬比賽，勝者將由美麗、高貴的昭君閼氏親自給他戴上花環。頓時，場上爆發一陣歡呼聲。騎在馬上的小夥子們都興奮得兩眼放光，摩拳擦掌，躍躍欲試。

昭君坐在那張美麗的花椅上，受著人們喜慶、熱鬧氣氛的熏染，感到自己的心在有力地跳動。一切都是多麼美好啊，這廣闊的草原上的生活。

騎馬比賽開始了。隨著一聲令下，上百匹駿馬載著勇士們箭一般地衝了出去。

繞了全場幾周後，勝負優勢已略見明朗化了。有一匹黑色的駿馬特別引人注目，馬上是一個紅點。由於快得像一道黑色的閃電，紅色騎士的臉看不分明，只能看見一個紅點在飛速地移動著。這匹快如閃電的馬沒用多久已把別的馬遠遠地拋在了後邊。

昭君從來還未見過世上有這麼快的馬，不由驚異地瞪大了眼睛。她眞想看看馬上那個紅色的英勇的騎士，他是誰？

慢慢地，其他的馬都慢下來，氣喘吁吁。唯有「黑色閃電」還是一如既往地飛奔著。整個草原再一次沸騰起來了。胡鼓敲得震天響，爲這匹黑色的駿馬，這個紅色的勇士吶喊助威。復株累單于也呆住了。他從來不知道他的臣民中還有這麼英勇的騎士，也從來未見過這麼一匹神奇的飛馬，難道這草原中還蘊藏著這麼傑出的人才？他眞後悔自己以前怎麼就孤陋寡聞呢？

突然，一陣奇妙的高亢的樂聲奏響了。它似乎是從天上降臨下來的仙樂，一下子令震天響的胡鼓啞然，它高亢但不尖厲，而是溫柔地瀰漫開來，鑽入每一個人的心房，令所有的人都靜靜地聽著。這神奇的音樂無孔不入。

昭君已聽出來了，她的敏於音樂的耳朵早已判斷出那音樂是從那匹奇異的神馬那兒發出來的，她認眞地聽著。

這音樂她很熟悉。那不是簫，清逸激越；不是琵琶，絲絲入扣。她知道這種奇妙的寬闊的音樂發自哪裡。只有塤才吹奏得出這樣的音樂。

昭君心裡一動，莫非？……她的腦海裡晃過一張熟悉的臉。

「美麗的女人啊，
你是天上的太陽，
自從你的光輝照到我身上，
我這一生就改變了模樣。
漂泊的女人啊，
你是草原上的幸福，
你停留在哪兒，
哪兒就有了歡歌和笑語。
我是一個到處流浪的孤獨的浪子，
自從見到了你，
我的心就願意為你停留。
但我卻無能讓你的心
為我停留……
我是一個渺小的浪子
我知道你的心
屬於草原
單于閼氏，

單于閼氏，
我知道你的心停留在草原，
坐上那張美麗的花椅
可敬的女人
那是草原人民無盡的渴求
我還是要流浪
流浪……
到處流浪……
草原上的太陽啊，
永遠裝在我的心裡。
我要到處流浪、流浪……
美麗的女人啊，
請讓我
輕輕地稱呼一聲：
我心愛的女人……
我已別無所求，
你的幸福
就是我最大的幸福，

讓我最後輕輕地呼一聲：

我心愛的女人呵，

我心愛的女人

……

音樂嘎然而止。

「方笑天，方笑天」，昭君的眼裡已湧出了晶瑩的淚花，她在心裡默默地叫著這個久違的名字。她眞想站起來，衝到台下，好好地看一眼那張熟悉又陌生的臉。

昭君的細微變化，復株累單于都一一瞧在眼裡。對於音樂有著天才的感受力的復株累已大半明瞭這奇妙的音樂裡訴說著什麼。

那是又一個男人，他愛著這個太陽般神奇的女人。但是，他又明白這個女人是屬於整個草原的。他只好裝著她的心到處流浪，流著眼淚在遙遠的天邊默默地祝福。這個男人是無奈的，又是幸福的，因爲他在心裡把昭君看作是他心愛的女人，他的！

還未等所有的人都反應過來，那匹黑色的馬正慢慢地減慢速度，向觀禮台「嗒嗒嗒」地跑來……

馬上已不見了那個神秘的紅衣騎手。他已隨著音樂聲消失了……

眞像是一場奇異的夢。

昭君感到那匹黑色的馬正在一步一步向她走來。她流著淚激動地等待著。果然，那匹馬走到觀看臺前正對著她的位置處停下了。黑馬的美麗有神的大眼睛分明是望著昭君……

昭君不由自主地站起來，離開了那張美麗的花椅，一步步走下臺來。

全場寂靜。復株累單于呆呆地也站了起來。

阿婷潔公主站起來，攙起了昭君的小手。這雙手在微微發抖。

昭君一步一步走到了馬的身邊。黑馬突然間馴服地前腿跪地，炯炯有神的大眼似乎是懇求著昭君上馬。昭君跨上了馬背。等她剛一坐穩，黑馬就抖擻地站起來，躍開四蹄，重新如一道黑色的閃電，飛奔起來。

全場又沸騰起來了。

復株累呆呆地看著，腦子裡似乎失去了意識。這發生的一切是那麼奇異而突然，使他一時之間不知道該做些什麼。

那黑馬馱著昭君飛速地跑著，它不再繞場跑，而是跳出人群包圍的阿達慕盛會的場地，向遠遠的天邊飛奔而去。馬越奔越遠，漸漸成了一個黑點。

復株累單于這才清醒過來，大叫一聲「備馬！」說話間，人已躍下了看臺。他的雪白的寶馬已精神抖擻地站在他旁邊。復株累立刻躍上馬背。白馬像是懂得他的心意，立刻撒開四蹄，飛奔向前。

場上的人們都驚訝地看著這一幕。阿婷潔的眼裡飄過一絲憂鬱，她實在爲那匹神奇的黑馬和昭君擔心。那神奇的馬要馱著她到哪兒去？那個奇異的紅衣騎士呢？

她閉上眼睛，默默地祈禱著。

太陽已慢慢地向地平線靠近……

馬上的昭君緊緊地抱住黑馬的脖子，聽著風呼呼地在耳旁呼嘯而過，心情莫名地覺得無比欣喜。她並不害怕。她只覺得她與這匹神異的黑馬是有緣的。牠要帶她到哪而去，她不管。她只知道牠不會拋下她，不會傷害她。她只想這樣溫柔地抱住牠的脖子，讓牠把自己載到天涯海角。

漸漸地，漸漸地，黑馬的腳步放慢了。昭君得以向四周看看。還是一望無際的大草原。這兒的草長得更茂盛，這兒的花開得更鮮艷，這兒的風也吹得更輕柔。四周一片寧靜。廣漠的天地之間似乎就是昭君和這匹神奇的馬。她喜歡這片寧靜的地方。

她沉浸在這一片寧靜中。

突然，一陣越來越近的「嗒嗒嗒」的馬蹄聲打破了這無邊的寧靜。

昭君驚異地回過頭——

一匹白色的馬正飛奔而來，馬上坐著高大俊偉的復株累單于。

昭君無言地立住馬，等待著。

也許，這神奇的黑馬馱著自己到這樣一個水草豐美的地方，就是爲了這亙古一遇的相會呵！

復株累迎著夕陽，慢慢地向昭君靠近著……兩匹馬終於並排立在了一起。

昭君感到復株累的心跳得非常快，非常有力，而她自己也感覺到血液在她的周身流得很快，她感到自己的臉是通紅的。

復株累覺得自己很幸福。廣漠的天地間就他和他心愛的女人在一起。人世間還有比這更幸福的事嗎？兩人無言地立了許久。誰也不敢看誰的臉，只覺得心跳得越來越快。

夕陽已慢慢地收盡了最後一縷夕暉，黃昏的草原靜穆、美麗。

一黑一白兩匹馬似乎是熟悉的老朋友了，牠們並排走著，跨出的每一步子都是那麼同步，那麼和諧。靜謐的和諧勝過一切無聲的語言……

昭君心裡明白，此後，她的一生又要和這個身邊的男人連在一起了。呵，呼韓邪，我親愛的人哪，你是不是一定要把我交到他手裡，才放心啊？！

他的血脈裡流著你高貴的血，呼韓邪，我親愛的人哪！

復株累的心裡被幸福溢著，訥於言詞的他實在說不出什麼。

今天，當她，這個美麗的天仙一般的女人一步一步走向他身邊的花椅，他的心裡是多麼激動啊。她已經接受他了，她坐上了單于閼氏的座椅！

這一切都發生在那夢一般的時刻。而現在他和她並排地騎著馬，讓他疑心自己是不是在夢中？

夜幕正在慢慢地降臨……月亮升起來了，又是一輪圓滿的金色的月亮。

涼風習習，昭君覺得身上有些發冷，不由打了一個哆嗦。這個細微的舉動復株累覺察到了。他連忙脫下自己身上寬大的綢袍，遞給王昭君。昭君轉過頭，感動地看了他一眼。

「草原的夜晚冷，你快穿上吧。別凍壞了身子。」復株累輕輕地說著，打破了他們長久保持的沉默。

「我不冷，你穿上吧。」

「不，男人的體魄是不怕凍的。你還是穿上吧。」

「不，你也冷的。」

「昭君，你不知道我心裡熱呼著呢！」

……

兩匹馬緊緊地靠在了一起，復株累把寬大的袍子披在了王昭君的身上。這個嬌小的令人疼惜的女人，他眞想一把抱住她，直到天長地久。又是一陣無言的沉默。

「昭君，天色不早，回去吧。」復株累輕柔地說了一聲。

「……」

「你累了嗎？」復株累又問。

「我不累。我的腿有點麻了，我們走幾步就回去吧。」

昭君說完，那匹神奇的黑馬就像聽懂了她說的話，溫順地蹲了下來。

復株累早已躍下馬來，立在黑馬的旁邊。他眞想攙著昭君走下馬來。夜已經完全籠罩了整個草原。復株累看不清昭君的臉，他只覺得自己的心跳厲害。他想伸出手去，他想抓住她的手。

黑暗的夜色往往使人的勇氣倍增……

復株累抖抖索索地伸出了手。他抓住了一隻柔滑如玉的小手。那隻小手靜靜躺在他的大手上，溫馴地毫不掙扎。他把那隻小手牢牢地攥住。它那麼依賴地靜靜地躺著，一股柔情瞬間湧上他的心頭，他大膽地伸出了另一隻手。輕輕地一抱，昭君已站在草地上，擁在他的懷中了。

這溫順的毫無反抗的行爲似乎是在鼓勵著他，他有力地抱緊了她！

昭君感到心裡一陣激蕩，一股熟悉的氣味讓她想起了呼韓邪。他就是呼韓邪呀，又比呼韓邪更年輕，更有力！她把頭輕輕地靠在了復株累寬寬的肩上。

這個女人依賴著喜歡著自己！復株累心裡一狂喜，更加有力地抱緊了這個嬌弱的身軀。他聞到了一股氣息。

這是昭君身上特有的香味。當她一降生時，這股香味就伴隨著她了。這香味淡淡的，又那麼沁人心脾，復株累感自己在慢慢融化，融化……

他擁著昭君慢慢地躺到輕柔的草地上。

這是一個奇妙又幸福的夜晚。月光靜靜地溫柔地照著……

兩匹馬溫順地蹲著，把他們圍著，抵禦著風寒。

他們在這個溫暖的「小屋」裡緊緊相依相偎，天是房頂，草原是床，他們結合的第一晚是以天地爲證的。月亮溫柔地祝福著他們……

昭君覺得似乎又找回了從前的自己。這個有力的抱著他的男人將占有她後半輩子的生活。眞像是呼韓邪又復活了，又回到了自己的身邊。復株累是那麼像呼韓邪呵，昭君的心裡已慢慢接受他了。

其實，她心裡很清楚—從今天坐上那漂亮的花椅時就已接受他了……

愛他吧，這個如孩子般依戀著自己的男人。她要把自己的後半生完整地交給他。

昭君忽然想起了方笑天。他爲什麼把這匹神奇的黑馬贈與她，難道就是爲了要把她親自交到另一個男人的手裡嗎？

愛到極致的男人是高尚的。

復株累擁在昭君的懷中，如孩子般喃喃自語：「昭君，昭君，我心愛的女人呵，我爲什麼就那麼幸運地得到了你？你是照亮我生活的太陽呵，我的生活將充滿光明。愛我吧，愛我吧，我們要得到世上最大的幸福。」

昭君輕輕地撫摸著他的頭髮，不說話。被人愛與愛別人都是多麼幸福的事！

天漸漸亮了。太陽溫情地從地平線射出脈脈的光輝，新的一天又開始了。這一天對昭君來說是新的。它接上了她過去的日子，使她重新走出孤獨，封閉的自我，走向整個草原。這一天對復株累單于來說更是生命中重要的里程碑。從此，他將信心百倍地度過自己生命中的每天每夜。

他們終於互相看見了對方的臉，靠得那麼近。

昭君羞澀地一笑，復株累有力地抱緊了她，擁她入懷。

多美的草原的清晨啊！

「昭君，美麗的單于閼氏，讓我們手牽著手走向我們幸福的生活吧！」

兩人相視一笑，肩並肩，手拉手地向前走去……

阿婷潔公主的一夜卻是不寧的。她睜著眼睛，度過了不眠的一夜。昭君呵，我的好妹妹，你在哪裡？復株累單于呵，我的親人，你的快馬是否已追上了她？她的腦中翻騰起各種各樣的設想，越想越不能入睡。

天濛濛亮的時候，她再也按捺不住自己，叫了一撥人員，組成一個馬隊，浩浩蕩蕩地出發去尋找昭君和復株累單于。

阿婷潔知道昭君不會出事的。她是個神奇的女人，她只會給人帶來幸福與安寧。一切的醜惡和戰爭面對著她，只能退避三舍。可是，她心裡還是放不下她。

在內心裡，她是多麼希望昭君和復株累單于相親相愛，終老一生。她不忍心看著昭君花一般的歲月在寂寞中流逝，她不忍心看著昭君孤獨地在思念中度著日子。那樣的日子是漫長的呀！況且，草原的人民是多麼需要她。她是草原的太陽，沒有她的神奇的光輝，草原就不會有光明、幸福和安寧。

遠遠地，遠遠地，天邊出現了一黑一白兩個點。

阿婷潔眼睛一亮。整個馬隊也突然歡呼雀躍起來。

一黑一白兩個點正在飛速向他們奔來。近了，近了，阿婷潔看見了紫衣飄飄的昭君和英武的復株累單于。

她躍下了馬。昭君的馬轉瞬就到了她跟前，溫順地躺下。兩個女人緊緊地抱在了一塊。

「讓我看看你，讓我好好看看你，我的好妹妹。」阿婷潔激動萬分。

「好姐姐，我回來了，回來了，從此再也不會離開你了。」

阿婷潔細細地地打量著昭君，她覺得昭君的眼神中多了一絲嬌羞，這正是她熟悉的以前與她的哥哥呼韓邪單于在一起生活的昭君眼中時常出現的眼神！

她的心裡一下子明白了幾分。

她轉過頭，看了一眼復株累單于。他變了，僅僅過了一夜，她就發現他的眼中滿蘊著幸福、孩子般的激動。他用含情脈脈的眼神始終看著昭君，充滿著依賴。

阿婷潔覺得自己的心一下子輕了許多，高興得想哭。

多好啊，這美麗幸福的生活。

阿婷潔不由抱住昭君放聲大哭。

「好姐姐，你怎麼哭了?我不是好好地回來了嗎?」

「好妹妹，我是高興啊。」

阿婷潔抓著昭君的手把它牽引到復株累單于前，輕輕地把他們的手按在一起，高興地說：「從此，草原上將會有最幸福的生活，讓我祝福你們吧。」

復株累開心地笑著，昭君羞澀地低下了頭。

阿婷潔對著復株累，臉色又嚴肅起來了，她慢慢地一字一頓地說道：「你是草原上最偉大的單于，你得到了一顆無價的珍珠。你要好好地對待她，不要讓這顆閃光的珍珠失去它的光澤。」

「放心吧，我將會讓這顆無價的珍珠放射出最美麗的光芒。」復株累單于神色莊嚴地說。人群發生一陣歡呼聲。

「來吧，來吧，我的兄弟們，今晚我們將舉行隆重的狂歡盛會，慶祝我們最偉大的一天。讓美麗的單于閼氏重新成爲我們草原上光明的太陽吧。」

一行人歡呼著擁著英武的復株累單于和美麗的昭君閼氏回去。

草原上最美的生活又開始了。

夜暮降臨的時候，人們早已盛裝完畢，聚集到昨天阿達慕大會舉行的地方。

篝火燃起來了，遠遠望去，整個草原像是撒滿了無數的星星。

姑娘們跳起了幸福、快樂的舞蹈，小夥子們彈著小弦琴，一邊歌唱著，一邊旋舞著，唱起草原上最幽默俏皮的情歌《小眼淚》：

蹦嚓，蹦嚓！
蹦嚓，蹦嚓！
我騎著小馬兒，快得像飛，
快得像飛！
我不告訴你，我是為著誰，
為著誰。
你是個機靈鬼！機靈鬼
駕！駕！
騎著快死的駱駝，你慢得像烏龜

你還想探聽我心裡想著誰，
　想著誰。
　哼，你也配，
　你也配！
我的馬兒跑得快斷了腿！
我就不告訴你她是誰，
　你這個機靈鬼，
　機靈鬼！
駕！駕
白雲下面，黑眼睛在等著我，
　她還淌著小眼淚，
　淌著個小眼淚！
不是為我，還會為誰？
喂，把耳朵伸過嘞！
　啊，伸過嘞？

我那黑眼睛她，
她就叫個小眼淚，小眼淚！
啊，她就在前面等著我，
她是我的小眼淚
這，我可沒有告訴你，
閉上你的嘴！
你這個機靈鬼！
討厭的機靈鬼！
討厭的機靈鬼！
駕！駕！
……

快樂的歌聲在草原上飄蕩、飄蕩……人們都在翹首等待著他們敬仰的復株累單于和美麗的昭君閼氏的到來。

忽然，鼓樂大作，復株累和昭君手挽著手走來。

人群歡呼。

兩人相視一笑。所有的喜悅和幸福都已包容在這會心的一笑中。

篝火燃得更旺了。復株累牽著他心愛的閼氏走到那堆燃得最旺、最美麗的篝火旁。

「我最親愛的人們啊，」復株累兩手向空中一舉，大聲地說：「今天是草原上最幸福的一天，也是我最幸福的一天。我，卑微渺小的復株累得到了草原上最珍貴的明珠。人們啊，跳吧，唱吧，盡情地樂吧，讓我們爲美麗的閼氏獻上我們最眞摯的祝福！」

復株累說完，雙眼熱切地盯著昭君，用他嘹亮寬廣的嗓子向他的閼氏唱起了一首埋在他心底許久的歌：

草原上的月亮圓了又缺，
　缺了又圓，
復株累的心卻不再到處流浪，
　到處流浪。
昭君閼氏啊，
昭君閼氏，
你是草原上幸福的天神，
你降臨到草原，
人民就充滿了歡聲和笑語。
昭君閼氏啊。
我心愛的女人，
你占據了我的心靈，
我的心兒就不再流浪。
草原上的花兒開了又落，

落了又開，
什麼樣的言語也不能表達我的感動，
我的感動。
純潔善良美麗的閼氏啊，
草原上最亮的珍珠，
我願做個辛勤的護珠人，
讓我這顆最亮的珍珠熠熠閃光，
熠熠閃光。
昭君閼氏，
昭君閼氏，
我心愛的閼氏
……
嘹亮的歌聲，響徹了整個草原，這是心靈飛出的最真摰的歌。
昭君興奮得喜淚長流。
應和著復株累單于的歌聲，人們齊聲高唱：
昭君閼氏，
昭君閼氏，
我們敬愛的閼氏，

在你的光輝照耀下，
我們是一群幸福的小羊。
什麼樣的言語，
也不能表達我們的感動，
　我們的感動。

……

人們高聲唱著，跳著，爲他們敬愛的閼氏獻上了最眞的祝福，最眞的感謝！復株累單于看著這些狂歡的人群，看著昭君激動的臉，大聲地說：「美麗的閼氏啊，爲我和我的人民獻上你最眞的歌吧。」

昭君激動地點點頭。她是感動得想歌想舞了，世上還有比她更幸福的女子嗎，受著那麼多人誠摯的祝福！

　純樸善良的人民啊，
我只是一個普通的漢家女子，
當我來到這牛羊遍地的草原，
我就把它當作了自己親愛的家。

什麼樣的語言也不能表達

我的深情厚意

我只希望，只希望，

做一個平凡又普通的閼氏，

平凡又普通的閼氏。

……

歌聲純樸、溫柔、謙遜，贏得了人們熱烈的歡呼聲。

篝火燃得更旺了，它熊熊地燃燒著，映紅了草原的天空。唱吧，跳吧，狂歌狂舞吧，幸福的生活正姍姍而來。這是草原最美的夜晚，這是生命最飽滿的一刻！

昭君站在這熱鬧的人群中，眼望著復株累單于，淚花盈盈……

復株累含情脈脈地看著她。從今以後，她，這個草原上最美麗、最高貴的女人將和他形影不離地生活在一起了。

他要每天牽著她的小手到那個溫柔、清澈的湖邊散步，談心；他要每天聽她唱那首讓他感動莫名的《長相知》；他要每天守候在她身邊，不讓她有絲毫的憂愁和寂寞……

他握起昭君的小手，擁著她，溫柔地向他的金碧輝煌的帳幕走去……

月光溫情地照在他們身上……

又是一個美好的夜晚。

第九章　青冢黃昏

碧血黃土松間月

幸福的日子過了一天又一天。

這幾日，昭君忽然覺得自己的身體軟綿綿的、疲乏無力。胸口悶悶的，時常噁心地想吐。她不知道自己是不是病了。

體貼入微的復株累早已覺察出來了。他連忙請人把草原上最有名的老郎中察爾汗請來診治。

察爾汗銀鬚飄逸，精神矍鑠，七十多歲的人了，走起路來，還是快得像一陣風。聽說給尊貴的昭君閼氏看病，他心急火燎地趕來了，心裡充滿了幸福和自豪。他爲自己的使命興奮得兩眼放光。他趕到復株累單于金碧輝煌的帳幕中，昭君已躺在胡床上，微笑地以親切的目光歡迎著察爾汗的到來。

察爾汗曾經在漢族中生活過一陣子，有一位醫術高明的漢人曾經傾心地教過他醫術。他認眞地學了二年，覺得漢人的中醫眞是神奧無窮，他決心把它帶到草原上，造福草原的人民。他一回到草原，小試鋒芒，名聲就遠遠地播遍了整個草原。所有純樸、善良的草原人民一提起「察爾汗」這三個響亮的字，就會互相翹起大拇指，大聲地說：「好！」

察爾汗兩根神妙的手指搭到了王昭君的手腕上。

復株累在旁邊緊張地看著察爾汗的神色，手心裡都出了汗。

察爾汗微微皺起了眉頭。復株累心裡緊張得直跳。

一會兒，一縷喜色慢慢出現在察爾汗臉上。他沉吟半晌，把手拿開，輕快地站起來，向復株累單于做了個禮，眉開眼笑地說：「恭喜單于，昭君閼氏沒有什麼病，她是有喜了。哈哈哈，恭喜你啊，偉大的單于。」

復株累聽了，驚喜地張開了嘴巴，說不出話。一會兒，他就欣喜若狂地衝到昭君的面前，一把抱起她，不斷地在地上轉圈狂舞，大聲地叫著：「我們有孩子了，有孩子了。」

昭君的欣喜不亞於復株累單于，一絲即將做母親的溫柔、自豪悄悄爬上她的心頭，這是她以前從來沒有體驗過的。和呼韓邪生活的幾年，她心裡是多麼盼望有個孩子啊。

她多想為他生個和他一樣健壯英武的兒子，讓他和自己愛的結果有一枚美麗、飽滿的果實。可是，她一直沒能實現自己的心願。現在，居然有孩子了。昭君心裡是多麼激動呵。呵，呼韓邪，我心愛的單于，是你的魂魄在保佑著我嗎？

復株累經過一陣狂喜的激動後，慢慢平靜下來。他把昭君重新輕輕地放回床上，孩子般激動地靠在她的胸前，問：「昭君，我們會有一個美麗得和你一樣的女兒。」

昭君嫣然一笑，溫存地撫摸著復株累濃密的黑髮，輕輕地說：「難道你不想要一個兒子繼承自己的事業嗎？」

「我要兒子，可是我現在想要一個女兒。一個眼睛像星星、眉毛像彎月，和你一模一樣的女兒。」

「如果不是女兒呢？」

「不會的，不會的，昭君。讓我每天祈禱吧，我們會有一個花一樣美麗的女兒、羊羔一般純潔的女兒。」

「你眞傻呵，我的單于。」

「昭君，難道你不想要個女兒嗎？」

「想啊。」

「昭君，我們要生很多很多花一樣美麗的女兒、雄鷹一樣健壯的兒子，好嗎？」

昭君不由「撲哧」一聲笑起來。眞像個孩子呵，復株累單于。他已經把自己整個的心都占滿了。

察爾汗已經悄悄地退出來。看著俊偉的單于和他美麗的閼氏相親相愛，他心裡有說不出的激動和快活。這幸福的一切似乎也是他的，他的腳步邁得更輕快了。

快，快，我要彈起馬頭琴，挨家挨戶地向人們報告這一個激動人心的好消息。讓所有的人都來分享這快樂的幸福吧。想到這，察爾汗加快了腳步。

即將做母親的每一天對於昭君來說都是新鮮、幸福的。

每天，昭君都感到肚子裡有一個小生命在慢慢長大。小傢伙是越來越不安分。他會伸出拳腳表達他的抗議了，每一陣痛楚對於昭君來說都是既疼痛又欣喜。復株累每天都小心翼翼地守候在昭君身邊。他每天親自爲昭君擠最新鮮的羊奶，他相信他的女兒喝了羊奶會更美麗，更純潔。他一廂情願地覺得昭君懷中的孩子是一個美麗的女兒。

分娩的日子越來越近。

這一天清晨，昭君覺得胸口有些悶，決定出去散散步。

復株累擠羊奶去了，春蘭、秋菊正忙著給未來的小公主縫製新衣。昭君決定自己一個人悄悄地到海子湖邊散散步。她已經很久沒有獨自一人散心了。

她慢慢地走到了海子湖邊。清晨的湖水是碧藍的，清澈晶瑩。昭君走到了湖邊。湖中的自己依然還是那麼年輕，那麼美麗。她現在眞的是那麼想要一個女兒了。她將是漢家的，又是草原上的，她將擁有世界上最大的幸福。

一陣疼痛襲來，昭君不由蹲下身子。疼痛愈來愈劇烈。她疼得暈了過去。恍恍惚惚，她覺得自己像是飛了起來，有一朵白雲輕輕地飄過來，托住她。她就駕著白雲飛呀飛，飛呀飛，不知要飛向哪裡。忽然，她腳下的白雲離開了她，遠遠地飄走了。昭君心裡著急，想去追上那朵白雲，身子卻飛速地下降，再也控制不住自己。眼看就要撞到地上了。

「啊」的一聲，昭君醒了過來。睜開沉重的眼皮，她覺得自己的身子輕飄飄的，輕柔而無力。她習慣地摸了一下腹部，不由大驚失色：孩子，她的孩子不見了。她連忙掙扎著坐起來，四處搜尋。

她的眼睛驚異地瞪大了：就在她的腳邊，有一個白白胖胖的小孩子正衝著她笑。她沒穿什麼衣服，潔白得像剛出生的小羊羔。她的眼睛又黑又亮，像天上的星星，眨呀眨。她的眉毛又長又彎，眞像一輪彎月亮。她正銜著自己笑。

女兒，她的女兒，昭君激動地伸出手，把這個可愛的孩子擁入懷中。她抱著她的女兒靜靜地出神地坐在湖邊。

復株累一清早出去擠羊奶，回來不見昭君，連忙問春蘭、秋菊閼氏到哪去了。兩個丫環你看看我，我看看你，都說不出昭君一清早做什麼去了。

復株累急得在屋中走來走去。忽然，他一拍腦袋，自言自語地說：「對了。」拔足疾奔，他一口氣奔到了海子湖邊。

他驚異地停住了腳：天哪，昭君正安詳、出神地坐在湖邊，雙手抱著一個孩子，呆呆地盯著。

莫非？復株累屏住呼吸，躡手躡腳地走到了昭君的身邊。

天哪，一個眉毛像彎月、眼睛像星星的小孩，他的女兒！復株累激動地伸出雙手。昭君看見復株累來了，忙把小孩輕輕地交給了他，兩個人樂滋滋地看著。

美麗的孩子也瞪起大眼睛，瞅著他們咯咯地笑。

「給孩子取個名字吧。」復株累輕聲地說。

昭君歪著頭，沉思了一會。她想起自己剛才恍如夢中的情景，不由自主地說：「就叫她雲吧。她是一朵白雲，可以把我帶上天，天上的世界很幸福。沒有這朵白雲，我就再也不會有上天般的幸福。」

「雲，雲，」復株累念叨了幾遍，欣喜地說：「就叫她雲吧。」

兩個人對著「雲」再一次樂滋滋地瞧，像是一輩子也瞧不夠。

雲滿月的那天，復株累決定擺開八珍全席，慶祝他女兒的誕生。

八珍全席是匈奴最珍奇的宴會，只有在重大的場合才擺開。所謂八珍，指的是麈、麋、醍醐、鹿唇、駝乳、野駝蹄、天鵝炙、馬奶子，這八樣珍奇之物，平時都不易獲得。可見，復株累對於他的女兒是何等珍愛了。

復株累和昭君邀請了草原上最尊貴的客人赴席。他們都是大小領地的首領，還有那察爾汗和阿婷潔公主。

賓主入席。昭君抱著她女兒和復株累單于雙雙坐在上席。客人們紛紛走過來，欣賞這個草原上最美麗的小公主。每個客人看完了，都連連稱贊說草原上將會有又一顆燦爛奪目的美麗的明珠。

在一片喜氣氣氛中，賓主開始享用美味珍貴的八珍全席。昭君應賓客們的要求，叫春蘭拿來琵琶，即興彈琴助興。她一邊彈起歡快的琵琶，一邊溫柔地唱：

你有一雙星星一樣的眼睛呀，
你有一彎月亮一樣的眉毛，
你一降生到這片草原，
我的心兒就充滿快樂。
你在小羊羔中純潔地長大吧，
你在野花叢中美麗地長大吧，

你是一朵白雲在草原飄呀飄，
你是一顆心兒在媽媽懷裡跳呀跳。
我的女兒，
天上的一朵白雲，
星星一樣的眼睛呀，
月亮一樣的眉毛。
……

人們都陶醉在這幸福、溫柔的歌聲中，忘了眼前精美的食物。

忽然，在這溫柔、美麗的音樂中，一陣邪惡的笑聲刺耳地傳來。隨即傳來了一個宏亮又陰森森的聲音：「哈哈哈，王昭君。你的女兒和你一樣美麗。她是世上無價的珍奇，哪一個愛寶的人不想得到她？」

昭君心裡駭然一驚。她的手緊緊地抱住了手中的孩子。

客人們驚得面面相覷。

復株累大聲命令守候在帳外的侍衛保駕，讓他們圍成一個圈，把昭君和他們的女兒緊緊地圍在中央。

陰森森的聲音剛剛消失，帳幕邊已神不知鬼不覺地出現了一個高高瘦瘦的戴著面具的男人。他穿著一件青色的長袍，如一杆竹無言地立在那兒。由於戴著面具，他的臉看不清楚。但是，他身上發出的一股陰森凜然之氣令人本能地覺得他的臉一定醜陋無比。他的身上別無他物，只有手中拎著一根黑得發亮的奇異的棍子，不知是什麼東西。

「你是誰？」昭君顫抖著聲音問，打破了這可怕的沉默。

「我想要你的女兒。」

「為什麼？」

「哈哈哈，我要用她報仇。」

「報仇？」王昭君詫異地問。

「你的女兒是你心中無價的珍寶，她長得和你一模一樣。我就要用她報仇。我要報雙目刺瞎之仇。」青衣人說到「雙目刺瞎」四個字，牙齒咬得咯咯作響。

在座的人都悚然一驚，原來這奇怪的青衣人是個瞎子。可是他來去自如，武功眞是高超！

「請你說清楚點！我的女兒和你無冤無仇，你為什麼要害她！」王昭君氣憤地胸脯一起一伏。

「哈哈哈，我不會害她。我已說過，我只想用她引我的仇人來，報我雙目刺瞎之仇。」

「誰是你的仇人？他和我的女兒有何關係？」昭君緊迫不捨。

「你想知道嗎？」

「是的。」

「好，我告訴你。宇文成是我的仇人，我與他勢不兩立。他用簫點瞎了我的雙眼，我要用你的女兒讓他還我兩隻眼睛來！」

「我的女兒與他有何相干？」

「不相干？哈哈哈。美麗的王昭君，誰不知道你的美會使所有的男人夢魂牽繞？別裝糊塗了，讓宇文成用他的兩隻眼睛來換回你美麗的女兒吧！」

「你，你……」

「哈，哈哈哈，宇文成連生命都願意爲你付出，區區兩隻眼睛算得了什麼？」

「你，你太卑鄙了！」昭君說著，由於心中氣憤太甚，搖搖晃晃地站立不穩。

「青衣人，讓我的眼睛換回我的女兒如何？」復株累大聲地問。

「哈哈哈，偉大的單于，你的勇氣可嘉。你是世上最多情的丈夫，最慈愛的父親。可惜你的眼睛對我一錢不值！」

「你，你爲什麼要這樣！我用草原上最珍貴的最神奇的珠寶，所有的羊群、馬群，來換我的女兒！」

「哈哈哈，我什麼也不需要。富貴如浮雲，我想要的只是宇文成的一雙眼睛！它比什麼都重要！」

「無恥，你要報仇也要正大光明地去幹，爲什麼用令人恥笑的陰謀。你是草原上最狠毒的狼。」

「哈哈哈，我就是狼，你又奈我如何？」青衣人一陣狂笑，衣袖一捲，帳幕中霎時狂起一陣大風，把所有的人都吹得東倒西歪，昭君大喊一聲，不省人事地倒在地上。

等到她慢悠悠地醒轉來，發現自己躺在床上，頭昏沉沉的。復株累單于焦急地看著她，看見她醒來，欣喜地叫了她一聲：「昭君！」就再也說不出話來。

昭君呆呆地看著他，猛然大叫：「女兒呢，我的女兒呢？」

「昭君，別激動。」復株累連忙抓住她的手，難過地低下了頭。

想起來了，想起來了，剛才發生的可怕的一幕又活生生地出現在她眼前。她記得自己在一陣大風颱過的時候眼前一黑，什麼也不知道了。

她的女兒已被那個可怖的青衣人搶走了，搶走了……

昭君呆呆地，連哭都哭不出來。她的眼睛似乎凝固了，呆滯地瞪著不知哪個地方，一動也不動。

復株累在一邊看得害怕，連忙搖搖她的手：「昭君，昭君，別難過。我已經派出好多勇士去尋找我們的女兒了。」

一顆眼淚，一顆眼淚慢慢溢出她的眼角，昭君忽然淒厲地喊了一聲：「我的女兒呀！」暈了過去。

復株累手忙腳亂地連忙派人去請察爾汗來，他抱著昭君，淚流滿面。

幸福眞是短暫的，剛剛盼來了美麗的女兒，居然眼睜睜地被人奪走！那個宇文成是誰？是否就是那個吹簫的男人，那個令昭君淚流滿面的男人？復株累的腦子亂紛紛的，這發生的一切實在太令他難以接受了。

察爾汗匆匆趕來。他搭了昭君的脈，說：「單于，請放心。她只是受了極大的刺激。只要讓她以後免受這樣的刺激，她就會慢慢恢復健康的。」

「察爾汗，你知道嗎？我們的女兒沒了，沒了……」復株累喃喃地說，聲音像是蒼老了十歲。

察爾汗大驚失色。復株累一五一十地告訴了剛剛發生的這場災禍。

察爾汗聽了，憂心忡忡地說：「單于，閼氏失去了女兒，她的悲傷什麼藥也治癒不好。只有把她心愛的女兒重新找回來，她才能慢慢和從前一樣美麗、健康。單于呵，趕快派人去尋找美麗的小公主吧。找不到她，我眞怕昭君閼氏的病會一天重似一天。」

「察爾汗，我能怎麼找呢？我已派出了草原上最勇敢的勇士去找了，可是那漂泊不定的青衣人又在哪兒呢？」

「單于，那個叫宇文成的人在哪兒呢？也許只有先找到他，才能找到那個神秘的魔鬼一樣的青衣人。」

復株累憂傷地搖搖頭。他回頭望一望昭君，再也說不出什麼。

「偉大的單于呵，神靈保佑著美麗的小公主。她會沒事的。好好地安慰昭君閼氏吧。」察爾汗說著，步履沉重地走出了單于的帳幕。他覺得自己的心沉沉的。這與十個月前他輕鬆快活地走出單于的帳幕眞是天上地下呵！神靈呵，保佑小公主平安吧！保佑美麗的昭君閼氏平安幸福吧。

善良的老人憂傷地望著宏闊的天宇，在心裡默默地祈禱著。

三天了，昭君躺在床上不吃不喝，所有的人都憂心如焚。

阿婷潔公主在一邊偷偷抹淚，復株累單于亦是愁雲滿布，食不下嚥。草原的人民再也不載歌載舞。

這三天，昭君的神智卻是異常清晰的。她的腦袋很疼，各種各樣的念頭在交戰中，令她的心緒難寧。

她的女兒和宇文成緊緊地聯繫在一塊了。她知道，只要她彈起琵琶，輕聲地呼喚他，他會吹著簫出現在她面前。可是，她喚他回來，就忍心用他的眼睛去換回女兒的生命嗎？不錯，女兒是她的整個生命，可是，那個有著一雙令她難以忘懷的眼睛的宇文成，不也是她生命中重要的人嗎？

昭君在這兩者中取捨不下。有好幾次，一想到女兒那咯咯笑著的臉、那星星一樣的眼睛、月亮一樣的眉毛，她的心就會揪緊，就會不由自主地想叫人去拿她的琵琶來。可是，馬上，她又抑制住她的衝動了。她忘不了宇文成那晚離去時令她淚流滿面的簫聲，忘不了他那雙含情脈脈的眼睛……

神啊，呼韓邪單于呵，你的在天之靈是否已知悉了一切？告訴昭君一個方法吧，一個兩全的方法吧。

也許，她只能等待著上天的安排，就讓自己死吧，解脫這一切，逃避這一切，她是不是生活得太幸福了，幸福得令上蒼也嫉妒？昭君胡思亂想起來。

日子一天一天過去。苦難的日子漫長如年。這幾天對昭君身邊所有的人來說都是一種痛苦的煎熬。復株累看著自己心愛的閼氏臉色一日比一日蒼白，日漸消瘦、憔悴下去，心裡疼得如刀割一般。

一個月明星稀的晚上，他再也忍不住了，發狂地跑到海子湖邊，雙腿下跪，望著上天大聲地說：「上天，你要懲罰就懲罰我復株累一個人吧。我是太幸福了，你要把我的幸福收回去一點，我願意。可是，別讓我美麗、脆弱的昭君閼氏受罪呵！她剛剛做了母親，她有資格做世上最偉大的母親呵！」

復株累說完，泣不成聲。他忽然扯開喉嚨大聲地喊：「宇文成，宇文成，你在哪裡？快來救救昭君呀。」

他聲嘶力竭地喊，把喉嚨都喊啞了，才拖著疲乏的步子走回他的帳幕。

他現在害怕走回帳幕，他是多麼不忍心見到那張蒼白的、傷心欲絕的臉呀！而以前，他是多麼渴望回到自己的帳幕，回到他美麗的閼氏身邊。

一切都是爲了什麼呀？

復株累跌跌撞撞地往回走。驀地，一陣悠遠、熱切的簫聲清晰地傳來，復株累一怔，停住了腳步。

這簫聲是熟悉的，彷彿就是那個難忘的晚上吹出的。

復株累再也抑制不住自己衝動的心情，大聲地呼喊：「宇文成，宇文成。」他的喊聲已經嘶啞，但還是那麼執拗地要傳出去，這是一個傷心欲絕的男人最痛心的叫喊。

話音剛落片刻，簫聲中斷了，一個身影驀地擋住了復株累的去路。復株累定眼一瞧，在月光的照耀下，他看清楚了，正是那個吹簫的男人，正是那個讓昭君淚流滿面的男人。他一時間什麼話也說不出來。

「你叫我的名字做什麼」那男人沉聲地問。

「我，我是復株累單于。」

「哦，是你娶了王昭君？」

「是的。」

「我覺得昭君又出了點事，連忙風塵僕僕地趕來。告訴我，她還好嗎？」

「她……」

「怎麼了，爲什麼你欲言又止？」宇文成的聲音充滿了焦急、關切。

「她病了，已經好幾天沒吃東西了。」復株累終於憂傷地說道。

「病了可以叫醫生治，難道草原上沒有高明的醫生嗎？」

「她的病什麼藥也治不好，除非……」復株累欲言又止。

「除非什麼？」

「……」

「除非什麼？」宇文成心急如焚，見復株累如此吞吞吐吐，不由火起。拿起他的那管簫點住了復株累的脖子。

「這事與你有關。」復株累終於說了一句。

「那就告訴我。」

「我，我不能……」

「爲什麼？爲了她，上刀山下火海我都願意啊。」宇文成急切地說。

「我，我也是願意的呀。」

「好，既然你愛她，那就告訴我。」

……

復株累沉默半晌，終於一五一十地向宇文成訴說了那場從天而降的災難。

宇文成聽完，長嘯一聲：「天哪，我真後悔沒殺死那個惡賊。現在他居然用這樣狠毒的手段來對付我。我真恨不得把他碎屍萬段，這豺狼般的惡人。」

復株累惴惴不安地說：「他一定要取你的眼睛才能換回我們的女兒。」

「哈哈哈」，宇文成縱身大笑：「爲了自己心愛的女人，一雙眼睛何足掛齒？」大笑中，宇文成身形一閃，早已不見了人影。復株累呆呆地站著，又喜又憂。但是，憑著感覺，他知道他不能把今晚發生的一切告訴昭君。神啊，保佑我們的小女兒平安歸來吧，保佑這個令人敬佩的男人平安歸來吧。在內心深處，復株累對這個男人早已敬慕萬分。

宇文成在夜幕中施展上乘輕功，急匆匆地趕路。他的感覺果然沒錯，昭君確實出事了。而這一切都與他有關。

自從那晚離開昭君的小屋後，宇文成重又孤獨地在江湖上漂泊。兩個月前，他碰上了那個青衣人。那惡賊是江湖上有名的採花大盜，自稱「香飄千里」，被他看中的女子總是未能逃脫他的魔掌。

那惡賊雖然爲女色所迷，卻練就了一身上流功夫。這功夫在江湖上也是數一數二的，因而他雖然頻頻受到俠義之士的聲討，卻至今逍遙法外。

宇文成碰到他的時候，正看見他抱著一個女子往山上跑去，那女子淒厲的呼救聲使他意識到發生了意外。連忙發足追上前去。那青衣惡賊漸漸放慢腳步，到了一個僻靜的山谷。他把那女子放下來，淫邪地笑著。宇文成已追上來了，他正好看見了這一幕。那惡賊背對著他，由於欲火攻心，他什麼也沒覺察到。

那女子披頭散髮，抬頭看見了他，驚喜地叫了一聲「宇文大哥」，掙扎著要站起來。宇文成心裡一驚，這聲音是那麼熟悉，他一輩子也不會忘記，這不就是那個救了他性命的美麗的採藥少女嗎？

他連忙奔向前去。青衣人已覺察到了背後有人，陰沉沉地說：「請留步。」

宇文成停住了腳步。那青衣人緩緩地轉過身來。兩人互相打量著對方。

「請問尊下高姓？」青衣人陰沉著臉，不慌不忙地問。

「在下姓宇文，名成。」宇文成淡然一笑。

「哦，久仰，久仰。原來你就是聞名四海的吹簫客宇文成。聽說你既吹得一手好簫，也能以簫爲兵器，三招之內致人於死地。」青衣人僞裝鎮定地說，他的心裡已略感驚慌。

「請你放了那個姑娘，她是我的朋友。」

「哦，是嗎，得罪，得罪。」青衣人帶著歉意地說著，目光卻淫邪地看著她，既想抽身而退又不甘心丟下剛到手的一塊肥肉。

「宇文大哥，你要爲我報仇。他爲了得到我，把爹爹害死了。」採藥的少女，她的名字叫盈盈，這時突然哭了起來。

「是眞的？」宇文成怒目圓睜，他一步一步逼近了青衣人。

「不，不是我幹的。」青衣人在宇文成的目光下，已感到了驚慌。

宇文成心裡已了然。本來他並不想下殺手，可是他居然殺了自己恩人的父親，那就要以一命償一命了。

兩人交上了手。宇文成功夫何等了得，三招過後，他的那管簫已抵住了青衣人的咽喉。

青衣人面色蒼白，突然大叫一聲：「你殺了我，會後悔的。」

「爲什麼？」

「江湖上誰不知道你深深愛著遠嫁匈奴的王昭君？你知道我是誰嗎？我是她的叔叔。」

青衣人的語氣那麼肯定，不容置疑。

「是嗎？」宇文成握簫的手漸漸軟下來。

「別相信他的鬼話。他不僅是個採花大盜，還是個說謊的高手。」盈盈在旁邊看得眞切，急得大叫。

青衣人卻乘著這個機會用他手中的黑棍「啪啪」兩下點了宇文成下身的穴道，使他動彈不得，而他卻拔腿就溜。宇文成連忙用他那隻還能動彈的手飛出了他的那管簫，只聽到淒慘的一聲大叫，青衣人的兩眼鮮血直流，他被宇文成的簫點瞎了雙目！

他狂叫著，並不敢前來報仇。他大吼一聲：「宇文成，我們後會有期。我一定要用你的兩隻眼睛償還！」一邊叫著一邊落荒而逃。

盈盈奔過來。宇文成已用內力解開了穴道。「宇文大哥！」盈盈已經泣不成聲。

兩個人坐下來，各自講了分別之後的經歷。宇文成只是淡淡地提了提他在江湖上的漂泊，絲毫也不提他與昭君相會又離開的一幕。盈盈則憂傷地告訴宇文成自從他走後，她的心也跟著飛了，每天只是像個木偶一樣地跟隨著父親採藥。

宇文成聽了沉默著不說話。

「宇文大哥，你放心吧，我再也不會強迫你了。我的命也被你救了一次，你已經報答過我了，從此我們就兩清了。」盈盈無限淒楚地說道。

「盈盈，別這樣說。」宇文成憂鬱地看著她那張依然美麗動人的臉。

「宇文大哥，我已經知道你對那個女人的愛有多深了。你一聽到和那個女人有關的話，心就軟了，忘了一切。我父親的性命在你的心中也不重要……」盈盈說到這兒，已經哽咽得再也說不出話來。

「盈盈，我……」宇文成雙手抱頭，卻說不出一句安慰的話。

「但我還是愛你，宇文大哥，你對那個女人的愛有多深，我對你的愛也有多深。」盈盈說到這兒，慢慢地站起來。

「再見了，宇文大哥，記著我。」盈盈說完，飛快地往旁邊的那棵松樹跑去。

宇文成頭腦還未反應過來，只聽到一聲淒厲的絕叫，盈盈，已倒在旁邊的松樹下，他一下子呆住了。

宇文成大喊一聲「盈盈」，奔到那棵松樹下，盈盈的腦袋已沾滿了血。剛剛還是一朵鮮花的少女就這樣凋謝了。宇文成跪倒在她旁邊，淚流滿面。

一切發生得都太突然了。盈盈，這個美麗的採藥少女，他的救命恩人，留下了一世的悔恨給他。用什麼樣的言語都不能表達此時此刻宇文成的心情。一個活潑的生命、美麗的生命就在他眼前消逝了。盈盈，你要用死說明什麼？

你想表達你的愛嗎？

你想表達你的絕望嗎？

你想表達你說不盡的憂傷嗎？

你想讓我後悔一輩子嗎？

你想讓我內疚一輩子嗎？

你想讓我記住你，永遠地記住你嗎？

盈盈，我早就記住你了呀！可是，愛上你對於我卻是不可能的。我的心已被一個女人占滿了，沒有留下一絲的空隙……

夕陽西下。宇文成開始用雙手用勁地挖起土來。松樹下的泥土是堅硬的，他毫無知覺地用勁地挖，兩手漸漸滲出血來，泥土慢慢地染成了紅色。

天漸漸地要黑了，宇文成已挖好了一個可以容納一人的坑。

他呆呆地坐在坑邊，望著這個坑出神，目光似乎要穿透這個坑。盈盈，身體已經僵冷的盈盈，就要長眠於這裡了。

他看了看盈盈，她額上的、臉上的血已漸漸凝固了。宇文成跑到溪邊，脫下衣服浸濕了袖子，跑回來，細細地擦著盈盈臉上、額上的血跡。

一切都弄好後，他把盈盈輕輕地抱起，放入了坑中。他呆呆地看著這個先前還能說能笑能哭的少女，現在卻要長眠於此。他不忍心用土堆上。

天已經黑下來了。盈盈的面目已漸漸模糊。宇文成終於鼓起勇氣向她的身上撒下了第一把泥土。

少女，熱愛我的少女啊，請原諒我傷了你的心。

泥土一把一把地落下來。它們漸漸地無情地蓋住了盈盈嬌弱的身軀。宇文成，一個從不輕易落淚的漢子，嚎啕大哭。

地上地下兩個世界！

他呆呆地坐在墳邊，直到東方露出魚肚白。新的一天又開始了。宇文成卻覺得自己的腳再也邁不開步子……

他覺得自己一下子蒼老了十年，再也不想浪跡江湖了。他決定就在這塊無名的山上居留下來，每天與清風明月爲伴，每天都到這墳邊靜坐片刻，與盈盈說些話。

宇文成就這樣像個隱士一樣，過了一日又一日。

忽然，有一晚，他迷迷糊糊地睡著了，夢見了昭君。昭君正淚流滿面地向他走來，他飛跑著迎過去，她卻消失了。第二天醒來，宇文成琢磨了許久。

晚上宇文成又做了這個相同的夢，他預感到事情不妙，連忙收拾行裝，大步往大漠趕去。路上他在旅店投宿了一晚上，又做了個一模一樣的夢。他心中一下子覺得駭然，再也不敢停留，披星戴月地趕路！

果然昭君是遭了大難！

現在，宇文成在大漠沒停留歇息，又不歇氣地往回趕了，他甚至不敢去看昭君那傷心欲絕的臉。

昭君的女兒，一定是她心上的寶貝，他怎麼能坐視不救呢？爲了他心愛的女人，宇文成的內心已做好了最壞的準備……

披星戴月地趕，宇文成又回到了那棵大松樹下的小墳。青衣人的去向他沒法追蹤，憑著本能，宇文成知道他還會在這兒出現的！

他坐在這墳邊焦急又坦然地靜候了三天。一點動靜都沒有。宇文成有點沉不住氣了。時間就是生命，他的腦海中能想像出昭君此時此刻的那張傷心的臉。她一定憔悴了，她一定萬念俱灰了。

是第六個夜晚了。宇文成照樣靜靜地坐在墳邊等候。

他的臉色是平靜、坦然的，但他卻心急如焚。

今晚的月光很亮。

萬籟寂靜。宇文成只聽見自己的心在「咚咚咚」地跳。

一陣淒厲又得意的狂笑突然傳來，刺破了夜的寧靜。

宇文成的神經霎時興奮起來了：是他，是他！

宇文成鎮定地站了起來。

「哈哈哈，宇文成，我已經在這兒等了你好幾天了！」

「惡賊，我也等你好幾天了。」

「怎麼樣，宇文成，乖乖地把你的眼睛獻上來吧？」

「孩子呢？」

「哈哈哈，她當然不會死。」

「我要先見一見孩子。」

「哼，宇文成，不要耍什麼陰謀。我要你先獻上你的雙眼，再給你孩子。」

「你不讓我先看一眼孩子，我怎麼知道這孩子是眞是假？」

「這……」青衣人一時說不出話來。

「我一定要先看看孩子。」宇文成不依不饒地堅持著。

「好吧，明晚老地方見。」青衣人說完，身形一閃，就不見了。

宇文成吁了一口氣，孩子總算還在。他耐心地等待了一天。

第七個夜晚降臨了。月亮淒清地照在宇文成的臉上，他沉著臉耐心地等待著。遠處傳來一陣陣淒厲的狼嚎聲。

又是一陣狂笑，青衣人出現在離宇文成一丈遠的地方。他的手中抱著一個襁褓。宇文成眼睛一亮，不由自主地要走上前去。

「別動。」青衣人厲聲喝道。

「你要發誓你要用一雙眼睛換回這個孩子的性命。」青衣人惡狠狠地說。

「我發誓。」

「你給我大聲地說一遍你的誓言。」

一切已無可選擇了。爲昭君，爲自己心愛的女人獻上一雙眼睛，宇文成心裡不但沒有怨言，只有感激。宇文成心裡起伏萬千。

「怎麼，你不敢了？哈哈哈，原來宇文成也不過是一個怕死的人。哈哈哈，原來王昭君也不過在你心裡占了個小小的位置。」青衣人得意地狂笑著。

「住嘴。你也配說出『王昭君』這三個字嗎？你聽著：上天在上，我宇文成願意用雙眼償還王昭君的女兒。如果出爾反爾，天打雷劈。」宇文成一字一頓地說。

「好，君子一言，駟馬難追。宇文成，你也有今天。」青衣人得意地大聲狂笑，呼嘯一聲，黑暗中出現了兩個壯實的漢子。

「宇文成，這兩個漢子都是我的朋友，他們幫我一人取一隻你的眼睛。」

「滾開，別弄髒了我。」宇文成輕蔑地說：「我會自己親自動手的。」

「這……」

「怎麼，你不放心我嗎？哈哈哈，宇文成一生光明磊落，從來說一不二。」

青衣人沉吟不響，終於說：「好，宇文成。我就信你一回。」

「先把孩子讓我看一眼。」

「好，你不許走過來，遠遠地看。」

「你怕我？」宇文成一聲冷笑。

「這是我手中決定勝負的一著棋，我再怎麼相信你也不能讓你走近。」

「膽小鬼。」

「今晚的月光該很亮吧？你走近幾步，看看她。」

宇文成冷笑幾聲，走近了幾步。青衣人把孩子抱起，面對著他。

呵，他看見了，看見了。眞是一個小昭君呀，星星一樣的眼睛，月亮一樣的眉毛。

呵，她忽然咯咯地笑了。她是對著自己笑嗎？她認識他嗎？

宇文成心裡一陣歡喜，一陣心酸。他歡喜的是小昭君正好好地活著，還會衝著他甜甜地笑；他心酸的是這麼小的一個孩子就活活和母親拆散了，弄得母親憔悴不堪。呵，孩子啊，我一定要把你平安地送到你美麗的媽媽身邊。你盡情地笑吧，無憂無慮地笑吧，最後衝著我笑一笑吧。

「看好了嗎？」青衣人突然厲聲喝道，宇文成這才清醒過來。

「看好了。我只有一個請求，請你不要傷著孩子。」

「你放心。等你一交出你的雙眼，我就會把孩子好好地放到你手中。」

「君子一言，駟馬難追。」宇文成緊緊追擊。

「你放心吧。」

「哈哈哈，好啊，好啊，你等著吧。」宇文成突然縱身狂笑，最後留戀地看了一眼小昭君甜甜的笑臉，突然把雙手猛地向眼前一撲，一霎時，他什麼也看不見了。

過了好久，宇文成才感覺到自己的手中握著兩顆冰涼的圓潤的東西，那是他的眼睛，他的眼睛呵！

「哈哈哈，來吧，來吧，拿去吧。」宇文成狂笑著，兩隻手向前伸出。

青衣人呆站著面色蒼白。原來世界上眞還有這樣至情的男人！他先前把王昭君的女兒搶來，只是抱著僥倖的心理，沒想到不費吹灰之力。這來得太容易的成功使青衣人心裡翻江倒海，再也說不出話。王昭君，王昭君，你一個平凡的女子，眞有這麼大的魔力嗎？居然可以讓江湖上赫赫有名的吹簫客宇文成獻出他的雙眼，那麼毫不猶豫？

人間居然還有這樣驚天地泣鬼神的感情！一向放蕩成性的青衣人心裡受到了很大的震動。兩個漢子面面相覷，他們被這一幕震住了，欽佩之情油然而生。

「哈哈哈，怎麼不要了？」宇文成兩手向空中一拋，他的兩隻眼睛墜人了黑暗的森林中，悄無聲息。

一片沉默。

「惡賊，君子之言，駟馬難追。你已經如願以償！快，把王昭君的女兒給我。」

青衣人還是呆呆站著。兩個漢子已醒悟過來，連忙跑過去從青衣人手中捧起王昭君的女兒，恭恭敬敬地送到宇文成手中，猶如奴隸向他的主人進貢一件無價的寶物。

宇文成激動地一把抱住，喃喃地叫喚：「昭君，昭君，你別怕呵。你的寶貝馬上要和你相聚了。」

宇文成一遍一遍地說著，抱著小昭君一步一步地走。

由於眼瞎，他不能立刻適應周圍的環境，好幾次都差點絆倒。

青衣人還是呆呆站著。這短短幾分鐘內發生的事似乎是他一生的教訓。是的，他的仇報了，可是他的心裡爲什麼沒有復仇之後的欣喜若狂？宇文成的眼睛是瞎了，可是他的心裡一定是十分幸福的呵！爲了自己心愛的女人，做什麼都是幸福的。青衣人永遠體會不到這一點。他這輩子玩過不少女人，他從來只是把她們看作他洩欲的對象，而沒有愛過一個女人。而女人呢，除了對他承歡奉笑，除了對他驚恐怒視，就再也沒有人眞心地愛過他，可以爲他獻出一切。

他這輩子，是不是活得可悲？青衣人想到這兒，不由悲從中來，狂笑著亂蹦亂跳，雙手拼命地撕扯著自己的頭髮，似乎要把一腔的苦悶都發洩出來。

兩個漢子在旁邊看得又一次面面相覷……的確，今晚的這一幕夠他們思索一輩子了。

月亮慢慢地隱進了雲層。

整個世界一片黑暗。

蕭湘玉蓮懷雲來

這黑暗的夜晚，昏沉沉躺在床上的昭君做了個夢。

她的女兒甜甜地出現在她眼前，咯咯地笑個不停。她激動地要伸出手去。忽然，她的女兒不見了。眼前突然出現了一個可怕的男人。他的雙眼空空洞洞，他的臉上掛滿了鮮血，滴答滴答滴到衣服上，聲音清脆森然。昭君仔細一瞧，他的手中握著一管簫，是他，是他，宇文成！

他怎麼會變成這樣？昭君心裡大慟，大叫一聲：「宇文成！」突然間就醒了過來。昭君心悸地四處看看，復株累正焦急而溫情地看著她。她明白自己做了個夢。月光正如水一樣地瀉進來。

復株累憂傷地看著他心愛的女人。已經二十天了，昭君就這樣一直呆呆地躺著，不吃東西，除了喝點水和羊奶。她的眼眶深陷下去了，她的面色蒼白，她的容顏憔悴。她成了一個病美人了。美雖然沒有從她身上消逝，可是換成另一種了。淒涼悲哀的美代替快樂幸福的美了！復株累多麼想見到昭君的笑臉！

自從那次和宇文成神奇地相遇又分手，也是十幾天了。他毫無音信，他們的女兒更是毫無音信。復株累的悲痛何曾亞於昭君。可是，他說什麼也不能躺下呵。他是昭君現在唯一的依靠，他倒下了，誰來照顧他心愛的閼氏呵。他絕對不能倒下。可是，他眞感到自己也累得心力憔悴了！

而此時此刻，宇文成正抱著他的小昭君星夜往回趕，往昭君那兒趕。

他的眼睛瞎了，現在白天和黑夜對於他來說是一樣的了。他的眼睛看不見路上的東西，他只知道向北方走。他施展起上乘輕功，路上的障礙就消失了，他就如在空中走。

宇文成的其他感覺在眼瞎後沉靜了幾天，變得異常靈敏起來。他本來就有特異的第六感覺，依靠它宇文成能預感昭君的生活是好是壞，她的心情是快樂是憂傷。這幾天，第六感覺告訴他，昭君是憂傷的。假如她能知道她的女兒在他手中平平安安，就好了。

他們之間要傳達心音只有靠音樂。宇文成歇住了腳，把孩子緊緊地抱在懷裡，拿出了他的簫。

他輕輕地吹奏出第一個音，懷中的小昭君居然「咯咯咯」笑起來。宇文成不由伸出雙手，輕輕地撫摸了她的小臉，喃喃地自語：「孩子啊，你聽懂了嗎？你的媽媽是最懂我心樂的知音知己呵。」

第一個音符是快樂的，宇文成要向昭君傳達的是個好消息

「快樂地笑一笑吧，

我心愛的人兒，

跨越了千山和萬水，
我已找回了你的快樂。
甜美地笑一笑吧，
美麗的母親，
你日夜牽掛的小太陽，
就要回到你的身邊，
你的身邊。
……」

快樂悠揚的簫聲一直在山谷間迴盪。宇文成懷中的小昭君一直「咯咯咯」地笑個不停。呵，她笑什麼？是笑自己馬上就能回到母親的懷抱嗎？

笑吧，笑吧，美麗的小昭君。

這天晚上，昭君迷迷糊糊地又做了個夢。她夢見她日思夜想的小女兒雲突然會走路了，一蹦一跳地叫著「媽媽」向她奔來。她激動地伸出雙手，這一次她的手眞眞切切地抱住了她，抱住了她的女兒！

這時，她看見女兒的手裡握著一管簫，仔細一瞧：呵，這不是宇文成的嗎？她連忙問女兒這管簫是從哪來的？

女兒天眞地仰起頭，告訴她：「媽媽，這是一個吹簫的叔叔送給我的。」

「他爲什麼要送給你呢？」昭君問道。

「因爲他喜歡我。他說我聽得懂他的音樂，就送給我了。」

「孩子，好好地珍藏這件寶貴的禮物吧。」昭君潸然淚下。

「昭君，昭君，你醒醒，你怎麼哭了？」復株累急切的聲音忽然闖入了夢境。王昭君甦醒了過來。

呵，又是一個夢，可這個夢多麼甜美啊。自從女兒被搶後，她就一直未做過這樣的好夢。難道她的女兒眞的就要回來了嗎？而宇文成，爲什麼從來不是眞眞切切地出現在她夢中？難道他？

昭君不敢再想下去。

宇文成已經趕了兩天的路。由於眼睛看不見，他的速度比以前減了許多。他本來就想這樣持續不斷地趕路，可是想起懷中的孩子雖然出奇地乖，畢竟沒好好吃過一點東西了。他決定找個客店歇息一會兒，爲懷中的小昭君找點吃的東西。

宇文成找到了一家旅店。聽聲音，店主人是個和善的中年漢子，他和他的妻子一起經營著這家小小的旅店。他們熱情地接待了風塵僕僕的宇文成。

「店家，我並不累。請你們幫忙，給我懷中的小孩子找點吃的東西。」

「啊，多美麗，多可愛的孩子。」店主人的妻子一把抱起了小昭君，再也捨不得放手。她連忙去找吃的食物。

夫婦兩個似乎都把宇文成冷落在一邊了。他們手忙腳亂地到處找吃的。宇文成高興地聽著，心裡很愜意。眞是一對好心人。

宇文成不知道，夫妻兩個多年膝下無兒無女，對孩子真是想瘋了。他們一邊給孩子餵吃的，一邊奇怪地嘀咕。

「這個奇怪的漢子，老是用一頂斗笠擋著頭，看不清他的真面目。他和這孩子是什麼關係呢？」漢子說。

「是呵，我覺得這小孩子不是他的。」他的老婆附和。

「可是，他多麼愛這個小孩。」漢子馬上又否定了他老婆的意見。

他們嘀咕了半天。忽然漢子的老婆眼睛一亮，對漢子說：「當家的，咱們和那個漢子說說吧，把小孩子給我們。他一個男人家，抱著個孩子在這荒野中亂轉，不餓死孩子才怪呢。怎麼樣？」

中年漢子沉吟了一會兒，點點頭，說道：「你會說話，你跟他去說吧。」

漢子老婆喜笑顏開。她一勺一勺地把小孩子餵飽了，小孩子衝著她甜甜地笑，喜得她直想親她幾口。餵飽了孩子，漢子的老婆就抱著她向宇文成走來。宇文成心裡特別高興。他站起來，伸出了雙手。

孩子卻並沒有馬上放到他手中。漢子的老婆沉吟地開了口：「客官，這四周是荒野一片，前面就是茫茫大草原，你帶著這麼幼小的孩子趕路，我心裡真是不忍心。」

宇文成嘆了一口氣：「又有什麼辦法呢？」

「客官，我心裡有個主意。能不能把孩子放在我這兒養幾天？說真的，我們夫婦倆膝下無子，真想收養這個小孩，我們一定待她猶如親生。」

宇文成一聽沉下了臉。

漢子老婆卻並沒有注意到，她繼續說道：「我看你不像是她的父親，她是不是個無父無母的孤兒呢？客官，如果你答應的話，我們夫婦倆願意把自己多年的積蓄都給你。」

「放肆，誰也甭想打這孩子的主意。」宇文成按捺不住心中越來越盛的火氣，「啪」地擂了一下身邊的小方桌，桌子一下子「喀嚓」裂爲四塊。

漢子和他老婆都驚得目瞪口呆。

宇文成馬上就意識到了自己的行爲太過冒失，不由歉意地說：「請兩位不要生氣。孩子不是我的，可是她是有父有母的孩子，我的使命是把她送回去。她不回去，她的母親都要發瘋了，都要傷心而死了。」宇文成說到這兒，語調非常低沉。

漢子和他老婆面面相覷，一下子被這個男人的傷感震住了。

「你們是兩個好心人，我心裡非常感激。只要有機會，我一定要好好報答你們。」宇文成又補充了一句。

漢子老婆默默地走上前來，把小昭君輕輕地放入宇文成手中。

三個人都不說話。宇文成正想起身告辭，突然，一陣陰森的冷笑傳來，隨即傳來一個陰沉的聲音：「哈哈哈，宇文成，這個孩子我是要定了。你願不願給？」

宇文成心裡一驚，緊緊地抱住了手中的孩子。

「你是誰？」宇文成鎮定自若地問。

「哈哈哈，連我的聲音都聽不出來嗎？」

「何梅劍？」

「哈哈哈，不錯。你總算還記得。宇文成，我要你還我兒子一條命來！」

「你兒子作惡多端，罪有應得。」

「哼，今天我一定要以一命償還一命。」

「一人做事一人當，你儘管對著我宇文成來，不許傷了這個孩子。」

「哈哈哈，宇文成你想錯了。我要的是這個孩子的命，而不是你的命。哈哈哈，王昭君的女兒，你把她看得比自己的生命還重要。我如果害了她，不是折磨你一輩子嗎？」猙獰的笑聲刺耳地劃破了夜的寧靜。

「王昭君？」中年夫婦兩個又一次驚得目瞪口呆。未等他們反應過來，宇文成早已把孩子往他們懷中一塞，臉色十分鄭重、嚴肅：「這孩子就拜託給你們了。她是大漠閼氏王昭君的女兒，你們一定要親自送到她手中。」

中年漢子和他老婆一下子跪了下來，淚流滿面：「王昭君，我們的大恩人哪。」

宇文成聽了一喜，連忙說道：「好，王昭君既然是你們的大恩人，現在就是你們報恩的時候了。趕快送孩子回到她母親的身邊去，拜託你們了。」

宇文成朝他們深深地鞠了一躬，再也顧不得細問什麼。他現在只有一個念頭，一定要用生命來保衛小昭君的安全。

「你怎麼辦？」中年漢子顫著聲音問道。

「不要管我。你們趕快走。」宇文成狠狠地推了中年漢子一把。

善良的夫婦卻憂傷而擔心地看著他，邁不開腳步。

「走啊，」宇文成大吼一聲，「難道你們想讓王昭君的女兒死於惡賊手中嗎？」

中年夫婦這才如夢方醒般往後門奔去。

「哈哈哈，想溜，沒那麼容易！」陰森森的聲音又一次刺耳地傳來。

「快走」。宇文成大喊一聲。「何梅劍，有種的取我的人頭來。」

「哈哈哈，宇文成。你的眼睛瞎了，我現在對付你易如反掌。」

「好，那你就來取我的人頭吧。」

「不，宇文成。我剛剛已經說了，我感興趣的不是你的人頭，而是王昭君的女兒。」

「你要殺她，先得過我這一關。」

「好，我先刺你一劍，把你的胳膊砍一隻下來，也是很痛快的啊，哈哈哈。」

何梅劍話音剛落，已躍進屋中，一柄寒光凜凜的劍直向宇文成刺來。

宇文成握緊手中的簫，憑著聲音靈活地躲過了這殺氣騰騰的一劍。他的簫凌厲地向對方指去。如果宇文成眼睛沒瞎，憑何梅劍與他的武功，他應該三招之內就能置何梅劍於死地。可是眼睛一瞎，他的簫的威力一下子減了大半。

宇文成現在只有擋架之力，而沒有攻擊之勢了。何梅劍心中暗暗得意，更加肆無忌憚地使出了他的殺手鐧。

宇文成一步一步往後退。他現在心裡只有一個念頭，拖延住時間，時間就是生命，小昭君的生命就在這關鍵的時刻。他一定得抵住，一定不能讓何梅劍的陰謀得逞。

何梅劍看一時之間不能得手，心中暗暗著急。他想抽身而退，可是宇文成的簫緊緊地逼著他，使他一時之間既取勝不了，又抽身不得。他心裡暗暗佩服這個瞎子頑強的鬥志。

忽然，何梅劍眼睛一亮，瞅出了宇文成的一個破綻，連忙使出一招毒辣的「雪中梅花」直向宇文成的右胳膊刺去！

宇文成靈敏的耳朵已聽出了這危險的聲音，連忙往後一閃。可惜，太晚了。宇文成只覺得一陣劇烈的疼痛從右胳膊處迅速地蔓延開來，全身都覺得一陣疼痛的麻木。他的握簫的手漸漸發抖，差點握不牢手中的一管簫。

他明白自己受傷了。而且是很重的傷。可是，說什麼他也得拼死抵住。宇文成果斷地把簫換到了左手。

「哈哈哈，難道你傷了一隻胳膊還不夠嗎？」何梅劍「刷」地使出一招「春梅怒放」，直向宇文成的左手而來。宇文成大吼一聲，用盡他全身的力，用簫迎上去一擋，何梅劍手中的劍「噹」地一聲飛了出去。而宇文成也因爲用力過度，累得跌坐在地上。

這一手令何梅劍惱羞成怒。他原先以爲對付一個瞎了眼的宇文成，他的武功是綽綽有餘了。他不想殺他，只想砍下他的胳膊，只想把王昭君的女兒殺了，讓宇文成在痛苦中煎熬一輩子。沒想到，他不但砍不下宇文成的胳膊，反倒被宇文成挑飛了劍！

這眞是一個奇恥大辱。持劍的人被人挑飛了劍，這比割他殺他還令他難受。何梅劍的眼睛裡漸漸露出一縷凶光，他殺心頓起。他要殺了宇文成，以報這個奇恥大辱。

何梅劍重新拿起了劍，一步一步地向跌坐在地上的宇文成逼近。宇文成聽出了他的腳步聲裡蘊含著的殺機，一動不動地等待著。他已經奮力使出最後的一擊了，現在他的全身像散了架，再也提不起力量。

呵，昭君，我就要死了。我用我的雙眼換回了你的女兒，現在我又要用生命來保衛她最後的安全了。多好呀，我的生命，竟會這樣輝煌地結束。

宇文成幸福地閉上了眼睛。死對於他來說實在不是恐懼，反倒成全了他的一生。他耐心地幸福地等待著死亡。

何梅劍一步一步向他走來……

漆黑的夜，伸手不見五指。中年的店主和他的老婆卻深一腳淺一腳地在一片沼澤地裡艱難地行進。

「王昭君的女兒，恩人的女兒。」店主的心裡在一遍遍地默禱著。世界眞是太小，店主心裡感慨萬千。

在店主的心中，十年前的一幕將永遠銘刻在他的心上。

那年，他憂傷地在草原上流浪，尋找他的未婚妻。他的未婚妻和他在一隊匈奴兵的胡奔亂衝中失散了。那時匈奴和漢還未交好。第二年，他就聽說漢元帝和呼韓邪單于訂立了盟約，呼韓邪娶了美麗的漢人王昭君爲單于閼氏。

於是，他抱著希望在草原上到處找他的未婚妻。憑直覺，他覺得他的未婚妻是被那些匈奴兵擄去的，她一定還在草原上。他在草原上整整流浪了一年，辛苦地找尋了一年！

可是，他連未婚妻的影子都未見著。

有一天，他流浪到了匈奴右大將休勒的領地。他請求休勒給他一份活幹，休勒就讓他每天清晨擠羊奶。於是，他就暫時在一個簡陋的氈房住下來，每天擠羊奶，做完後就到處向人家打聽他的未婚妻的下落。

還是一無所獲。他失望地又想打起背包，向遠方流浪。

他背起背包，向休勒去道別。休勒一大早和單于圍獵去了，他的閼氏出來接見他。

休勒閼氏走出來的時候，兩個人互相瞧一眼，不由都怔住了。呵，站在眼前的對方卻是自己日思夜想的情人啊。他輕輕地叫了聲他未婚妻的名字。「玉蓮」，就哽咽地再也說不出話來。

玉蓮衝上來抱住他大哭。

兩人漸漸平靜下來，訴說了別後的遭遇。玉蓮說，自從那天她被匈奴兵擄去，她就被這隊匈奴的小頭目，一個惡狠狠的小當戶逼著成親。她死活不肯同意。有一天，小當戶喝醉了酒，就要對他進行非禮。她嚇壞了，拼盡一身的力氣，逃出了小當戶的氈房，漫無目的地在草原上狂奔！

這時候，她碰上了騎著馬巡視的休勒將軍。休勒跳下馬，聽她說了一切遭遇後，便命人狠狠地懲罰了小當戶，把她親切地接到自己的帳幕。

其實，休勒在見她第一眼的時候，已深深地愛上了她。

他每天溫存地對待她，把她當作自己的親人。她向休勒訴說了她與未婚夫沖散的經過。休勒對他說她的未婚夫要嘛在兵荒馬亂中死了，要嘛就另娶妻生子了，她難道要無望地等一輩子嗎？她想想自己一個人無依無靠在這個大草原上，不由得「嚶嚶」哭泣。休勒就忽然跪下來向她求婚。她一開始死活不肯答應，經不住休勒再三地請求，終於答應做了他的閼氏。

他聽了沉默了。他慢慢地向玉蓮講述了他這一年多來辛苦地找尋。玉蓮聽了抱住他失聲痛哭。

「你已是別人的妻子了。」他不無傷感地說。

「只要你不嫌棄我，我依然可以跟著你到處流浪呀。」玉蓮淚水漣漣地說。

「你捨得拋下這一切榮華富貴？你捨得拋下這個男人？」他不相信地問。

「只要爲了你，我什麼都願意呀。難道你始終不明白我的心嗎？」玉蓮急切地說，一邊匆匆地就去收拾包裹。

「走吧，我們趕快趁休勒回來前遠走高飛。否則，他是不會放過我們的，他是個脾氣暴燥的人呀！」玉蓮簡單地收拾好一個包裹，急促地催他走。

他猶豫了一下，就和玉蓮匆匆地跨上一匹馬，往漢族與匈奴族交界的地方奔去。可是，老天偏偏不長眼，他們碰上了休勒的一隊兵馬。結果，他們被抓了回來。

休勒想不到自己對玉蓮那麼情深意重，而她居然願意跟一個身無分文的人私奔，心裡越想越氣。可是，他又不忍懲罰她，就把一肚子的火發在了這個無法無天要拐走他心愛的閼氏的男人身上。

他把這個漢人吊起來狠狠地打。玉蓮在旁邊看得心碎欲裂，連連跪在地上向他磕頭，請求他饒恕。他從來沒看見過自己的閼氏這麼傷心欲絕的臉，心裡眞是又妒又恨，更加氣得大叫手下人狠狠地打。

我們的店主，就這樣被打得昏了過去。他覺得自己快死了。忽然，他聽到了一個極其溫柔、動聽的聲音：「休勒，你爲什麼要打他呢？有什麼罪過上天自會慢慢地懲罰他。你瞧，他都昏過去了。」他疑心自己來到了天上，碰上了一個仙女。

他睜開了像鉛一樣重的眼皮：呵，看見了，果眞是一個仙女呀。她穿著一身素白的衣裳，正微笑地向他走來。她走得那麼好看，腳下一定是踏著一朵白雲。

「昭君閼氏呵，救救我們。」他聽見了他熟悉的玉蓮的聲音。怎麼，玉蓮也在這兒？他一下子清醒過來了。他想起了剛剛發生的一切。他睜大了眼睛。

可是，他雖不在天上，眼前卻分明有一個仙女一樣的人。她是那麼高貴美麗，那麼儀態萬千呵。用什麼樣的語言也形容不出她的美麗，你只覺得她的美給你的心靈一種震撼。他的玉蓮在他眼中也是美的，可是玉蓮的美讓他感到親切，感到想溫存地擁抱她，親吻她。可是，這個仙女一樣的人你看了她一眼，只覺得心裡受了感動，只想用無邪的眼睛盯著她，心裡暗暗讚嘆造化的神奇。她的美是超凡脫俗的，她是降臨人間的仙女。

「昭君閼氏，他是我青梅竹馬的未婚夫呵。兩年前，我們被人沖散。我做了休勒將軍的閼氏。可是，我的心裡一直惦著他呀。現在他千里迢迢地找到我了，我多想和他重新在一起呀！我知道，這樣做對不起休勒將軍，對不起他對我的深情厚愛。可是，我是多麼愛著他，離不開他呀。」

他看見他心愛的女人向這個仙女跪下了。那仙女微笑著扶起了她。昭君閼氏？他心裡一動，莫非就是嫁給匈奴的漢家美女王昭君？天哪，怎麼這麼美麗呀！他在心裡感嘆著，眼睛直直地望著王昭君。

玉蓮向他跑來，心疼地抱住他，溫柔地撫摸著他的累累鞭傷。「快，快向昭君閼氏求情吧，她是草原上最美麗最善良的人，只有她才能救我們呵。」玉蓮急切地告訴他。

他看見昭君閼氏正款款地向她走來，他說不出一句話。他流了滿臉的淚。這個受著嚴刑拷打的漢子剛才緊咬著牙關沒掉下一顆淚，可是對著昭君越來越近的笑臉，他卻莫名奇妙地流淚了。

她的溫柔、仙樂一樣的聲音又響起來了。「快別說話了。你的眼淚已代表了一切。放心吧，對於相親相愛的人們，上天會保佑他們的。」她走過來，抓起玉蓮的一隻小手，輕輕地放到他的手中。他們激動得淚水長流。心踏實下來了，猶如回到了母親的懷抱，覺得無比的溫暖、親切、安全。

他們看著王昭君往回走。「單于，你說該怎麼辦呢？」他們這才看清楚有一個英俊的人正站在不遠處，原來他就是草原上威名遠揚的呼韓邪單于。

「我心愛的閼氏，這件事似乎該由你處置更合適。」他們看見呼韓邪單于含情脈脈地看著王昭君，柔情地說。

「謝謝單于。」王昭君躬身行了個禮，一步一步地向休勒走去。

休勒暴怒的臉早已溫和下來。今天眞不巧，剛好撞上單于和他心愛的昭君閼氏騎馬巡視他的領地。望著昭君微笑的臉，休勒忽然一下子爲自己剛才的行爲感到慚愧。草原上最凶狠的豺狼見了王昭君也都退避三舍，何況是休勒，一個勇猛的富於正義感的漢子？休勒看著向他越走越近的王昭君，心裡越來越慌張。

他眞想找個地縫鑽進去，再也不出來。

「休勒將軍」，王昭君走近了他，微微地行了個禮，「我請求你成全這一對相親相愛的人。漢族有句俗語『強扭的瓜不甜』，玉蓮雖是你美麗心愛的閼氏，可是她的心裡裝著那個傷痕累累的情人。放了他們吧，無論走到天涯海角，他們會記得你的一片恩情。而你，英勇善戰的休勒將軍呵，我將每天爲你祈禱，會有一個美麗的姑娘愛上你的，她會成爲你心愛的閼氏。答應我，將軍。」

還用得著看王昭君那雙誠摯懇切美麗的眼睛嗎？休勒早已低下頭，點頭默許了。在這個草原上最神奇最高貴最美麗的女人面前，休勒願意做一切他最不願做的事，做一切最困難的事。

玉蓮和她的情人激動得抱頭痛哭。王昭君又款款地向他們走來。

「好了，相親相愛的人兒，你們自由了。騎上馬，去尋找你們幸福的愛吧。」她溫柔地親切地說。

一對情人跪在地上，連連向王昭君磕頭致謝。店主在心裡暗暗發誓：「來世做牛做馬，也要報答她的恩情。」

王昭君又吩咐手下人爲他們裝了一袋的乾糧，讓他們在路上帶著吃。她緊緊地握住玉蓮的雙手：「我的妹妹，有空替我回去看看我秭歸的家鄉。一路珍重！」

他們雙雙跨上了馬，最後感激地看了一眼王昭君，就奮力地一揚鞭，幸福地向自己未來的路途急奔而去……

玉蓮就是現在店主的老婆。他們捨不得離開恩人居住的草原太遠，就在漢族和匈奴的交界處，開設了一家旅店，過起了相親相愛的小日子。一晃，就過去了十年。

他們在這十年中一直沒有忘懷王昭君，一直想著怎麼報答她。沒想到，這機會就來了。現在，玉蓮的手中正緊緊地抱著王昭君心愛的女兒。拼盡兩人的性命，也要把這個可愛的孩子平安地交到恩人的手中。

同時，這對善良的夫妻又爲那個戴著斗笠的看不清面目的漢子暗暗擔心。他們只知道他似乎被那個猙獰的聲音叫做「宇文成」，而宇文成瞎了一雙眼睛他們卻並未知曉，因爲他的斗笠把他的雙眼蓋住了。如果他們知道他是個瞎了雙眼的人，心裡的擔心會增加十倍！

天漸漸地亮了。玉蓮驚喜地呼喊一聲：「蕭大哥，我們已到了草原。你看，那雪白的不正是氈房嗎？」

被稱爲蕭大哥的，就是這個中年的店主，他有個詩一般美麗的名字：蕭湘。他也不由地露出喜色。

趕了一晚上的路，兩個人都很疲憊了。可是，他們的神經卻高度興奮著。這個重大的使命激勵著他們不歇氣地往前趕。

玉蓮看了看懷中的小孩。呵，她多乖啊。一整個晚上她就閉著眼睛甜甜地睡著，不哭不鬧。她仔細地再瞧了瞧孩子的眉眼，不錯，她長得確實和昭君閼氏很像啊。

夫婦倆圍在一起興奮地看著這個銜著他們甜甜笑著的小昭君，所有的疲勞都飛到九霄雲外了。

自從夢見她的女兒後，昭君的氣色在漸漸好轉。她開始能起來，走動走動了。但是，猶如一株風中的弱柳，她走幾步就得喘一下氣。

的確，這樣的打擊對於她，一個剛做母親的人來說，是巨大的。復株累在一邊看著她走路的神態，眞是又欣喜又心疼。喜的是她總算結束了不吃不說的生活，能夠重新站起來走路了；心疼的是她的身體經過這一場打擊後實在太弱了！他喜歡看見那個能騎馬能歡聲笑語的王昭君，而不忍心看著這個虛弱不堪，愁眉不展的王昭君。

這天清晨，王昭君心情頗爲輕鬆。她難得地對復株累微笑了一下，說：「扶我到外邊的草原上去走走吧。外面的空氣一定很清新，很舒心呢！」

復株累驚喜交加，連忙小心翼翼地挽起王昭君的胳膊，走出了帳幕。

外面的空氣確實特別清新怡人。他們慢慢地在草地上踱步。一切都是那麼寧靜、那麼美好，復株累露出了他近一個月不展的笑容。假如他們的女兒不出意外，那他們現在的生活該是多麼美好啊。

復株累正沉浸在美好的想像中。忽然，他聽到了「單于，單于」急切的喊聲。他連忙抬頭四看，一匹黑色的駿馬正飛奔而來，馬上坐著一個將軍打扮的人。

黑色的駿馬越奔越近，復株累看清了，馬上坐著的原來是休勒將軍。這麼一大清早，他急急忙忙地趕來幹什麼呢？

復株累正疑惑著，休勒已騎著馬到了他和昭君三公尺遠的地方飛跳下馬。他氣喘吁吁，臉漲得通紅，眼睛興奮地發著光亮，卻急得一個字也說不出來。

復株累和王昭君耐心地等待著他。

「單于，小公主已經回來了。」休勒喘息剛定，突然冒出來一句話。

復株累怔了一怔，又驚又喜又疑，他抓住休勒的手，連忙問道：「她在哪兒？」

王昭君的神態卻像是在夢幻中，抬起一雙驚疑、迷離的眼睛望著休勒。

「小公主現在正平安地在我的帳幕中。今天一大早玉蓮和她的丈夫突然找到我，向我訴說了一切。」休勒說完，看了王昭君一眼。呵，他所敬慕的女人現在仍是美麗的，可是這是一種病態的美了。他知道王昭君這一切都是爲了什麼。所以，今天一大早他在睡眼朦朧中被人叫醒，親眼看到小公主睡在玉蓮的懷中，他欣喜得就像找到了自己失散多年的孩子。他的腦海中馬上就想起假如王昭君知道她的女兒還活著，她會多麼欣喜若狂啊！

於是，休勒二話不說，跳上馬，就直奔單于的領地。他奮力加鞭讓馬跑得飛快，心中只有一個念頭：快，快讓王昭君知道這個好消息，她的病馬上就要好了！

王昭君已漸漸地從休勒不容置疑的目光中肯定了一切。她驚喜得不能自持，一陣眩暈，她倒在了復株累的懷中。

復株累和休勒都急得直叫喚。王昭君漸漸地又睜開了雙眼，微微一笑，急切地對復株累說：「女兒、我的女兒。」

「昭君，我馬上就去接我們的女兒回來。」復株累連忙說。

他一邊說，一邊就抱起昭君往他的帳幕走去。他輕輕地把她放到胡床上，溫柔地撫摸了一下她的臉，說：「昭君，躺在床上等著。我馬上就去把我們的女兒接過來。」

王昭君微笑地點點頭。由於激動過度，她已經無力再起來了。否則，她一定要騎馬去接她心愛的女兒。

她躺著，睜著眼睛默默地等待。她敏感地豎著耳朵，聽著外面的風吹草動。時間似乎特別漫長。突然，王昭君心中一激動，「騰」地坐了起來。她聽見了「嗒嗒嗒」的馬蹄聲。馬蹄聲越來越近，似乎是三、四匹馬。牠們正由遠而近地馳來。近了，近了，她忽然聽到了復株累狂喜的叫喊：「昭君，昭君，我們的女兒她真的回來了，回來了。」

隨著喊聲，復株累早已一陣風似地衝了進來，懷中緊緊抱著他們的女兒，衝到了王昭君的床前。

王昭君驚喜地一把抱過孩子。呵，雲，雲，她心愛的女兒，還是一點沒變啊。瞧，她對著自己甜甜地笑呢！女兒啊，這一個多月，你到底去了哪裡，又是怎麼回來的？呵，你想媽媽了，是嗎？呵，你看到爸爸、媽媽了，心裡高興就笑了，是嗎？

她一個勁地親吻著女兒的臉蛋，喜得熱淚長流。復株累在一邊像個孩子似的興奮、激動。他一面為女兒的失而復得而激動，一面更為昭君的高興而高興。

三個人圍在一塊親熱個沒完沒了。

忽然，復株累拍了下腦袋，說：「對了，昭君，我們還要見一見救了女兒的大恩人呢！」

「是嘛，他在哪兒？」王昭君心裡一激動，她的腦海中霎時出現宇文成的臉。難道是宇文成嗎？

「他們就在帳外。」復株累回答道。

「呵，快請他們進來！」王昭君急切地說。

復株累連忙站起來，走到帳幕外。過了不久，他又回轉來，身後多了兩個令王昭君感到陌生的人：玉蓮和蕭湘。

兩人一進來，就跪倒在地上，口呼：「昭君閼氏。」王昭君連忙讓他們起來，不安地說：「你們救了我女兒的生命，應該我拜謝你們才是。可是，我現在身體太弱，待日後請兩位再受我一拜吧。」

玉蓮連忙說：「昭君閼氏，你是我們的大恩人，我們只不過為你做了一點小事，你的大恩大德我們是永遠難忘的。」

「大恩人？」昭君疑惑地問。

「昭君閼氏，難道你忘了十年前在休勒將軍那兒救下的玉蓮和她的情人嗎？」玉蓮連忙說道。

王昭君瞇起眼睛細細想，呵，是的，她漸漸地有點想起來了。啊，十年了。這十年王昭君做過的善事太多，多得像天上數不清的星星。她把這一切都看作她應該做的事，所以怎麼還會清晰地記得她十年前做過的事呢？

但是，這一件事她還是想起來了。因爲玉蓮和她的傷痕累累的情人生死不渝的愛情令她難忘！

「呵，玉蓮，我想起來了。對不起，我認不出你了。」

「是呵，昭君閼氏，這十年我是越變越老了。而你卻一點沒變呵，還是那麼美麗，那麼年輕呵！」

「玉蓮，你們一向過得可好？」

「昭君閼氏，託您的福，我和蕭湘在漢匈交界處開了一家旅店，小日子過得挺好。」玉蓮說著，拉過呆在一邊不會說話的蕭湘又一次向王昭君行了個禮。

「可別這樣！我是多麼感激你們把我的女兒送回來呀。你們等於救了我一條命。」昭君無限激動地說。

「可別這麼說，昭君閼氏。我們只是把您的女兒送回來了。可是，救您女兒的陌生人他現在卻生死不明呢。」玉蓮快嘴快舌地說，神色間露出擔憂。

王昭君心裡一驚，連忙問道：「他是誰？他是誰？」

蕭湘開了口：「昭君閼氏，我只記得他手中握著一管簫，有個要殺你女兒的惡賊叫他宇文成什麼的。」

「宇文成?!」王昭君脫口而出，呆住了，過了半晌，她又問道：「他現在在哪兒？」

「我們也沒法知道，昭君閼氏。當時他把孩子往我們懷中一塞，就命令我們快走，把孩子送到你這兒。他自己就跟那個要殺你女兒的惡棍打起來了。」玉蓮連忙回答。

昭君聽了，默然不響。復株累在一邊暗暗著急。他知道宇文成在昭君心中占的分量，女兒剛剛回來，她又要爲宇文成擔心了。

想到這兒，復株累連忙安慰她：「昭君，他不會有事的。」

昭君聽了，憂傷又感動地點點頭。是呵，文成的武功高強，想必是會逢凶化吉的。可是，這畢竟是她心中一個美好的願望而已呀！她的內心深處的擔憂在不見到宇文成之前是不會消除的。

呵，女兒，她心愛的女兒畢竟是回來了，這不是一場夢！昭君重新低下頭，溫柔而幸福地望著她的女兒。

玉蓮和蕭湘望著她一臉的幸福，不由心裡高興萬分。能夠做一件讓他們的恩人高興的事，他們是多少榮幸啊。他們悄悄地走出了帳幕。呵，就讓這幸福的三口之家享受這團圓後的幸福吧。

女兒回來後的第三天，王昭君已和以前一樣，能健步行走了。到了第七天，她已能抱了她的心愛的女兒和復株累到海子湖邊散步，嬉戲。

復株累高興地看著自己心愛的閼氏又變回了原來的模樣。幸福的日子在經過了一段波折後，似乎又回到了他們身邊。

不幸的日子總是顯得那麼漫長，而幸福的日子總是流逝得那麼快。眨眼之間，雲已會咿呀學語了，雲已會在草原上騎著小馬駒嬉耍了，雲已慢慢長成爲一個健壯、美麗的少女了。她的個子已和王昭君一般高了。母女兩個手牽著手在草原上散步時，所有的人都以爲是一對姐妹，是一雙下凡的仙女。

在王昭君和復株累手把手教導下的雲繼承了父母一切優異的地方。她的血液裡流著江南女子柔情的血，又混合著草原女兒豪爽率直的血，她是漢匈兩族奇妙的結合體。

她把草原當作自己的家，又不時在媽媽的講述中渴望回去看看那山青水秀的媽媽的家鄉。她經常纏著媽媽給她講述那個遙遠的美麗的地方。

也許是隨著歲月的流逝吧，昭君思念家鄉的心思越來越重。每當女兒提起遠方的家鄉的話題，她總能無限神往地講上好幾個時辰，她講述的語言是詩意盎然，充滿深情的：

孩子呵，
媽媽小時候家門前流過一條
清澈的小河，
它有一個美麗的名字叫香溪。
香溪的水呵，清又甜，
媽媽喝著它漸漸長大。
多年沒有回到自己的家鄉了，

幾回夢裡又見香溪，
又見香溪！
……

雲聽完媽媽無限深情地描述，總是問：「媽媽，那我們騎著飛快的馬去看看你的家鄉吧！我讓爸爸挑出最快的駿馬！」

「傻孩子啊，最快的駿馬到達香溪河畔，也要累死。那是多麼遠的路呵！」

「媽媽，難道它比天上還遠嗎？」

「傻孩子，只要一心一意慢慢地走，我們當然會走到自己的家。可是，那是多麼遙遠、多麼勞累的路途啊！」昭君撫摸著自己天眞純潔的雲，長嘆一聲。

「媽媽，我不怕路有多遠。如果你累了，讓我一個人去吧。我要帶上罐子，給你帶回好大一罐香溪的水！」

「好孩子。」昭君感動地摟住她心愛的女兒，多麼善良、天眞的孩子呵。

是的，她也不知爲什麼，越來越思念起家鄉了。難道她老了嗎？沒有人說她老，她和她的女兒走在一起，永遠被人看作是一對要好的姐妹。

十多年前女兒的失而復得給她的心靈留下的創傷雖然在慢慢撫平，可是她的心裡一直默默地牽掛著一個人。

宇文成，你現在還好嗎？你如果還活著的話，爲什麼不來看看我和被你救下的女兒？呵，你的雙眼是不是眞的瞎了，爲了換回我的女兒？所以你就不肯來見我的，是嗎？可是，你現在到底還在人間嗎，給我個訊息呀。這十多年來，我不時夢見回到家鄉，回到香溪河畔，不時夢見你第一次和我見面時的音容。

成呵，成，我已感到上天在召喚我了。我流浪又幸福地過了一輩子，上天要召我回去了。難道，你不願意再見我一面嗎？

我天天晚上在月光下彈起心愛的琵琶，聲聲地呼喚你，成！爲什麼，爲什麼，我沒有聽到你的簫聲的應和！

成，你到底還在人間嗎？你一定還在人間的，否則我的心裡不會沒有震動的。我們是心心相通，用心靈說話的呀！

昭君每天就這樣心事重重地想著。但是她的臉上依然掛著迷人的微笑，她不能讓復株累見了爲她傷心。

有一天晚上，她確實在月光下聽見一個聲音在冥冥之中召喚她了：「王昭君，你已經完成了你的使命。你美麗地生活過，你盡情地愛過，你給草原帶去了幸福和安寧。你的一生已經嘗遍了人生的諸般滋味。你要準備著，上天馬上就要喚你回去了。」

昭君靜靜地聆聽著，心中一片寧靜、坦然。不錯，她已經完滿地過了她的一生，除了一個長駐心中的遺憾：她沒有再見到宇文成！她多想見見他！

宇文成啊，你在哪裡？

昭君在心裡深深地呼喚著宇文成。宇文成此時正在陰山的一個洞穴裡閉目沉思。方笑天與他在一起。

他還活在人間！

十幾年前，當何梅劍眼露凶光，手持寶劍一步一步向他進逼時，他坦然地面對著越走越近的死亡……何梅劍的劍尖觸到了他的喉嚨，他面色不改，坦然一笑。

何梅劍大叫：「宇文成，死到臨頭，你爲什麼不向我求饒？」

「你已是我的手下敗將，我爲什麼要向你求饒呢？」宇文成輕蔑地說。

何梅劍一聽，火冒三丈。他運足了力，就要一劍向宇文成的脖子刺去……

「噹」的一下，何梅劍忽然覺得自己的手臂一麻，他的劍飛出了五步之遠！他大驚失色，大叫「何方高人？」

只聽得一陣洪亮雄奇的聲音傳來：「何梅劍，你身爲武林中人，卻不懂武林規矩，我想教你怎麼改正。試問，堂堂一個鬚眉男子，居然會去殺一個手無寸鐵，毫無反抗之力的對手，這豈不是讓武林中人看了慚愧？」

這番話說到了何梅劍的痛處，他滿面通紅，再也說不出話來。

宇文成心裡卻是大喜，這熟悉的聲音不正是方笑天嗎？好幾年沒見到他了，沒想到會在這個時刻碰到他！

他不由大叫一聲：「方兄，我是宇文成呵！好久未見了，你好嗎？」

「哈哈哈，宇文兄啊，我早已聽出是你的聲音了。」方笑天縱身大笑中，已輕輕地站在宇文成面前。

方笑天的大名何梅劍早已是如雷貫耳。見了他，果眞覺得氣度不凡。他一下子感覺自己的猥瑣，連忙拾起地上的寶劍，低了頭，消失在黑暗中了。

「方兄，你怎麼會在這兒？」

「啊，到處流浪。今晚想到這個旅店投宿一晚，卻沒想到剛好看見那惡賊把劍尖對準了你的喉嚨。」

宇文成沉默著不說話。

「宇文兄，來，咱們喝一杯，敘敘別後的諸般滋味。咦，你怎麼不高興？你為什麼老把斗笠蓋在頭上，大姑娘似的害羞？」方笑天爽朗地笑著，就要抬手掀掉宇文成的斗笠。

宇文成憑著感覺牢牢地抓住了方笑天伸過來的手。

「怎麼了？宇文兄。」方笑天大為驚異。幾年不見，他覺得宇文成像變了一個人。

「方兄，我的眼睛瞎了。」宇文成低沉著聲音淒涼地說。

「瞎了?!」方笑天大驚失色。

一時寂靜無語。

「是誰，是誰？我要為你報仇。怪不得，我剛剛好奇怪啊，你的武功那麼高強，居然會讓何梅劍任意宰割。啊，宇文兄，告訴我，我們是兄弟。」

宇文成低著頭，不說話。

「告訴我啊，宇文兄。我知道你心高氣傲，可是你眼睛瞎了，怎麼找人報仇？」方笑天的聲音越來越急切。

「我的眼睛是我自己弄瞎了，我沒有仇人，方兄。」宇文成的口氣淡然。

「這？」方笑天心裡越發奇怪了。

宇文成心裡明白他不能再瞞著方笑天了。他一五一十地向方笑天訴說了事情的經過。口氣非常淡然，好像他不是當事人一樣。

方笑天聽了，沉默不說話。

良久，方笑天才說道：「宇文兄，憑你的武功你對付那個淫賊綽綽有餘。你是自己一廂情願獻出眼睛的。」

宇文成聽了默然。不愧是方笑天，他最明白自己的心思。確實，他只要稍稍動動腦子，用智取和功夫是能夠輕輕鬆鬆地奪回王昭君的女兒的。

「你覺得你獻出了一雙眼睛，心裡十分快活。因爲你爲自己最愛的女人獻出你最寶貴的東西了。是不是？」方笑天傷感地望著宇文成，心裡感慨萬千。

宇文成默然。

「可是，宇文兄啊，你知不知道假如昭君知道了這一切，她即使得到了失去的女兒，心裡也會憂傷的。她是怎麼樣的女人，你心裡不是不清楚。」

「我永遠不會去見她。我只知道當我的雙手親自挖出自己的眼睛時，我心裡很快樂，很幸福。我忘了她一旦知道的後果。所以，我永遠不會去見她了。」宇文成傷感地說。

「宇文兄呵，我眞不知道該怎麼說。」

「方兄，請爲我保密。如果你哪天見到昭君，聽到她問起我，你就說我活得挺好，不要太牽掛。」

「好吧。我也不知道什麼時候能見到她。」方笑天長嘆一聲。

兩個人靜靜地坐著，再也不說話。他們的心中都共同地想著一個人：美麗的昭君，憂傷的母親。

只能用這樣靜默的心情來回想這個在他們的生命中占了全部的女人，任何的談話都是多餘的。

「方兄，求你一件事。你趕快去看看昭君的女兒是否已平安到了她的懷中。我心裡眞是放心不下。」

「你放心吧。啊，你受傷了，你怎麼辦呢？」方笑天這才發現宇文成的右胳膊受傷很重，他連忙從懷中掏出治傷的藥粉，輕輕地塗抹在宇文成的傷口上。

「你放心吧。我將找一處地方靜靜療傷。從此，退出江湖，再也不問世事了。」

「呵，我也有此意。多年的漂泊，覺得人老了，累了，心力憔悴了。宇文兄，我們不如結伴到陰山去吧。那兒的風景我們都見過，那麼優美。況且，那兒離她那麼近。」

「好，方兄。我正有此意。你趕快去看看昭君的女兒是否平安。我，先到陰山，找個好地方。」

「好，一言爲定。」

兩個人的雙手緊緊握在了一起。

他們就這樣結伴在陰山一住十幾年。當王昭君的女兒慢慢長大時，他們的心是快樂的。每過一段日子，方笑天都要下山一趟，帶來王昭君和她女兒的消息。宇文成總是豎起耳朵，靜靜地聽著。

昭君的快樂就是他們最大快樂呵！

可是，漸漸地，宇文成心裡越來越沉重。夜深人靜地時候，他時常能聽見從空中傳來的琵琶聲，那麼憂傷，他聽出來是王昭君在爲他深深地擔憂，在深情地呼喚他！他心裡明白那對善良的夫婦一定把一切都告訴她了。

每次一聽到這憂傷的琵琶聲，宇文成總是忍不住要拿起自己的簫輕聲應和，可每次又克制住自己的衝動了。他不能，他不能吹簫應和，他的簫聲會把自己的一切境況都明明白白地告訴她的啊！他雖然可以假裝吹一曲告訴自己很快樂的曲子，可是昭君是聽得出來的，什麼也別想瞞過她！

因爲他們是神奇的用音樂來交流心靈的呀！

於是，宇文成的心裡越來越沉重了。每天他都能聽到這聲聲呼喚的琵琶聲，一天比一天急切。

怎麼辦？他的心裡不能忍受他的心愛的女人爲他憂傷。他多麼希望她活得快樂呀！他現在隱隱有點後悔當初挖出自己的雙眼的舉動了。否則，他至少可以清清楚楚，毫無懼色地出現在昭君面前。讓她徹底地放下心來。

方笑天也漸漸地覺察出了不妙。

一日，他對宇文成憂鬱地說：「宇文兄，昭君在爲你擔憂呢。」

「我知道。」

「我知道你害怕告訴她一切，這樣只會讓她心裡痛苦。可是，她這樣每天把憂傷壓抑在心裡，久而久之，也會積憂成疾的呀！」

「方兄，我該怎麼辦啊？」宇文成抱住頭，痛苦地說。

「我今晚就下山去吧。我要見她一面，告訴她你活得很好。」方笑天說。

「你能做到在她那雙清澈、純潔的雙眼注視下說謊嗎？」

方笑天默然。

「你能做到在她那柔美的嗓音追問下，臉不改色，心不跳嗎？」

方笑天又是默然。

「你能忍心看著她那雙憂鬱的眼睛而不把一切都和盤托出嗎？」

方笑天再次默然。

「好了，方兄，我承認自己做了一件錯事。現在誰也不能幫助我們，幫助她了。讓我們三個人在一起煎熬吧。昭君啊，我對不住你。」宇文成痛苦地抱住頭，再也說不出話。他們這一生啊，爲了這個心愛的女人，到處流浪，從不後悔！

他們就這樣慢慢地得知昭君的女兒在健康，幸福地長大。她會說話了，她會騎著小馬駒在草原上奔跑了，她慢慢地長高了，長得和她媽媽一樣那麼美麗，那麼純潔了！她是昭君，但她又不是昭君。

他們在心裡把雲，看作是他們的女兒。愛到深處都無須多語！

草原的冬天來了。

今年的雪下得特別大。是一場百年未遇的大雪。鵝毛般的雪花整整下了三天三夜，整個草原變成了一個純白的世界！

草原的人們都躲進了帳幕、氈房，安靜地準備過冬。外面的世界是這麼冷，昭君的身體卻是熱的，她正發著高燒。

察爾汗早已被請來看過了。他沉吟了半晌，留下了一大堆藥，什麼也不說，就走。復株累焦急地跟上他，問：「怎麼樣呀，尊敬的察爾汗，我的心都急死了！」

察爾汗用他炯炯的雙目看了復株累單于好一會兒，才輕輕地說：「偉大的單于呵，美麗的閼氏是天上的仙。當她想要離開這平凡的人間時，誰也留不住她。」

復株累聽了默然。在匈奴人的心中，死亡並不是一件可怕的事，他們相信有神靈，相信靈魂不死。在復株累的心中，王昭君就是天上的仙女降臨人間，她在人間過了一陣子，如果眞要走，他，一個凡間的普通的男子，怎麼留得住她呢？

懷著這樣的心情，復株累走到王昭君躺著的床前，眼中是留戀多於憂傷。他留戀這個女人，他感謝她和自己生活了這麼多年，給了他無上的幸福，還給他留下了一個和她長得一模一樣的美麗的女兒！他在心裡默默地感謝上天的神靈賜給了他太多的幸福。他心愛的閼氏也許眞要離開他了，他不能憂傷，他應該爲她高興才對，因爲她是往聖潔、崇高的天上走呵。他應該祝福她！

想著這一切，復株累緊緊地握住了王昭君的小手。

窗外，是一個銀色的純白的世界！

雲含著眼淚默默地守候在她親愛的媽媽床前。她已經發了兩天的高燒了。她望著美麗的媽媽閉著眼睛躺在床上，心中有說不出的憂傷。她的爸爸含著眼淚撫摸著她的頭，輕聲地安慰著她：「雲呵，不要憂傷，媽媽是往上天的路上走！」

「爸爸，人們都說媽媽是天上的仙女下凡，是嗎？」

「是的，媽媽是仙女，她從天上來，又要回到天上去！」

「不，爸爸，我捨不得媽媽走，天上雖然好，草原也很美麗呀！」

「是的，雲。媽媽喜歡草原，可是媽媽是天上的人！」

「爸爸！」

「不要悲傷，不要讓媽媽看見你的眼淚。你要讓媽媽看見你的笑臉，高高興興地向天上走去。」

「嗯，爸爸。可是……可是我再也沒有媽媽了。」

「雲，誰說你沒有媽媽？媽媽是不是早已裝在你心裡了？」

「嗯，爸爸，我明白了。」

父女倆輕聲地說著話，昭君突然睜開了美麗的雙目。

呵，她看見父女倆正欣喜地盯著她。呵，雲，我心愛的女兒，爲什麼你的腮邊掛著淚珠？呵，復株累，我親愛的單于呵，爲什麼你的欣喜中隱藏著留戀和憂傷。

「雲，過來，我心愛的女兒。」昭君輕聲地呼喚。

雲把她美麗的頭伏在了媽媽的胸前。

「雲，你長大了，是不是？」

「是的，媽媽。」

「女兒大了，總要離開自己的媽媽。孩子呵，媽媽感到自己就要走了，有個聲音在召喚著我該走了。」

「媽媽，我知道了，你要往天上走。」

「孩子，媽媽離開了，你不要難過。」

「嗯，媽媽，我不會難過。我一想到你在天上，就不難過了。」

「好孩子。」

「媽媽，我想你了怎麼辦？」

「好孩子，媽媽不是教會你彈琵琶了嗎？只要你想我的時候，輕輕彈起琵琶，媽媽就會出現在你夢中。」

「夢中？」

「是的，孩子。我們只能在夢中相會了，不要難過。」

「媽媽，我代你去看看香溪水，看看你的家鄉，好嗎？」

「好孩子，你有這份心，你去吧。媽媽的魂魄保佑著你。」

「媽媽，我會天天想你的。」

「好孩子，媽媽的心永遠和你在一起。」

昭君愛撫地摸了摸她女兒的頭髮，笑了。她感到生命正在從她的軀體上流逝，她心中沒有恐懼，只有一片坦然。她確實是在完成了她人間的使命後，往天上走呵！

她深情地把目光轉向了復株累。

「單于呵，謝謝你這幾年悉心的愛護。」

「昭君，我應該謝謝你呵，你讓我得到了人世間最大的幸福。」

「我要走了。」

「我知道。」

「我會每天來看看你。」

「昭君呵，我祈禱你天天出現在我的夢中。」

「單于呵，照顧好我們的孩子。」

「我知道。」

「你不要難過。」

「我不難過。我知道誰也挽留不住你。你是天上的仙，說走就走的。」

「呵，單于，別這麼說。我是普通的漢家女子。我流浪了一輩子，我愛過恨過一輩子，人生的諸般滋味都嘗遍了，是該走了。」

「我知道。你放心地走吧。」

昭君幸福地閉上了眼睛。她覺得自己的魂魄正要離開她，向上飛去。不，她忽然又睜開了眼睛。人世間還有一件憾事她還未完成。她突然用力坐了起來，對復株累說：「把我的琵琶拿來好嗎？」

「昭君，你……」復株累驚奇地瞪大了眼睛，他不能想像她怎麼還有力量彈琵琶。

「去拿來吧。」昭君懇切地要求著。

復株累取來了琵琶。

昭君輕輕地彈出了第一個音，呵，回來吧，回來吧，宇文成，我用最後的聲音呼喚你。還有你，方笑天，你又在哪兒？

昭君動情地彈著，完全忘了自我。她用她的心在做最後的呼喚！

宇文成和方笑天在陰山頂上聽到了這最後的呼喊，他們驚異地呆住了：呵，這是昭君注血的呼喚！這是她最後的絕唱！

還有什麼可猶豫的？方笑天背起宇文成，飛速地往山下奔去。

宇文成臥在方笑天的背上，吹起了他好多年未吹的簫：

心愛的女人呵，
我已聽到了你的呼喚，
你杜鵑啼血的呼喚，
怎麼不令我深深的憂傷？
我是多麼想見到你，
我又是多麼怕見到你！
呵，心愛的女人啊，
原諒我的一切，

我早已深深的懺悔！
等著我，等著我
我要立刻出現在你身邊
……

簫聲憂傷激切，傳出了宇文成沉默多年的心靈的呼喚、懺悔！

昭君聽到了，聽到了。她的手還是那麼急切地撥著琵琶，眼淚卻如山澗的泉水，嘩嘩湧出！

「媽媽，你怎麼哭了？」雲說著，就要撲上前去。復株累輕輕地拉住女兒的手，向她搖搖頭，示意她別出聲。

雲困惑地點點頭。

一會兒，復株累和雲就都聽見帳幕外傳來了一陣悠揚的簫聲和一陣空曠的塤聲。雲靜靜地聽。復株累心裡一動。

他大步奔向帳幕外，高聲喊道：「尊敬的客人，請進來吧。美麗的昭君正在等著你們的到來！」

話音剛落，宇文成和方笑天已雙雙出現在帳幕內。

琵琶聲戛然而止。

寂靜的沉默。王昭君流著淚，微笑地看著他們。

呵，宇文成，你的雙眼果真瞎了，所以你不敢見我，不敢吹簫應和我，是嗎？啊，方笑天，歲月的風霜已在你的額上刻下了那麼多皺紋，你累了嗎？

雲驚奇地看著，不敢說話。

今晚的月亮又是一輪圓月。它靜靜地把它的光輝灑向整個白雪覆蓋的草原，又把一縷光輝灑向昭君的床頭。

冬天的月光是淒冷的，可是昭君卻覺得特別溫暖！多好呀，她生命中最後的遺憾又悄悄地化解了。

她感動地望著她生命中的三個男人。

良久，昭君輕輕地撥出一個熟悉的音，那是《長相知》的音調。簫吹起來了，塤吹起來了，琵琶聲更是激越無比：

上邪！

我欲與君相知，

長命毋絕衰。

山無陵，江水為竭，

冬雷震震，夏雨雪，

天地合，乃敢與君絕。

長相知啊，長相知。

……

這眞是人間的絕響！復株累聽得熱淚盈眶。雲的眼睛裡也湧出了淚花。

「長相知啊，長相知，」昭君輕輕地唱了最後一句，抱著琵琶的手突然停下來。

她微笑地幸福地閉上了美麗的雙目，手抱琵琶，做成一個亙古不變的完滿的姿態。

停了三天的雪又紛紛揚揚地下起來了……

三個男人靜靜地站著，望著她。

「她正在往天上走！」雲含著淚花輕輕地說。

昭君感到自己的身體輕得像一朵雲，呵，她飛起來了。

她飛得好快啊，只聽見呼呼的風聲從耳邊颳過，她要飛向哪兒？啊，對了，對了，她要去看看她魂牽縈的故鄉呵。

多少年了啊，故鄉永遠只在她的夢裡出現。可是，無論她流浪到哪裡，她永遠不會忘記自己的根呵！

呵，到了，到了。那潺潺流動的小河不正是她小時嬉戲的香溪水，不正是哺育她長大的香溪水！呵，那雲霧繚繞的山，不正是巫山嗎？她是巫山腳下的女兒呵！

盡情地再看幾眼吧。故鄉，生我養我的故鄉！夢魂牽縈的故鄉！

昭君含著眼淚在空中默默注視著她親愛的家鄉……

尾聲

一年後，昭君的女兒雲終於實現了她的心願，在方笑天和宇文成的護送下，她跋涉千里，終於看到了媽媽的故鄉！

她含著眼淚汲了一罐香溪水，「咕咚咕咚」喝了下去！真甜真涼啊！

她又汲了一罐香溪水，千里迢迢背回草原。當她微笑地含著眼淚把這罐珍貴無比的香溪水澆到媽媽的墳上時，她忽然看見了媽媽正微笑地向她走來……

兩年後，宇文成坐化仙逝。他把簫留給了雲。

十四年後，方笑天亦含笑而逝。他把塤也留給了雲。

十五年後，復株累單于也靜靜地逝世。他含著微笑，祈禱著自己的魂靈能與他心愛的閼氏再相會。

千年的月亮靜靜地照著草原。

生於千年後的你，如果有興致，背著挎包走上這片遼闊的草原，你會發現草原上處處都有王昭君的墳墓。

她的墳墓今天的塞北草原人們親切地稱作「青冢」。

草原上的青冢遍地都是。呼和浩特有一個很大的青冢，比岳墳還大。

如果你有興趣跟一些長鬚飄飄、彈著馬頭琴的蒙族老人交談，你會聽到許多美麗的王昭君的傳說。

如果你進入任何一個蒙古包，好客的蒙古人民都會告訴你許多王昭君的故事。

傳說，有的貧苦的人沒有吃的，到青冢去就可以找到；

希望得到羊的人，到青冢上面去，就可以得到羊；

草原上的婦女婚後不生育的，只要到青冢住上一夜，就可以生一個白白胖胖健康的孩子。

昭君在塞北草原人們的心目中，永遠是一個美麗的女神，是一個給人民帶來幸福與安寧的女神！

美人不死！

蒙古草原上遍地的青冢悄悄地訴說著一個簡單的眞理……

如果你走進蒙古草原，千年前的月光會靜靜地告訴你一個美麗的女人的故事。

月光會告訴你，一道艷影在風中飄轉而起，升高，升高，升向遙遠的地方。

群山萬壑赴荊門
生長明妃尚有村
一去紫台連朔漠
獨留青冢向黃昏
畫圖省識春風面
環佩空歸月夜魂
千載琵琶作胡語
分明怨恨曲中論

——杜甫《詠懷古跡》

國家圖書館出版品預行編目資料

飛艷—王昭君／ 金斯頓 著； -- 第一版.
-- 臺北市：大地， 2003〔民92〕
面 ； 公分. --（中國古代四大美
女傳）（歷史小說；17）

ISBN 957-8290-97-7 （平裝）

857.7 92018916

歷史小說 17

飛艷—王昭君

作　　者：金斯頓
創 辦 人：姚宜瑛
發 行 人：吳錫清
主　　編：陳玟玟
美術編輯：黃雲華
出 版 者：大地出版社
社　　址：台北市內湖區內湖路2段103巷104號1樓
劃撥帳號：0019252－9（戶名：大地出版社）
電　　話：(02)2627－7749
傳　　真：(02)2627－0895
E-mail：vastplai@ms45.hinet.net
印 刷 者：普林特斯資訊有限公司
一版一刷：2003年12月
特　　價：199元